*Maybe Next Time*
Emilia Cole

EMILIA COLE

Rockstarromance

Emilia Cole
Maybe Next Time

© 2021 Emilia Cole
c/o Brauer
Am Bückelewall 6
47608 Geldern

Buchsatz: Coverstube
Covergestaltung: Coverstube
Korrektorat: Andrea Beetz

www.emiliacole.de
www.facebook.com/emiliacole.autorin
www.instagram.com/emiliacole.author

Alle Personen und Handlungen in diesem Roman sind frei erfunden. Jedwede Ähnlichkeit zu lebenden Personen ist rein zufällig.

Das Werk, einschließlich seiner Teile, ist urheberrechtlich geschützt. Jede Verwertung ist ohne Zustimmung des Autors unzulässig. Dies gilt insbesondere für die elektronische oder sonstige Vervielfältigung, Übersetzung, Verbreitung und öffentliche Zugänglichmachung.

Für Frankie

Ohne Musik wäre das Leben ein Irrtum.

*Friedrich Nietzsche*

# Playlist

blink 182 - I Really Wish I Hated You
Bloodhound Gang - Uhn Tiss Uhn Tiss Uhn Tiss
Machine Gun Kelly - bloody valentine
The Lonely Island - I'm So Humble
Justin Timberlake - My Love
The Offspring - Secrets From The Underground
blink 182 - The Rock Show
Bloodhound Gang - The Bad Touch
Eskimo Callboy - Baby (T.U.M.H.)
Stick To Your Guns - Amber (Acoustic)
Heart Of A Coward - Sketelal ll - Arise
Architects - Animals
Andrew W.K. - She Is Beautiful
Steel Panther - All I Wanna Do Is Fuck (Myself Tonight)

# Bandaufstellung

## Maybe Next Time

Asher Adams – Gesang, Gitarre
Richard Lion Morris – Gesang, Gitarre
Shawn O'Halloran – Bass
Jacob Carter – Drums

## Generation Millennial

Kathrin Fort – Gesang, Bass
Penelope Lockhardt – Gitarre
Jonathan Keith Davies – Gitarre
Tyler Blackwell – Drums

# Tourdaten

## Two Become One Tour

22 Aug / Sayreville, NJ / Starland Ballroom
24 Aug / Philadelphia, PA / Electric Factory
25 Aug / Pittsburgh, PA / Altar Bar
27 Aug / Chicago, IL / Pitchfork Festival
30 Aug / Minneapolis, MN / The Fillmore
03 Sep / Fargo, ND / Armory
06 Sep / Rapid City, SD / The Monument
08 Sep / Buffalo, WY / City Park
09 Sep / Billings, MT / Metra Park Arena
15 Sep / Missoula, MT / Adams Center
18 Sep / Seattle, WA / Moore Theatre
21 Sep / Portland, OR / Moda Center
23 Sep / Salem, OR / Elsinore Theatre
02 Oct / Sacramento, CA / The Sofia
03 Oct / San Francisco, CA / The Fillmore
04 Oct / Los Angeles, CA / The Novo
05 Oct / Las Vegas, NV / PH Live
07 Oct / Phoenix, AZ / Comerica Theatre
08 Oct / Austin, TX / ZACH Theatre
09 Oct / Houston, TX / Miller Theatre
14 Oct / New Orleans, LA / Civic Theatre
16 Oct / Miami, FL / Tamiami Park
19 Oct / Charlotte, NC / PNC Music Pavilion
21 Oct / New York, NY / Mercury Lounge

# Eins

Okay.

Konzentration.

Mir war klar, dass ich nicht zu Hause war, das erkannte ich an dem Geruch um mich herum. Leider Gottes kam er mir zu vertraut vor. Er war herb, ein wenig süß und doch frisch. Es war nicht so, dass ich den Geruch abstoßend fand, im Gegenteil, aber gerade schlug mein Magen ohnehin Purzelbäume.

*Nochmal von vorne, Kit, konzentrier dich.*

Gestern war meine Band mit den Jungs von Maybe Next Time in unserer Stammbar in Williamsburg gewesen. Wir hatten auf unsere Zusammenarbeit angestoßen. Nichts Ungewöhnliches, schließlich war es die vierte gemeinsame Tour für uns. Meine drei Bandkollegen sowie zwei der anderen Jungs waren früher gegangen und Jake war länger dort geblieben.

Ich war doch nicht mit Jake im Bett gelandet? Ich stand überhaupt nicht auf ihn, er war mehr wie ein großer Bruder für mich.

Tatsache war, dass ich diesen verräterischen Druck in meiner Vagina bemerkte, was bedeutete, ich hatte definitiv Sex gehabt.

Ich nahm all meinen Mut zusammen und öffnete ein Auge ein Stückchen. Die Sonnenstrahlen knallten auf das

Bett, weshalb ich mich mit einem Stöhnen unter die Bettdecke verkroch. Der Duft umgab mich noch stärker. Auf einmal schoss eine Erinnerung in meinen Kopf.

*Dunkelbraune Augen, die auf mich herabsehen. Ein intensiver Blick, der mich gefangen nimmt.*

O nein.

*Ich lasse meine Finger durch eine dunkle Schlafzimmerfrisur gleiten.*

Bitte nicht. Nein, nein.

*Ein raues Stöhnen umgibt mich, während ich die Augen schließe und den Kopf in den Nacken werfe, um mich ihm hinzugeben.*

Verfluchter Mist.

*Seine gierigen Stöße treiben mich in den Wahnsinn. Ich stöhne lauter.*

Asher Adams.

*Asher, wie er mich von hinten nimmt.*

Scheiße, ich war mit ihm im Bett gelandet.

*Asher, wie er zwischen meinen Beinen kniend zu mir aufsieht.*

Wie konnte das passieren?

*Asher, wie ich seinen ...*

Ich riss die Augen auf, ohne darauf Rücksicht zu nehmen, dass die Sonne meine Netzhaut verbrannte, warf die Decke zur Seite und sprang aus dem Bett. Beinahe verlor ich das Gleichgewicht. Ich griff meine Unterwäsche und mein enges Cocktailkleid und zog alles unter Anstrengung an.

Danach sah ich mich in seinem Zimmer um. Ich war noch nie hier gewesen. Zwar waren wir befreundet, doch das bedeutete nicht, dass Mr Asher Adams uns jemals in seine vier Wände gelassen hätte. Bis zum heutigen Tag war ich davon ausgegangen, Asher schlief in einem Sarg mit dunkelrotem Samtbezug im Inneren. Zumindest passte es zu seinem frauenaussaugenden Lebensstil.

Trotz des Equipments, das die Regale belagerte, war es auffällig ordentlich. Eine seiner Gitarren stand neben dem Regal auf einem Ständer. Es war seine alte weiße Akustikgitarre, die er beinahe überall mit hinschleppte. Babydoll.

Mein Blick blieb einen Moment an dem Bild über seinem Bett hängen. Darauf war ein halbnacktes Pin-up-Girl abgebildet. Einer ihrer Nippel blitzte unter der Kleidung hervor.

Ich sah zum Bett, in dem ich unter der dunkelgrauen Bettdecke nur einen dunkelbraunen Haarschopf ausmachte. Mein Puls nahm erneut Fahrt auf, weil ich sofort wieder daran dachte, wie er mich genommen hatte.

Dieser Mann wusste, was er tat. Es war kein Geheimnis, dass Asher gerne herumvögelte und jetzt war mir auch klar, wieso die Frauen ihm danach hinterherrannten.

Unabhängig davon, dass er in den USA einen gewissen Bekanntheitsgrad hatte und die Frauen sich auf den Konzerten um seine Aufmerksamkeit rissen, war Asher einer dieser typischen Rockstars, wie sie im Buche standen. Hochmütig, arrogant, selbstherrlich.

Ich schüttelte mich aus meiner Blase und hob meine High Heels vom Boden, wobei ich auf benutzte Kondome stieß.

Mehrere.

Die Tour würde die reinste Katastrophe werden, wie sollte ich jetzt noch vernünftig mit ihm zusammenarbeiten können? In den nächsten Tagen würde ich mich zu allem Überfluss täglich mit den Jungs von Maybe treffen, um den gemeinsamen Track zu proben.

Es war nicht so, dass ich ein unbeschriebenes Blatt war, aber ich speiste nie da, wo ich arbeitete. Oder trank? Das ergab überhaupt keinen Sinn. Wie ging dieses Sprichwort? Mein Kopf war zu vernebelt.

Während ich die Schuhe anzog, regte Asher sich hinter mir, weswegen ich innehielt. Vielleicht schaffte ich es ja, ihm das als bescheuerten feuchten Traum zu verkaufen.

Ich sammelte die Kondome ein und ließ sie in seinem Mülleimer neben der Kommode verschwinden. Dabei fiel mir ein Foto mit einem Mädchen auf, das auf dem Schrank stand.

Ein junger Asher und das Mädchen saßen nebeneinander auf einer Hollywoodschaukel. Seine Wangen waren noch rundlich, das Kinn und die Stirn weniger ausgeprägt. Die beiden wirkten ausgelassen und lachten. Wann hatte ich Asher mal so ausgelassen lachen sehen?

Ich sah mich zu Asher um, wieder auf das Bild.

War das seine Schwester?

Oder doch eine Verflossene?

Ich wusste, dass er eine Schwester hatte, mehr aber nicht. Was familiäre Hintergründe betraf, hielt er sich ebenso bedeckt wie mit seiner Wohnung. Manchmal glaubte ich, dass nicht einmal sein bester Freund Lion wusste, wo Asher aufgewachsen war.

Das Mädchen sah ihm überhaupt nicht ähnlich. Während Asher dunkel vom Typ her war, hatte sie rote Locken. Über ihr blasses Gesicht verteilten sich Sommersprossen.

Vermutlich eine alte Schulfreundin, reimte ich mir das irgendwie zusammen.

Hinter mir hörte ich ein Murmeln und drehte mich ruckartig um. Ich stieß gegen die Kommode und ein paar Dinge darauf stürzten um.

Ich hielt die Luft an, meine Tasche vor den Bauch gedrückt, und beobachtete Asher bei jeder Bewegung. Er zog die Bettdecke von seinem Oberkörper bis zu seiner Hüfte und legte seine seitlichen Bauchmuskeln frei. Bei diesem Anblick überkam mich Frust, da ich das Zimmer verlassen musste. Die Erinnerung daran, wie ich die Muskeln mit den Fingern nachgezogen hatte, kehrte schwammig zurück. Sein Körper war athletisch aber nicht zu aufgepumpt und ich ließ meinen Blick weiter und unverhohlen über ihn wandern.

Im Gegensatz zu vielen unserer Musikerkollegen war Asher nicht tätowiert, was ich erfrischend fand.

Gerade ärgerte ich mich darüber, mich so wenig zu erinnern, denn das Gefühl seiner Haut hätte ich gerne ein wenig klarer im Kopf.

Wie konnte ein Mann nur so verdammt verführerisch sein, selbst wenn er schlief?

Endlich schaffte ich es, mich von ihm loszureißen, ging durch sein Zimmer und schloss die Tür leise hinter mir.

Da ich keine Ahnung hatte, wie die Wohnung aufgebaut war, schaute ich planlos durch den Flur. Rechts war am Ende des Flurs ein Fenster. Also ging ich nach links, bedacht, auf meinen hohen Hacken zu schleichen. Am Ende lag eine Tür, die ich vorsichtig öffnete. Ich lugte durch den Spalt und betrat danach das Wohnzimmer.

Sofort fielen mir die vielen Filme und der große Fernseher auf. Außerdem hingen ein paar Gitarren und auch Becken vom Schlagzeug an der Wand. Die Morgensonne fiel durch die große Fensterfront und zeichnete lange Schatten der Möbel. Dann entdeckte ich eine Tür am anderen Ende des Raums. Ich wollte darauf zugehen, doch blieb wegen eines Geräuschs hinter mir stehen.

Ganz langsam drehte ich meinen Kopf, bis ich Jake in der offenen weißen Hochglanzküche mit der schwarzen Arbeitsplatte an der Theke sitzen sah. Vor sich eine Schüssel mit Müsli, bewaffnet mit Löffel und Handy. Er kaute und starrte mich an.

»Scheiße«, sagte ich.

Das hatte ich ganz vergessen, Asher und Jake wohnten seit Jahren zusammen.

»Es war laut heute Nacht.«

»Sehr lustig.« Ich ging zu ihm in die Küche und zog einen der Stühle zurück, setzte mich neben ihn an die Frühstückstheke. »Ich habe das Gefühl mir wären mehrere Trucks über den Kopf gefahren.«

»So siehst du auch aus.«

Ich zeigte ihm den Mittelfinger. »Wichser.«

Jake war groß und schlank, die Arme vollständig mit Tod und Verderben tätowiert. Seit etwa drei Jahren trug er einen Vollbart, die dunklen Haare gingen ihm bis zu den Schultern. Seine Erscheinung war einschüchternd, wenn man ihn nicht kannte. Sah man in seine warmen braunen Augen, die unter den streng gezeichneten Augenbrauen lagen, erkannte man allerdings den sanften Mann hinter der Fassade. Er konnte keiner Fliege etwas zuleide tun.

»Kannst du mir einen Gefallen tun?«

Er schob sich einen weiteren Löffel Müsli in den Mund. »Der da wäre?«

»Es für dich behalten?«

»Wo ist das Problem, ihr hattet Sex. Asher hat mit haufenweise Frauen Sex.«

»Ich befürchte, dass es die Zusammenarbeit erschwert. Was denkst du, wieso wir beide nicht mit Kollegen ins Bett gehen?«

»Nur mit Kollegen, oder sprecht ihr von euch beiden?« Erneut schaufelte er sich Essen in den Mund. »Es war nur eine Frage der Zeit, bis das hier passiert.« Dabei deutete er mit dem Löffel auf mich und danach in die Richtung von Ashers Zimmer.

»Erzähl keinen Mist«, murmelte ich, stützte meine Stirn in die Hände und schloss die Augen. »Das hier war ein Unfall, weil wir beide getrunken haben.«

»Sicher.«

»Er ist aus Versehen mit seinem Penis in meiner Vagina gelandet, das passiert dauernd, liest man doch überall. Bitte sag es einfach niemandem, auf diese scheiß Sticheleien während der Tour kann ich verzichten«, bat ich. »Ich habe Penny schon im Ohr: Oh, sieh mal, Asher vögelt andere, willst du nichts dagegen tun?«, äffte ich sie nach.

Nach wenigen Sekunden atmete er laut aus. »Ist ja gut, jetzt beeil dich, wir treffen uns in einer Stunde.«

»Danke.« Damit stand ich auf und gab Jake einen Kuss auf die Wange. Ich ging los, blieb aber mitten im Wohnraum stehen.

»Gegenüber die Tür«, erklärte er unaufgefordert.

Ich warf ihm eine Kusshand zu, was er mit einem Kopfschütteln abtat. Danach verschwand ich mit einem mehr oder weniger guten Gefühl aus der Wohnung.

Da meine Wohnung in einem anderen Stadtteil von New York lag, fuhr ich bei meinen Eltern vorbei. Die lebten genau wie Asher und Jake in Williamsburg. Der Proberaum selbst lag in Manhattan an der Upper Eastside, nahe dem Central Park in einer der unteren Etagen von GR-Records. Hätte ich noch bis in meine Wohnung nach Queens fahren müssen, wäre ich zu spät gekommen.

Mit der Metro fuhr ich zwei Stationen, um danach noch wenige Minuten zu laufen. Auf halbem Weg durch die Straßen zog ich meine Schuhe aus und ging barfuß. Es war trocken, ziemlich warm und alles war besser, als meine Füße weiter zu quälen.

Die Geräusche der Stadt zogen an mir vorbei. Die Vögel zwitscherten, Stimmen von Fußgängern umhüllten mich und auf dem Spielplatz ertönten Kindergeschrei und Lachen.

Wie ich die Probe überleben sollte, wusste ich noch nicht, vielleicht besorgte ich mir auf dem Weg zur GR ein paar Energydrinks.

Gegenüber dem Spielplatz lag die Wohnung meiner Eltern im ersten Stock eines Hauses mit roten Klinkern. Dads Wagen stand nicht an der Straße und ich war froh, dass ich nur meine Mom antreffen würde.

Mein Vater machte sich immer viel zu große Sorgen um mich. Von Anfang an hatte er mich wie einen Rohdiamanten behandelt. Es war süß, dass er sich sorgte, aber übertrieben und unnötig.

Ich nahm die vier Stufen, ehe ich vor der Holztür mit den Schnitzereien haltmachte.

Ich klingelte, kurz darauf ertönte der Türsummer und ich betrat den schmalen gefliesten Hausflur. Auf der ersten Stufe stieß ich mir den kleinen Zeh. Fluchend nahm ich eine Stufe nach der anderen in den ersten Stock.

Mom stand im Türrahmen. »Schatz, was treibt dich denn zu uns? Wir haben gerade einmal halb neun.« Sie umfasste meine Schultern und schaute an mir herab.

»Guten Morgen?«, murmelte ich.

Die grüngrauen Augen hatte ich von Dad geerbt, sonst kam ich nach meiner Mutter.

Blonde Haare ein rundliches Gesicht, volle Lippen und einige blasse Sommersprossen auf dem Nasenrücken. Granny sagte immer, wir hätten einen wachen und aufmerksamen Blick. Meine ältere Schwester hingegen war optisch ein Dad-Kind mit ihrem schmaleren Gesicht und den tieferen Augenbrauen. Die beiden schauten immer ein wenig grimmig drein.

»Wo kommst du denn her?«

»Glaub mir, das willst du gar nicht wissen.«

Mit den Worten schob ich mich an meiner Mutter vorbei und betrat die Wohnung. Ich hielt auf die geblümte Couch im Wohnzimmer zu und ließ mich mit einem Stöhnen darauf fallen. Die Schuhe rutschten aus meiner Hand und erschlugen beinahe Dr. Mario, der neben der Couch in seinem Körbchen lag. Er war eine Englische Bulldogge und bewegte sich in der Regel nur, wenn meine Mutter den Schrank mit dem Futter oder den Kühlschrank öffnete.

Mom tauchte auf und setzte sich auf den Sessel gegenüber, während ich eine der Blusen vom Wäscheberg auf dem Couchtisch hochhob und ansah. Ihr scharfer Blick sprach Bände.

»Hast du zufällig ein paar Klamotten, die du mir leihen kannst? Wir haben gleich Probe und ich bin zu spät.«

»Wenn du dir nicht die Nächte um die Ohren schlagen würdest, müsstest du hier nicht um Kleidung betteln.« Damit stand sie auf und verließ das Zimmer.

»Danke, Mom, hab dich lieb!« Danach beugte ich mich an der Lehne vorbei und schaute Dr. Mario an. Er warf mir einen knappen Blick zu, vergrub das Gesicht danach mit einem Grunzen in seinem Körbchen.

Seine Ruhe hätte ich gern.

»Du bist ganz schön dick geworden. Das kommt davon, dass meine Mutter es zu gut meint, aber ich kenne das, ich habe früher auch ihr gutes Essen genossen.«

Ich wusste, dass viele Männer auf meine Kurven abfuhren. Meiner Meinung nach hatte ich etwas mehr auf den Rippen, ich mochte das. Vermutlich war ich normal gebaut, aber bei den ganzen Instagram-Size-Zero-Models, die nur an Erbsen rochen, anstatt sie zu essen, fühlte ich mich trotzdem hin und wieder wie ein Mutant.

Deswegen hielt ich mich auch bewusst aus den sozialen Medien raus. Penny betrieb unseren Band-Account mit Begeisterung, worüber ich froh war.

»Hier.« Ich zuckte, als meine Mutter mir einen halben Wäscheberg auf den Schoß warf. »Möchtest du duschen, Kathrin?«

Ich stöhnte und sank zurück gegen das geblümte Polster.

»Wäre wohl nicht verkehrt.«

Vermutlich roch ich nach Alkohol und Sex.

Verdammt, ich konnte noch immer nicht fassen, dass ich mit Asher im Bett gelandet war.

Ich raffte mich auf und ging durch den Flur, der das Wohnzimmer mit den anderen Räumen verband. Im Bad warf ich die Kleidung neben die Wanne, streifte das enge Kleid ab, ebenso meine Unterwäsche und stellte mich unter die Dusche.

Auf dem Rückweg ins Wohnzimmer kam ich an der Küche vorbei und warf den obligatorischen Blick bei meinen Eltern in den Kühlschrank. Im Gegensatz zu meinem war der immer randvoll. In meinem war schon viel los, wenn ich zwei Dosen Ravioli hatte. Normalerweise war ich kochfaul und bestellte beim Italiener einen Block weiter.

Dr. Mario starrte mich mit seinem Hundeblick an. Dabei wirkte er unfreiwillig komisch, weil sein linker unterer Fangzahn hervorlugte und seine Zunge zu sehen war.

Kopfschüttelnd schaute ich durch die verschiedenen Fächer und entschied mich für ein halbes Sandwich, das auf einem Teller unter Frischhaltefolie lag. Genau das, was ich jetzt brauchte. Damit bewaffnet ging ich zurück ins Wohnzimmer. Dr. Mario folgte mir. Mom saß auf der Couch und faltete die Wäsche weiter.

»Hast du frei?«, fragte ich.

Sie sah mich über die Couchlehne hinweg an. »Spätschicht. In deinem alten Zimmer stehen noch ein paar Kartons mit deinen Schuhen.«

Mit vollem Mund nickte ich und ging zurück durch den Flur, öffnete die Tür zu meinem ehemaligen Zimmer und schaute über die Kartons. Bis auf mein altes Bett und die rosafarbene Kommode stand nichts mehr von mir hier. Ein paar Chucks auf einem Stapel Kartons stach mir ins Auge und ich griff danach.

Die hatte ich ewig nicht mehr getragen.

Das Sandwich legte ich auf das frisch bezogene Bett, das noch nach Waschmittel duftete, und setzte mich davor auf den Boden.

Dr. Mario kam ins Zimmer und hüpfte elfengleich auf das Bett. Das bedeutete, dass er nur mit dem vorderen Teil seines Körpers darauf landete.

»Hey?!« Er stibitzte meine wohlverdiente Mahlzeit und haute damit ab. »Moh-ooom! Der Hund klaut mein Essen!« Aus dem Wohnzimmer hörte ich Mom fluchen, Dr. Mario bellte blechern, was mich zum Lachen brachte.

Als ich die schwarzen Chucks anhatte, stellte ich mich vor den Standspiegel und betrachtete die alten Klamotten meiner Mom. Eine knallbunte dreiviertellange Aladdinhose, sehr ausgefallen. Dazu ein weißes Top, durch das mein schwarzer BH natürlich blitzte.

Ich hatte schon schlimmere Tage gehabt.

Zurück im Wohnzimmer legte meine Mutter gerade das zerstückelte Sandwich auf den Frühstückstresen der Küche. »Willst du noch etwas richtiges Essen?«

»Schon gut, Ma, ich kaufe mir etwas beim *7-Eleven*, das liegt auf dem Weg.« Ich griff meine Tasche vom Tisch und ging zu ihr, küsste ihre Wange. »Danke, ich hole mein Kleid in den nächsten Tagen ab. Arbeite nicht zu viel.« Sie versuchte, den angespannten Ausdruck in ihrem Gesicht zu verstecken. »Dein Boss ist ein Wichser.«

»Kathrin!« Sie riss die Augen auf. »Sprich nicht so über Tim.«

»Nur, weil er der Freund meiner Schwester ist, habe ich ihn nicht automatisch lieb.« Ich griff an ihr vorbei und zog eine Traube von dem Stängel in der Schüssel. »Er hat dich schon früher immer zu oft eingeteilt und du hast nie was dazu gesagt. Du bist einfach zu weich.« Ich steckte die Traube in den Mund.

»Du weißt, dass ich den Job brauche.«

Ich nahm eine weitere Traube. »Du weißt, dass das nicht stimmt. Dad verdient genug für euch beide.« Nachdem ich auch die zweite Traube gegessen hatte, legte ich meine Hände an ihre Wangen. Sie waren kühl. »Mom, arbeite dich nicht kaputt.«

»Das werde ich nicht.«

Ich ließ sie los und trat zurück. Sie war unverbesserlich und hatte sich noch nie reinreden lassen, was die Schichtarbeit im Krankenhaus anging.

»Wir sehen uns in ein paar Tagen.«

Damit war das Gespräch für sie beendet.

»Natürlich.« Mit einem letzten Lächeln verließ ich die Wohnung.

Während ich den Weg nach Manhattan antrat, bereitete ich mich innerlich auf das Treffen mit Asher vor. Ich betete, dass er sich an nichts erinnerte. Ich hoffte wirklich, dass ihm das alles als verrückten feuchten Traum verkaufen konnte.

# Zwei

Ich würde so tun, als wäre nichts passiert.

Dennoch stand ich wie angewurzelt vor der Tür, die zum Proberaum von Maybe Next Time führte. Schon der Gang durch den mit Fischgrätparkett ausgelegten Flur war ein Kraftakt gewesen. Es mit der Grünen Meile zu vergleichen, war womöglich zu weit hergeholt. Andererseits fühlte es sich an, als würde ich geradewegs auf meinen Untergang zusteuern.

Was mich noch mehr ärgerte war die Tatsache, dass es mich so sehr beschäftigte.

Ich hatte ihn immer attraktiv gefunden. Es war aber nie ein Problem für mich gewesen, mit ihm zu arbeiten. Wir waren schließlich Freunde.

Bevor ich mir irgendetwas anders überlegen konnte oder fluchtartig das Gebäude verließ, zog ich die Tür zum Vorraum auf.

Obwohl Asher in dem abgenutzten Sessel gegenüber an der Wand saß, blieb ich in meiner Haltung.

»Morgen«, grüßte ich die kleine Runde. »Wo ist der Rest?« Ich warf einen Blick auf die schmale, silberne Uhr an meinem linken Handgelenk.

Asher trug eine Sonnenbrille, weshalb ich mir sicher war, dass er einen Kater hatte und es ihm noch schlechter ging als mir. Sein dunkelbraunes volles Haar fiel ihm wild in die Stirn, über seinem klar gezeichneten Kiefer lag wie immer ein Bartschatten, der seine Lippen umrahmte. Sofort drang die verschwommene Erinnerung seiner Küsse in meinen Kopf.

Hastig sah ich zu Jake, der am Tisch saß und mit seinem Handy beschäftigt war.

Der Dritte im Bunde war Lion. Mir gefiel sein ungewöhnlicher Name. Lion spielte wie auch Asher Gitarre, und war die zweite Stimme der Band. Ich persönlich liebte den Sound seiner pinkfarbenen glitzernden Fender Stratocaster.

Lion war ein Stück größer als ich und hatte kurze dunkelblonde Haare. Er war durch regelmäßiges Training breiter als Jake und auch Asher. Seit einigen Wochen trug er einen Oberlippenschnauzer, was ich allerdings fragwürdig fand.

»Dir ist klar, dass nur noch Shawn fehlt«, sagte Lion und verschränkte die bunt tätowierten Arme hinter seinem Kopf. Ich ging am Tisch vorbei, legte meine Tasche ab, und setzte mich zu ihm.

»Sicher, dass er heute arbeiten kann?« Ich deutete auf Asher. Der brummte irgendetwas.

»Unser Held hat einen Blackout«, erklärte Jake.

Jackpot.

»Wirklich? Das bedeutet, du erinnerst dich an rein gar nichts?«

»Wir waren unterwegs, dann reißt es ab«, sagte Asher, seine Stimme tiefer und kühler als ohnehin.

Sie kitzelte etwas in mir wach.

Dieses Etwas, das irgendwo im Dunklen lag.

»Das bedeutet, du erinnerst dich auch nicht mehr daran, dass du mit dieser ultraheißen Schnecke nach Hause gegangen bist?«, fragte ich.

Jake schüttelte den Kopf und ich unterdrückte ein Lachen.

»Ich wusste, ich war nicht allein. War sie wirklich so heiß?« Er klang weinerlich und ärgerte sich sicherlich darüber, dass er sich nicht erinnerte.

»Megaheiß, oder, Jake?« Ich nickte ihm zu. Er widmete sich wortlos seinem Handy.

Während den Raum Stille überfiel, tippte ich mit den Fingern auf den Oberschenkeln. Lion beschäftigte sich ebenfalls mit seinem Handy und ich sah auf den Bildschirm. Er checkte seine Benachrichtigungen bei Twitter.

Lion stieß mich leicht mit der Schulter an. »Sieh dir das an. Die Weiber stehen auf meinen neuen Look.« Womit er wohl seinen seltsamen Bart meinte. Im gleichen Zug öffnete er ein Oben-ohne-Bild. Ein gewaltiges, um genau zu sein. Ihr Gesicht war allerdings nicht zu sehen.

»Erspar mir das.«

Lion sah mich durch seine hellen blauen Augen interessiert an und ich wollte überhaupt nicht hören, was wieder in seinem Kopf vorging. »Wie sieht das bei euch mit Schwanzfoto…«

»Schick bitte niemals einer Frau ungefragt ein Bild von deinem Ding«, stellte ich klar. Aus Jakes Richtung kam ein leises Lachen. »Ich versichere dir, keine Frau will das.«

Er rückte dichter an mich heran, weshalb ich von ihm wegrückte. »Hast du mal eins bekommen?«

»Wieso interessiert dich das?«

»Nur so.« Er schob das Telefon in seine Hosentasche. Zum Glück war das Thema damit erledigt.

Mittlerweile hatte Asher die Stirn in seine Handfläche gestützt. Durch die verspiegelte Sonnenbrille erkannte ich seine Augen allerdings nicht.

Schlief er?

Nach ein paar Sekunden zog er die Brille mit dem Zeigefinger über den Nasenrücken und schielte über die Gläser. Der Blick aus seinen dunklen braunen Augen lag ruhig, dennoch intensiv auf mir. Mein Puls ging hoch.

Ich versuchte, mich in den Griff zu bekommen, aber es war zwecklos. Asher machte mich nervös.

Das war ein Problem.

»Was ist?«, sagte er gereizt.

»Ich wundere mich nur, wie du mit dir leben kannst.«

»Jetzt spiel dich nicht so auf, Kit. Du fickst auch rum, also halt dich zurück.«

»In der Regel erinnere ich mich aber daran, mit wem ich im Bett war.«

Er schob die Brille wieder hoch und sank in das Polster. Seine Beine spreizte er dabei noch weiter.

»Was ist denn bei euch nicht richtig?« Lion verschränkte die Arme wieder hinter dem Kopf, wodurch seine breiten und durchaus muskulösen Oberarme deutlicher zu erkennen waren. Kurz schaute ich auf das abstrakte Löwentattoo, das auf der Innenseite des linken Arms saß.

»Nachdem Asher gestern Abend wieder einmal fröhlich durch die Betten gehüpft ist, frage ich mich nur, ob es ihn nicht stört, dass er sich nicht erinnert.« Ich war verletzt, anders konnte ich mir mein Verhalten nicht erklären. Es frustrierte mich, dass Asher sich ausgerechnet an mich nicht mehr erinnerte.

»Genaugenommen bin ich nicht durch die Betten gehüpft, ich habe bei mir übernachtet, Kathrin.«

Kathrin?

Asher nannte mich nie so.

Niemand außer meiner Eltern nannte mich so.

In dem Moment flog die Tür auf und knallte gegen die Wand. Shawn stand im Rahmen. »Guten Morgen zusammen.« Durch seinen dunkelblonden Lockenkopf assoziierte ich mit ihm automatisch gute Laune. Dass er das auch immer unterstreichen musste, nervte mich oft. Die Haare trug er bis zu den Schultern, heute hatte er sie wie so oft am Hinterkopf zusammengebunden.

Er zog die Tür zu, durchquerte den Raum und warf einen schmalen Ordner an Jake vorbei auf den Tisch. »Das sind die Verträge für die anstehende Tour, außerdem die weiterführenden für das nächste Album. Ches gibt uns bis heute Abend Zeit, dann sollen sie unterschrieben auf seinem Schreibtisch liegen.« Shawn fuhr sich einmal mit den Fingern durch die Mähne.

Ches hieß Chester Finley Churchill und war ihr Manager und auch unser Manager für die anstehende *Two Become One*-Tour. Lion, Asher und er kannten sich von der Highschool.

Shawn setzte sich Jake gegenüber, dann gab es einen Rundumblick durch den Raum. »Morgen Kit, gut geschlafen?«

Wieso fragte er das?

Hatte Jake ihm irgendetwas erzählt?

»Ich habe sehr gut geschlafen. Immerhin erinnere ich mich noch an alles.«

»Jake«, sagte Shawn und der Angesprochene nickte. »Asher«, führte er seine Begrüßung fort und blieb an Lion hängen. »Don Corleone.« Ich unterdrückte ein Lachen und Lion hob seine Arme empört zu den Seiten, wandte sich dann an mich.

»Shredding auf dem Bass? Was sagst du dazu?«, wollte Lion von mir wissen.

»Jetzt geht das wieder los«, murmelte Shawn.

Lion starrte mich weiter an und ich sah kurz zu Shawn, der deutlich resigniert den Kopf schüttelte. »Ähm …«

»Shawn kann das nicht.« Lion wieder.

»Das stimmt doch gar nicht«, entgegnete Shawn ein wenig patzig.

»Aber du willst es nicht tun, das bedeutet, dass du es nicht kannst«, stichelte Lion weiter.

»Ich habe nur gesagt, dass ich keinen Grund habe, das zu tun, weil ich am liebsten slappe.«

»Wieso diskutierst du mit ihm?«, fragte Jake.

Lion beugte sich weiter zu mir und senkte die Stimme. »Er ist zu schlecht.«

Shawn sah ihn ausdruckslos an, dann wandte er sich an mich. »Was hast du für Klamotten an?«

»Kit hat alle ihre Klamotten an die Wohlfahrt gespendet«, sagte Asher. »Wenn man mich fragt, wurde das auch Zeit.«

»Ernsthaft?« Shawn kratzte sich am Hinterkopf.

»Mach so weiter und ich rasiere dir deinen Kopf auf der Tour. Und glaub mir, das werde ich nicht sehr ordentlich tun, damit du danach wie ein fusseliger Staubfänger aussiehst«, sagte ich zu Asher.

Lion lachte. »Nimm dem Mann nicht seine heiligen Haare, dann bleibt ihm nichts mehr.«

Asher deutete mit dem Zeigefinger auf Lion. »Amen.«

Shawn klatschte in die Hände. »Auf, auf, ran an die Stifte und unterschreibt.«

Jake legte das Handy auf den Tisch und nahm einen der Stifte, die Shawn ihm hinhielt. Asher legte die Sonnenbrille auf den Beistelltisch hinter den Sessel und stand mit einem qualvollen Stöhnen auf.

Die Jungs hatten jeweils einen Vertrag vor sich liegen, wobei es ruhig wurde, als sie im Text versanken. Nur Asher legte die Stirn auf den Tisch. Ich war nicht sicher, aber ich glaubte, er schlief ein.

Shawn schlug ihm gegen den Hinterkopf.

»Hey?!« Asher hob den Kopf.

Shawn zeigte auf den Stift, den Asher brummend aufnahm, ehe er die Seiten zügig umblätterte. Ohne auch nur einen Satz zu lesen, setzte er seine Unterschrift darunter.

Fassungslos sah ich mir das an.

»Wenn in deinem Vertrag eine Enthaltsamkeitsklausel vermerkt ist, hast du dein Todesurteil unterschrieben. Ich bezweifle, dass du deinen Schwanz für eine Woche eingepackt lassen kannst.«

»Vielleicht steht auch drin, dass ich besonders viel vögeln soll.« Er schaute über seine Schulter zu mir.

»Glaubst du wirklich das Label will, dass du den Ruf deiner Band noch weiter durch den Dreck ziehst?«

»Fick dich, Kit«, lautete seine brummige Antwort.

»Hört auf mit diesem kindischen Gezanke«, sagte Jake, hielt den Blick stur auf den Vertrag. »Wenn das die gesamte Tour über so läuft, können wir uns alle die Kugel geben.«

»Russisch Roulette mit sechs Kugeln, ich gebe einen aus«, rief ich euphorisch und lachte als Einzige über meinen dummen Spruch. Niemand reagierte. »Da kommt ihr aus dem Lachen ja gar nicht mehr raus.« Noch immer nichts. »Ach, leckt mich doch«, murmelte ich und sank in die Couch, verschränkte meine Arme.

Asher lachte einmal. »Dazu würde ich nicht Nein sagen.«

Er lenkte meine Gedanken zu den verschwommenen Bildern, die ich von Ashers Kopf zwischen meinen Beinen hatte. Mein eigenes Stöhnen drang in meine Erinnerung, ebenso der Blick aus seinen braunen Augen, während er zu mir aufgesehen hatte.

Schlagartig wurde mir warm.

»Träum weiter«, sagte ich total lahm.

»Glaub mir, Kit, wenn ich wollte, könnte ich dich innerhalb weniger Minuten dazu bringen, meinen Namen zu schreien.«

»Glaub mir, Asher, ich würde mich dabei nur langweilen. Vermutlich begeistert mich das ebenso, wie der jährliche Besuch bei meiner Tante mit ihrem gruseligen Spleen für Vögel.«

Lion stieß ein gepresstes Lachen aus. »Ist sie gut zu vögeln?«

»Bitte lass das«, murmelte Shawn.

»Also ich reserviere mir einen Platz in der ersten Reihe, sollten Asher und Kit irgendwann vögeln«, warf Lion an Shawn gewandt ein. »Das verspricht, interessant zu werden.«

Shawn sah ihn ausdruckslos an. »Ist das dein Ding? Zusehen?«

»Deine Mom hat zugese…« Er verpasste Lion einen Schlag über den Tisch gegen die Schläfe. Der lachte und hielt sich Stelle, während ich aufstand und bereits in den anliegenden Proberaum ging.

# Drei

Ich nahm den Koffer mit meinem Mikrofon und schloss alles an. Nur die Geräusche der Vorbereitungen umgaben mich, was ich mochte. Es hatte eine beruhigende Wirkung auf mich.

Lion summte einen von ihren Tracks und ich stieg nach wenigen Sekunden ein. Er sah sich zu mir um, auf dem Boden vor seinem Verstärker sitzend, seine pinkfarbene Strat auf dem Schoß.

»Der Gig vor drei Jahren in Phoenix, erinnerst du dich?«

»Du meinst den Abend, als die Menge bei dem Track beinahe das gesamte Stadion abgerissen hätte?« Ich steckte das Kabel ins Mikrofon.

»Da ist mir einer abgegangen«, sagte Lion. Als Antwort gab Jake ein genervtes Brummen von sich. Er fummelte gerade an einer der Toms herum. »Wenn du nicht so verklemmt wärst, würdest du dich auch darüber freuen, wenn wir die Halle abreißen und die Mädels in der ersten Reihe blankziehen.«

»Und wenn du nicht so ein Idiot wärst, würdest du nicht dauernd Schlagzeilen machen, weil du dich benimmst wie ein Kleinkind.« Jake wirbelte den Stick in der rechten Hand einmal herum.

Lion hob den Zeigefinger. »Ein Kleinkind, das am Busen von Shawns Mom …«

Shawn warf ihm ein Pick entgegen und Lion lachte gepresst.

Asher lehnte bereits am Verstärker und beobachtete das Geschehen. Er hatte die Brauen zusammengekniffen und atmete vermutlich extra laut aus. »Seid ihr dann so weit?«

»Eine Sekunde«, murmelte Lion und widmete sich wieder seinem Equipment. Er griff nach dem aufgerollten Kabel und schloss seine Gitarre an den Verstärker an.

Mit Daumen und Zeigefinger massierte Asher sich den Nasenrücken, bevor er seine Ohrstöpsel aus der Hosentasche zog und einsetzte.

Wir gingen unseren gemeinsamen Track mehrmals durch. In den ersten Läufen spielten alle ihre Instrumente. Lion begleitete uns mit ruhigen Akkorden an der Gitarre, Shawn verband Jakes Drumspiel gekonnt mit dezenten Nuancen am Bass und verlieh dem Song seine Tiefe.

»Das sollte für heute reichen«, unterbrach Asher die Probe, nachdem wir den Track einmal akustisch durchgegangen waren. Da einer der Auftritte ein Akustikkonzert war, spielten wir den Song natürlich auch akustisch ein.

Ashers Worte irritierten mich und ich sah ihn an. »Wir sind durch.« Er deutete auf die Tür. »Bis morgen, Kit.«

Ich spürte, wie mein Mund sich öffnete. Wenige Sekunden später räusperte ich mich und machte einen Rundumblick. Niemanden schien seine Aussage zu stören. Lion fummelte an den Tonabnehmern herum, Shawn an den überstehenden Saiten seines Ibanez und Jake steckte die Sticks in die Halterung an einer der Toms.

»Okay«, sagte ich mit kratziger Stimme.

Auf einmal begann Lion, einige Akkorde gefolgt von einer

aufsteigenden Tonabfolge zu spielen. Wenige Sekunden später stoppte er. Er sah uns nacheinander an. »Hä? Hä? Ist das geil oder geil?«

»Das klingt wie eine angefahrene Katze.« Shawn.

»Oder als wärst du auf der Gitarre ausgerutscht.« Jake.

»Das … nein … ernsthaft?« Seine Brauen wanderten höher. So entrüstet hatte ich Lion das letzte Mal erlebt, als er eine Abfuhr von einem Groupie bekommen hatte, das lieber an Ashers Rockzipfel gehangen hatte.

»Alter, das ist richtig scheiße.« Asher saß auf dem Verstärker, hatte die Unterarme auf der Gretsch liegen.

Ich warf Asher einen Blick zu, als ich das Mikrofon verstaute und den Koffer wieder ins Regal schob.

Keine Reaktion.

Was erwartete ich denn? Dass er mir jetzt um den Hals fiel? Er erinnerte sich nicht und noch dazu war er mir bestimmt keine Rechenschaft schuldig.

»Ich bin weg. Bis morgen«, sagte ich. Jake, Lion wie auch Shawn nickten mir zu. Somit verschwand ich aus dem Proberaum und knallte die Tür zum Flur hinter mir zu. Im Gang atmete ich durch und eilte diesen hinunter, bis ich vor der Tür mit der Aufschrift Generation Millennial stand.

Meine Band.

Mein Baby.

Noch immer erfüllte es mich mit Stolz, dass wir es geschafft hatten, über GR vertrieben zu werden. Die Plätze im Label waren rar und heiß begehrt.

Im Vorraum empfing mich der Duft von Kaffee und auch das Geräusch der gurgelnden Maschine. Das gefiel mir schon viel besser. Keith saß an dem dunklen runden Tisch und schaute von den vollgekritzelten Zetteln auf, als ich die Tür schloss.

»Wie war die Probe?«

Ich stöhnte und setzte mich ihm gegenüber. Penny und Tyler hielten sich nebenan auf und winkten mir, als sie mich durch die Trennscheibe entdeckten. »Hör bloß auf.«

Keith lachte und nahm einen Schluck von seinem Kaffee. »Als wäre das neu. Du wusstest, worauf du dich einlässt, wenn du mit Maybe einen Song einspielst.« Er strich eine Zeile durch und summte vor sich hin.

»Hast du etwas Neues für uns?« Ich beugte mich über den Tisch, um auf den Zettel zu schauen. Er strich weitere Zeilen durch und summte wieder.

»Bin mir noch nicht ganz sicher.« Ein schiefes Lächeln entstand auf seinen Lippen. Keith war zuvorkommend, auf ihn konnte man sich verlassen und er sah wirklich gut aus. Nicht auf diese Instagram-Model-Art, sondern auf eine natürliche, eine zarte und unbeschwerte Art. Sein Kiefer war nicht so klargezeichnet, wie zum Beispiel der von Asher, aber unter seinen dunklen Brauen schauten seine dunkelblauen Augen verträumt zu mir herüber.

»Du bist zarter als eine Elfe. Es ist eine Schande, dass wir nie zusammen sein werden«, sagte ich.

»Eine Elfe?«

»Du würdest einen guten Balletttänzer abgeben.«

»Und außerdem schaue ich gerne Eiskunstlauf.« Keith brachte mich zum Lachen und ich setzte mich auf den Stuhl neben ihn, damit ich die Texte mit überfliegen konnte.

Danach deutete ich mit einem Blick in den Proberaum, wo Penny gerade gestikulierte und Tyler offensichtlich nervte. Der stand ihr mit verschränkten Armen gegenüber. »Was ist bei den beiden wieder los?«

»Ich bin froh, dass ich es nicht weiß.«

»Kann es sein, dass es schlimmer wird?«

»Penny hat Tyler die Sticks beim Spielen aus der Hand gerissen.«

Ich zog zischend die Luft ein. »Das gefiel ihm nicht?«

Er deutete mit dem Daumen hinter sich. »Seitdem zanken die beiden sich und deswegen sitze ich hier.«

Keith widmete sich wieder dem Text und ich knabberte an meiner Unterlippe, verschränkte die Arme auf dem Tisch. »Mal eine rhetorische Frage. Wenn du mit jemandem im Bett warst, der sich aber nicht mehr daran erinnert und du nicht weißt, ob du das gut oder schlecht finden sollst ... würdest du diese Person darauf ansprechen?«

Langsam wanderte sein Blick zu mir, wobei er eine Braue immer weiter hob. »Was hast du angestellt?«

Die Tür flog auf. Penny kam mit erhobenen Armen in den Raum. »Ich habe eine geniale Idee.«

»Hat sie nicht!«, rief Tyler von nebenan.

Sie wedelte im Türrahmen in seine Richtung. Ihre Armbänder klimperten dabei. »Ruhe dahinten auf den billigen Plätzen.«

»Ihre Idee ist hirnrissig!« Tyler wieder.

Mit leuchtenden Augen sah Penny erst Keith und dann mich an. »Elektronische Musik!« Sie klatschte einmal in die Hände, als hätte sie mit diesem Einfall die gesamte Musikwelt revolutioniert. »Das kommt zurzeit gut an. Ich glaube, wenn wir die neuen Tracks damit aufpeppen, starten wir neu durch.«

»Wir sind keine von deinen Cyber-Technopunk-Dark-Electro-Bands oder wie das auch immer heißt!«, schnauzte Tyler und brachte mich zum Lachen. »Wir machen Hardrock!«

Sie sah sich wieder um. »Ginge es nach dir, würden wir noch immer im Sumpf des Nu-Metal vor uns hinvegetieren und in ranzigen Underground-Bars spielen.« Tyler quetschte sich an ihr vorbei und stellte sich vor den Tisch, die Arme vor der breiten Brust verschränkt. »Wir machen Hardrock und dabei würde ich gerne bleiben.«

»Meine Faust fliegt gleich mal als harter Rock in dein Gesicht, du elender Spießer!« Penny sah mich an. »Kiiit. Keiiith. Sagt was dazu.«

»Genau, sagt ihr, dass wir das nicht tun werden.«

»Zuerst …« Ich sah Tyler an, der die Stirn in Falten legte. »Du hast abgenommen.«

Mit einem Lächeln klopfte er zwei Mal auf seinen Bauch, über dem sein liebstes Bandshirt von Metallica nicht mehr ganz so spannte, wie noch vor wenigen Wochen. Seit knapp drei Monaten ging er wieder trainieren, weil er Gewicht verlieren und Muskeln aufbauen wollte.

»Danke.« Er spießte die anderen beiden mit Blicken auf. »Immerhin eine, der das endlich auffällt.«

Penny stützte sich neben Keiths Zetteln auf den Tisch und sah zu Tyler. »Wir sehen uns jeden Tag, da fällt einem das nicht auf.« Ihr Blick huschte zurück zu mir. »Komm schon, das ist doch eine gute Idee.«

»Hm«, machte ich und Tyler lachte gehässig.

Penny sah ihn wieder an, wobei ihr blonder Pferdeschwanz beinahe Keiths Gesicht erwischte, der allerdings galant zurückwich.

»Sie findet es Scheiße«, murmelte Tyler.

Mit einem Schnalzen richtete Penny sich auf. »Na gut. Dann beweise ich euch, wie viel besser es ist.« Sie wandte sich ab und stolzierte Richtung Proberaum. In der Tür machte sie halt. »Ich werde gemeinsam mit Mr Mischi etwas Geniales auf die Beine stellen.« Damit schloss sie die Tür.

»Wer ist Mr Mischi?«, fragte Tyler. »Oder meinte sie Mr Muschi?«

»Wer soll denn bitte Mr Muschi sein?« Mit einem Lachen sank ich gegen die Stuhllehne.

»Sie meint entweder unseren Produzenten oder unseren Audio Engineer«, antwortete Keith. Der brütete noch immer über den Texten und ließ sich nicht aus der Ruhe bringen. »Die arbeiten schon zwei Jahre für uns, dass sie sich die Namen noch immer nicht merken kann …«

»Ahhh«, machte Tyler.

Er sah zum Proberaum und Penny kam an die Scheibe, ihre schwarze ESP mit dem knallpinken Gurt bereits umgehängt. Sie zeigte ihm den Mittelfinger und formte irgendetwas mit den Lippen. Vermutlich ein nett gemeintes *fick dich*.

»Sie nervt mich.«

»Ich weiß«, stimmte ich zu. »Vertragt euch einfach.« Tyler zog den Stuhl zurück und setzte sich. »Ehrlich gesagt denke ich auch schon länger darüber nach, etwas an den Songs zu ändern.« Tyler seufzte und fuhr einmal mit der Hand durch seine dunkelbraunen Haare. »Allerdings dachte ich eher daran, jemanden ins Boot zu holen, der sich auf Beats spezialisiert hat.«

Jetzt hatte ich auch Keiths Aufmerksamkeit. Er legte den Stift zur Seite und stapelte die Blätter. »Wer schwebt dir vor?«

»Es gibt da einen Newcomer, ich weiß den Namen gerade nicht. Wenn wir ihn jetzt fragen, würde er vielleicht ja sagen. Also ja, Pennys Idee finde ich gar nicht schlecht.« Tyler wollte etwas sagen, aber ich hob die Hand, damit er still blieb. »Eher so etwas, das Linkin Park früher gerne in ihre Tracks eingebaut haben. Korn haben auch eine Platte mit diversen Electro-Künstlern. Es würde auf jeden Fall für frischen Wind und möglicherweise auch neue Aufmerksamkeit sorgen. Auch außerhalb der Blase, in der wir derzeit unterwegs sind.«

Keith und Tyler schauten sich an, dann wieder mich. »Denkt drüber nach, okay?« Ich deutete zu Penny, die bereits verschiedene Tonabfolgen spielte, was dumpf zu uns drang. »Sie ist eine Chaotin, aber hin und wieder findet sie auch ein Korn.«

Tyler seufzte hörbar und beobachtete sie einen Moment. »Sie ist laut und unberechenbar.«

»Dafür lieben wir sie«, sagte ich grinsend. Beide schauten mich mit einer gehobenen Braue an. »Gebt es zu, das ist der Grund, wieso ihr Penny lieb habt.« Bei meinem Klatschen zuckten beide und ich stand auf und stellte mich hinter Keith, legte die Hände auf seine Schultern. »Bereit für den Tag?« Mit leichtem Druck massierte ich ihn.

Tyler stand auf und streckte sich. »Je eher wir durch sind, desto früher bin ich zu Hause.«

Wir gingen nach nebenan, Penny warf uns einen Seitenblick zu, spielte dann weiter.

»Ärger im Paradies?«, rief ich Tyler entgegen.

Er umrundete die Drums, blieb dahinter stehen. »Bea beschwert sich, weil ich so wenig Zeit für sie habe.«

Ich nickte und holte meinen geliebten Rickenbacker, der zwischen den anderen Schätzchen auf dem Ständer stand.

Vor der Tour war es normal, dass wir eher im Proberaum lebten als bei uns zu Hause. Ich konnte seine Frau verstehen, dass sie das sagte und doch verstand ich es irgendwie nicht. Immerhin wusste sie, worauf sie sich bei Tyler eingelassen hatte. Es gab Tage und sogar Wochen da hatten wir nichts zu tun und dann wieder gab es Wochen und Monate, da blieb für Privates wenig Zeit.

Diesen Spagat zu schaffen, gerade, wenn der Partner nicht im Musikbusiness tätig war, war bestimmt nicht leicht.

Auch Keith stieß schlussendlich zu uns und so verbrachten wir den Tag damit, die Tracks zu proben, die wir auf der Tour spielen wollten.

# Vier

Gestern hatte ich stundenlang wachgelegen und gegrübelt. Ich hatte mich gefragt, ob Ashers und mein Verhältnis kippte, weil mein Kopf mich deswegen verrückt machte. Die Probe heute Morgen mit Maybe hatte das bestätigt, denn sie war wieder so seltsam verlaufen, wie gestern. Asher hatte mich nach wenigen Durchgängen regelrecht rausgeworfen und niemand hatte etwas dazu gesagt. Das Proben mit meinen Millennials war entsprechend anstrengend für mich gewesen, weil mich Ashers Rauswurf wieder so beschäftigte. Ich war froh, als ich endlich den Proberaum verlassen konnte.

Asher verließ den Proberaum, als auch ich den Flur betrat. Er schulterte seine Gitarrentasche und ich fragte mich, wie man bitte eine Gitarrentasche so lässig über die Schulter hängen konnte.

Er nickte mir zu und zog danach die Sonnenbrille wieder auf, weil ihn die Sonne hier drin so blendete, nahm ich an.

Mit strammem Schritt kam er mir entgegen.

»Und du sagst mir, ich soll meine Klamotten an die Wohlfahrt spenden, weil sie alt sind?« Dabei deutete ich auf das ausgewaschene Pink Floyd Shirt, das er dauernd trug. Es saß an den Schultern zu eng und am Bauchbereich zu locker.

Asher blieb stehen und obwohl uns bestimmt drei Meter

trennten, bemerkte ich dieses seltsame Summen, das durch seine Anwesenheit auf meiner Haut entstand. Als würde eine Biene meinen Nacken mit ihren kleinen Beinchen kitzeln, während sie über die empfindliche Haut lief.

Er sah an sich herunter und zog danach die Sonnenbrille wieder ab.

Das war nicht gut, wenn ich seinen Augen ausgesetzt war.

Das Kribbeln in meinem Nacken verstärkte sich, kaum erreichte sein ungefilterter Blick mich.

Er zog eine Braue hoch und schob die Sonnenbrille in den Ausschnitt des Shirts.

Wollte er nichts dazu sagen?

Als er den Gurt des schwarzen Gigbags neu umfasste, musterte ich seine Hände, wo unter der Haut die Adern und Sehnen deutlich zu erkennen waren. Auch das Spiel seiner Unterarmmuskeln blieb mir nicht verborgen.

Ich erinnerte mich an seine Finger an meiner Haut.

An meinen Armen.

An meinem Bauch.

An der Hüfte …

Ohne ein Wort ging er an mir vorbei und ich sah ihm verdutzt nach, weil er sich solche Gelegenheiten eigentlich nicht entgehen ließ, um sich aufzuspielen oder jemandem einen Spruch reinzudrücken.

Mein Herz hämmerte unaufhörlich in meiner Brust.

Er riss die Zwischentür auf und sah sich dann noch einmal zu mir um. Dieser Blick von ihm war wie ein kleiner Stich mitten in mein verfluchtes Herz.

Ich hatte keine Ahnung, wieso er mir mit seinem Desinteresse so wehtat, aber ich wollte eine Reaktion haben.

Asher schlug die Tür hinter sich zu, wodurch ich zuckte und auch bemerkte, dass ich den Türgriff noch immer umklammerte. Hastig zog ich die Hand weg und ballte sie einmal. Ich sah zur Zwischentür, zurück zum Proberaum und war kurz davor, mich zu verstecken.

Mit einem Kopfschütteln folgte ich Asher in den Vorraum. Wenn ich das nicht tat, wusste er, dass etwas bei mir nicht stimmte, und das konnte ich ganz und gar nicht gebrauchen.

Gerade öffneten sich die Lifttüren, also ging ich nach ihm in den Aufzug. Sofort umgab mich sein maskuliner Duft.

Er erinnerte mich an Tannennadeln gemischt mit einer frischen Brise und auch daran, wie ich neben ihm aufgewacht war. Ich atmete automatisch tief ein und die Türen schlossen sich.

Wir sagten nichts, nur das Geräusch des Fahrstuhls umgab uns und mit jeder verstrichenen Sekunde fühlte ich mich neben ihm unwohler.

Diese seltsame Leere hatte es zwischen uns nie gegeben, denn wir hatten in der Regel immer ein Thema, über das wir uns austauschten. Der nächste Track, das nächste Interview oder Ähnliches.

Vorsichtig warf ich ihm einen Seitenblick zu. Er schaute stur geradeaus, die dunklen Brauen zusammengezogen. Seine Nase hatte einen leichten Knick, weil sie gebrochen gewesen war, das hatte er mir erzählt. Der Bartschatten umrahmte seine Lippen, zwischen denen eine unangezündete Zigarette steckte. Als er sich räusperte, schaute ich schnell wieder nach vorne.

Mein Herz hämmerte nach wie vor viel zu schnell und machte einem Metronom im Prestissimo eindeutig Konkurrenz.

Fieberhaft suchte ich irgendein Thema, das ich anschlagen konnte.

Ich versuchte, meine Hände zu beschäftigen und fummelte an dem Bund meiner Jeans herum.

Als die Türen sich endlich öffneten, unterdrückte ich den Drang, laut auszuatmen. Asher blieb in der geöffneten Tür stehen. Er zog die Zigarette aus dem Mund, legte seine Hand an die rechte Tür und sah sich zu mir um.

»Bevor du dich das nächste Mal über andere Klamotten lustig machst, frag dich, ob es denjenigen vielleicht verletzen könnte.«

Vollkommen aus dem Leben getreten und wild blinzelnd starrte ich Asher hinterher, während er den Aufzug verließ und durch die Garage ging.

Was zur Hölle?

Ich schob meine Hand zwischen die Türen, ehe sie sich schließen konnten, und eilte ihm hinterher. »Wie bitte?«, rief ich und erschrak gleichzeitig über den Ton, den ich ihm gegenüber anschlug.

Er blieb wenige Meter vor seinem knallrot lackierten 1969 Pontiac GTO stehen und drehte sich um. Ich stampfte ihm entgegen und war mir sicher, dass mir Rauchschwaden aus den Ohren kamen.

»Muss ich dich daran erinnern, dass du dich vorgestern Abend eine geschlagene Stunde lang mit Lion darüber lustig gemacht hast, was Jake für ein Shirt anhatte? Frag dich mal, wieso er nie Bock hat, sich mit uns zu treffen!

Weil du dich wie ein verfickter Neandertaler benehmen kannst und – daran muss man dich wohl hin und wieder erinnern – dich in der Regel nicht dafür interessierst, ob du andere mit deinem Benehmen verletzt!«

Das hätte ich Asher am liebsten an dem Abend schon an den Kopf geknallt, keine Ahnung, wieso ich es nicht getan hatte.

Ich ballte die Hände und baute mich vor ihm auf. Er legte den Kopf auf die Seite und ich konnte nicht fassen, dass für ein paar Sekunden ein Grinsen auf seinen Lippen erschien. »Wenn du das tust, bist du wirklich süß, Kathrin. Ein bisschen wie ein Gremlin.«

Kathrin.

Schon wieder.

»Was soll das?«

»Was?«

»Dass du mich so nennst.«

Seine Mundwinkel zuckten. Gott, ich wollte ihm diese nervöse Zuckung aus dem Gesicht prügeln. Sie war so … herablassend.

»Das ist doch dein Name, oder?«

»Niemand nennt mich so.«

»Aber du heißt so.«

Ich atmete durch. »Ich merke schon, das führt zu nichts.«

Asher gluckste und dieses Geräusch überraschte mich dermaßen, dass ich einen kleinen Schritt zurücktrat. Asher gluckste nicht. Ich wusste nicht, dass er das überhaupt konnte.

»Wir kennen uns so lang, langsam müsstest du verstanden haben, dass das mit mir selten zu etwas führt.«

*Die vorletzte Nacht hat schon zu etwas geführt. Nämlich mich in dein Bett ...*

Ich biss mir innerlich auf die Zunge, um das bloß nicht laut auszusprechen. Gerade war noch alles in Ordnung. Es war gut, dass er sich nicht erinnerte, so vermieden wir einen Kollateralschaden, der sich mit Sicherheit auch auf beide Bands auswirken würde. Das konnte ich meinem bescheuerten Hirn auch noch klarmachen.

Diese Gedanken entspannten mich ein wenig.

Dennoch verschränkte ich die Arme vor der Brust.

»Schön, dass du mich nicht ernst nimmst.« Mit dem Kinn deutete ich auf sein Shirt und er folgte meinem Blick. »Was hat es mit Pink Floyd auf sich? Du trägst es dauernd und es sitzt gar nicht mehr richtig. Das Ding muss uralt sein.«

»Wir sehen uns morgen.« Damit ließ er mich stehen, verstaute sein Gigbag im Kofferraum und setzte sich auf den Fahrersitz. Er ließ das Fenster herunter, legte seinen Unterarm aufs Metall und parkte aus.

»Bis morgen, Pink Floyd.« Kurz entgleisten seine Gesichtszüge, dann schob er die Sonnenbrille zurück auf die Nase. Gut zu wissen, dass ihm der Name nicht gefiel. Zum Abschied hob er besonders galant den Zeigefinger und fuhr aus der Tiefgarage.

Ich schaute mich um. Erst jetzt fiel mir ein, dass ich heute wieder mit der U-Bahn gekommen war. Zum Glück lag die nächste Haltestelle nur knapp einen Block entfernt. Also machte ich mich ebenfalls auf den Weg nach Hause.

Endlich angekommen, schloss ich die Tür auf und nickte meinem alten Nachbarn von gegenüber zu, der gerade die

Fußmatte vor der Wohnungstür absaugte. Mit einem Stöhnen warf ich die Tür hinter mir ins Schloss und drückte den rechten Schuh von meinem Fuß. Den schleuderte ich durch den Raum, er knallte gegen die Küchenfront, was ich im Dunklen nur schemenhaft wahrnahm. Ich lehnte mich mit geschlossenen Augen an das Holz der Wohnungstür.

Jetzt galt es, meinen Verstand und meinen Körper wieder in den Griff zu bekommen. Asher und ich, das würde niemals passieren.

Auch, wenn es genaugenommen längst passiert war, aber das bedeutete nichts. Weder ihm noch mir.

Er schenkte keiner Frau Exklusivität und ich schenkte keinem Mann Exklusivität.

Asher war ein Freund.

Ein abgedrehter und überheblicher Freund.

Punkt.

# Fünf

Ein lautes Klopfen, gefolgt von irgendwelchen sinnlosen Worten weckten mich. Ich zog das Kopfkissen über mein Gesicht, dabei knallte ich mit dem Hinterkopf gegen das Kopfende.

»Kiiit! Mach auf!«

Nach und nach erkannte ich Pennys Stimme und warf das Kissen vom Bett. Irgendetwas fegte ich damit wohl zu Boden. Bei einem Seitenblick stellte ich fest, dass es die Packung Schmerztabletten vom Nachttisch gewesen war. Langsam raffte ich mich auf und schob die Beine über den Matratzenrand, bis ich den flauschigen Teppich vor dem Bett berührte. Durch die Vorhänge blitzte ein schmaler Streifen der Morgensonne, Staubkörner tanzten durch den dünnen Streifen Licht.

Wunderbar, die Nacht hatte mir wieder nichts gebracht. Gefühlt stundenlang hatte ich mich gestern Abend hin und her gewälzt. Die ganze Zeit hatte Asher mir im Kopf herumgespukt.

Ich klopfte einige Male mit den Handballen gegen meine Stirn, um endlich wieder zu mir zu finden.

»Kiiit!«

»Moment!«, rief ich, weil sie mir schon jetzt gewaltig auf die Nerven ging. Ich checkte die Uhrzeit auf dem Handy. Halb acht. Was tat sie um diese Zeit hier?

Ich stand auf und zog einen großen Pullover von meinem mit Klamotten übersäten Ohrensessel, der in der Ecke neben dem Plattenregal stand. Dann schlurfte ich an meiner gelben Couch vorbei und warf einen Blick in die Küche, wo sich das Geschirr stapelte. Wenn ich das schon sah, wollte ich direkt wieder im Bett verschwinden. Es war nicht so, dass ich faul war – zugegeben in den letzten Tagen hatte ich den Haushalt schleifen lassen. Normalerweise rechtfertigte ich das damit, dass ich viel im Label war, aber gerade half auch die beste Ausrede nichts.

Ich zog die Tür auf und wollte in die Küche gehen, um die Kaffeemaschine anzulassen. Penny streckte die Halterung mit zwei Pappbechern vor meine Nase und ich blieb stehen.

»Kaffee.« Damit schloss sie die Tür und ging durch den Raum, um sich aufs Sofa zu setzen. Sie sah sich um und hob ihre blonden Brauen. »Wie sieht es denn hier aus?«

Das tat ich mit einem Schulterzucken ab.

»Princeton?« Sie grunzte leise.

Kurz schaute ich auf das Emblem auf der linken Brustseite. »Hat mal ein Typ hier liegenlassen.« Ich ging zu ihr. »Das ist süß von dir, dass du mir Kaffee bringst. Womit habe ich das verdient?«

Heute hatte sie ihre blonden Haare zu einem strengen Pferdeschwanz gebunden. Die unteren Strähnen drehten sich zu Locken ein und lagen locker in ihrem Nacken, was mich wahnsinnig machen würde. Automatisch strich ich meine schulterlangen Haare hinter die Ohren. »Du hast gestern so traurig ausgesehen, da wollte ich dir eine Freude machen. Und außerdem …«

Ich hob die Hand. »Nein«, sagte ich, setzte mich und griff nach einem der beiden Becher. »Ich werde nicht mit dir über diese Idee mit dem elektronischen Einfluss reden. Das ist eine Bandangelegenheit und wird auch als Einheit entschieden.«

»Aber ...« Sie faltete sogar ihre Hände und legte einen Hundeblick auf.

»Bring mich nicht in diese Situation«, sagte ich warnend und ihre Schultern sackten zusammen. Zwischen den Zeitschriften auf dem Couchtisch lag eines meiner Haargummis, das ich aufnahm, um mir meine Haare zu einem kleinen Knoten auf dem Kopf zu binden.

Ergeben nahm sie den anderen Becher und tauschte ihn gegen den, den ich bereits vor mir stehen hatte, und wackelte leicht damit. »Chai Latte.«

»Du weißt, dass wir solche Dinge immer gemeinsam besprechen«, murmelte ich, wobei ich den Becher ansetzte. »Hm, der ist gut.« Ich drehte den Becher in der Hand und sah auf das Logo.

»Von dem neuen Barista hier um die Ecke.«

»Den wollte ich eh ausprobieren«, sagte ich. Penny nahm ebenfalls einen Schluck Kaffee. »Was bedeutet eigentlich, dass ich traurig ausgesehen habe?«

»Du hast abwesend gewirkt.«

»Ich war nicht abwesend.«

War ich doch.

Penny schob mit einem Fuß die Zeitschriften zur Seite, legte die Beine auf den Couchtisch und verschränkte die Knöchel übereinander. »Du bist vorgestern und auch gestern außerdem bei ungefähr allen Liedern aus dem

Takt gekommen.« Dieses leichte Lächeln auf ihren Lippen bedeutete normalerweise nichts Gutes.

»Kann vielleicht daran gelegen haben, dass ich einen Kater hatte?« Dabei zog ich meine Brauen extra weit hoch und fixierte sie.

Penny drehte mir das Gesicht zu. »Du warst lang im Beaver's.«

»Als wäre es das erste Mal, dass ich lang ausgehe.«

Sie drehte den Becher zwischen den Fingern und durchbohrte mich mit ihren stechend grünen Augen.

»Ist das so?« Dieser Unterton von ihr gefiel mir ganz und gar nicht.

Verdammt, ich war am Arsch, sie roch den Braten.

Ich straffte die Schultern. »Wir hatten eben eine gute Zeit. Wird mir das jetzt vorgeworfen?« Ich sah sie wieder an und verengte die Lider. »Was soll dieses Verhör eigentlich?«

Ihre heute rosafarben bemalten Lippen verzogen sich zu einem kleinen Lächeln. »Wir plaudern doch nur. Wieso sollte ich dich verhören?«

»Machst du nicht.«

»Mache ich nicht.«

Die darauffolgende Stille machte mich noch nervöser. Ich knibbelte am Rand des Kaffeebechers, bis Penny auf den Tisch schlug. Ich zuckte zusammen und blinzelte. »Was soll das?«

Sie stellte ihren Chai Latte ab und deutete auf mich. »Was hast du ausgefressen?« Verdammte Scheiße.

»Gar nichts.« Meine Stimme war zu piepsig, so ein Mist.

»Ms Fort, Sie können gerne den anderen Bandmitgliedern diese lächerlichen Ausflüchte auftischen, mich führen Sie nicht aufs Glatteis.« Ihr Blick huschte zwischen meinen Augen hin und her. »Kit! Was ist passiert?!«

Sie riss mir den Becher aus der Hand, sodass beinahe etwas über den Rand schwappte. Mit dem Zeigefinger deutete sie auf den Kaffee.

»Du knibbelst. Du knibbelst nur, wenn du nervös bist.«

Das reichte mir, also stand ich auf und ging um den Tisch, um Abstand zu gewinnen. »Es ist nichts. Wieso muss direkt etwas passieren, wenn Asher und ich länger bleiben?«

Sie riss die Augen auf und stieß einen spitzen Schrei aus, weshalb ich erneut zusammenfuhr. »Oh. Mein. Gott!«

»Scheiße«, sagte ich leise und trat weiter zurück. Ich hatte mich verplappert.

Penny stellte den Becher ab und stand ebenfalls auf, blieb aber zum Glück dort stehen. »Du hast ihn gevögelt.«

Ich antwortete nicht.

Sie fächelte die Luft zu. »Ohhh, ich habe recht. Ihr hattet Sex.«

»Wieso ist das so ein Thema für dich?«, meckerte ich und wollte mich verfluchen, weil ich ihr auch noch zustimmte.

Penny würde jede Sekunde explodieren, ihre Ohren wurden bereits rot. »Weil du Sex mit Asher Adams hattest?!« Mit einer Hand wedelte sie vielsagend in der Luft umher. Ihre Armbänder rutschten dabei an ihrem Unterarm auf und ab. »Halloo?! Asher? Und du? Ihr beide?« Jetzt wackelte sie zu allem Überfluss noch mit ihren Augenbrauen.

»Was soll denn das bedeuten: Ihr beide.« Ich verstellte die Stimme, als ich sie nachäffte.

»Na, dass ihr zwei zuckersüßen Bandleader bald eine zuckersüße Bandhochzeit feiert.« Sie pfiff den Anfang des Hochzeitsmarschs. »Wenn ich nicht deine Trauzeugin werde, crashe ich die Hochzeit, indem ich die Torte in die Luft sprenge, das ist dir hoffentlich klar.«

Ich gab auf, ließ den Kopf kurz in den Nacken fallen und stieß dann ein dramatisches Stöhnen aus. »Scheiße, ich weiß nicht, wie das passieren konnte«, sagte ich und Penny kam zu mir, umfasste meine Schultern.

Ihr Blick wurde so eindringlich, dass ich leise lachte, weil es süß, aber auch ein wenig daneben war. »Es war Schicksal, dass das irgendwann passiert.«

Wirklich, sie auch noch? Als hätte es nicht gereicht, dass Jake sich darüber lustig gemacht hatte.

»Du spinnst, ich kann dich nicht ernst nehmen.«

Gespielt empört verpasste sie mir einen Klaps gegen die Schulter und setzte sich zurück auf die Couch. »Also? Erzähl.« Wieder stöhnte ich. »Komm schon, Kit. Endlich wird es mal interessant in deinem Liebesleben.«

»Endlich?« Ich setzte mich zu ihr und sie drückte mir den Kaffeebecher in die Hand.

»Jetzt komm mir nicht damit, dass du Beziehungen abgeschworen hast, das wissen wir alle. Aber das angeblich gefühllose Gepimper von dir in fremden Betten ist auf Dauer wirklich langweilig.« Dabei deutete sie auf den Pullover, den ich trug.

»Ähm ... was denkst du bitte, wie oft ich Sex mit fremden Männern habe?«

»Also?« Sie grinste.

Keine Antwort war in dem Fall auch eine.

»Du kannst eine fiese kleine Giftnudel sein mit deiner passiv aggressiven Art.«

Ihr Grinsen wurde eine Spur breiter. »Weiß ich.«

Weil sie mich weiter anstarrte, gab ich mich erneut geschlagen. »Ich weiß nicht, wie ich in seinem Bett gelandet bin, ich erinnere mich nur bruchstückhaft an die Nacht.«

Penny schürzte die Lippen. »Das bedeutet?«

»Dass ich mich kaum daran erinnere, wie seine Haut sich unter meinen Fingern angefühlt hat. Es ist wie ein verschwommener und doch sehr realistischer Traum.«

Mit einem verständnisvollen Nicken wandte sie sich mir weiter zu. »Was sagt Asher dazu?«

»Er hat ein Blackout.«

Dass ihr Ausdruck sich in einen mitfühlenden verwandelte, gefiel mir noch weniger als die Tatsache, dass Penny Bescheid wusste. »Und was sagst du dazu?«

»Was soll ich dazu sagen? Es ist scheiße gelaufen, das passiert nie wieder und er erinnert sich ohnehin nicht.« Wir wechselten einen Blick. »Was gut ist. Es ist gut, dass er sich nicht erinnert.«

»Und was sagt dir dein Herz?«

»Was?«, sagte ich und verzog das Gesicht.

Penny nahm einen Schluck von ihrem Chai Latte und lächelte danach sanft. »Dein Herz wird doch etwas dazu zu sagen haben.«

Was mein Herz sagte?

Ich wusste es nicht, weil ich aufgehört hatte, darauf zu hören. Ich traf Entscheidungen mit dem Kopf und wäre ich vorgestern dazu in der Lage gewesen, wäre das mit Asher niemals passiert. Und auch wenn ich es nicht wahrhaben wollte, war mir mehr als klar, dass in der Nacht mein Herz für wenige Stunden die Kontrolle übernommen hatte.

»Kit?«, drang Pennys ruhige Stimme durch meine Gedanken. »Alles okay bei dir?«

Mit einem aufgesetzten Lächeln stand ich auf und durchquerte den Raum in Richtung meines Badezimmers. Vor der Tür drehte ich mich zum Wohnbereich, wo Penny über die Couchlehne zu mir sah. »Ich muss noch duschen. Danach können wir zum Label fahren.« Damit verschwand ich in meinem kleinen Bad und schloss die Tür hinter mir ab.

Schwer atmend und mit hämmerndem Herzen setzte ich mich auf den Wannenrand und vergrub die Finger in den Haaren.

»Seit wann bist du eigentlich so leicht unter den Tisch zu trinken?«

»Wie bitte?« Irritiert schaute ich vom Wasser des East Rivers zu Penny, die den Wagen über die Queensboro Bridge lenkte.

»Normalerweise bist du die, die am längsten steht.« Sie drückte auf dem Touchscreen herum. »Ich hasse diesen Neuwagen. Hätte ich mal meinen alten RAM behalten. Der war Gold wert und hatte eine normale Heizung, die immer funktioniert hat.«

»In deinem Wagen sind fünftausend Grad«, sagte ich trocken.

»Mir ist kalt.« Und das, obwohl sie einen dicken Strickpullover, ihre Lederjacke und einen Strickschal von ihrer

Großmutter trug. Ich trug ein Top und mir war noch zu warm. Sie warf mir einen Seitenblick zu und ich unterdrückte ein Schmunzeln. »Also? Was ist passiert, dass Kit, alias der Schluckspecht, unterm Tisch lag und Erinnerungslücken hat?«

Wenn ich Penny das verriet, würde sie mich mit ziemlicher Sicherheit aus dem fahrenden Wagen treten, damit ich im Fluss ertrank.

»Schluckspecht?«

Sie grinste. »Auf die eine und andere Art …«

Mit einem Augenrollen sank ich weiter in den Sitz. »Ich hatte wohl einen schlechten Tag. Wenig gegessen, viel Stress.«

Sie drückte intensiver gegen den Touchscreen und auf einmal dröhnte Musik aus den Boxen, weshalb ich beinahe einen Herzinfarkt bekam.

»Verdammt, Penny!«, maulte ich und sie regelte die Lautstärke vom Lenkrad aus.

»Ich hasse diesen Wagen und auch meinen bescheuerten Bruder, der mir dazu geraten hat, dieses *solide* Auto zu kaufen.« Sie malte mit den Fingern Gänsefüße in die Luft. »Mit einem Suburban kannst du nichts falsch machen, Schwesterherz. Ich gebe dir auch Geld dazu, dann kannst du ihn dir leisten«, äffte sie ihn nach. »Die alte Möhre bringt dich kaum noch von A nach B. Doch, Daniel *oberschlau* Lockhardt, das hat sie sehr wohl getan!« Sie schnaubte und umfasste das Lenkrad endlich wieder mit beiden Händen. »Ich sage dir, er wollte, dass ich an dem Ding verzweifle. Dieser abgebrühte Mistkerl.«

Sie besaß den Wagen erst fünf Tage.

Trotzdem war es ein Wunder, dass sie nicht bereits dutzende Briefkästen in der Stadt plattgefahren hatte.

Das nächste Mal fuhr ich selbst, so viel stand fest. Penny hatte meinen aufgelösten Zustand ausgenutzt, um mich in ihr Schlachtschiff von einem Auto zu schleifen.

»Man sollte dir den Führerschein entziehen.«

»Weil ich im letzten Jahr ein paar Mal falsch geparkt habe?«

»Ein paar Mal? Du hast fünfundzwanzig Strafzettel bekommen.« Ich lachte unterdrückt.

Sie hob den Zeigefinger. »Dreiundzwanzig.«

»Das macht es natürlich besser.«

Die letzten Minuten zum Label hörten wir ein altes Album von Pendulum und mir war klar, dass Penny mir das Genre für unsere Band schmackhaft machen wollte. Ich beobachtete das Treiben auf Manhattans Gehwegen und ignorierte ihre Musikwahl. Die Morgensonne fiel durch die Kronen der Bäume des Central Parks auf die vollgestopfte Straße und spiegelte sich außerdem in den hohen Bürogebäuden um uns herum.

Der Parkwächter ließ uns nach der regulären Gesichts- und Ausweiskontrolle in die Tiefgarage von GreyRound-Records. Penny fuhr über den mit Neonröhren beleuchteten Platz und parkte schlussendlich auf dem für sie vorgesehenen. Natürlich stach mir Ashers GTO ins Auge. Der Wagen stand fünf Plätze weiter und dass ich alleine beim Anblick von seinem Auto Herz-Rhythmus-Störungen bekam, war unnormal.

Vielleicht bekam ich auch eine Grippe und mein Körper spielte deswegen verrückt.

Während wir auf den Fahrstuhl warteten, erzählte Penny mir von dem Kerl, den sie gestern Abend gedatet hatte. Ich fragte mich, ob sich das zwischen Asher und mir ab jetzt immer so seltsam anfühlen würde? Vermutlich war es meine Schuld gewesen, dass es zwischen uns so verkrampft war, da er sich nicht erinnerte. Wieso also sollte sich etwas für ihn ändern?

Als die Türen sich hinter uns schlossen, stieß Penny mich mit dem Ellenbogen an. »…was meinst du?« Sie drückte auf den Knopf mit der Sechs, wobei ich auf ihre schwarz lackierten Nägel schaute.

»Hm?«

»Auf welchem Planeten treibst du dich denn wieder rum?«

»Ähm … auf der Erde? Wo sonst?«

Deutlich amüsiert schüttelte sie ihren Kopf und kaum öffneten sich die Türen zu unserem Stockwerk, wollte ich am liebsten zurück in die Tiefgarage fahren. Vielleicht gab es hier auch einen versteckten Knopf, der mich direkt bis zum Erdkern beförderte.

Ich straffte dennoch die Schultern und folgte Penny durch den Eingangsbereich und auch den Flur. Vor unserem Proberaum blieb sie stehen.

»Bis später, und bestell Asher liebe Grüße.« Ohne eine Antwort abzuwarten, verschwand sie in unserem Reich. Die Glückliche.

Ich ging durch den Flur, wobei meine Beine immer schwerer wurden, bis ich die Tür öffnen wollte. Sie war allerdings abgeschlossen. Auch nach mehrmaligem herunterdrücken der Klinke tat sich nichts. Verwirrt sah ich mich im Flur um. Seit knapp einem Jahr waren Maybe und wir Millennials die einzigen Bands auf der Etage, weshalb wir selten abschlossen.

Die Autos der vier standen bereits auf den Parkplätzen, was bedeutete, sie waren hier. Ich zog mein Handy aus der hinteren Hosentasche und entsperrte es. In den Kontakten musste ich nicht einmal herumscrollen, da Asher mir als Erstes angezeigt wurde. Kurz zögerte ich, dann scrollte ich runter und tippte auf Jakes Namen. Während das Freizeichen ertönte, ging ich vor der Tür auf und ab und knibbelte am Gurt meiner Umhängetasche herum.

»Kit, wir sind bei Ches in einer Besprechung«, meldete Jake sich.

»Ich warte vor euerem Proberaum«, antwortete ich und blieb stehen.

Kurz kam nichts, dann räusperte er sich. »Asher wollte dir Bescheid sagen.«

»Weißt du was, halb so wild«, sagte ich.

»Ich gebe ihn dir.«

»Was? Nein, das ist nicht …«

Es raschelte in der Leitung, ich drückte die freie Hand vor meine Augen und atmete geräuschvoll aus. Das hatte mir gerade noch gefehlt.

»Kathrin«, sagte er und ich verfluchte seine weiche Stimme dafür, dass sie so sanft klang.

Der Tonfall in meinem Namen war auf einmal wie ein leises Versprechen an mein Herz, dass er mir alles geben würde, was ich von ihm brauchte.

»Ich stehe vor verschlossener Tür«, erklärte ich erneut.

»Habe ich dir nicht geschrieben?«

»Offensichtlich nicht.« Mit großen Schritten ging ich zum Fenster am Ende des Flurs und stellte mich vor die Pflanze. »Kannst du mir mal erklären, was das soll?«

Asher war ein Vollblutmusiker und verhielt sich gerne mal wie genau dieser; rücksichtslos und überheblich. Bis jetzt war er aber immer verlässlich gewesen, was die Zusammenarbeit betraf.

Mit Zeigefinger und Daumen zog ich an der Spitze des großen Palmenblattes.

»Sorry, das habe ich gestern Abend wohl vergessen, als ich diese süße Kleine abgeschleppt habe.«

»Okay, wow, danke. Danke, dass du dir lieber die Zeit mit deinen Tussis verschlägst, als dich um den Song zu kümmern.« Hastig legte ich auf, bevor ich ihm irgendwelche Beleidigungen an den Kopf knallte. Ich umfasste das Handy fest mit der Hand und ballte auch die andere. »Gooott, er ist so ein verdammter Idiot«, rief ich. Beinahe hätte ich das Handy vor mich auf den Boden geschleudert.

Ich drehte mich um, als sich jemand räusperte.

»Kann man dir helfen?«, fragte Tyler.

Mit einem Kopfschütteln ging ich durch den Flur. »Asher hat verschlafen mir zu sagen, dass wir heute nicht zusammen proben. Ich stand vor verschlossener Tür.«

»Und?«

»Und?« Ich blieb auf halbem Weg stehen.

»Wieso regst du dich darüber so auf?«, fragte er mit gerunzelter Stirn. Heute trug er eins von seinen rosafarbenen Steel Panther T-Shirts.

Er hatte recht, ich reagierte über. Was zwischen Asher und mir passiert war, schien mich doch tiefer getroffen zu haben, als ich angenommen hatte. »Keine Ahnung, wieso ich so aus der Haut fahre. Asher ist normalerweise nicht so unzuverlässig, das hat mich geärgert.«

»So haben wir mehr Zeit für unsere Tracks.« Er umfasste den Türknauf und zog die Tür langsam auf. Gitarrenklänge von Pennys ESP, gefolgt von wenigen Tönen von Keiths Sterling, drangen zu uns. »Und außerdem wusstest du, dass die Arbeit mit Asher und Lion nicht einfach wird.« Tyler lachte einmal. »Wir haben dich gewarnt.«

Ja, hatten sie.

Nicht nur einmal.

Wenn ich zurückdachte, erinnerte ich mich auch gar nicht mehr an die Geburtsstunde der Idee um den gemeinsamen Track. Auf einmal stand fest, dass Asher und ich etwas zusammen machen wollten. Diese dämlichen Abende im Beaver's.

Ich folgte unserem Drummer in den Proberaum und legte meine Tasche auf den Sessel zu der von Penny. Penny und Keith tauschten sich nebenan aus, bevor weitere Akkorde erklangen und ich mich mental auf einen entspannten Arbeitstag vorbereitete.

# Sechs

Meine Kollegen hatten sich vor wenigen Minuten verabschiedet und ich legte noch ein paar Notizen zusammen. Bevor Penny später zu mir kam, hatte ich noch knapp eine Stunde Zeit, die ich nutzen wollte, um den gemeinsamen Song mit Asher noch einmal durchzugehen. In dem Moment kamen die zwei Reinigungskräfte in den Raum und ich beschloss, rüber zu Maybe zu gehen, dort hätte ich Ruhe.

Jake zog gerade seinen Sweater über, als er mir im Flur entgegenkam. »Spätschicht?«

»Sieht so aus.«

»Bis morgen.« Damit ging er an mir vorbei. Ich betrat den Vorraum und legte meine Tasche auf den Tisch.

Das Licht war eingeschaltet. Das nebenan ebenfalls, wie ich bei einem Blick durch die Glasscheibe feststellte. Allerdings sah ich niemanden. Dann nahm ich Gitarrenklänge, gefolgt von einer glasklaren Stimme wahr. Asher war noch hier.

Kaum betrat ich den Raum, sah Asher sich zu mir um. Er saß im Schneidersitz auf dem Boden vor dem Schlagzeug. Babydoll vor der Brust. Dutzende Zettel lagen um ihn herum verteilt. Er steckte den Kugelschreiber zwischen die Zähne.

»Hey«, sagte ich sehr einfallsreich.

Ich hätte gerne behauptet, dass es mich nicht nervös machte, allein mit Asher zu sein, aber das tat es.

»Was machst du noch hier?«

Vorsichtig legte ich ein paar der Zettel zur Seite und setzte mich ihm gegenüber. »Ich wollte unseren Song noch durchgehen. Vor der Tour. Sicher ist sicher.«

»Wieso kommst du dafür extra rüber?«

»Heute sind die Reinigungskräfte bei uns im Raum, dann habe ich keine Ruhe.«

Asher nickte und zog einen Zettel heran, schrieb wenige Worte nieder. Erneut spielte er ein paar Töne auf der Gitarre und setzte nach wenigen Sekunden mit dem Gesang ein.

Seine tiefe klare Stimme krabbelte unter meine Haut und floss durch meinen Körper, umschmeichelte all meine Sinne. Er zog die Brauen zusammen, sein Blick kehrte sich nach innen und doch schien er vollkommen offen.

Als er stoppte, wurde ich aus der Trance gerissen und drückte den Rücken einmal durch. »Ein neues Stück?«

Asher nickte knapp, schrieb erneut auf dem Zettel. »Würdest du mit mir unseren Song durchgehen?«

Er hob den Blick, zog die Brauen wieder zusammen und nickte mir auffordernd zu.

Asher war professionell. Mit ihm zu arbeiten ging mir leicht von der Hand, denn er legte sein gesamtes Herzblut in die Musik. Das machte es einfach, mich auf ihn einzustellen.

Ich konzentrierte mich auf die Töne, die er mit der Gitarre erschuf und sang. Den ersten Ton versemmelte ich und hob meine Hand. »Nochmal.«

Er grinste.

Dabei wanderte sein rechter Mundwinkel ein wenig höher, was wahnsinnig sexy aussah.

Dieses Lächeln war mir bekannt, damit lockte er gerne Frauen ins Bett. Es schrie danach, dass Asher der Teufel persönlich war und nur versuchte, einen mit einem engelsgleichen Ausdruck zu ködern. Und wenn ich ehrlich zu mir war, machte mir genau dieser Umstand Angst.

»Mache ich dich nervös?« Sein Grinsen wurde noch eine Spur teuflischer.

»Das hättest du wohl gern.«

Er nickte mir erneut zu, begann von vorne. Dieses Mal traf ich den Ton und sang meine Passagen, wobei ich meine Augen geschlossen hielt. Als Asher einsetzte, um mich zu begleiten, öffnete ich die Lider.

Er sah mich an.

Mit einer ungeheuren Intensität.

Seine Stimme im Einklang mit meiner flutete den gesamten Raum, wir brachten die Luft um uns herum zum Schwingen, es war perfekt.

Asher war …

Ich riss mich aus meiner Schwärmerei.

Und doch konnte ich es nicht vermeiden, mich wieder von seinem Blick gefangen nehmen zu lassen, während wir gemeinsam in den Refrain übergingen.

Eine Gänsehaut kroch über meine Arme und den Rücken, als er kräftiger sang. Seine Stimme brachte die Luft um uns herum zum Vibrieren.

Dieser Mann war ein Naturtalent.

Nachdem der letzte Ton verklungen war, rührten wir uns nicht mehr. Wir sahen uns an.

Intensiv.

Ich wollte nie mehr wegsehen, denn gerade erlaubte er mir, in seinen dunklen Augen zu ertrinken. Und ich wollte darin untergehen, ich wollte um Luft ringend vor ihm stehen. Auch, wenn es mir höllisch Angst machte, genoss ich es. Er ließ mich fliegen und hielt mich doch auf dem Boden.

Mein Herz schlug noch höher.

Jede weitere Sekunde sorgte für ein heftigeres Kribbeln in meinem Magen und nahm nach und nach meinen gesamten Körper ein, bis ich nichts anderes mehr in mir spürte.

Ich wollte ihn.

Asher sollte mich um den Verstand küssen und nie mehr damit aufhören, mich mit seiner Art zum Schwärmen zu bringen. Doch mir war bewusst, dass das Wunschdenken war.

»Was denkst du?«, fragte er leise.

»Was?«

»Über den Track, Kathrin.«

Da war er wieder, mein Name, den er so gut klingen ließ … Leidenschaftlich und verboten.

Roh und unverbraucht.

Ehrlich.

»Oh, ach so. Ähm, ich denke, es ist gut. Aber du bist ein grandioser Sänger, was soll da schiefgehen?«

»Wir harmonieren gut, wieso willst du Überstunden machen?«

»Willst du mich loswerden?«

Erneut zogen seine Mundwinkel sich ein wenig höher. »Das habe ich nicht gesagt.«

»Ich lese lediglich zwischen den Zeilen«, zog ich ihn auf.

Asher stieß ein gepresstes Lachen aus. »Tust du nicht.« Als er wieder in meine Augen sah, fing er mich mit seinem Blick ein. »Tust du nicht«, fügte er kaum hörbar hinzu.

Die Stimmung zwischen uns änderte sich.

Und ich wollte verstehen, was er mir damit sagen wollte, aber ich tat es nicht. Die Gedanken, die sich bei diesen Worten von ihm in meinem Kopf breitmachten, waren zu absurd.

»Was denkst du?«, fragte er erneut.

»Über den Track?«

Kaum sichtbar schüttelte er den Kopf. »Lies zwischen den Zeilen, Kathrin.«

Mein Herz schien jede Sekunde zu platzen und Asher erlaubte mir nicht, wegzusehen. Obwohl ich es gerne getan hätte, weil ich mich davor fürchtete, dass er in meinen Augen sah, was gerade in mir vorging.

Ich öffnete den Mund, schloss ihn aber wieder.

So etwas hatte ich noch nie erlebt, ich war vollkommen machtlos.

Mit den Fingern zeichnete er den Cutaway der Gitarre nach, was Hitze durch meinen Körper jagte, denn ich stellte mir vor, wie er mich berühren würde. Genauso ehrfürchtig und sanft.

»Willst du wissen, was ich denke?«, flüsterte er.

*Ja! Ja, verdammt!*

Langsam nickte ich.

Er wollte zum Reden ansetzen, doch sein Telefon begann neben ihm auf dem Boden zu summen. Enttäuschung machte sich in meiner Brust breit, weil ich heiß darauf war, was Asher sagen wollte.

Ein Foto von einer Frau erschien auf dem Bildschirm. Ich erinnerte mich natürlich an die Aufnahme auf seiner Kommode und war mir sicher, dass es das Mädchen war. Auf dem Bild allerdings war sie erwachsen. Das Haar noch genauso rot und lockig, ihre Haut ebenso blass, überzogen von Sommersprossen. Sie trug ein ehrliches Lächeln auf den Lippen. Sie war ausgesprochen hübsch.

Asher starrte darauf und umklammerte den Gitarrenhals fester.

»Willst du nicht rangehen?« Zwar hätte ich es lieber gehabt, wenn er sie einfach ignorierte, aber vielleicht war es wichtig.

Er gab ein undefinierbares Wort von sich, dann stellte er das Instrument hinter sich, griff grob nach dem Gerät und verließ den Proberaum. Er knallte die Tür, doch sie rastete nicht richtig ein, sodass ein Spalt offenblieb.

»Was willst du? ... Hm-mh ... nein, ich habe keine Zeit.« Eine längere Pause entstand und ich nahm wahr, dass Asher einen der Stühle zurückzog und sich vermutlich setzte. »Wieso kommst du jetzt wieder an? Ich habe keine Zeit, weil wir in wenigen Tagen losfahren.«

Erneut eine Pause.

»Suzie, verdammt, nein, kapier es endlich!«

Suzie ...

Ein Knallen ertönte, ich zuckte zusammen, dann wurde es erneut ruhig.

Kurz darauf kam Asher zurück, setzte sich und legte das Gerät zurück auf den Boden, allerdings mit dem Display nach unten. Er nahm Babydoll auf.

Sollte ich irgendetwas dazu sagen?

Er wirkte wie vorher, als wäre nichts passiert, weshalb ich diese Situation schlecht einschätzen konnte.

»Meine Schwester«, sagte er unaufgefordert.

Also doch.

Vermutlich bemerkte er meinen skeptischen Blick, weil sie ihm gar nicht ähnlich sah.

»Wir sind adoptiert.«

»Oh, das wusste ich nicht ...«

»Wenn du jetzt denkst, ich wäre mit sechzehn ausgerastet, weil ich erfahren habe, dass meine Eltern gar nicht meine Eltern sind, kannst du dich abregen. Ich weiß es schon immer und es war nie ein Thema für uns. Mom und Dad sind Mom und Dad und daran ändert es auch nichts, dass wir nicht blutsverwandt sind.«

Was das betraf, war ich absoluter Laie. Zwar wusste ich, dass Lion auch adoptiert war, darüber hatte ich mit ihm aber auch noch nie intensiver gesprochen. Irgendwie kam es mir immer so vor, zu weit in seinen persönlichen Bereich einzudringen, wenn ich ihm deswegen ein Gespräch aufzwang.

»Kennst du deine leiblichen Eltern?« Diese Frage verließ meinen Mund, ehe ich darüber nachdenken konnte, ob Asher bereit war, weiter in die Materie einzutauchen.

Er hob den Blick kurz von den Notizen. »Nein, ich habe Eltern.«

Das war eindeutig.

Asher legte einen der Zettel vor sich und begann, ein anderes Stück zu spielen. Ihm beim Komponieren zuzusehen, gab mir Ruhe.

Es war seine Ausstrahlung, wenn er seiner Passion folgte und die Welt um sich ausschloss.

Er schrieb weitere Worte nieder und auch ein paar Noten und Akkorde dazu. Nicht umsonst wurde Maybe Next Time immer bekannter, Asher war ein grandioser Musiker sowie Komponist. Ich beneidete ihn darum, doch ich bewunderte ihn auch für sein Talent.

*Hunting for silence*
*waiting for calm*
*longing for your frozen heart*
*The night seeks your light*
*only to refuse what you give*

Die Melodie war ebenso traurig, wie der Text.

Ashers Band hatte musikalische Vorgaben, an die sie sich halten musste, genau wie wir. Aber hin und wieder war ein Track zwischen den anderen, der widerspiegelte, was ich sah, wenn ich diesen Mann anschaute.

Ich sollte mich von Asher fernhalten mit seinen verstrubbelten Haaren, mit seinem frechen, jungenhaften Ausdruck, der dennoch vom Leben gezeichnet war. Mit dem Kiefer, der, obwohl er kantig war, seiner Erscheinung etwas Weiches verlieh. Ich sollte nicht daran denken, wie es sich anfühlte, meine Finger über seinen Drei-Tage-Bart wandern zu lassen, und noch weniger sollte ich darüber nachdenken, was er durchscheinen ließ, wenn er hier saß und komponierte.

Asher war ein gebranntes Kind, das seinen Kummer lieber in sich hineinfraß, als sich ihm zu stellen. Und er wollte, dass der Erfolg ihn zerkaute und wieder ausspuckte, weil er verbittert und frustriert war.

Aber ich wusste, dass das nur der erste Eindruck war.

Ich wusste, dass Asher mehr war als das, was er uns zeigte. Auch, wenn ich noch nie wirklich hinter seine Mauer geblickt hatte.

»Wenn du denkst, ich wüsste nicht, wie du mich ansiehst, liegst du falsch, Kathrin.« Sein Blick ruhte weiterhin auf seiner Gitarre.

Gerade verspürte ich nicht das Verlangen ihm Paroli zu bieten. Ich war fasziniert von ihm und verängstigt von dem, was er in mir auslöste.

»Oder bedeutet das, dass dein Angebot noch gilt?« Ein freches Lächeln umspielte seine Mundwinkel, wobei er erneut einige Wörter niederschrieb.

»Welches Angebot?«

»Dich zu lecken.«

Erschlagen starrte ich ihn an und er hob den Blick, als ich stumm blieb. Eine seiner Brauen wanderte ebenfalls höher und ich schaffte es einfach nicht, wegzusehen.

Ich sollte es.

Ich musste jetzt wegschauen, aber mein Körper machte bei der Vorstellung, wie Asher mich erneut befriedigte, was er wollte.

»Kathrin?«

»Was?«, wisperte ich überfordert.

Mein Herz hämmerte hinter meinen Rippen, ich befürchtete er würde es in der Stille des Raums wahrnehmen.

Asher stellte die Gitarre hinter sich an das Schlagzeug und stützte sich auf seiner Hand ab, um sich weiter zu mir zu beugen. Mit der anderen strich er über meine Wange, hin zu meiner Schläfe, durch meine Haare bis zu meinem Nacken.

Tausende kleine Lustimpulse schossen bei der Vibration seines Brummens durch meinen Körper zwischen meine Beine.

Mein Atem wurde schwer.

So sehr ich mich dagegen wehren wollte, so sehr wollte ich es nicht.

Asher beugte sich weiter zu mir, er hüllte mich ein mit seiner Präsenz, seinen Berührungen, seinem ganzen Sein.

»Du bist mein persönlicher Apfel in meinem kleinen Paradies«, wisperte er und ich schloss die Lider. »Jede Frau darf ich haben, nur dich nicht, Kathrin …«

*Du hast mich längst gehabt …*

Nicht ein Wort wollte noch über meine Lippen gelangen.

Seine Finger tanzten über meine Schulter, weiter zum Schlüsselbein und malten Kreise über mein Dekolletee.

Ich sehnte mich danach, dass er tiefer wanderte.

Ich sehnte mich nach seinen Berührungen.

Das hier war nicht genug.

»Wenn ich deine Hose öffne, um meine Finger darin verschwinden zu lassen, würdest du für mich stöhnen?« Er atmete schwerer, ich filterte seine Erregung deutlich heraus. Ich stellte mir vor, wie er unter seiner schwarzen Jeans härter wurde. »Ich weiß, du würdest dich so verdammt gut anhören.« Mit den Fingern wanderte er tiefer, streifte meine Brust, sodass ich die Luft geräuschvoll einzog. »Ich wette du würdest fantastisch schmecken, Kathrin.«

»Asher …« Meine Stimme versagte.

Wie sehr konnte man sich nach einem anderen Menschen sehnen?

So sehr, dass es wehtat.

Das bewies er mir gerade.

Er führte seine Lippen an mein Ohr, wobei er mit seinem Drei-Tage-Bart über meine Wange kratzte.

Gerade würde ich ihm alles geben.

Obwohl wir zwischen dutzenden von Songtexten auf dem Fußboden des Proberaums saßen. Obwohl jede Sekunde jemand in den Raum kommen könnte.

Obwohl ich Asher auf dem Silbertablett präsentierte, wie verrückt ich nach ihm war.

»Du würdest dich von mir lecken lassen«, flüsterte er. »Du würdest dich von mir ficken lassen, Kathrin.«

Auf einmal stieß er sich ab und stand auf.

Seine Lippen umspielte dieses höhnische Grinsen.

Erschlagen sah ich zu ihm auf, während er an der Hose in seinem Schritt zog und lachte. »Kathrin, das war heiß.« Er schnappte seine Gitarre, griff nach seinem Notizblock und dem Kuli und ging zur Tür. »Vielleicht spiele ich beim nächsten Mal ein bisschen mehr mit dir.«

Mit einem Zwinkern riss er die Tür auf und wenige Sekunden später hörte ich, wie die andere Tür ins Schloss fiel.

Ich hatte meine Deckung aufgegeben.

Vor Asher.

Jahrelang hatte ich es geschafft, ihm aus dem Weg zu gehen und auf einmal geriet alles um mich herum ins Wanken.

Weil ich ihn mochte.

Auf eine vollkommen verquere Art und Weise war er mehr für mich als nur ein Kollege. Das war er immer gewesen.

Und jetzt wusste er es auch.

# Sieben

Zu Hause schloss ich die Tür hinter mir und sank gegen das Holz. Minutenlang stand ich im Dunklen, in der Hoffnung, meine Gedanken sortieren zu können.

Das war eine Katastrophe.

Asher würde mir das bei jeder Gelegenheit unter die Nase reiben und ich war mir sicher, er würde nicht halt davor machen, es unseren Kollegen zu erzählen.

Genau das hatte ich verhindern wollen, nachdem wir im Bett gelandet waren.

Nur leider hatte ich die Rechnung ohne mein vollkommen lebensmüdes Herz gemacht.

Dieses verfluchte Herz, das ich ausschalten wollte, das aber jedes Mal zu Wort kam, kaum tauchte Asher in meiner Nähe auf. Es reichte schon, wenn jemand seinen Namen erwähnte. Selbst dann machte es peinliche Hopser.

»Ich bin am Arsch«, flüsterte ich und klopfte mit dem Hinterkopf gegen die Tür. »Kit, du bist so dumm, so unfassbar dumm.«

Ich legte den Lichtschalter um und sah durch meine Wohnung. Auf der Anrichte neben dem Kühlschrank stand eine Weinflasche.

Ich griff das erstbeste Glas aus dem Schrank, öffnete die Flasche und schüttete es randvoll. Mit wenigen Zügen trank ich es beinahe leer und schnaubte danach.

Das Glas knallte ich zurück auf den Tresen und zuckte heftig zusammen, als es an meiner Tür bollerte.

»Kiiit!«

Das war Penny. Sie passte mir absolut nicht mehr in den Kram. Gerade wollte ich mich in meinem Bett in Selbstmitleid suhlen.

»Moment«, gab ich laut zurück und füllte das Glas wieder, ehe ich zur Tür ging.

»Hmmm, das sieht nach einem gemütlichen Abend aus.« Sie quetschte sich an mir vorbei und fiel auf das durchgesessene gelbe Sofa. »Kit, wo bleiben deine Manieren, biete mir auch etwas Wein an.« Mit einer ausladenden Geste deutete sie auf den Wein, mit der anderen eines der geblümten Kissen vor den Bauch gedrückt.

Ich stellte das Glas ab und ging in die Küche, um ihr ebenfalls Wein einzuschenken. Zurück im Wohnzimmer, riss sie es mir aus der Hand und nahm einen Schluck.

»Scheiß Abend?« Ich setzte mich zu ihr.

Penny streifte ihre High Heels mit den Zehen ab und stemmte ihre Füße gegen meinen Couchtisch. »Hör bloß auf, dieser Typ war ein Trottel ersten Grades. Du kennst das Rechnungs-Spiel?«

Ich nickte.

Das war Pennys wichtigster Punkt nach einem Essen. Sie nahm die Mappe an sich und erwartete dann, dass es ein leichtes Hin und Her gab, nachdem der Mann aber natürlich mit Freuden die Rechnung übernahm.

»Das hat er gar nicht gespielt, er hat mir wie ein Wildgewordener die Rechnungsmappe aus der Hand gerissen und ich wusste, dass er ein Problem mit der Größe seines Penis hat. Ich wette, im Bett klingt er wie ein Stier oder noch schlimmer, eine angefahrene Katze. Vielleicht bekommt er auch gar keinen hoch.« Sie unterstrich das mit einer ausladenden Geste und nahm einen großen Schluck Wein. »Also habe ich ihm den Abschiedskuss verwehrt und ihm deutlich gemacht, dass ich kein Interesse habe.«

Irgendetwas machten sie alle falsch und war es nur dieses behämmerte Rechnungs-Spiel.

Sie beugte sich zu mir. »Ich dachte, ein Millionärssohn wäre die richtige Wahl für ein Date, aber da habe ich mich wohl getäuscht.« Ich wollte zum Reden ansetzen, doch Penny fuhr mir über den Mund. »Wie viel Wein hast du hier?«

»Noch zwei Flaschen.«

»Das sollte genügen. Sonst musst du noch eben zum Laden um die Ecke.« Erneut trank sie, dieses Mal mehr. Sie sah mich wieder an. »Was ist dein Anlass?«

»Keiner.« Ich nahm das Glas wieder auf und prostete ihr zu. Penny hingegen zog ihre Hand zurück, sodass ich nicht mit ihr anstoßen konnte.

»Kit, du lügst mich gerade an. Ich sehe es an der Länge deiner Nase.« Sie wedelte mit der freien Hand vor meinem Gesicht herum. »Du warst schon immer leichter zu durchschauen als Pinocchio.« Kurz stupste sie auf meine Nasenspitze. »Kit-Cat.«

»Es ist nichts.«

»Kit-Catty.«

Sie würde nicht aufhören, mich zu löchern oder zu nerven, also gab ich mich geschlagen. »Es ist Asher.«

Vorsichtig umschloss sie meine Hand und schaute mich durch ihre grünen Augen ruhig an. »Du magst ihn, richtig?«

Stumm starrte ich zurück. Sie stellte unsere Gläser auf den Tisch. »Komm her«, forderte sie und zog mich in ihren Arm.

In den letzten Tagen hatte ich es geschafft, meine Rüstung überzuziehen, doch gerade fiel sie zu Boden und ich schluchzte in den Armen meiner besten Freundin, ehe erste Tränen über meine Wangen liefen.

»Ich würde dir gerne sagen, dass alles gut ist, aber ich kann nicht, weil das gelogen wäre.« Ihre Stimme war kaum ein Hauch und ich nickte an ihrer Schulter. »Immerhin sprechen wir von Asher.«

Sie ließ mich wieder los und strich meine blonden Haare hinter meine Ohren. »Vorhin ist etwas passiert, habe ich recht? Bei der Probe ging es dir noch halbwegs gut.«

»Wieso kann ich dir eigentlich nichts vormachen?«

Sie grinste schief. »Weil du meine liebste Freundin bist.«

Das brachte mich ebenfalls zum Lächeln und ich umfasste ihre Wangen und drückte ihr einen Kuss auf die Lippen. Sie lachte. »Hey, so war das nicht gemeint.«

Ich wischte die Tränen von meinen Wangen und stieg in ihr Lachen ein. Immerhin ein wenig, auch wenn es verzweifelt klang.

»Was hast du jetzt vor?«, hakte Penny nach und griff wieder nach ihrem Glas, wobei sie mir meins reichte.

Ich seufzte tief. »Nichts. Ich habe nichts vor.«

Penny hielt das Glas in meine Richtung und ich stieß an. »Auf das nichts tun.« Wir tranken beide einen Schluck. »Wie wird es auf der Tour?«

»Ich hoffe, so wenig wie möglich von dem mitzubekommen, was er treibt. Das habe ich sonst auch geschafft.«

»Wie lang …« Sie unterbrach sich und starrte gegen mein Regal, in dem meine Vinyls und CDs lagerten.

»Wenn ich ehrlich bin, weiß ich es nicht. Ich dachte immer, Asher wäre ein Kollege, aber immer, wenn ich mitbekommen habe, dass er andere Frauen ins Bett zerrt … tat es weh.«

Und es tat gut, das auszusprechen.

Penny würde hinter mir stehen, das wusste ich. Und gerade tat es mir leid, sie bewusst so lang ausgesperrt zu haben.

Sie trank ihren Wein aus und verschwand in der Küche. Nach einer Minute kam sie mit einer weiteren Flasche Wein zurück, die sie bereits geöffnet hatte. »Wie geht es dir wirklich damit, dass Asher sich nicht erinnert?« Sie kippte uns nach.

»Beschissen«, gab ich zu. »Wieso bin gerade ich die, an die er sich nicht erinnert?« Penny antwortete nicht und ich kämpfte mit mir, ehe ich ihr von der Begegnung mit ihm im Proberaum berichtete.

Davon, wie er mich innerhalb von Millisekunden um den Finger gewickelt hatte. Davon, wie ich sehnsüchtig auf ihn gewartet hatte. Aber vor allem davon, wie er mir bewusst gemacht hatte, nur ein weiteres kleines Spielzeug für ihn zu sein.

»Klingt nach Asher. Vielleicht solltest du ihm die kalte Schulter zeigen?«

Verzweifelt ließ ich den Kopf in den Nacken fallen, bevor ich Penny wieder anschaute. »Denkst du, das hätte ich vorhin nicht versucht? Wenn er damit anfängt, mich mit seinen Blicken auszuziehen und mir die verrücktesten Dinge ins Ohr zu flüstern, dann verliere ich die Kontrolle über meinen blöden Körper.«

»Wow«, murmelte sie, »das klingt ... ein bisschen heiß, muss ich gestehen.«

»Es ist total scharf, wenn er das tut.« Ich nahm einen weiteren großen Schluck und langsam schlich sich die Wirkung des Alkohols in meinen Kopf. »Er hat mit nur einem Satz eine regelrechte Bombe in mir hochgehen lassen.« Mit einer Hand deutete ich eine Explosion an. »Es war wie ein Feuerwerk. Und Asher, der Arsch, lässt mich einfach sitzen.«

Penny packte meine Schulter. »Dann mach es wie er.« Ein wenig irritiert schüttelte ich den Kopf. »Komm schon, du weißt genau, wie das Spiel funktioniert. Was er kann, das kannst du schon lang, oder sehe ich das falsch?«

»Ehrlich gesagt klingt das nach Kindergarten.«

Sie drückte meine Schulter. »Gut, dann trinken wir eben weiter auf das Nichtstun.«

# Acht

Penny hatte mich wenig später in irgendeinen Club geschleppt und ich stand neben der Tanzfläche und nippte immer wieder an meinem Bier. Die Gäste um mich herum tanzten zu den dumpfen Beats und grölten hin und wieder die Songs mit. Die meisten davon kannte ich nicht.

Penny war unsere Industrial- und Dark Techno-Queen und nötigte mich dauernd, mit ihr auf diese dämlichen Partys zu gehen. Hin und wieder fand ich mich auch zwischen Cybergoth wieder, das war ganz und gar nicht meine Musik. Wobei der Mix aus Club-Sound und älteren Songs zum Tanzen heute zum Glück erträglich war.

Sie hielt sich seit einigen Minuten auf der Tanzfläche auf und brillierte wie immer mit ihrem auffälligen Verhalten, womit sie mich zum Grinsen brachte.

Ich liebte sie dafür, dass sie laut und es ihr egal war, was andere von ihr dachten.

Auf der Bühne war sie der Knaller und hielt das Publikum gerne in Atem.

Auf einmal kreischten alle los, als ein neuer Track begann und ich drängte mich zu Penny, die ihre Hand nach mir ausstreckte.

Sie brüllte mir irgendetwas über die Musik ins Ohr, aber ich verstand kein Wort. Wir tanzten gemeinsam zu einer Clubversion von Justin Timberlakes *My Love*, den wir noch vor drei Jahren oft zusammen gehört hatten. Ich fühlte mich zurückversetzt in die Zeit, als ich Penny vor fünf Jahren kennengelernt hatte.

Es tat doch ganz gut, hier zu sein.

Ich warf Penny einen Luftkuss zu, den sie auffing und an ihre Brust drückte.

Das bunte Licht flackerte über unseren Köpfen hinweg, die Musik brachte den Boden zum Beben und floss durch meine Knochen. Mein Herzschlag passte sich dem Bass an.

Als der Song zu Ende war, griff sie meine Hand und zog mich von der Tanzfläche herunter. Wir gingen zur Bar und sie lehnte sich an, warf ihre blonden Locken dabei über die Schulter. Der Barkeeper entdeckte sie und eilte zu uns. Einige der anderen Gäste beschwerten sich deswegen auf der anderen Seite der Bar.

Ich klopfte Penny dafür auf ihre Schulter und sie grinste mich über diese hinweg an. Sie beugte sich über den Tresen und mir war klar, dass sie ihm schöne Augen machte.

»Ein Martini und ein Lightbier«, rief sie. Kaum eine Minute später drehte Penny sich mit ihrem breiten Zahnpastalächeln und den zwei Getränken zu uns um.

»Du bist die Beste«, sagte ich und nahm ihr das Bier ab.

Sie stieß mit mir an und wir durchquerten den Club zu den Sitzecken in einer der hinteren Ecken.

»Umsonst bekommen.« Sie nahm einen Schluck und aß die Olive. Ein Mann, der an uns vorbeiging, starrte sie an und sie zwinkerte ihm zu.

»Und du bist unmöglich.«

Sie drehte sich zu ihm um. »Na, Sweety«, rief sie und er blieb stehen.

Ich verdrehte die Augen, als er zurückkam und dicht vor ihr haltmachte. Was er ihr sagte, verstand ich nicht, aber sie lachte über seinen Spruch. Mit den Fingern drückte sie ihn sanft von sich und legte ihren Arm um meine Schulter.

Gemeinsam gingen wir weiter. »Ich habe mir extra diese neuen Schuhe gegönnt«, erklärte sie und hob beim Laufen ihren Fuß etwas an. »Scharf, oder?« Die schwarzen Pumps machten sie noch größer und ihre Beine waren ewig lang.

Zugegeben, ich beneidete sie um ihre Figur und ich wusste, dass ich neben ihr unsichtbar war. Zumindest für die meisten Männer.

»Mit dem Cocktailkleid kommen die richtig geil.« Kurz blitzten Herzchen in ihren Augen auf, so sehr strahlte sie. Das Kleid war ebenfalls schwarz und saß wie eine zweite Haut an ihren Kurven. Mit ihren Smokey Eyes und den ebenso schwarzen Nägeln wirkte sie heute wie eine düstere Raubkatze.

An einem der Tische saßen zwei Männer, die Penny anschauten und interessiert wirkten. Natürlich waren sie das. Sie setzte sich dazu und stellte das Getränk ab. Ich schob mich neben sie auf die Bank.

»Hi«, rief sie und streckte ihre Hand über den Tisch. »Ich bin Penny und das ist meine niedliche beste Freundin Kit.«

Mit ihr wurde es nie langweilig.

»Ich bin Tom«, stellte der Erste sich vor und gab ihr sogar einen Handkuss.

»Dann musst du Jerry sein?«, stellte sie sich dem anderen vor. Er lachte. »Nenn mich, wie du willst.«

Sie grinste mich an. »Hmmm … Tom und Jerry. Süß, oder?«

»Sehr süß«, antwortete ich trocken und trank von dem Bier. Ich gab den beiden ebenfalls die Hand und wischte sie danach an meinem viel zu knappen fliederfarbenen Kleidchen ab. Penny hatte mich überredet, dieses unmögliche Ding anzuziehen, was ich bereits bereute. Normalerweise war ich praktisch veranlagt, trug Jeans und Tops, Bequemes halt. Aber in Clubs kam ich damit natürlich nicht, deswegen hatte ich mich fügen müssen.

Sie unterhielten sich eine Weile, während ich mich umsah und die Gäste beim Tanzen beobachtete.

Ich dachte an die Tour und was auf uns zukam. Oft ging es nach den Auftritten auf Aftershow-Partys oder es wurde in den Bussen gefeiert.

Die Zeit forderte bei uns allen seinen Tribut in Form von mehreren Tagen, in denen wir zu nichts zu gebrauchen waren.

Das war unsere Zeit nach dem Tourleben.

Dann standen keine Proben oder Sonstiges an.

Gerade nach dem regen Leben mit der Crew und den Bands und Fans war es, als fiele man in ein Loch. Ein seltsames, unwirkliches Loch.

Wenn die Konzerte der Höhepunkt waren, war das Zurückkommen wie eine Art Tiefpunkt.

Auf einmal legte sich ein Arm um meine Schulter und ich ließ vor Schreck beinahe das Bier fallen. »Lion?«, rief ich überrascht und er lächelte mich an.

»Scharfes Kleid.« Er deutete auf den Fetzen.

»Findest du es nicht zu knapp?«

»Du kannst das tragen, mach dir keinen Kopf.«

»Ich fühle mich ein wenig overdressed.«

Er zog mich dichter an sich und schenkte mir ein hübsches Lächeln. Dieses typische leicht verschmitzte Lion-Lächeln. »Ich würde dich sofort flachlegen.« Ich lachte und knuffte seinen Bauch freundschaftlich.

Zweimal schlug er auf den Tisch. »Hey«, sagte er und Penny schaute sich um.

»Hey!«, rief sie, »da seid ihr ja endlich.«

Ich warf ihr einen prüfenden Blick zu. Ihr. Mehrzahl?

Sie beugte sich zu mir. »Sooorry.«

»Ich hasse dich.«

»Tust du nicht.«

»Asher ist auch da«, rief Lion mir ins Ohr und zog mich dichter an sich. Meinen Kopf presste er so gegen seine Schulter und ich drückte mich von ihm ab.

»Du riechst wie eine verdammte Parfümerie. Gott, ist das widerlich, Lion.« Das war natürlich reichlich übertrieben.

Er deutete über seinen Oberkörper. Das weiße Shirt brachte seine bunten Tattoos gut zur Geltung. »Das, meine Dame, nennt man duschen. Solltest du mal ausprobieren.«

»Das nennt man zu viel Parfum«, rief ich und trank mein Bier leer. Ich wandte mich Penny zu und zog an ihrem Arm, sodass sie mich ansah. »Was soll der Scheiß? Ich dachte, wir machen einen Mädelsabend.«

»Ich hatte Lion schon vorher Bescheid gesagt und wollte ihnen nicht absagen. Tut mir leid.«

»Jetzt ist es auch egal.« Mein Abend war gelaufen. Zumindest, wenn Asher sich mal wieder in den Kopf gesetzt hatte, Eine aufzureißen.

Lion zog mich wieder an sich und ich stöhnte, was durch die Musik natürlich verschluckt wurde.

»Wir besorgen uns was zu trinken.« Er zog mich mit sich. Auf halbem Weg riss ich mich los und er sah sich mit gerunzelter Stirn zu mir um. »Was ist los?« Er beugte sich zu mir.

In dem Moment entdeckte ich Asher an der Theke. Er beugte sich zu einer Frau, die ihn anlachte und offensichtlich mit ihm flirtete.

»Können wir zu der Bar oben gehen?« Ich sah Lion in die hellen blauen Augen. Für einen winzigen Moment dachte ich darüber nach, ihn einfach zu küssen, um Asher zu ärgern.

Ich verlor den Verstand.

Wieder zuckte meine Aufmerksamkeit zur Bar und Asher berührte diese Tussi tatsächlich. Er ließ seine Finger langsam an ihrer Taille entlanggleiten.

Das reichte.

Lion wollte sich abwenden, aber ich griff sein Handgelenk. Verwirrt sah er mich an und ich wusste, dass es unklug und kindisch war, das zu tun. Was Asher konnte, konnte ich schon lange.

Vielleicht hatte Penny doch recht gehabt vorhin.

Ich griff in seinen Nacken, zog ihn zu mir, doch er zuckte zurück und drückte mir einen Kuss auf die Wange. Vollkommen still verharrte er danach und ich bemerkte, dass er an meiner Haut grinste. »Ganz dumme Idee«, rief er mir ins Ohr und sah mich danach wieder an.

Bevor ich etwas tun konnte, nahm er meine Hand und zog mich mit sich, sodass ich auch nicht mehr abchecken konnte, ob Asher das gesehen hatte. Wir gingen in den oberen Bereich, wo es ein wenig ruhiger war. Dieser war durch eine Scheibe vom unteren getrennt, die Bässe drangen dumpf hierher. An den runden Stehtischen verteilten sich die Gäste und unterhielten sich angeregt. Wir gingen über den roten Teppich zu der Bar.

Lion lehnt sich an die Theke. »Was trinkst du?«

»Bier.«

Er lachte. »Die alte Leier. Ich bestell uns was.«

»Ich will mich nicht abschießen.«

Er winkte dem Barkeeper, der das Handtuch auf den Tresen legte und zu uns kam. Er stützte sich auf die Theke und schenkte uns ein Lächeln. »Was darf ich euch bringen?«

»Zwei Bier und zwei Shots.«

»Lion«, nörgelte ich.

»Komm schon. Nur einen, weil es übermorgen losgeht. Wir stoßen auf die Tour an.« Wenn er mich so süß ansah, konnte ich nicht Nein sagen, also gab ich nach und nickte.

Lion sah wieder zum Barkeeper. »Jägermeister bitte.«

»Du willst, dass ich direkt auf die Theke kotze, oder?« Er lachte.

Der Barkeeper machte sich an die Bestellung und Lion lud mich ein. »Danke für nichts.« Ich griff nach dem kleinen Glas.

Normalerweise trank ich selten Shots. Was niemand wusste, war, dass ich mir immer ein ähnliches antialkoholisches Getränk bestellte. Bei Wodka war es Wasser, bei diversen Kräuterschnäpsen irgendetwas mit Coke gemischt.

Deswegen galt ich im Freundeskreis als großzügiger Shot-Sponsor und die Frau, die alle unter den Tisch trank. In Wahrheit aber wollte ich mich selbst nur vor Abstürzen beschützen.

»Auf eine grandiose nächste Tour«, sagte er und wir stießen an.

Ich stürzte den Kurzen herunter und hustete. Etwas zu fest knallte ich das Glas auf den Tresen. »Das ist widerlich.« Ich deutete auf Lion. »In etwa so wie dein Geruch heute.« Erneut hustete ich und verzog das Gesicht. »Du hast in dem Zeug gebadet, oder? Deswegen riechst du so.«

Wir nahmen unser Bier und er legte den Arm wieder um meine Schulter. »Zu dem, was unten im Club passiert ist«, griff der das Thema leider wieder auf.

Gerade war es mir extrem peinlich, was ich versucht hatte. »Bitte, lass es einfach gut sein.«

Lion sah mich intensiv an. »Ich liebe dich, Kit, aber du weißt doch, mit Freunden rummachen führt nur zu Problemen.«

Wie recht er doch hatte.

Asher und ich waren das beste Beispiel.

»Tut mir leid, das war total dämlich«, gab ich peinlich berührt zurück.

»Ich finde dich scharf, aber trotzdem«, erklärte er weiter und deutete zwischen uns hin und her, »das hier bleibt rein platonisch.«

Obwohl es mir unangenehm war, dass er das direkt ansprach, war es gut, das sofort aus der Welt zu schaffen.

Gemeinsam gingen wir zu einem der Tische vor der Trennscheibe und schauten auf die Tanzfläche.

»Asher hat heute nach dir gefragt.«

Ich setzte die Flasche ab und schaute zu ihm auf. »Und?«

»Na ja, er hat irgendwie anders nach dir gefragt.«

»Was auch immer das bedeuten soll.«

Mit den Ellenbogen stützte er sich auf den Tisch. »Als Penny mir geschrieben hat, hat Asher gefragt, ob du auch kommst.«

»Penny und ich gehen oft zusammen weg. Ich denke, die Frage ist durchaus berechtigt.«

Er machte eine abwägende Geste mit der Hand. Roch er den Braten etwa auch? Allerdings ergab das gar keinen Sinn. Asher erinnerte sich nicht, oder?

»Es war so … komisch gefragt. Nicht die Asher-Art, weißt du?«

»Keine Ahnung, was du meinst.«

»Stehst du auf Ches?«

»Wie kommst du denn jetzt darauf?« Was auch immer in Lions Kopf vor sich ging, ich wollte es nicht wissen.

Manchmal stellte ich mir vor, dass ein Affe mit Trommeln in seinem Schädel fröhlich Kreise zog.

Mit einem Nicken deutete er zur Theke unter uns. Ich folgte der Geste und entdeckte Ches bei Asher. Die beiden unterhielten sich angeregt. Was mir nicht entging, waren die neugierigen Blicke der Frauen um sie herum. Eine kleine Gruppe stand unweit von ihnen und sie schauten alle immer wieder verstohlen zu ihnen herüber.

Während Asher seinen typischen unnahbaren und düsteren Rockstarlook versprühte, schwarze Jeans und ebenso dunkles Shirt, war Ches zugeknöpft. Wer die beiden zusammen sah, fragte sich vermutlich, was sie gemeinsam hergetrieben hatte. Ches trug ein hellblaues Hemd, streng sitzende Hose, dazu hatte er kurzrasierte blonde Haare. Dennoch machte er eine gute Figur, auch wenn ich seinen Kleidungsstil nicht mochte.

»Na ja, bei dem hättest du eh keine Chance«, witzelte Lion, weshalb ich finster zu ihm aufblickte.

»Was soll das jetzt wieder bedeuten?«

Er beugte sich am Tisch vorbei zu mir. »Ches ist besonderes Material.«

»Haben sie das bei deiner Geburt auch gesagt? Du wärst besonders?«

Lion lachte und hob den Zeigefinger. »Eine Frau. In den letzten Jahren hatte er nur eine Frau und die hat er auch nur hin und wieder in der Umkleide gevögelt. Sie wusste nicht einmal, wo er wohnt.«

»Ich erinnere mich daran.«

Irgendwann war es Ches zu viel geworden und er hatte dafür gesorgt, dass sie gefeuert wurde. Lion hatte mal etwas davon fallen lassen, dass irgendetwas bei Ches passiert war. Das war trotzdem eine ziemliche Arschloch-Aktion von ihm gewesen.

Aber wenn ich ehrlich war, konnte mich so etwas nicht mehr schocken, dafür hatte ich zu viele idiotische Männer in meinem näheren Umfeld.

Ich schaute wieder zu den beiden nach unten. Sie ließen ihre Blicke über die Gäste wandern. Dabei unterhielten sie sich angeregt und ich fragte mich, worüber sie wohl sprachen.

»Stehst du auf Asher?«

Genervt sah ich zu Lion auf, der die Hände unterm Kinn verschränkt hatte und mich genau musterte. »Was soll diese dämliche Fragerei? Können wir nicht einfach hier stehen und uns anschweigen?«

Er legte den Arm wieder um meine Schulter und zog

mich mit einem Ruck an sich. »Du weißt, dass ich das nicht kann.«

Leider.

»Also, Ches oder Asher?« Lion rüttelte mich etwas durch und ich gab ein lautes Stöhnen von mir. Ein wenig umständlich befreite ich mich von ihm und trat einen Schritt zurück. »Du musst dich entscheiden, Kit. Davon hängt der Ausgang der Tour ab.«

»Erspar mir das.«

Wieso stand ich eigentlich hier oben bei ihm? Andererseits wollte ich auch nicht zu Penny. Die saß noch immer bei den beiden Männern und zu Asher wollte ich erst recht nicht.

Ich hatte keine Wahl.

Ich könnte mich allerdings auch allein mit meinem Bier in irgendeine Ecke stellen, das wäre sinnvoller.

Bier stellte keine Fragen.

Bier war gut zu mir.

Asher und Ches standen nicht mehr an der unteren Bar, wie mir auffiel. Hektisch sah ich mich um und in dem Moment kamen sie durch die Tür in den oberen Bereich. Na wunderbar.

Lion stieß mich mit einem Augenbrauenwackeln am Oberarm an und ich schlug seine Hand genervt weg.

Ches steuerte auf uns zu und Asher bog zur Theke ab, das bedeutete, ich hatte immerhin noch eine Minute meinen Ruhepuls.

Ich ging Ches entgegen und drückte ihn zur Begrüßung. Außerdem bekam er einen Wangenkuss. »Hey, lang nicht gesehen.«

Er erwiderte meine Umarmung und wir stellten uns zurück zu Lion an den Tisch.

»Wie kommt es, dass du dabei bist?«, fragte ich Ches.

»Asher war vorhin bei mir, also habe ich mich durchgerungen, ihn zu begleiten.«

Mit einem Nicken nahm ich einen Schluck und konnte nicht verhindern, mich einmal umzusehen. Asher war noch an der Theke.

Lion wandte sich Ches zu. »Diese süße Kleine, die du gevö…«

»Du kannst direkt damit aufhören«, bretterte er dazwischen und Lion lachte und widmete sich wieder dem Bier. Ches sah mich an. »Wie lang stehst du hier schon mit ihm allein?«

»Was würde es kosten, wenn ich dich engagiere, damit du mir Lion vom Hals hältst?«

Lion sah an Ches' Schulter vorbei zu mir. »Du würdest mich und meine Sprüche sehr vermissen, kleine Kit.« Ich schnipste gegen seine Nase und er zog sich mit einem Fluchen zurück und hielt sie, was mich zum Lachen brachte.

Mit Lion konnte ich jeden Quatsch machen und er war sich für nichts zu schade und lachte am liebsten über sich selbst.

Ches checkte meine Bierflasche und hob sie in Richtung der Theke, deutete darauf. Das sollte Asher wohl suggerieren, mir ein weiteres Lightbier mitzubringen.

Lion und Ches unterhielten sich über die Tour und den neuen Anhänger von Maybe. Er war größer als unserer – natürlich - und außerdem stand dort ebenfalls der Bandname, wie auch auf dem Bus. Darauf war ich schon ein wenig neidisch, unser Bus war nicht annähernd so groß und luxuriös.

Penny erschien auf der Tanzfläche, einen von den beiden Typen im Schlepptau, einen Cocktail in der Hand. Ich erinnerte mich gerade nicht wer Tom und wer Jerry gewesen war. Sie entdeckte uns und winkte, was ich erwiderte. Dann widmete sie sich wieder ihrem Getränkelieferanten und ich seufzte.

Vielleicht fuhr ich gleich nach Hause. Irgendwie fühlte ich mich nicht mehr wohl zwischen meinen Freunden.

Als ein leichtes Summen über meinen Nacken zog, dem dieser typische Duft nach Wald und Tannennadeln folgte, achtete ich darauf, mir bloß nichts anmerken zu lassen. Und was vorhin im Proberaum passiert war, das ignorierte ich erst recht.

Wenn ich so tat, als wäre es nie passiert, ließ Asher das Thema hoffentlich ruhen.

Er stellte sich neben mich und verteilte die Getränke auf dem Tisch. Ich ignorierte ihn, bis er mich ansprach. »Wie unhöflich, mich nicht einmal zu begrüßen.«

»Du warst beschäftigt, als wir unten waren«, sagte ich und nahm das Bier, trank einen guten Schluck. »Danke dafür.«

Ashers linker Mundwinkel zog sich ein wenig höher. »So eifersüchtig.« Er trank von dem Bier und selbst dabei sah er attraktiv aus.

Ich wollte ihm diese Attraktivität wie dieses unverschämte Lächeln aus dem Gesicht prügeln.

»Wieso zum Teufel sollte ich bitte eifersüchtig auf deine Bunnys sein?«

Interessiert beugte er sich zu mir und schaute mir in die Augen. »Was sollte das mit Lion, hm?«

Wir musterten uns einen Moment intensiv und ich versuchte herauszufinden, ob es ihn störte, dass ich auf Lion zugegangen war.

Asher beugte sich dichter an mich heran. »Dir ist doch bewusst, dass Lion mir nicht in den Rücken fallen würde.«

»Ich wüsste nicht, wieso er dir in den Rücken fallen sollte, wenn er und ich uns näher kommen. Außerdem geht es dich gar nichts an, wenn ich mit Lion vögle.«

Asher lachte einmal. »Du würdest gegen deine Grundsätze verstoßen, Kathrin.«

»Vielleicht treffen Lion und ich uns schon seit Monaten und haben besprochen, Spaß zu haben.«

Ashers Blick zuckte an mir vorbei zu Lion. Etwas blitzte in seinen Augen auf und wieder versuchte ich, zu entschlüsseln, was das zu bedeuten hatte.

Es kam mir vor, als würde ihm das zwischen Lion und mir mit einem Mal nicht mehr gefallen.

»Was hast du gedacht, als ich sie vorhin berührt habe?«

Dieser Arsch hatte sie absichtlich angefasst?

»Dass sie mir leidtut, wenn sie auf dein Gehabe reinfällt«, sagte ich möglichst lässig.

Wieder setzte sich dieses dreckige Grinsen auf seinem Mund fest. Ich wollte die Erinnerung an seine Lippen auffrischen und das Kratzen seines Barts an meiner Haut spüren.

»Ich bin nicht eifersüchtig, Pink Floyd.« Kurz presste er die Lippen zusammen und das erste Mal hatte ich ein wenig Oberwasser. »Gefällt dir dein neuer Name etwa nicht?« Mit einer theatralischen Geste legte ich die Hand an die Brust. »Das tut mir so leid.«

Asher fing sich gewohnt schnell. »Ich werde das im Proberaum nicht so schnell vergessen.« Sein Mundwinkel zog sich noch höher, er beugte sich zu meinem Ohr. »Wie du dich angefühlt hast, wie du für mich gestöhnt hast.« Er stieß ein tiefes Brummen aus, das meine Ohrmuschel kitzelte. Es zog weiter durch meinen Körper und sorgte dafür, dass mein Herz noch schneller pumpte. »Und ich werde dich schon dazu bringen, meinen Namen zu schreien und um mehr zu flehen. Du weißt genauso gut wie ich, dass ich ein Hauptgewinn bin.«

Ernsthaft?

»Das denkst du über dich?« Er nickte langsam, dabei verzog er keine Miene. Mit einem Lachen tätschelte ich seinen Arm. »Es ist schön, wenn immerhin einer von uns das so sieht.«

Dass meine Meinung gar nicht so weit davon entfernt war, würde er niemals erfahren.

Sein Ego war aufgeblasen genug.

»Cheees!«, rief Penny hinter uns und keine Sekunde später schlang sie ihre Arme von hinten um seinen Brustkorb. Er verschluckte sich an seinem Rum. »Du bist auch dabei.«

»Augenscheinlich.« Er drehte sich zu ihr und sie nahm ihn noch einmal in den Arm.

Sie wich mit gerümpfter Nase zurück. »Du riechst.«

Er zog am Shirt und schnüffelte an seinem Hemd, wonach er sie fragend musterte. »Ehrlich?«

»Könnte an dem Tier liegen, dass du adoptiert hast.« Ches hatte seit wenigen Wochen einen Hund. Entweder er hatte ihn von seiner Tante oder über seine Tante aus dem Tierschutz, ich wusste es nicht genau.

Da ich ebenfalls ein Hundefreund war, war ich ganz schön neidisch auf den Prachtkerl, den er seinen neuen tierischen Begleiter nennen durfte. Er hatte mir ein paar Fotos gezeigt. Irgendwie passte ein Mastiff nicht zu Ches. Irgendwie aber schon.

»Wo sind Tom und Jerry?«, wollte ich von Penny wissen.

»Keine Ahnung«, sagte sie mit einem Abwinken und eilte zur Theke. Lion ging ihr hinterher und dann bespaßten die beiden die Gäste, die dort standen und auf ihre Getränke warteten. Eigentlich bespaßten sie den gesamten Raum. Pennys schrille Stimme ertönte alle zwei Sekunden und Lion stieg in ihr Theaterprogramm ein. Der Barkeeper war sichtlich überfordert.

Ches lachte, weshalb ich ihn ansah. »Penny und Lion sind unerträglich zusammen. Ist er die männliche Version von ihr oder sie die weibliche von ihm?«

»Ich denke, Lion ist die weibliche Version von Penny.«

Er nickte mir zu. »Klingt plausibel.«

Wir stießen mit unseren Getränken an, dabei bemerkte ich, dass Asher mich noch immer anstarrte. Genervt warf ich ihm einen Blick zu. »Hast du nichts Besseres zu tun, als mich anzuglotzen?«

Er schüttelte den Kopf und ich stöhnte.

Ches sprach mit ihm über das erste Konzert, das wir in Sayreville im Ballroom spielen würden.

Vielleicht war es wirklich besser, wenn ich den Abend für heute beendete. Der Alkohol stieg mir zu Kopf und morgen war viel zu tun, bevor wir in zwei Tagen losfuhren.

Ich stellte das halbvolle Bier ab und zog die Aufmerksamkeit von Asher und Ches auf mich. »Ich gehe«, warf ich ein.

»Jetzt schon?«

Ich sah Asher an. »Ja, jetzt schon. Falls du dich daran erinnerst, wir fahren in zwei Tagen los. Vielleicht solltet ihr euch auch ein Beispiel an mir nehmen.«

»Ich begleite dich«, erklärte Ches.

»Wenn wir jetzt verschwinden, bleibt uns Pennys und Lions Gemecker erspart, weil wir Spaßbremsen sind«, sagte ich verschwörerisch. »Viel Spaß noch.«

Asher hob die Bierflasche an die Lippen.

Ich wandte mich ab und ging durch den Raum, auch, wenn es natürlich gemein war, mich nicht von Penny zu verabschieden. Aber ich wollte so schnell wie möglich von Asher weg und sie würde mich nur aufhalten. Das war immer so.

Gerade als wir den Raum verlassen hatten und ich mich in Sicherheit wiegte, packte mich jemand.

»Kit-Cat«, sagte Penny in strengem Ton. »Wolltest du dich davonschleichen? Also nicht, dass das was Neues wäre. Aber wolltest du dich einfach davonschleichen?«

»Ich bin müde und na ja ... du weißt schon.«

Penny nickte. »Wir sehen uns morgen?«

»Wir sehen uns morgen.« Ich drückte ihren Oberarm sanft und sie meinen im Gegenzug.

»Schlaf gut, Kitty.«

»Viel Spaß noch und lass dich nicht ärgern.«

»Du weißt doch, wenn ärgere ich die anderen.« Auch wahr.

Ches und ich verabschiedeten uns und vor dem Club atmete ich die Nachtluft ein, die überaus guttat. Wir winkten uns ein Taxi heran und als der Fahrer sich in den Verkehr eingefädelt hatte, brach Ches das Schweigen.

»Ist alles in Ordnung bei dir?«

Mit Ches hatte ich mich immer gut verstanden, aber er war einer der besten Freunde von Asher. Ihm wollte ich nicht unbedingt unter die Nase reiben, was in mir vorging.

»Passt schon.« Ich sah ihn an, ließ den Hinterkopf aber an der Lehne liegen.

Er ließ seinen Blick durch das Fenster schweifen und beobachtete das nächtliche Treiben Manhattans. »Dir ist klar, dass ich gemerkt habe, was zwischen euch los ist?«

»Was meinst du?«

Scheiße.

Ches war gut darin, zu beobachten, das war mir natürlich klar. Er war in der Regel der Erste, der verstand, wenn bandintern irgendetwas im Argen lag.

»Asher und du?« Er sah mich wieder an.

»Was soll denn zwischen uns sein?«

Ches kniff die Lider leicht zusammen. »Versuch erst gar nicht, mir irgendetwas anderes erzählen zu wollen. Was ist passiert?« Ich antwortete nicht. »Du weißt, ich werde auf der Tour dabei sein und wenn das Auswirkungen auf die Auftritte hat, bekommen wir drei Probleme.«

Verdammt.

Sein Handy vibrierte zum Glück in der Hosentasche und er holte es heraus. Nachdem er ein paar Sekunden auf das Display gestarrte hatte, hob er eine Braue und sah mich wieder an.

»Was?«, fragte ich.

»Du bist ein richtiger Gentleman, bringst die Frauen nach Hause«, las er vor und schob das Handy lachend zurück in die Hosentasche. »Was läuft zwischen euch?«

»Gar nichts.« Was ja genaugenommen der Wahrheit entsprach, aber irgendwie auch nicht.

»Deswegen schreibt Asher mir diese peinliche Eifersuchts-Nachricht?«

»Keine Ahnung, was mit ihm los ist.«

»Und deswegen kannst du dich auch in seiner Nähe nicht mehr normal benehmen?« Sein Blick wurde eindringlicher und ich hatte keine Ahnung, wie er das machte, aber bei ihm knickte ich regelmäßig ein.

Ich wandte mich ihm zu. »Wir waren im Bett, okay?« Der Fahrer warf mir durch den Rückspiegel einen Blick zu, wodurch ich mich richtig unwohl fühlte.

Ches sah mich an und dieser wissende Ausdruck gefiel mir gar nicht. »Wie soll das auf der Tour laufen? Geht ihr euch aus dem Weg? Zickt ihr euch die ganze Zeit an?«

»Wir haben auf der Tour genaugenommen nichts miteinander zu tun, außer auf der Bühne. Und das nur einen Song lang. Außerdem erinnert Asher sich nicht, also ist es sowieso egal.«

Er richtete sich ein wenig auf. »Also geht das von dir aus?«

»Was? Nein«, sagte ich beleidigt. Er sagte nichts dazu, weshalb ich die Arme verschränkte. »Es ist kein Geheimnis, dass Asher ein Volltrottel ist.«

Ches lächelte dieses warme Lächeln, wobei Falten um seine Mundwinkel herum entstanden. Das erste Mal sah ich ihn mir genauer an und dachte über das nach, was Lion gesagt hatte. Fand ich Ches attraktiv? »Würdest du mit mir schlafen?«

»Wie bitte?«

»Lion hat gesagt, ich müsste mich zwischen dir und Asher entscheiden, also wäge ich meine Chancen bei dir ab.« Das war natürlich nur ein Witz.

»Lion sagt auch, dass am Ende jedes Regenbogens ein Topf voller Gold steht.« Er brachte mich zum Lachen. »Du bist strenggenommen eine Kollegin und du weißt, das trenne ich strikt. Außerdem bist du nicht mein Typ. Also nein.«

»Hey?!« Ich gab ihm einen freundschaftlichen Oberarmknuff und brachte ihm zum Grinsen.

Er hob einen Zeigefinger und zog sein Handy wieder aus der Tasche. Dann öffnete er die Nachrichten-App. »Du hast natürlich recht, ich fahre jetzt mit zu Kit und werde sie nach allen Regeln der Kunst durchnehmen. Wir sehen uns morgen und denk dran, dass wir viel zu tun haben. Du hast also nicht den ganzen Tag, um deinen Rausch auszuschlafen. Viel Spaß noch im Club.« Damit schickte er die Sprachnachricht auf den Weg.

»Durchnehmen?«

»Wir warten ab, was er antwortet.«

»Vermutlich wird er dir viel Spaß dabei wünschen.«

Ches stand Unverständnis ins Gesicht geschrieben, er runzelte die Stirn.

»Ist zwischen Asher und dir wirklich alles so weit in Ordnung?«

»Es ist komisch für mich, mit ihm zu arbeiten, nachdem das passiert ist.« Er wollte etwas sagen, aber ich kam ihm zuvor. »Aber ich schwöre, das hat keine Auswirkungen auf die Auftritte, ich behandle unser Verhältnis nach wie vor professionell.«

Zumindest hoffte ich, dass ich das wieder in den Griff bekam.

Einen langen Moment musterte er mein Gesicht intensiv, dann nickte er. »Sollte sich das ändern, sag mir bitte früh genug Bescheid. Dann kann ich eventuell eingreifen und Schlimmeres verhindern.«

Es war süß, dass er das sagte.

Ich schnallte mich ab und rutschte zu ihm, um ihn einmal in den Arm zu nehmen. Ches erwiderte es auf seine Art und klopfte mir einige Male mit der flachen Hand auf den Rücken. Ich setzte mich zurück auf meinen Platz.

Sein Handy vibrierte wieder und ich starrte darauf, als er es hervorgeholt hatte. Asher hatte nur eine kurze Nachricht zurückgeschrieben.

Ches lachte und hielt mir das Gerät hin. »Ich habe so das Gefühl, dass es nicht dabei bleiben wird.«

*Seit wann wirfst du Privates und Arbeit in einen Topf?*

Er nahm das Gerät wieder an sich und ließ es in der Hosentasche verschwinden. »Das scheint ihm nicht zu gefallen.«

»Wie kommst du darauf? Er hat dir nur eine Frage gestellt.«

»Wäre es ihm egal, würde er mir vermutlich wirklich viel Spaß wünschen und mich dafür beglückwünschen, dass ich mal wieder Sex habe.« Er sah mich an. »Du weißt doch, er ist der Meinung, dass man nur überlebt, wenn man regelmäßig seinen Druck abbaut.«

Wieso konnte Asher nicht etwas mehr wie Ches sein, was das betraf? Andererseits konnte ich ihm kaum einen Vorwurf machen, schließlich lebte ich mich auch aus.

Dennoch war der Gedanke seltsam, wie viele Frauen er wohl wirklich gehabt hatte.

Und langsam fragte ich mich, ob sich Asher vielleicht doch erinnerte. Aber was hatte er davon, mir zu sagen, es wäre nicht so?

# Neun

Mom und Dad waren vorbeigekommen. Das war ihr Ritual vor jeder Tour. Meine Mutter hatte sofort angefangen, alles Mögliche und Unmögliche in meiner Küche herumzuräumen und ich sah mich zwischendurch genervt zu ihr um. Dad hatte sich auf die Couch gesetzt und noch keinen Millimeter bewegt.

»Mom, du machst mich nervös«, sagte ich, schaute dabei an Dads Glatze vorbei zu ihr.

Sie blieb vor dem geöffneten Kühlschrank stehen. »Liebling, das geht so nicht weiter, du bist eine fürchterliche Chaotin.«

»Kannst du das nicht erledigen, wenn ich unterwegs bin?« Ich wusste, dass sie beim letzten Mal in meiner Wohnung gewesen war, aber sie stritt es vehement ab. Sie schloss die Tür und warf irgendetwas aus dem Kühlschrank in den Mülleimer.

»Wie lang seid ihr dieses Mal unterwegs?«, fragte Dad und schaute mich durch seine graugrünen Augen interessiert an.

»Ende Oktober sind wir zurück. Wann kommt Shannon mal wieder zu euch?«

Obwohl sie auch in New York lebte, sah ich sie so gut wie nie. Eigentlich nur, wenn wir uns zufällig bei unseren Eltern trafen.

Mit einem väterlichen Stöhnen setzte Dad sich anders hin und legte einen Arm auf die Lehne. »Thanksgiving.«

»Shan hat mir geschrieben«, warf Mom ein. Sie kam zu uns, zog einen der Stühle von meinem kleinen Esstisch weg und setzte sich. »Sie ist ja jetzt schon lang mit Timothy zusammen und glaubt, dass er ihr einen Antrag machen möchte.« Moms Augen glühten. »Wie sieht es bei dir aus, Kathrin?« Sie machte einen Rundumblick und hob eine Braue. »Gibt es jemanden in deinem Leben?«

Was war denn das für eine Frage?

Dad klopfte mir auf die Schulter, als wolle er mir gedanklich beistehen.

»Vor dir würde ich nichts geheim halten können, was glaubst du also?«

»Wenn du dich auch nur mit diesen Musikern herumtriebst. Die taugen doch zu nichts.«

Das war neu.

»Ich bin ebenfalls Musikerin«, erinnerte ich sie. Dad lachte leise.

»Bei dir ist das etwas anderes.« Wieder machte sie einen Rundumblick und mir war klar, dass sie sich einen Kommentar zu meiner Lebensweise verkniff. »Was ist mit Dorian? Ich habe letzten noch mit seiner Mutter telefoniert, er ist CEO einer kleinen Firma.«

»Dorian?«, ich lachte gepresst. Er war der Junge gewesen, der mir in der Highschool meine Jungfräulichkeit geraubt hatte. Mom und Dad hatte ich nie gesagt, wie er mich danach behandelt hatte und deswegen sprach sie mich noch immer auf ihn an. »Wir haben seit Jahren keinen Kontakt mehr, Thema abgeschlossen.«

»Und was ist mit diesem hübschen Blonden mit dem Lockenkopf aus der anderen Band. Der ist doch süß.«

»Shawn? Der ist seit Jahren in einer Beziehung. Außerdem ist er nicht mein Typ.«

Im Gegensatz zu Asher.

»Und was ist mit Keith?«

»Du weißt aber schon, dass Keith auf Männer steht?«

Sie schaute meinen Vater an, der den Kopf mit einem weiteren Stöhnen an die Lehne sinken ließ. Er schloss die Augen und wollte wohl nichts zum Geschehen beitragen. Diesem Gespräch wäre ich auch gerne aus dem Weg gegangen.

»Ich definiere mich nicht über eine Beziehung.« Wie meine Schwester. »Sollte ich mich irgendwann zufällig verlieben, ist das schön, aber ich lege es nicht drauf an.«

Mom stand wieder auf und tigerte vor meinem Regal auf und ab. Gott, sie machte mich so nervös damit. »Solange du uns nicht so einen wie diesen Lion anschleppst …« Sie zog eine Platte von The Cure aus dem Regal und schob sie wieder zurück. »Letztens habe ich einen Bericht über ihn im Internet gesehen, weißt du, was er gemacht hat?«

»Nein, erzähl«, sagte ich, als wüsste ich nicht, was in den Medien kursierte.

Es folgte eine zehnminütige Aneinanderreihung von Ereignissen aus Lions Medien-Präsenz. Unter anderem erfuhr ich von seinem Hang zum Flitzen, den Fotos mit den Frauen und seinem extravaganten Auftreten auf der Bühne. Auf einem Festival hatte er blankgezogen und auf einem anderen Konzert Jakes Drums umgetreten, das war wochenlang ausgeschlachtet worden. Was die Medien nicht wussten; er hatte den Schaden danach übernommen und Jake sogar ein neues Drumset geschenkt.

Sie setzte sich endlich zurück auf den Stuhl und schenkte sich Kaffee nach.

»Was wäre mit Asher?«, platzte ich aus irgendeinem undefinierbaren Grund heraus.

Im letzten Jahr hatten wir mit der Familie, Asher, Lion und seinem Vater Thanksgiving gefeiert. Dad, Lions Dad und Asher hatten sich beinahe die gesamte Zeit über gut unterhalten. Sie hatten gemeinsam sogar Dads guten Whiskey getrunken. Da ließ er normalerweise nur ausgewählte Freunde dran.

Bei der Verabschiedung hatten sie sich zum Football schauen verabredet. Ich war davon ausgegangen, dass das niemals passieren würde. Von Dad wusste ich aber, dass Asher tatsächlich dort gewesen war, um gemeinsam ein paar Spiele zu schauen.

Na gut, vielleicht wollte ich wissen, wie sie zu ihm standen, weil es mir vorkam, als würde Dad ihn mögen.

Wenn man nicht gerade mit Asher im Bett landete, war er umgänglich und ein angenehmer Kollege, das war mir natürlich bewusst.

Mom hielt die Tasse an die Lippen und schaute mich über diese hinweg an. »Adams?«

Sie wechselte einen Blick mit meinem Vater, was mir gar nicht gefiel, denn er beugte sich vor und sah mich genau an. »Vor ein paar Tagen, als du bei uns warst, hatten wir später noch Besuch.«

Das klang nicht gut.

Er nickte Mom zu, die ihre Tasche vom Boden zog und

darin herumkramte. »Asher war bei uns.«

»Ähm … was? Wieso denn das?« Wie ein aufgescheuchtes Huhn sah ich zwischen meinen Eltern hin und her.

Mom zog meine Kette aus der Tasche und legte sie auf den Tisch. Ich bemerkte, wie ich die Farbe im Gesicht verlor. Langsam griff ich danach und hob die dünne Silberkette mit dem kleinen Schildkrötenanhänger hoch.

Das bedeutete, Asher wusste Bescheid.

Wieso hatte er die Kette nicht bei mir vorbeigebracht?

Ich starrte auf den kleinen dunkelblauen Stein, der in den Panzer eingelassen war, dann zu meiner Mom.

Sie hob ihre Brauen und ich schaute wieder zu Dad, weil er sich räusperte.

»Das hast du wohl bei ihm vergessen.« Strenge schwang in seinem Ton mit, während ich um Worte rang. »Kathrin, wir mischen uns nicht gerne in dein Liebesleben ein, aber vielleicht solltest du dir langsam überlegen, was du möchtest.«

»Dad, ich habe nur bei ihm übernachtet …«

Sein eindringlicher Blick brachte mich zum Schweigen. Es war mir wichtig, dass meine Eltern stolz auf mich waren, aber gerade fühlte es sich an, als würde ich sie enttäuschen.

Schon als ich die Uni abgebrochen hatte, um mit meiner Band durchzustarten, hatte ich ihnen die Enttäuschung angesehen. Sie hatten nie etwas zu meiner Entscheidung gesagt, aber ich wusste natürlich, dass sie sich für mich etwas anderes gewünscht hatten.

Etwas Solides, wie meine Schwester es hatte.

Das Musikbusiness war unsicher und wir konnten vor die Tür gesetzt werden, wenn der Vertrag auslief. Dann müssten wir uns wieder mit kleinen Gigs über Wasser halten.

»Liebling«, sagte Mom, »denkst du wir haben nicht mitbekommen, was in der Highschool oder in der Uni abgelaufen ist?«

Ich war kein Kind von Traurigkeit, aber so schlimm war ich auch nicht. Hin und wieder hatte ich Sex, weil ich Lust hatte, aber das beschränkte sich auf höchstens ein oder zwei Mal im Monat. Was war daran verwerflich? Noch dazu war ich damit nie hausieren gegangen und nur die wenigsten Menschen in meinem näheren Umfeld wussten davon.

Hielten meine Eltern mich für ein Flittchen?

Ich legte die Kette vorsichtig in meine Handfläche und ballte sie zur Faust.

»Schätzchen«, sagte Dad sanft und legte seine Hand auf meine Schulter, womit er mir die Tränen in die Augen trieb.

Ich enttäuschte sie wieder.

»Natürlich darfst du machen, was du willst, aber wir machen uns Sorgen um dich und deine Zukunft.«

»Dad ... ich ... mir geht es doch gut. Wir verdienen gut mit der Musik ...« Ich schaute zwischen ihnen hin und her und Mom sah Dad mit diesem mitleidigen Ausdruck an.

»Magst du Asher?«, fragte er mich und beinahe hätte ich mich an meiner Spucke verschluckt. Deswegen zwangen sie mir dieses dämliche Beziehungs- und Zukunftsgespräch auf? »Denkst du das mit ihm wäre eine gute Entscheidung?«

»Was?«, presste ich hervor.

»Er ist ein Frauenheld«, sagte Mom.

Dad wandte sich mir weiter zu. »Wir möchten nur verhindern, dass du verletzt wirst.«

Was passierte hier gerade? Mir wurde schwindelig bei dem Thema.

»Aber ich dachte, du magst ihn«, wandte ich mich an meinen Vater.

»Das tue ich auch, aber nur solange er mein kleines Mädchen nicht verletzt.« Ich biss mir auf die Unterlippe. »Als ich ihn gefragt habe, wieso er dir die Kette nicht persönlich gibt, sagte er, er wüsste nicht so recht, wie er mit der Situation umgehen soll.«

O Gott.

Er hatte meinen Eltern indirekt unter die Nase gerieben, dass wir im Bett gewesen waren. Was dachte Asher sich nur dabei? Wieso zog er meine Eltern da bitte mit herein? Das ging sie rein gar nichts an.

Irgendwie überstand ich den Mittag mit meinen Eltern und als ich mich von ihnen verabschiedet und die Tür endlich geschlossen hatte, wollte ich schreien.

Ich hatte keine Ahnung, wie die Tour ablaufen sollte. Asher wusste Bescheid und wir mussten darüber sprechen. Sonst würde Ches uns lynchen, das stand fest.

Dieser blöde Mittagsschlaf hatte mich vollkommen ausgeknockt. Ich hatte nach dem Besuch meiner Eltern nur eine halbe Stunde liegen wollen. Vier Stunden später war ich verwirrt auf dem Sofa aufgewacht und wusste nicht einmal mehr, welches Jahrhundert wir hatten.

Nach diesem seltsamen Gespräch mit ihnen war ich müde gewesen. Zum Glück sah ich Asher heute nicht mehr, so konnte ich mir überlegen, wie ich das Gespräch mit ihm anging.

Mit einem Gähnen öffnete ich die Tür zu unserem Proberaum und war überrascht, dass noch Licht im Vorraum brannte. Ich hatte natürlich ein paar Dinge vergessen und ärgerte mich, dass ich den Weg heute zum dritten Mal hinter mich bringen musste.

Ich schloss die Tür leise hinter mir und legte die Tasche auf den Tisch. Das Licht im Proberaum war ebenfalls noch an und ich warf einen knappen Blick dorthin, doch entdeckte niemanden.

»Penny, du Wuselkopf«, nuschelte ich, weil es nicht das erste Mal war, dass sie das Licht anließ. Mit wenigen großen Schritten hatte ich den Tisch umrundet und öffnete die Tür schwungvoll.

Keith lehnte neben dem Schlagzeug an der Mauer, Hose und Boxershorts bis zu den Fußknöcheln und vor ihm kniete jemand, der sich im gleichen Moment zu mir umsah. Er riss die Augen auf und rückte von Keiths Schwanz weg. »Fuck.« Kurz zuckte mein Blick zu Keiths Ständer, wieder zurück zu den hellblauen Augen, die immer panischer wirkten.

Statt den Raum zu verlassen und die Tür zu schließen, um den Männern ihre Privatsphäre zu gönnen, blieb ich wie angewurzelt stehen.

Ich setzte zum Reden an, schloss den Mund wieder. Das wiederholte ich ein paar Mal.

Währenddessen zog Keith seine Hose hoch und schloss den Gürtel, was nicht so schnell ging, wie er es sich wohl erhofft hatte. Das Geklimper wurde lauter.

»Scheiße, Kit«, setze Lion zum Reden an und kam wenige Schritte auf mich zu. »Bitte sag das niemandem. Bitte.«

»Aber die ganzen Frauen …?« Ich fixierte Lions Augen. Sie hatten ein helles Blau, das dennoch unaufdringlich war. Es ging in ein sanftes Grau über, was ich schon immer hübsch gefunden hatte.

Er fuhr sich durch seine kurzen blonden Haare und wechselte einen Blick mit Keith, der danach zu Boden starrte. »Bitte sag einfach niemandem, was du gesehen hast.« Es kam selten vor, dass Lion dermaßen handzahm war.

»Keine Sorge«, sagte ich beruhigend.

Er atmete auf, kam zu mir und ehe ich ausweichen konnte, drückte er mir einen Kuss auf die Schläfe.

»Gott, wirklich?«, regte ich mich auf und er drückte mir noch einen auf die andere Seite.

»Danke, Kit.« Er ließ Keith und mich zurück und knallte beide Türen zu.

Angewidert wischte ich über meine Stirn und stellte fest, dass ich es so zusätzlich an den Händen hatte.

»Dir ist hoffentlich klar, dass das nichts gegen dich ist, aber ich muss mich waschen«, erklärte ich. »Irgendetwas von deinem besten Stück wollte ich nämlich nie an mir haben.«

Nach einem Abstecher auf die Toilette stand Keith noch immer an der Wand und starrte zu Boden. Vorsichtig ging ich zu ihm, duckte mich und suchte so seinen Blick. Nach wenigen Sekunden fand ich ihn, schaute in seine dunklen blauen Augen. »Seid ihr … heimlich zusammen oder so?«

Er schüttelte den Kopf. »Sind wir nicht.« Ich wich einen Schritt zurück, als er den Blick hob. »Schön wär's. Es war das erste Mal, dass wir uns nähergekommen sind.«

Ich hatte keine Ahnung, was ich sagen sollte.

Keith lachte auf. Es klang verzweifelt und wenn mich nicht alles täuschte auch traurig. »Warum ausgerechnet Lion, nicht wahr? Dieser Typ, der nur für seinen Vorteil lebt und ein Kind im Körper eines Erwachsenen ist.«

»Na ja ... man kann sich nicht aussuchen, in wen man sich verliebt.« Keith runzelte die Stirn, weil meine Stimme beinahe brach. Ich räusperte mich und lächelte.

»Alles in Ordnung bei dir?«

»Natürlich.« Wirkte mein Lächeln zu gestellt? »Hat Lion denn irgendetwas gesagt? Über euch? Wie es weitergeht?«

Er stieß sich von der Wand ab und ging durch den Raum, setzte sich auf den großen Fender-Verstärker gegenüber der Tür. Die Arme verschränkte er und den Blick hielt er stur auf den Teppichboden. Ich blieb stehen und schob die Finger in die hinteren Hosentaschen meiner Jeans.

»Lion hat nichts gesagt. Für ihn ist es ziemlich sicher nichts Ernstes. Ich mache mir keine Hoffnungen.« Keith sah mich an. »Das ist das Einzige, was ich tun kann.«

Und genau das sollte ich mir vermutlich auch einprügeln. Ich sollte mir keine Hoffnungen machen.

Asher war kein Mann für nur eine Frau.

# Sayreville

Das Packen von Bus und Anhänger ging ruhig vonstatten. Maybe war nicht dabei, ihr Bus stand auf einem anderen Parkplatz. Die Fahrt von knapp einer Stunde in Richtung Sayreville traten wir ebenso entspannt an.

Der Starland Ballroom war eine der kleineren Konzerthallen. Ich meinte mich zu erinnern, dass knapp eintausend Tickets verkauft worden waren. Es war ein altes Fabrikgelände außerhalb der Stadt, mit relativ kleiner Bühne. Dennoch war hier genug Platz, um sich auszutoben. Wir hatten hier bereits vor zwei Jahren unabhängig einer Tournee gespielt. Unser Manager hatte uns den Gig organisiert. Wenn wir nicht als Vorband für Maybe auftraten, nahmen wir immer wieder mal kleine Konzerte in der Gegend wahr.

Ich mochte den Ballroom, denn es war eine beinahe familiäre Atmosphäre. Zwischen Wellenbrechern und Bühne war auch recht wenig Platz, sodass dort keine Security stehen würden.

Der Raum war hell erleuchtet als wir ihn betraten. Ich stellte meinen Basskoffer auf die Bühne. Das Drumset stand bereits auf einem kleinen Podium, das Maybe-Banner hing hinter der Bühne und um mich herum herrschte reges Treiben. Die Roadies und Mitarbeiter verlegten Kabel, stellten Boxen auf und sorgten dafür, dass alles seinen Platz fand.

Lion und Jake hielten sich hier ebenfalls auf und ich ging zu ihnen. »Wo ist der Rest?«

»Keine Ahnung«, sagte Lion und klang irgendwie schnippisch dabei, »die beiden haben keinen GPS-Sender im Hintern.«

»Wieso sollte der bitte im Hintern sein?«, fragte Jake trocken, was mich zum Lachen brachte.

Lion winkte nur ab und eilte dann von der Bühne. Verwirrt blickte ich ihm nach und widmete mich wieder Jake. »Geht's dir gut?« Meine Hände schob ich hinten in die Jeanstaschen.

Jake runzelte die Stirn. »Ja.«

Ich nickte und wippte auf den Fußballen vor und zurück. »Darf ich dich mal etwas fragen?« Er verschränkte die Arme. »Bedeutet das ja oder nein?«

»Was willst du, Kit?«

»Hat Asher noch irgendetwas gesagt? Wegen der Nacht? Oder so?« Ich senkte die Stimme, damit nur er mich hörte.

»Zieh mich nicht in eure kindische Beziehungsfehde.«

»Gar nichts mehr?«

Jake beugte sich zu mir herunter, senkte die Stimme ebenfalls. »Selbst wenn, wieso sollte ich es dir sagen?«

»Weil du mich lieb hast, auch, wenn du es nie zugeben würdest?«, sagte ich mit einem unschuldigen Augenaufschlag.

Jake war schwer zu knacken und meistens verlor ich den Kampf. Aber ich versuchte es immer wieder gerne. »Komm schon, er hat doch bestimmt irgendetwas fallen lassen.«

Mit einem dezenten Lächeln richtete er sich wieder auf. »Hat er.«

»Und?« Jake ließ mich ohne eine Antwort stehen und

ging zur Treppe, wo gerade Penny hochgetrabt kam.

»Verdammt«, murmelte ich.

Sie klopfte ihm beim Vorbeigehen auf die Schulter und kam zu mir. Nach einem Rundumblick stemmte sie die Fäuste in die Hüften. »Ich liebe diesen Laden. Wusstest du, dass es vorne an der Theke gratis Skittles für uns gibt?« Sie schüttete sich ein paar der kleinen Bonbons auf die Hand und sah mich an. »Alles okay?«

»Was glaubst du, ist bei Jake passiert?«

Penny warf einen knappen Blick zur Treppe, wonach sie die Skittles mit der flachen Hand in ihren Mund schob. »Jacob? Vielleicht ist er im Zeugenschutzprogramm.«

»Dann wäre es besonders klug, in der Öffentlichkeit zu stehen.«

»Wieso machst du dir Gedanken darüber?«

»Weil niemand von uns irgendetwas aus seiner Vergangenheit weiß.«

»Wir wissen auch wenig über Asher.«

»Deutlich mehr als über Jake. Was weißt du von Jake? Dass er Drummer ist, kaum Alkohol trinkt und kaum redet. Weißt du, was er gerne für Filme sieht? Was er privat für Musik hört und auf welcher Schule er früher war? Weißt du irgendetwas über seine Familie? Weißt du, ob er mal eine Freundin hatte? Und ob er überhaupt Sex hat?«

Jetzt runzelte Penny ihre Stirn, schob sich trotzdem noch ein paar Bonbons in den Mund und kaute.

»Ist er vielleicht Republikaner? Oder Demokrat? Hoffentlich ist er kein Republikaner«, hängt ich dran.

»Vielleicht ist er der letzte Puritaner und mit der Mayflower ins Land gelangt.« Penny brachte mich zum Lachen und ich schüttelte amüsiert den Kopf. »Er ist eben lieber allein.« Sie bemerkte wohl selbst, dass das kaum der Grund war und seufzte. »Vielleicht will er sein altes Leben vergessen?« Wehmut klang in ihrer Stimme mit.

»Möglich …«

Das erklärte trotzdem nicht, wieso er sich jetzt verbot, überhaupt richtig zu leben …

Sie legte ihren Arm um meine Schulter und lotste mich zu meinem Basskoffer. »Du bereitest jetzt in Ruhe deinen Ric vor, dann bekommst du das mit Jake aus dem Kopf.« Grinsend hielt sie mir die Verpackung hin. »Iss ein paar, die machen glücklich.«

Es war süß, dass sie mich auf diese Art aufmunterte, und ich griff in die offene Packung und nahm eine Hand voll Skittles heraus.

Nachdem wir die Verpackung geleert hatten, halfen wir den Roadies beim Tragen und Aufbauen. Dabei bekam ich sogar Shawns Ibanez in die Finger, als er mir den Koffer an der Treppe reichte. »Wow, ist der schwer«, stieß ich aus und schleppte den Koffer einige Meter. Vorsichtig legte ich ihn ab und klappte ihn auf, um seinen Bass zu begutachten. Die geschwungene Form passte sich genau an den schwarzen Hartschalenkoffer an.

Penny wurde auf mich aufmerksam und kam zu mir. »Shawn hat mir gesagt, die werden nicht mehr hergestellt.«

Behutsam hob ich den Ibanez hoch. »Ja, ich weiß.« Ich begutachtete das rotbraune, sehr maserige und auf Hochglanz polierte Schwergewicht. »Der Bass hat eine unglaublich gute Übersetzung, ganz zu schweigen vom Sustain. Die Töne klingen sehr lang nach.« Eher abwesend erklärte ich das. »Das Griffbrett ist aus Ebenholz.« Vorsichtig führte ich meinen Daumen zwischen einer Saite und diesem entlang.

»Den hat er von seinem Onkel geschenkt bekommen«, sagte Penny und ich schaute sie mit einem Nicken an.

»Hm-mh, hat er mir auch mal gesagt.«

Als ich dreizehn gewesen war, hatte ich für meinen ersten E-Bass extra einen Job während der Sommerferien angenommen. Ich erinnerte mich noch ganz genau an den griesgrämigen Besitzer des kleinen Supermarkts, wo ich Regale einräumen durfte. Dafür wurde ich unter der Hand entlohnt.

Meine Eltern hatten mir erklärt, dass sie die Hälfte dazutun würden, wenn ich genug gespart hätte. Und das hatte ich schlussendlich auch – ich kaufte ihn in einem urigen Musikladen in Williamsburg für zweihundertfünfzig Dollar und war überglücklich gewesen.

Das Üben hatte mich in der Anfangsphase allerdings Nerven und Schweiß gekostet, weil meine Finger damals zu klein gewesen waren.

Bei einem Bass über mehrere Bünde zu greifen, war schon für ungeübte Erwachsene oft unmöglich, ganz zu schweigen vom Druck, den man auf die dicken Saiten ausüben musste.

Nach dem Aufbau hatten wir nur wenig Zeit für uns und brachten danach auch den Soundcheck hinter uns. Als alles erledigt war, blieb uns kaum eine Stunde, um uns auf das erste Konzert dieser Tournee vorzubereiten.

Nervös wippte ich von einem Bein auf das andere und schaute in die angespannten Gesichter meiner Kollegen.

Die Gespräche und das Gelächter vor der Bühne drangen zu uns. Es war vertraut und doch jedes Mal eine vollkommen neue Erfahrung. Jeder Auftritt war wie ein neuer Sprung ins kalte Wasser, denn jedes Publikum war anders. Jeder Auftritt war anders.

Ich richtete den Gurt meines Basses ein letztes Mal auf der Schulter, dann ging ich hinter Tyler auf die Bühne.

Das Licht blieb noch aus, lediglich der Saal strahlte schummerig. Dennoch entdeckten uns die ersten Fans und begannen zu klatschen und zu pfeifen.

Mehr folgten, bis das gesamte Publikum einfiel.

Ab jetzt zählte nur noch, was wir ablieferten und mein Kopf machte mich wahnsinnig, weil ich wie immer das Gefühl hatte, jeden einzelnen Track vergessen zu haben.

Ich stellte mich ans Mikrofon.

Noch immer war es dunkel auf der Bühne, doch auf einmal sprang das Licht an, Penny, Keith und Tyler legten gleichzeitig mit dem Intro unseres ersten Songs los.

Ich umfasste das Mikrofon und rief: »Sayreville! Wir sind Generation Millennial und bereiten euch auf die wunderbaren Jungs von Maybe Next Time vor!« Ein Schrei ging durch die Halle und ich lachte. »Dann heizen wir euch mal ordentlich ein!«

Kaum fasste ich an die Saiten des Basses kehrte jede Note, jede Strophe, jedes Wort zurück in meinen Kopf.

Mit einem Lachen wandte ich mich meinen Freunden zu und wir nickten uns ein letztes Mal zu, ehe wir das Publikum zum Toben brachten.

Gott, wie hatte ich die Bühne vermisst.

Egal, wie fertig ich nach jeder Tour war, aber das hier

würde ich niemals missen wollen.

Diesen Höhenflug.

Das Gefühl, dass wir diejenigen waren, die die Menge begeisterten.

Nach dem ersten Song griff ich einer der Wasserflaschen die nahe der Treppe zum Backstagebereich für uns standen. Penny bespaßte im Hintergrund die Menge.

Ich begegnete Ashers Blick. Und für diesen kurzen Augenblick fragte ich mich, wie es sich anfühlte, mit ihm zusammen zu sein. Ihn auf der Bühne anhimmeln zu können und zu wissen, dass ich die Frau war, die nachher mit ihm ins Bett ging.

Zu wissen, dass er mich streicheln, mich küssen, im Arm halten und mit mir schlafen würde.

Hastig blinzelnd drehte ich die Plastikflasche zu und warf sie auf den Boden. Ich eilte zurück zu Penny und versuchte, das aus meinem Kopf zu bekommen.

»Welches kommt jetzt?«, hakte ich leise nach.

»Story Of My Life«, sagte sie verwirrt und machte mir wieder Platz am Mikrofon.

Das fing fantastisch an.

Einen Moment benötigte ich noch, dann gelangte ich zum Glück wieder zurück zu unseren Songs.

Noch immer vollgepumpt mit Adrenalin von unserem Auftritt gesellte ich mich nach dem Duschen zu Maybe. Hin und wieder kam es sogar vor, dass mein Rausch erst Stunden nach dem Konzert abebbte.

Maybe stand vor der Bühne und die Jungs befestigten gerade mit Hilfe der Mitarbeiter die Sender hinten an ihren Hosen. Penny und ich hielten uns ein wenig abseits auf. Das Publikum wurde unruhiger. Immer wieder ertönten Rufe nach den Männern. Nach und nach fielen mehr Fans in den Gesang ein. Es war der Wahnsinn, wenn man mich fragte.

Lion schüttelte die Arme aus, dann strich er mit den Fingern an der Unterseite seiner pinken Strat entlang. Ich dachte an das, was im Proberaum passiert war, und er fing meinen Blick auf. Um ihm zu zeigen, dass zwischen uns alles in Ordnung war, schenkte ich ihm ein Lächeln, das er aber nicht erwiderte.

Seitdem war er mir gegenüber ziemlich distanziert und das nagte an mir. Das bestärkte meinen Entschluss, mit ihm unter vier Augen darüber zu reden.

Meine Aufmerksamkeit wanderte weiter zu Asher, der von mir abgewandt stand und auf die Treppe starrte, die zur Bühne führte. Seine Gitarre hatte er ebenfalls umgehängt, mit den Händen fuhr er ihre Rundungen nach.

Sofort manifestierte sich ein Bild in meinem Kopf, wie er seine Finger über meine Haut wandern ließ.

Mir wurde heiß.

Also wandte ich den Blick von ihm ab und sah Shawn an. Der hatte die Augen geschlossen und den Kopf im Nacken liegen. Seine blonden Locken waren offen und standen wild in alle Richtungen ab.

Jake ließ die Sticks zwischen seinen Fingern hin und her gleiten. Er überragte alle anderen, Lion sogar um einen Kopf. Heute trug er seinen Hipster-Hut. Na ja, er war ein Hipster, wenn man mich fragte. Lange dunkle Haare, ein ebenso dunkler Bart und die Arme voller Tattoos.

Sie nickten sich einmal zu, dann ging Shawn los.

Das Geschrei startete, kaum, dass er im Blickfeld der Fans erschien. Wie eine Welle erfasste es mich hinter der Bühne.

Tausende Gäste, die ihre Hände gerade nach den Männern ausstreckten, die die Bühne betraten.

Jake folgte, dann Lion und das Geschrei wurde ohrenbetäubend. Er begann über dem Kopf zu klatschen und die Menge fiel mit ein.

Meine Nackenhaare richteten sich auf. Penny und ich stellten uns an die Treppe, als Asher über die drei Stufen ging. Kaum betrat er die Bühne, rasteten die Fans völlig aus.

Alle Vier nahmen ihre Plätze ein und wie immer starteten sie ihr Konzert ohne irgendeine Begrüßung.

Ein kurzes Intro wurde abgespielt.

Ein erneuter Schrei ging durch das Publikum.

Gleichzeitig begannen sie, ihre Instrumente zu spielen. Schwere und lange Akkorde erfüllten die Luft und brachten jedes Atom zum Vibrieren. Der Subbass am Anfang des Tracks breitete sich schleichend über den Boden aus und umfasste gefühlt jeden Knochen in meinem Körper.

Es war wie eine gewaltige Explosion.

Die ersten vier Takte behielten sie die schweren Riffs bei, dann gingen sie in einen ruhigeren Rhythmus über und wechselten zu Quart-Akkorden. Jake untermalte das mit Bass-Drum und Toms. Die erste Strophe begann und Lion sang, begleitet von Asher in einer anderen Tonlage. Lions Stimme war rau im Vergleich zu Ashers, dafür war Ashers ein wenig dunkler. Eine grandiose Symbiose.

Ich schaute an der Treppe vorbei, die Lichtkegel vor der Bühne blendeten mich und ich sah nur mit Mühe die Fans vor den Wellenbrechern, die ihre Hände nach den Männern ausstreckten.

Das war einer der Tracks, von ihrem neuesten Album *Black Flame*. Die erste Auskopplung und ein fantastischer Opener.

Das Publikum sprühte vor Begeisterung.

Penny packte mein Handgelenk und ich beugte mich zu ihr. Sie schüttelte sich und deutete auf ihren Arm, wo eine Gänsehaut entstand. »Mega!«, schrie sie in mein Ohr und ich stimmte mit einem heftigen Nicken zu.

Ich beobachtete Jake eine Weile, der mit grimmiger Miene auf seine Drums einhämmerte. Das Schlagzeugspielen passte zu ihm, an keinem anderen Instrument konnte er sich so auslassen und er machte den Eindruck, das zu brauchen.

Ich deutete mit meinem Blick auf ihn und Penny folgte mir. Sie beugte sich wieder zu mir. »Jake wird mir immer ein Rätsel bleiben«, rief sie.

Er bemerkte, dass wir ihn anstarrten, kniff kurz die Lider zusammen und wirbelte den Stick zwischen den Fingern der rechten Hand, bevor er wieder den schweren Takt des Refrains vorgab.

Ich konzentrierte mich auf Asher und Lion am Bühnenrand. Sie sangen, spielten dabei mit dem Publikum und dazu noch Gitarre.

Der Song endete und Lion warf sein Pick in die Menge, wodurch ein neuer Aufschrei durch die Reihen ging.

Ich musste grinsen.

Wenn sie wüssten, was er im Laufe des Abends noch alles durch die Gegend werfen würde.

»Sayreville!«, brüllte Lion ins Mikro, wodurch meine Ohren klingelten. »Ich hoffe, ihr seid hier richtig, denn wir sind Maybe Next Time!« Er umfasste das Mikrofon mit einer Hand und atmete laut aus. »Animals!«

Neuer Aufschrei.

Asher lachte und drehte sich um, nickte den Jungs zu und Shawn begann einen Moll-Dreiklang auf dem Bass zu spielen, der den nächsten Track einleitete.

Lion hob den Gurt über seinen Kopf und gab die Gitarre einem der Mitarbeiter, der am Rand stand. Dann umfasste er das Mikrofon wieder.

»Ganz schön gewagt, direkt am Anfang einen Song zu spielen, bei dem Lion keine Gitarre hält«, wandte ich mich an Penny.

»Vermutlich hat er sie so lang genervt, bis sie zugestimmt haben, den Track so früh zu spielen.«

Ich stimmte nickend und lachend zu.

Lion begann zu singen und stemmte einen Fuß auf eine der Boxen, die in Bühnenrichtung ausgerichtet waren. Mit beiden Händen umfasste er das Mikro und wurde von Asher im Refrain begleitet. Der konzertierte sich bei dem Track auf seine Gitarre und spielte eine komplexe Abfolge von Akkorden.

Lion ging über die Bühne und stellte sich auf das kleine Podium, auf dem die Drums standen. Mit einer erhobenen Hand sang er weiter, bevor er wieder nach vorne rannte.

Der Track war einer ihrer Härtesten, deswegen spielte Lion auch keine Gitarre.

Der Song baute weiter auf und er wechselte in den gutturalen Gesang.

Penny packte mein Handgelenk wieder und erneut wanderte eine wahre Schockwelle durch meinen Körper.

Während des Tracks zog Lion sein Shirt aus und warf es natürlich auch in die Menge. Außerdem flogen noch zwei Sticks von Jake sowie massig Picks durch die Gegend.

Irgendwann lachte ich nur noch über ihn, weil er wieder einmal total übertrieb. Aber die Fans feierten ihn dafür. Nach dem letzten Refrain warf Lion das Mikrofon auf den Boden, wodurch ein fürchterliches Kreischen durch die Boxen entstand. Dann rannte er über die Bühne und sprang mit einem Satz in die Menge.

Er deutete auf seine Musikerkollegen, während er von den Fans über die Menge transportiert wurde.

»Er ist so ein Showmaker«, rief Keith hinter uns. Er schielte an mir vorbei. Lion war inzwischen verschwunden, was bedeutete, er müsste sich jetzt durch die Gäste kämpfen. Der Track endete und er tauchte noch immer nicht auf.

»Lion«, sagte Asher genervt und brachte uns zum Lachen. In dem Moment schob er sich zwischen einigen Frauen zu den Wellenbrechen und wurde von einem der Security, der zu ihm geeilt kam, über das Gitter gezogen.

Die Frauen um ihn herum begrapschten seine nackte Brust, eine zog sogar an seiner Jeans, sodass er dem großen und breiten Kerl regelrecht in die Arme fiel.

Lion blieb noch einen Moment bei ihnen und packte dann ernsthaft eine von ihnen und drückte seinen Mund auf ihren.

Im Augenwinkel nahm ich wahr, dass Keith ging. Er fluchte vor sich hin, was aber vom Gegröle der Menge verschluckt wurde. Dann rannte er Tyler beinahe um, der gerade vom Duschen zurückkam.

»Was hat er denn?«, fragte Penny. Ich zuckte mit den Schultern, obwohl ich es natürlich wusste.

Tyler gesellte sich zu uns. Seine dunkelbraunen Haare standen wild in alle Richtungen ab und ich wuschelte ihm einmal durch diese. Er grinste mich an.

Danach beobachtete ich den Mann, der glänzte, ohne viel dafür zu tun. Asher machte eine unglaublich gute Figur, während er sang und seine Gretsch spielte.

Mein Blick blieb an seinem Hintern hängen und ich erinnerte mich schwammig an das Gefühl an meinen Fingern.

Schlagartig wurde mir heiß und ich war froh, als das Licht in einen Rotton umsprang, weil ich ziemlich sicher ebenso rote Wangen bekam.

Nach etwa einer halben Stunde verließ Lion die Bühne und klopfte mir im Vorbeigehen sanft auf die Schulter. Ich schüttelte meine Arme aus und wartete auf Asher. Der bekam die Halbakustikgitarre von einem der Roadies, während auch Shawn seinen E-Bass gegen einen Halbakustischen austauschte.

Doch statt sich auf den Hocker am Bühnenrand zu setzen, kam Asher zu uns gelaufen und hielt mir seine Hand hin. Vollkommen verwirrt sah ich ihn an und er lächelte nur und deutete darauf.

Gut, dann nahm ich seine Hand.

Beinahe verhalten ließ ich meine Finger durch seine Handfläche gleiten. Er packte bestimmt zu und zog mich die Treppe hoch. Sofort startete tosender Applaus vor der Bühne, der mich erfasste und kitzelte.

Das Scheinwerferlicht blendete, weil mehrere Strahler direkt auf die Hocker am Bühnenrand gerichtet waren. Als wäre er der größte Gentleman der Welt, lotste Asher mich zu meinem Hocker und half mir sogar, mich zu setzen.

Die Frauen im Publikum schrien auf und ich war kurz davor ein Würgegeräusch von mir zu geben, weil er so eine Nummer abzog.

Na ja, zugegeben, es war doch ganz süß.

Asher setzte sich auf den anderen Hocker und umfasste das Mikrofon. »Meine reizende Kollegin Kathrin und ich haben uns vor der Tour zusammengesetzt.«

Ein weiterer Schrei ging durch die Halle.

»Tu nicht so charmant«, witzelte ich und das Publikum lachte. Asher ebenfalls.

Er richtete die Gitarre auf dem Schoß. »Das Stück heißt *One Step At A Time*«, raunte er und Shawn setzte mit dem Bass ein.

Nach wenigen Sekunden fiel Asher mit einer ruhigen Melodie ein und auch Jake begleitete sie mit ruhigem Takt.

Mit einem Lächeln rückte ich auf dem Hocker vor, umfasste das Mikrofon mit beiden Händen und kaum begann ich mit dem Gesang, schloss ich die Welt aus.

Hier existierte nur noch die Melodie, die wir gemeinsam erschufen.

Ich liebte es, mit den Millennials auf der Bühne zu stehen aber gemeinsam mit Asher zu singen hatte eine vollkommen neue Wirkung auf mich.

Es transportierte mich in eine andere Welt.

Gemeinsam sangen wir über neue Chance und eine neue Liebe, wonach die Fans vor der Bühne applaudierten und kreischten. Danach gingen wir zum Bühnenrand und verbeugten uns.

Mit einem Lächeln verabschiedete ich mich vom Publikum und blieb an Asher hängen, der mich ebenfalls ansah. Der wechselte die Gitarre gerade wieder aus und auch Lion betrat die Bühne, was ich im Augenwinkel wahrnahm.

Und doch war dieser kurze Blick zwischen Asher und mir wie ein winziger Stromstoß mitten in mein Herz.

Ich presste die Lippen zusammen und eilte die Treppen hinuter, wonach ich das Konzert mit noch mehr Herzklopfen verfolgte.

# Sayreville

Nach unserem Auftritt besuchten Penny und ich Ches, der im vorderen Bereich war. Er half, am Stand Merch zu verkaufen. Wir signierten ein paar Platten und auch Poster, danach verschwanden wir in den Backstagebereich. Penny ging wieder hinter die Bühne, doch ich verabschiedete mich, weil das Konzert gleich vorbei war und ich noch etwas vorhatte.

Im Gang zu den Backstageräumen wartete ich. Der von Maybe lag schräg gegenüber von unserem und Lion war der Erste, der um die Ecke bog, als der Applaus abgeebbt war. Mit dem Handtuch rubbelte er sich über die Haare, weshalb er mich nicht bemerkte und beinahe gegen mich lief.

»Wow«, stieß er aus und machte einen Ausfallschritt nach links. Sofort senkte er den Blick und bevor er sich rarmachen konnte, griff ich seinen Oberarm und zog ihn unter Protest hinter mir her. Ich schloss die Tür von unserem Backstageraum.

»Was soll das werden?« Er schielte am Handtuch vorbei zu mir.

Ich verschränkte die Arme und sank rücklings gegen die Tür. »Wir klären das jetzt.«

»Was auch immer.«

»Du redest nicht mehr mit mir, seit ich dich und Keith überrascht habe.«

Lion rubbelte wieder über seine Haare. Danach bearbeitete er seinen Nacken und die Brust. »Kannst du mich damit bitte in Ruhe lassen?«

»Ich habe euch gesehen, mehr nicht. Deswegen musst du mich nicht wie den Staatsfeind Nummer Eins behandeln.«

Mit einem theatralischen Seufzen ließ er das Handtuch sinken. »Das war ein Fehler, was da passiert ist. Kannst du mich damit in Ruhe lassen?«

Es tat mir leid für Keith, dass Lion das so sah. Irgendwie hätte ich mir gewünscht, dass er vielleicht mehr für ihn empfand. Lion war süß, er hatte was und ich verstand Keith, dass er ihn mochte. Sein bunter, volltätowierter Oberkörper und die leicht definierten Muskeln unter seiner Haut machten etwas her. Auf der Bühne machte er eine wahnsinnig gute Figur. Auch, wenn er sich da oben hin und wieder echt schräg benahm, aber das machte seinen Charme aus.

»Es macht für mich keinen Unterschied, ob es ein Mann oder eine Frau war. Für dich scheinbar schon.«

»Ich habe keine Lust, dass irgendjemand von den anderen das mitbekommt, kapiert?« Verzweiflung blitzte in seinen hellblauen Augen auf.

»Lion …«

»Nein, Kit«, sagte er aufgebracht. »Du weißt, was Keith manchmal an den Kopf geworfen bekommt, da habe ich keinen Bock drauf, klar?« Er kam einen Schritt auf mich zu. »Du weißt sicher, was auf seinem privaten Account teilweise abgeht? Davon mal abgesehen, dass man als Bisexueller von allen angefeindet wird! Weißt du, was mir ein Typ gesagt hat, mit dem ich was hatte, als ich meinte, ich würde auch auf Frauen stehen? Dass ich mich entscheiden müsste. Was ist das für einen Scheiße und was soll das überhaupt bedeuten?! Wieso muss ich mich denn entscheiden? Das muss ich mir echt nicht geben.«

Irgendwie konnte ich Lion verstehen. Gerade wenn man als Musiker aus der Rock- oder Metalszene bekannt war, erwartete man von den Männern, dass sie sich eben genau wie solche benahmen. Und Rockstars legten bekanntermaßen dutzende von Groupies flach.

Weibliche Groupies.

Penny regelte zwar unseren Bandaccount, aber das bedeutete nicht, dass sie mich nicht darüber informierte, was teilweise für Kommentare zu Keiths Sexualität fielen.

»Triffst du dich öfter mit Männern?« Vielleicht ging es mich nichts an, aber Lion war ein Freund, deswegen interessierte ich mich natürlich für sein Leben. Er antwortete nicht, also beließ ich es dabei. »Weiß es überhaupt jemand?«

»Nein. Und das soll so bleiben. Dass du Bescheid weißt, ist mir schon zu viel. Und was mit Keith passiert ist, war so nicht geplant, selbst er hätte es nie erfahren sollen.«

»Wieso ist es dann passiert?« Neugierig beobachtete ich, wie er mit sich rang.

»Er ist süß, klar?« Das brachte mich zum Lächeln. Lion fuhr mit der Hand durch seine nassgeschwitzten Haare. »Ich fand ihn schon immer anziehend und bis zu dem Tag habe ich es auch geschafft, nicht auf ihn einzugehen …« Er warf mir das Handtuch entgegen, das ich auffing. »Grins nicht so dämlich.«

»Ich werde es niemandem sagen, das weißt du hoffentlich. Ich möchte nur nicht, dass wir deswegen nicht mehr normal miteinander umgehen können.«

»Ja, schon gut«, sagte er und winkte ab. »Es ist mir peinlich, dass du mich dabei gesehen hast, wie ... du weißt schon.«

»Sind wir wieder Freunde?«

Er verkniff sich das Lachen einen Moment, grinste dann aber. »Klar.« Ich ging zu ihm und schlang meine Arme um seinen Hals. Er erwiderte meine Umarmung und wir wiegten uns einen Augenblick hin und her.

Die Tür ging auf, ich schaute mich um und Tyler stand mit irritiertem Blick im Türrahmen. »Störe ich?« Hinter ihm erschien Asher. Er wollte weitergehen, doch hielt inne und keine Sekunde später schubste er Tyler weg. »Spinnst du?«

»Was soll das werden?«, fragte er, wobei er Tyler gegen den Türrahmen drückte.

»Wir schmusen.« Ich lächelte Asher an, dessen Blick immer finsterer wurde.

»Ich glaube, er killt mich gleich«, sagte Lion an meinem Ohr, was kitzelte.

»Sollen wir es drauf ankommen lassen?« Ich warf Lion einen kurzen Blick zu. Wieder dachte ich daran, ihn einfach zu küssen, nur, um Asher zu ärgern.

Das musste wirklich aufhören.

»Auf keinen Fall«, sagte Lion. Damit schob er mich von sich und drängelte sich an Asher und Tyler vorbei.

Asher verschränkte die Arme vor der Brust. Das Konzert hatte bei ihm ebenfalls Spuren hinterlassen. Obwohl sein Shirt schwarz war, sah man, dass es vollkommen durchnässt war, seine Haare klebten teilweise an der Stirn, wo gerade mehrere Schweißtropfen herunterliefen.

Tyler setzte sich auf die Couch neben der Garderobe.

»Was willst du?«, fragte ich Asher, nahm dabei eine Flasche Wasser vom Tisch.

»Was soll das mit Lion? Schon seit Wochen benehmt ihr euch beide so komisch. Läuft da was?«

Mit einem Lachen drehte ich den Verschluss auf. »Niemand benimmt sich komisch.« Ich nahm einen Schluck. »Außer dir vielleicht.«

Er knallte die flachen Hände auf den Tisch, weshalb ich ihn überrascht ansah. »Läuft da was zwischen euch?«

Mein erster Impuls war ein Nein. Irgendwie war es mir wichtig, das vor Asher klarzustellen. Er sollte nicht denken, ich hätte ernsthaft Interesse an Lion. Allerdings reizte mich seine mögliche Reaktion, wenn ich ihn in Unwissenheit wiegte.

Mit einem Kopfschütteln griff ich meine Tasche und kramte darin nach meinem Handy. »Was würdest du schon dagegen machen können?«

Einen stillen Moment musterte er mich, während man von vorne noch einmal das Getose der Fans vernahm, dann wandte er sich mit einem Schnauben ab und verließ unseren Raum.

»Lion?!«, schnauzte er, dann knallte eine Tür.

Vielleicht war das nicht mein klügster Zug gewesen, trotzdem grinste ich dümmlich, wie ich bemerkte.

»Was?«, sagte ich zu Tyler, der sein Telefon in der Hand hielt, beide Brauen weit gehoben.

»Was war denn das bitte?«

Ich setzte mich zu ihm und schaute auf den Bildschirm

seines Handys. Er wollte wohl seine Frau anrufen, das tat er häufig nach den Konzerten.

»Gar nichts.« Natürlich nicht. Tyler fragte nicht weiter nach, wofür ich dankbar war.

Stattdessen strahlte er mich an, als er den Videoanruf zu seiner Frau startete und darauf wartete, dass sie abhob. Wenige Sekunden später erschien ihr Gesicht auf dem Bildschirm. »Darling«, sagte Tyler hörbar fröhlich, was ich süß fand. Er war in ihrem Beisein wie ein großer kuscheliger Teddy.

»Baby«, antwortete Bea und strahlte ebenso breit. Ihre braunen Schokolocken fielen bis auf ihre Schulter, ihr Gesicht war ein wenig rund und ihre Augen zu groß. Ich fand sie unheimlich niedlich. Sie war das Gegenteil von Tyler, der ja eher grob daherkam, wenn man ihn nicht kannte.

Es war herzerwärmend, dass sie während der Tour so oft telefonierten. Ich winkte ihr zu. »Hallo, Kit«, sagte Bea überrascht.

»Wie läuft es in New York? Nicht, dass wir schon besonders weit weg wären.«

»Tja, es ist alles wie immer. Habt ihr auch schon den ganzen Tag Regen? Da ihr ja nur einen Katzensprung entfernt seid, kann es bei euch ja nicht wirklich anders aussehen.«

»Keine Ahnung, ich war fast den ganzen Tag in der Konzerthalle.« Ich grinste und sie lachte leise.

Sie musterte mich noch einen Augenblick, dann schaute sie zu ihrem Mann.

Ich war mir nicht so sicher, ob Bea mich mochte. Zwar verhielt sie sich mir gegenüber freundlich, aber auch nach den vier Jahren, in denen wir uns kannten, war sie noch immer distanziert.

Aber gut, vielleicht war es ihre Art.

Tyler unterhielt sich mit ihr und erzählte von dem ersten Konzert. Ich blieb bei ihm sitzen und hörte den beiden zu.

Währenddessen dachte ich darüber nach, wie Penny und ich Tyler vor vier Jahren auf dem Coachella-Festival kennengelernt hatten und wieso er jetzt überhaupt Teil unserer Band war. Penny hatte ihren Drink über sein Shirt verteilt, als sie von einem Gast aus Versehen umgetanzt wurde.

Tyler hatte ausgesehen, als wollte er sie umbringen und Penny hatte trotz ihrer großen Klappe, vor sich hingestottert. Als Wiedergutmachung hatte sie ihm einen Drink ausgegeben und sogar ein neues Shirt gekauft.

So kamen wir ins Gespräch und hatten festgestellt, dass er ebenfalls aus New York kam und seine alte Band sich vor kurzem aufgelöst hatte.

Ich hatte ihm meine Nummer gegeben aber gar nicht damit gerechnet, dass er sich meldete. Zwei Wochen später hatte er mich angerufen und wir hatten den ersten Tag zusammen in unserem alten Proberaum verbracht.

Ich stieß Tyler an, der mich ansah. »Ich muss gerade an den alten Proberaum denken.«

»Hör bloß auf. Ich glaube bis heute noch, dass die Wände von dem gammeligen Haus nur gehalten haben, weil sie voller Termiten waren.« Er brachte mich zum Lachen und wandte sich wieder seiner Frau zu.

In dem Moment ertönte Pennys lautes »Wohooo« im Gang und wenig später ein Weiteres im Backstageraum. Sie tanzte vor sich hin und sang leise dazu. Es klang wie dieses nervige Seemannslied und mir schwante für heute Abend wieder Böses.

Beas Ausdruck änderte sich schlagartig in einen Missmutigen. Mit einem Lächeln drückte ich Tylers Schulter und stand auf. Ich griff Penny am Oberarm, sie sah mich verwirrt an und stoppte ihren Gesang. »Wir gönnen den beiden etwas Privatsphäre.«

»Wieso macht er das nicht im Bus?«, fragte sie vollkommen verwirrt, während ich sie durch den Raum zerrte.

»Komm einfach mit.« Ich schloss die Tür hinter uns und Penny stemmte die Hände in die Hüften.

»Was soll das? Wenn Tyler unbedingt mit Bea schäkern will, kann er sich auch im Bus ins Bad einschließen oder so.« Dabei klang sie ein wenig zu schnippisch, wenn mich nicht alles täuschte.

»Lass sie einfach allein«, forderte ich. Sie wirkte immer verwirrter, weshalb ich eindringlich zu ihr aufsah. »Du verstehst es nicht?«

»Ich weiß nicht, was du meinst. Ist es, weil Tyler mich nicht mag?«

»Tyler mag dich. Erzähl doch nicht so einen Mist.«

Empört hob sie die Hände. »Ach, deswegen verhält er sich mir gegenüber auch immer so dumm?«

»Es liegt nicht an ihm.« Mit verschränkten Armen lehnte ich mich an die Wand und Penny ahmte meine Bewegung nach.

»Wegen Bea? Habe ich ihr irgendetwas getan?« Verunsicherung blitzte in ihren Augen auf.

Mit einer Handbewegung deutete ich über ihren Körper und ihr Gesicht. »Das hast du getan.«

Sie kniff die Lider leicht zusammen, bis der Groschen deutlich fiel. »Ist sie eifersüchtig auf mich?« Vollkommen perplex zeigte sie auf sich. »Aber wieso? Sie ist mit Tyler verheiratet. Er hat ihr wohl nicht ohne Grund das Ja-Wort gegeben.«

Ich zuckte mit den Schultern. »Tyler hat es mir gesagt. Sie hat ihn auf dich angesprochen und was wir so während der Tour treiben.«

Penny fiel sichtlich aus allen Wolken. »Deswegen ist er so? Weil Bea mich nicht leiden kann? Ich dachte, ich gehe ihm auf die Nerven, weil ich laut und überdreht bin. Zumindest manchmal. Na ja ... selten.« Immerhin sah sie es selbst ein.

Mit einem Lachen schielte ich zu ihr auf. »Tyler hat ihr versichert, dass du nur Augen für Shawn hast.«

Empört schnappte sie nach Luft und natürlich verpasste sie mir dafür einen Klaps gegen den Oberarm. »Das ist ja wohl eine Lüge.«

Dass er mir noch gesagt hatte, er fände Penny extrem sexy und hätte sie als Single nicht von der Bettkante gestoßen, behielt ich natürlich für mich. Das hatte ich auch nur erfahren, weil er an dem Abend im Beaver's total betrunken gewesen war.

Sie straffte die Schultern. »Das kläre ich.«

»Was?! Nein!«, rief ich, doch ich war zu langsam und schon stand sie wieder im Backstageraum. Penny benahm sich hin und wieder unmöglich. Ja, ich war ihre beste Freundin, aber das bedeutete nicht, dass ich alles guthieß, was sie anstellte.

Sie stemmte die Fäuste in die Hüften und baute sich vor

der Couch auf. Tyler sah verwirrt an ihr hoch und hielt noch immer das Telefon vor sich.

»Keine Ahnung, was Bea denkt, was wir hier auf der Tour treiben - wo wir arbeiten müssen und uns nicht vergnügen, als wären wir in einer Kommune - aber ich habe kein Interesse an dir«, stellte sie klar.

Ach du Scheiße.

Tylers Gesichtszüge entgleisten vollkommen, dann sah er aufs Handy. »Ich melde mich gleich wieder.« Hektisch beendete er das Gespräch und ich blieb im Türrahmen stehen und hoffte nur, dass es jetzt keine Toten gab.

Er legte das Handy langsam neben sich auf die Couch, dann stand er auf und überragte Penny fast um einen Kopf. Sie ging ihm etwa bis zum Kinn. Ich fragte mich, wie winzig ich neben ihm wohl aussah, weil ich ihm nur bis zu den Schultern reichte.

Sie bewegte sich nicht, schaute zu ihm auf.

»Was fällt dir ein, dich da einzumischen und so etwas vor meiner Frau zu sagen?«, sagte er dunkel.

Penny schnalzte abwertend und hob das Kinn noch weiter. Die Stimmung schlug um und ich machte mich bereit, dazwischen zu gehen.

»Vielleicht solltest du gerade vor deiner Frau mit offenen Karten spielen«, zischte sie.

Hinter mir lief jemand vorbei. Ich warf Shawn einen Blick zu, der mich nur irritiert ansah. Ich drückte meine Hand an seinen Bauch, weil er an mir vorbeigehen wollte, und schüttelte den Kopf.

»Es ist allein meine Entscheidung, was ich meiner Frau erzähle«, knurrte Tyler.

Sein Ausdruck verdunkelte sich, die Aura um ihn herum sprühte förmlich. An Pennys Stelle wäre ich schon davongelaufen, aber sie sah in seine Augen und bot ihm nicht nur die Stirn, sondern forderte ihn regelrecht heraus.

Irgendetwas daran gefiel mir nicht.

»Das würde ich an deiner Stelle überdenken. Wenn sie dich nicht einmal allein auf Tour fahren lassen kann, ohne sich Sorgen zu machen.« Sie ballte ihre Hände.

Tyler knurrte wieder und seine Kiefermuskeln zuckten.

Shawn wollte wieder an mir vorbeigehen, doch ich stemmte meine Hand vor ihn an den Türrahmen.

Das zwischen Penny und Tyler war vielleicht doch nötig.

Und wenn es einmal krachte, dann war es so, aber sie sollten sich endlich aussprechen. Denn dieses Theater zwischen den beiden ging schon zu lang.

Tylers Oberkörper spannte sich an, wodurch er noch breiter wirkte. Penny trat dichter an ihn heran. Etwas in seinen Augen blitzte auf. Er öffnete den Mund, schloss ihn aber wieder und machte einen Schritt zurück, bevor er sein Handy griff und durch den Raum eilte. Shawn und mich drückte er einfach zur Seite und verschwand durch den Hinterausgang.

Die Tür knallte zu und ich zuckte.

Vollkommen irritiert tauschten wir Blicke aus und ich hatte das dumpfe Gefühl, neben meinem Chaos auch noch auf Tyler und Penny aufpassen zu müssen.

# Sayreville

Da wir erst morgen früh nach Philadelphia weiterfuhren, verbrachten wir die Nacht in Sayreville und hatten den Rest des Abends frei. Irgendwann verschwanden Penny und Keith und ich blieb mit Tyler zurück. Seit dem Vorfall im Backstageraum machte er einen nervösen Eindruck. Als Penny sich noch im Bus aufgehalten hatte, war er ihr mehr als offensichtlich aus dem Weg gegangen, konnte seine Blicke zu ihr aber nicht zügeln.

Ich war froh, ein wenig von Asher abgelenkt zu werden. Vermutlich kam es mir sogar gelegen.

Tyler saß auf der Couch und wippte mit seinem Bein. Ich beobachtete das zwischendurch, während ich mir eine Coke gönnte und mich in der Essecke aufhielt. Seit einigen Minuten schaute ich bei einem Musikladen im Netz nach Saiten für meinen Bass. Irgendwann legte ich das Telefon auf den Tisch und ging herüber zu Tyler.

»Wolltest du nicht noch Bea anrufen?« Mit meinem Blick deutete ich auf das Handy, das auf dem kleinen Tisch lag, während ich mich in den Sessel setzte. »Jetzt wäre eine gute Gelegenheit, alle anderen sind unterwegs.« Langsam wanderte sein Blick zu mir und er wirkte wie in Trance. »Tyler? Alles in Ordnung?« Ich beugte mich ein wenig vor.

Es machte mir Sorgen, dass er so in sich gekehrt wirkte, und ich hielt das für ein weniger gutes Zeichen.

»Was soll ich ihr sagen?«

»Was meinst du?«

Mit beiden Händen fuhr er durch seine dunkelbraunen Haare und ließ den Kopf nach vorne hängen. »Was soll ich ihr nur sagen?«

Ich schüttelte nur den Kopf, weil ich nicht sicher war, worauf er hinaus wollte und hoffte, mit meiner Vermutung ganz weit daneben zu liegen.

Als er den Kopf wieder hob, sah ich Panik und auch Verwirrung in seinen Augen. »Was soll ich ihr sagen, Kit?« Er klang, als würde seine Platte hängen.

»Meinst du wegen Penny?«, fragte ich vorsichtig und als er nickte, musste ich erst einmal durchatmen.

Ich hatte keine Ahnung.

Eine Weile sahen wir uns einfach an, bis sein Handy zu klingeln begann. Es war das dritte Mal heute Abend, aber wieder starrte er nur auf das Bild seiner Frau, das angezeigt wurde.

Ich rutschte an die Kante des Sessels und stützte die Ellenbogen auf die Knie, schaute Tyler fest in die Augen. »Sag einfach nichts.«

»Aber ...«

»Sag nichts. Das würde eure Beziehung unnötig belasten und uns das Touren zu allem Überfluss erschweren.« Einige Male öffnete er den Mund, als wollte er mir widersprechen. Er drückte die aneinandergelegten Hände vor die Lippen. »Was ist das mit Penny?«, hakte ich nach.

»Ich habe keine Ahnung«, wisperte er. »Aber ich denke ... irgendwie mag ich sie.« Dieser große und breite Mann brach sichtlich in sich zusammen. »Scheiße«, sagte er und rieb mit beiden Händen über sein Gesicht.

»Sicher, dass du sie nicht nur scharf findest?«

Er verzog das Gesicht und biss die Zähne zusammen. Die Kiefermuskeln zeichneten sich unter seinem Bartschatten ab.

»Als Bea mich das erste Mal darauf angesprochen hat, dass sie ein Problem mit Penny hat, wusste ich erst gar nicht, wo das herkam. Aber dann habe ich angefangen, darüber nachzudenken und bei den Proben darauf geachtet. Und immer, wenn ich Penny beobachtet habe, wenn sie in der Musik versank, wurde es schlimmer. Jedes Mal habe ich irgendetwas Neues an ihr entdeckt.« Er senkte den Blick. Es hatte etwas Demütiges. »Immer, wenn ich Penny ansehe, weiß ich, was ich an Bea vermisse.«

Das klang gar nicht gut.

Das klang danach, als wäre er nicht so glücklich, wie er es seiner Frau glauben machen wollte. Oder wie er es sich selbst glauben machen wollte.

Ob er zu früh geheiratet hatte? Er war kaum ein Jahr älter als ich mit seinen fünfundzwanzig und seit sieben Jahren mit Bea zusammen, zwei davon verheiratet. Wir waren damals sogar auf der Hochzeit gewesen.

Ich pustete die Wangen auf und ließ die Luft langsam entweichen, schob meine Hände zwischen die Oberschenkel. »Das ist harter Tobak, muss ich gestehen ... vielleicht solltest du doch mit Bea sprechen?«

»Nicht während der Tour«, sagte er und ich starrte ihn irritiert an. Der letzte Auftritt war Ende Oktober, das dauerte knapp zwei Monate. »Tust du mir einen Gefallen und behältst es für dich?«

»Natürlich«, versprach ich mit einem Lächeln, sah ihn dann aber ernst an. »Halt dich am besten von Penny fern, wenn es geht. Du weißt, wie sie ist.«

Und ehrlich gesagt war ich mir bei Penny nicht sicher, ob sie Tyler nicht doch mehr mochte, als sie zugab. Tyler stach durch seine Größe und die breiten Schultern aus der Masse hervor.

Penny hatte kein festes Beuteschema. Zumindest hatte ich nach all den Jahren keins festmachen können.

»Ich habe nicht vor, Bea ... zu betrügen, wenn du das denkst. Vermutlich sieht Penny in mir eh nur den nervigen Drummer, der nie ihrer Meinung ist.«

»Vielleicht ist es nur eine vorübergehende Schwärmerei?«

Er hob eine Braue. »Eine ziemlich lange vorübergehende Schwärmerei.«

»Seit wann weißt du es? Also, dass du Penny irgendwie magst.«

»Vor etwa acht Monaten hat Bea mich darauf angesprochen und kurz darauf fing ich an, Penny anders zu sehen. Aber erst dachte ich wirklich, ich fände sie nur attraktiv. Sie war immer so laut und nervig.« Er seufzte tief. »Bis mir dann auffiel, wie sie ins Leere schaut, wenn sie sich unbeobachtet fühlt. Da wurde mir klar, dass sie nicht so ist, wie sie tut ... das war vor knapp fünf Monaten.«

»Penny ist anders, wenn man mit ihr allein ist«, stimmte ich zu. »Ich kann dich verstehen, dass du sie magst. Ich bin nicht ohne Grund ihre beste Freundin.«

Tyler verschränkte die Arme vor der Brust. Durch das Schlagzeugspielen waren seine Unterarmmuskeln deutlich ausgeprägt und durch das Training hatte auch der Umfang seiner Oberarme zugenommen. Ich konnte mir vorstellen, dass er Penny mittlerweile gut gefiel.

Da würde ich sie gar nicht in Schutz nehmen, sie war gerne oberflächlich.

»Vor knapp fünf Monaten waren wir das erste Mal den ganzen Tag allein im Label.«

Ich erinnerte mich an den Tag.

Keith und ich hatten beide eine ziemlich starke Erkältung gehabt und lagen das Wochenende und noch den Montag flach. Jetzt fiel mir auf, dass das mit dem Gezanke zwischen den beiden ab dem Tag schlimmer geworden war.

»Was ist an dem Tag passiert?«, fragte ich.

»Sie hat mir ein paar Dinge von sich erzählt und ich ihr ein paar von mir. Irgendwie haben wir uns verquatscht und ich war viel zu spät zu Hause.«

»Was heißt zu spät?«

»Erst nach Mitternacht.«

»Oh«, sagte ich.

Er lachte und schüttelte den Kopf. »Bea hat mir an dem Abend die Hölle heiß gemacht, weil ich mein Handy in der Jackentasche hatte, und die hing im Vorraum, also habe ich es nicht gehört.« Zerknirscht schaute ich ihn an. »Ich habe mich nicht getraut ihr zu sagen, dass Penny und ich den ganzen Tag alleine waren.«

»Ach, Tyler …«, flüsterte ich.

Es musste schwer für ihn sein, ich konnte genau sehen, wie er mit sich kämpfte.

»Ich habe Bea belogen, ich habe sie vorher nie belogen.« Er ließ den Kopf gegen die Lehne sinken und schloss die Augen. »Wenn man seiner Frau so etwas verheimlicht, geht man bereits fremd, hat mein Vater mir gesagt.« Mit dem Zeigefinger tippte er gegen die Schläfe. »Es beginnt im Kopf.«

»Sei nicht so hart zu dir. Du versuchst, das Richtige zu tun.«

Tyler sah mich wieder an. »Gerade weiß ich nicht sicher, was richtig und was falsch ist.«

Ich stand auf und ging zu ihm, nahm ihn in den Arm. Er war warm und ein Hauch von Waschmittel umgab ihn. Tyler erwiderte meine innige Umarmung und seufzte wieder tief. Ihn zu drücken, fühlte sich nach Familie an. »Der Rat klingt jetzt total lahm, aber du solltest auf dein Herz hören.«

Wir lösten uns voneinander.

Tyler stupste gegen meine Schulter. »An den Rat solltest du dich auch halten.«

»Trinken wir ein Bier zusammen?« Ich hoffte, ihn ein wenig aufmuntern zu können und wollte davon ablenken, was er gesagt hatte. Endlich erschien ein leichtes Lächeln auf seinem Gesicht. Ich drückte seinen Oberarm sanft und ging zum Kühlschrank, wo ich zwei Flaschen herauszog. Auf dem Rückweg öffnete ich beide und warf die Kronkorken auf den Sessel.

Ich reichte ihm eins und wir stießen an. »Auf das Richtige«, sagte ich.

»Auf das Richtige«, antwortete er weniger überzeugt.

Irgendwie hatte ich ein ganz mieses Gefühl, was ihn, Bea und Penny anging. Als reichte es nicht, dass Asher und ich Probleme hatten, stand auch bei Keith sowie dem liebevollen Teddy die Welt Kopf.

Diese Tour konnte nur danebengehen.

Gelächter erklang von draußen, weshalb Tyler und ich einen Blick austauschten. »Was ist denn da los?« Ich stand auf und ging zum Fenster.

Unweit der Busse hatten die anderen es sich auf Stühlen bequem gemacht. Auch einige der Roadies saßen dabei und stießen in dem Moment mit ihren Flaschen an. Einige mit Bier andere mit einer Coke oder anderem Antialkoholischen.

Ich sah mich zu Tyler um. »Sollen wir zu ihnen gehen?«

Er zögerte, stand dann aber auf. »Es bringt ja nichts, hier Trübsal zu blasen.«

»Das ist die richtige Einstellung.«

Gerade als wir den Bus verlassen hatten, begannen Lion und Asher *Drunken Sailor* zu singen.

Tyler blieb stehen und stöhnte. »Geht das schon wieder los.« Ich musste lachen, weil dieser Song uns normalerweise über die gesamte Tour begleitete.

Das war entstanden, als wir in der Hütte von Shawns Dad mit der ganzen Truppe ein paar Tage Urlaub gemacht hatten. Da ich mein Studium im Bereich der klassischen Musik angefangen hatte, waren wir auf das Thema des klassischen Gesangs und schlussendlich zum a cappella alter Seemannslieder gekommen.

Ihre Stimmen ohne Instrumente waren noch klarerer und wieder einmal konnte ich nicht fassen, wie gut sie harmonierten. Penny winkte uns zu der Gruppe, als sie uns entdeckte und begann im gleichen Zug, eine begleitende Stimme zu singen.

Lion sprang auf, natürlich um den Gesang mit diversen

Gesten und einfachen Tanzmanövern zu unterstreichen.

Selbst Jake saß in einem der Stühle.

Wir zogen uns zwei weitere Stühle heran und setzten uns. Es kam selten vor, dass wir alle zusammensaßen, umso mehr genoss ich diesen Moment.

Nur das wenige Licht der Lampe über dem Hinterausgang der Konzerthalle spendete Licht und Asher und Lion steigerten sich wie immer weiter in den Gesang.

Die Roadies saßen vollkommen still da.

Auf einmal sang auch Shawn mit, weshalb Tyler und ich einen überraschten Blick austauschten.

Das passierte selten.

Das Lied war zu Ende und niemand sagte oder tat etwas, als würden alle gespannt darauf warten, was jetzt passierte.

Lion deutete auf Asher und dann sang er die erste Strophe von *Wellerman*, weshalb alle zu klatschen und pfeifen begannen. Ich schmunzelte und nahm einen Schluck von meinem Bier.

Asher stieg ein, Shawn und Penny ebenfalls und ich wartete gespannt auf den Bass. Normalerweise scheiterten unsere a cappella-Versionen daran, dass niemand dermaßen tief singen konnte. Tyler lag im Bariton, was bei dem Track nicht reichte. Und als der Bass einsetzen musste, tat er es auch. Vollkommen verwirrt sah ich mich um, weil niemand den Bass singen konnte. So tief, dass es quasi über den Boden krabbelte und meine Fußgelenke umfasste, mir eine Gänsehaut verpasste.

Tyler drückte meinen Oberarm und machte eine Geste in Richtung von Jake.

Mir klappte wortwörtlich die Kinnlade herunter.

Lion deutete auf Jake, der zwar die Augen verdrehte, aber weitersang.

Ich konnte nicht anders und begleitete sie im Sopran und irgendwann sangen wir alle acht das alte Seemannslied über die Männer, die Zucker, Tee und Rum brachten.

Es war herrlich.

Die Musik kitzelte meine Seele.

Das hier waren die Momente, die alle anderen übertönten. Die Momente mit meinen Freunden. Mit meiner Familie.

Als das Stück endete, tauschten wir Blicke aus, dann sprangen wir alle zeitgleich auf, bejubelten uns und redeten wild durcheinander, weil wir den Song spontan und ohne Übung performt hatten. Wir beruhigten uns gar nicht mehr und Lion stimmte einen ihrer Songs an, in den wir ebenfalls wieder alle einfielen.

Erst spät in der Nacht verabschiedeten wir uns voneinander, nachdem wir gesungen, getrunken und gelacht hatten.

Während ich zurück zum Bus ging, konnte ich mir einen letzten Blick zu dem von Maybe nicht verkneifen.

Asher zog gerade die Tür auf und sah sich zu mir um.

Für einen Augenblick passiert nichts und wir schauten uns in der Stille der Nacht an.

Mein Brustkorb spannte, als wäre ein unsichtbares Seil darumgelegt, dass mich zu ihm ziehen wollte.

Er drehte sich ruckartig um und verschwand im Bus.

Ich drückte meine Hand einmal an die Brust, weil mein Herz heftig darin schlug. So wie beinahe den gesamten Abend, weil Asher mir gegenüber gesessen hatte.

Ich hatte keine Ahnung, wo das mit ihm hinführen sollte.

# Chicago

Nur langsam bewegte der Bus sich durch die Massen an Mitarbeitern und anderen Bussen, sowie Autos und Trucks. Das Pitchfork Festival besuchten wir, weil es zufällig ins Programm gepasst hatte. Wir Millennials hatten den Abend und morgen frei, lediglich Maybe spielte auf dem Festival.

Ich lag in meiner Koje auf dem Rücken und hielt die Schildkrötenkette hoch. Noch immer hatte ich nicht mit Asher gesprochen, aber das wollte ich heute ändern.

Also rutschte ich aus dem Bett, hüpfte auf den Boden und legte mir die Kette an. Meine Haare band ich zu einem hohen Zopf, dann wartete ich im Wohnbereich, bis wir parkten.

Keith, Penny und Tyler saßen auf der Couch und diskutierten über irgendwelche alten Filme. Zwischendurch zupfte Keith an den Saiten der Akustikgitarre.

Der Backstagebereich war durch Gitter von den Fans und Gästen abgetrennt. Dennoch eilten hunderte Menschen über den Platz hinter der Bühne. Ein Sanitätszelt war hier zu finden, außerdem eins, um den Durst der Crew und der Band zu stillen.

Ich verließ den Schutz des Busses und wurde von der Sonne beinahe erschlagen. Der Betonplatz schraubte die Temperaturen noch einmal höher. Unweit unseres Busses parkte der von Maybe, den man natürlich an dem Schriftzug erkannte.

Eine Rockband stand gerade auf der Bühne, die Fans jubelten, grölten und sangen den Track mit. Es herrschte Chaos und wieder einmal wurde mir bewusst, dass ich Festivals nicht mochte. Weder als Gast noch als Sängerin.

Asher entdeckte ich mit ein paar Groupies an einem der Zelte. Sie unterhielten sich und die Damen lachten laut und meiner Meinung nach affektiert. Aber vielleicht war ich auch voreingenommen – war mir aber egal, in meinen Augen waren sie dämlich. Um eine der Damen hatte Asher sogar einen Arm liegen. Sie trank aus dem roten Becher, als ich die giggelnde Traube erreichte.

Asher wurde auf mich aufmerksam und ich sah ihn eindeutig an. »Was ist los?«, hakte er nach und ich bemerkte, dass sein Blick zu der Kette zuckte. Er räusperte sich. »Bin gleich zurück, Ladys«, sagte er in die Runde.

Ich bekam giftige Blicke zugeworfen und Asher legte seine Hand an meinen Rücken. Sofort erhitzte sich die Stelle unter seiner Hand.

Wir gingen an ein paar anderen Musikern vorbei und schlängelten uns durch die Busreihen, bis wir halbwegs abgeschirmt vom Festival waren.

»Sie haben dir die Kette also zurückgegeben«, sagte er und machte einen Rundumblick.

Ich verschränkte die Arme. »Kannst du mir erklären, was das sollte? Was hast du ihnen erzählt?«

»Nur, dass du die Kette vergessen hast.«

Ich scannte sein Gesicht ganz genau, um herauszufinden, ob mehr dahintersteckte. Weil ich ohnehin nicht aus ihm schlau wurde, gab ich auf. Ich seufzte und ließ die Arme sinken. »Wieso hast du nichts gesagt?«

»Wieso hast du nichts gesagt?« Er lehnte sich an den Bus und zog seine Zigaretten heraus, zündete eine davon an.

»Du hast so getan, als würdest du dich nicht erinnern«, sagte ich bissiger. »Wieso?«

»Und du hättest einfach mit mir sprechen können. Wieso soll ich in dem Szenario der Arsch sein? Du könntest dir ebenso an die Nase fassen.« Mit einem Lachen stieß er den Rauch aus. Wortlos sah ich auf seine ungeschnürten schwarzen Boots, auf denen die abgetragene schwarze Hose locker lag. »Weil du dich auf einmal so seltsam benommen hast, dachte ich, es wäre klüger, deinen Eltern die Kette zu geben.«

»Seltsam benommen?« Was ging nur in seinem Kopf vor?

»Seitdem redest du kaum noch mit mir, weichst mir aus und tust so, als würden wir uns nicht kennen.« Er machte eine Kunstpause. »Danach habe ich gehofft, dass wir uns jetzt hin und wieder zum Vögeln treffen … aber deine Reaktion am nächsten Morgen im Proberaum war eindeutig, also habe ich es ruhen lassen.«

Ich stemmte die Fäuste in die Hüfte und wollte etwas sagen, doch wusste gar nicht, was.

Hatte er womöglich recht?

Mit hochgezogener Braue musterte er mein Gesicht und sofort summte mein Nacken wieder. »Wir sind Freunde, wir sollten damit klarkommen, wenn wir vögeln.«

»Sind wir das wirklich?«, fragte ich ruhig.

Gerade spürte ich nicht mehr viel von der Freundschaft, die uns verbunden hatte. Oder waren wir womöglich nie

Freunde gewesen? Aber was waren wir dann?

Ashers Züge wurden weicher und er warf die Zigarette auf den Boden und trat sie aus. »Du glaubst, wir sind keine Freunde.«

»Sex macht alles komplizierter. Deswegen vögelt man auch nicht mit seinen Freunden.«

»Vielleicht sind wir tatsächlich keine Freunde.« Er sah es also auch so. Dieses Zwicken und Stechen in meiner Brust wurde durchdringender. »Vielleicht sind wir einfach nur Kollegen, die sich irgendwie scharf finden.« Er sah mich mit einer ungeheuren Intensität an. »Ist es das, was du hören willst?«

Ja.

Nein.

Vielleicht.

Ich wusste es nicht.

Ein Ja würde die Sache vereinfachen, aber mir war klar, dass ich schon zu tief in meinem Gefühlschaos steckte.

Asher nickte und biss die Zähne dabei auffällig zusammen. »Du kannst mir nicht sagen, was du willst. Wie soll ich also damit umgehen?«

Ich wollte, dass er mich rücklings gegen den Bus drückte und mich endlich wieder küsste. Aber irgendwie wollte ich es auch nicht.

Mein Herz kämpfte seit Tagen unaufhörlich gegen meinen Kopf, weil ich einfach nicht wusste, was Asher damit bezweckte. Er war kein Mann, der etwas grundlos tat und ich musste erst einmal herausfinden, was das für ihn zu bedeuten hatte.

»Als wir allein im Proberaum waren, dachte ich, es wäre

klar, was das zwischen uns ist ... aber irgendwie ... kam mir das zu leicht vor«, sagte er.

»Zu leicht?«

»Du vögelst zwar viel, aber hast deine Prinzipien. Nämlich nie da zu ficken, wo du arbeitest.«

Jeder, der mich kannte, wusste das vermutlich. Es war mir immer wichtig gewesen, das zu trennen.

»Aber als ich dich so leicht um den Finger wickeln konnte, habe ich mich gefragt, woran das liegt.« Wieder verschränkte er die Arme und stemmte den rechten Fuß gegen den Bus.

»Du hast mich einfach in einem schwachen Moment erwischt«, rechtfertigte ich mich. »Soll das bedeuten, du wolltest austesten, wie weit du gehen kannst? Du bist und bleibst ein Scheißkerl mit seltsamen Werten und verdrehten Ansichten.«

Sein linker Mundwinkel hob sich dezent an. Obwohl ich ihm dieses Grinsen gerne wieder aus dem Gesicht geschlagen hätte, wollte ich ihn gleichzeitig küssen.

»Du bist schwer zu knacken, Kathrin«, sagte er leise und mit dunklem Timbre. »Langsam finde ich Gefallen daran.«

Dieses Gespräch wurde immer abstruser.

Ich wollte an ihm vorbeigehen, doch er griff nach meinem Handgelenk und zog mich zurück. Mit einem Stöhnen stieß ich rücklings gegen den Bus. Asher stemmte seine Ellenbogen links und rechts neben mich.

Vollkommen überfordert starrte ich ihn an.

Da war er wieder, dieser Singsang in meinem Herzen, der es schneller schlagen ließ und mein Hirn vernebelte.

Asher drängte sich mir entgegen und ich spürte seinen

Atem an meinem Hals. Wie von selbst schloss ich die Augen.

»Das hier ist es, Kathrin«, flüsterte er an meinem Ohr.

Ja, das war es.

Genau das.

Langsam führte ich meine Finger über seinen Bauch, weiter herunter zum Bund seines Shirts. Mit den Zeigefingern zeichnete ich seinen Hosenbund nach. Er stieß ein tiefes Brummen aus, das über meine Haut wanderte wie die Vibration meines Basses.

»Ich mag dieses Ungezähmte zwischen uns«, flüsterte er und ließ seine Lippen langsam an meinem Hals entlangwandern. »Glaubst du, ich würde die Nacht mit der megaheißen Schnecke einfach so vergessen?« Es erleichterte mich, dass er sich doch erinnerte. Es machte mich auf eine Art sogar glücklich. »Sollen wir nicht da weitermachen, wo wir im Proberaum aufgehört haben?«

»Du bist gegangen«, wisperte ich.

Sein Atem wurde hörbar schwerer, ich folgte ihm in eine andere Welt und ließ den Kopf in den Nacken sinken.

»Vielleicht bereue ich meine Entscheidung.«

»Asher«, wisperte ich und er sah mich wieder an. »Kannst du das bitte lassen?«

Sofort wich er zurück, die Brauen weit zusammengezogen. »Ich wollte dir nicht zu nah treten«, sagte er auf einmal, was mich überraschte. »Ich meine die Aktion mit der Kette. Ich wusste nicht, dass du mir das so übelnimmst und dachte, es wäre ein guter Weg.«

»Wow«, sagte ich und drückte mich vom Metall ab. »Das ist sehr süß von dir.« Dann lächelte ich ihn an und zog meine Unterlippe kurz zwischen die Zähne. »Trotzdem lasse ich mir das nicht gefallen, ich hoffe das weißt du.«

Er nickte.

Ich trat an ihn heran und drückte ihm einen sanften Kuss auf die Wange. »Bis später, Pink Floyd.«

Während ich zurück zum Bus ging, begann ich zu grinsen. Wenn ich ganz ehrlich zu mir war, gefiel mir dieses Geplänkel zwischen ihm und mir. Vermutlich war das ziemlich verdreht, aber auf seine verkorkste Weise machte er mir regelrecht den Hof.

Das Konzert am Abend beobachteten wir vier Millennials natürlich auch Backstage. Festivalatmosphäre war immer ein wenig anders, unruhiger und anstrengender. Viele Menschen kamen zu den Auftritten, ohne die Bands zu kennen. Dazu hielten sich einige Festival- und Partytouristen hier auf, die nur herkamen, um sich zu betrinken oder um sich die Gäste anzusehen, die das Festival wegen der Musik besuchten.

Die Fans vor der Absperrung kreischten und streckten ihre Hände teilweise nach Asher und Lion aus, die sich beinahe durchgehend am Bühnenrand aufhielten.

Obwohl sie ihre Songs nicht anders performten als auf den Konzerten, erreichte es mich nicht so ganz. Ich vermute, es lag an den Fans. In den Hallen war das Getöse anders als hier auf dem weiten Platz.

Asher stand mit der Gretsch vor dem Mikrofon und sang gemeinsam mit Lion. Wie immer spielten sie fantastisch mit dem Publikum und nach und nach spürte man die Euphorie auf sie übergehen.

Sie wurden unruhiger.

Einige der Security zogen Mädchen zwischen den Körpern hervor, die kollabierten. Kunststück, wenn man stundenlang gegen das Gitter gepresst wurde. Dazu brannte die Sonne ziemlich stark. Zu viel Alkohol, sonstiges an Zeug und zu wenig Wasser forderten ihren Tribut. Noch dazu war wenige Meter hinter der Absperrung ein kleiner Pit entstanden.

Wenn man mich fragte, glich das Publikum eher einem richtigen Chaos.

Jake, Shawn und Asher spielten einen Übergang zum nächsten Refrain, wobei sich meine Nackenhaare doch aufstellten. Die Musik ließ den Boden vibrieren, die Härte der Drums in Verbindung mit dem Bass flossen wie Strom durch meine Nervenbahnen.

Ich schüttelte mich einmal.

Nach dem Song hob Lion die Arme, während er sich ans Mikro stellte. »Pitchfork!«, rief er und ein Aufschrei ging durch die Reihen. »Wer uns nicht kennt, wir sind Maybe Next Time!«

»Der nächste Track erzählt von unserer Erde«, raunte Asher und tausende von Frauen schrien gleichzeitig auf. »Black Flame.«

Ich musste lächeln und beobachtete ihn genau. Er nickte Lion zu, dann begann der Track über Waffenhandel und das schwarze Gold der Erde. Das war ihr politischster Track und ich mochte ihn, weil er tief ging. Asher und Lion hatten ihn zusammen geschrieben, wenn ich mich recht erinnerte.

Ashers Körper spannte sich sichtbar an, als er zu singen

begann. Dabei zog er die Schultern immer zurück. Ich wusste, dass er die Brauen zusammenkniff, auch wenn ich ihn gerade nur schräg von hinten sah.

Seine Stimme kitzelte wie jedes Mal mein Herz.

Und irgendwie wurde mir gerade wärmer, während er sang und die Herzen tausender Fans eroberte.

Wir waren nur die Vorband, unseretwegen kamen die wenigstens Menschen zu den Konzerten. Was sich aber vor der Bühne abspielte, wenn Maybe dort auftrat, würde mich immer wieder faszinieren.

Egal, wie neidisch ich hin und wieder auf ihren Erfolg war, ich war auch stolz. Stolz so wundervolle Freunde zu haben, Menschen, die trotz ihres Erfolges mehr oder weniger auf dem Boden geblieben waren. Bis auf Lion. Lion war eben … speziell.

Nach einer Stunde verabschiedeten sie sich von ihren Fans und kamen nacheinander von der Bühne. Sie reichten ihre Instrumente den Roadies und bekamen im Gegenzug ein Handtuch und eine neue Flasche Wasser.

Meine Kollegen waren mittlerweile wieder im Bus, ich hatte es mir auf einem hüfthohen Verstärker bequem gemacht. Asher hielt vor mir an. Schwer atmend sah er mir in die Augen.

»Das Konzert war gut«, sagte ich und wackelte mit den Beinen.

Er rubbelte sich über die Haare und legte das Handtuch danach über die Schulter. »Kommst du mit?«

»Ähm … wohin?«

»Knox hat mich gefragt, ob wir Lust hätten, später zu ihnen zu kommen.«

Ich sah mich zum Treiben der Mitarbeiter um. »Ivory Dice sind hier?« Zwar hatte ich mich erkundigt, wo wir auftraten, das Line-up des Festivals hatte ich mir aber nicht angesehen. Als ich Asher wieder ansah, runzelte er die Stirn und es fühlte sich an, als wüsste er, was das zu bedeuten hatte. »Hm, danke, aber ich bleibe heute lieber im Bus.«

»Komm schon, er hat gesagt, er würde sich freuen, uns zu sehen.«

Natürlich würde er das. »Ich bleibe bei Nein.«

Er trat etwas an mich heran und das reichte schon, um meinen Puls in die Höhe zu jagen. »Er hat explizit nach dir gefragt.«

»Keine Ahnung, wieso«, sagte ich etwas zu abgehetzt.

Asher trat noch näher an mich heran und drückte meine Beine auseinander. Ich wollte meine Hand an seine Brust legen, um ihn auf Abstand zu halten.

Doch ich tat es nicht.

An den Beinen zog er mich an den Rand der Box und ich prallte gegen sein schweißnasses schwarzes Shirt.

Ich schnappte nach Luft.

Asher berührte meine Ohrmuschel mit den Lippen.

Ich wollte etwas sagen, doch seine Nähe verwandelte meine Gedanken in Brei.

Auf einmal begann er mit den Händen über die Außenseiten meiner Oberschenkel zu fahren. Kaum spürbar und doch deutlich präsent. »Du warst mit ihm im Bett, richtig?«

»Das geht dich gar nichts an«, gab ich schwach zurück.

»Weißt du, was der Unterschied zwischen ihm und mir ist?«, fragte er ruhig und sah mich wieder an.

»Dass er im Gegensatz zu dir Benehmen hat?«

Sein linker Mundwinkel zuckte. Mit der rechten Hand fuhr er die Kette nach und stoppte am Anhänger, direkt über meinem Dekolletee. Dabei hielt er so intensiven Augenkontakt, dass ich befürchtete, jede Sekunde den Verstand zu verlieren.

»Du kannst nicht aufhören, an mich zu denken.«

Ich hasste, wenn er recht hatte und es wusste. »Wieso bist du dir da so sicher?«, stichelte ich.

Er beugte sich wieder zu meinem Ohr und ich konnte das Lächeln auf seinen Zügen spüren. »Weil du mich regelrecht angebettelt hast, dass ich dich mitnehme.«

Vollkommen aus dem Leben getreten, starrte ich zum Bühnenaufgang gegenüber.

Asher trat zurück und legte den Kopf auf die Seite, strich dabei seine verschwitzen Strähnen aus der Stirn. »Und wieder … eine überraschende Wendung.«

Damit ließ er mich sitzen und verschwand zwischen den Mitarbeitern. Währenddessen versuchte ich, die Momente zu rekonstruieren, bevor wir in der Nacht bei ihm gelandet waren.

Es war sinnlos, das meiste aus der Nacht war weg. Asher könnte mir also alles erzählen, ich würde nie erfahren, ob es stimmte oder nicht.

# Fargo

»Sometimes I wish, I hate you …«, summte ich vor mich hin, während ich mit dem Bleistift auf dem Block herumklopfte. Eigentlich hatte ich mir vorgenommen, ein neues Stück zu schreiben. Leider schossen nur Gedanken darüber in meinen Kopf, wie sehr mich das zwischen Asher und mir nervte.

»Wen willst du denn umbringen?«, riss Keith mich aus den Gedanken und ich blickte zu ihm auf. Ein neugieriges Funkeln lag in seinem Blick.

Ich warf den Notizblock auf die Couch. »Es war nur ein Versuch, irgendetwas zu Papier zu bringen. Gerade habe ich einfach keinen Kopf dafür.« Frustriert darüber, dass meine Kreativität eine Schaffenspause einlegte, räumte ich die Notizen wie auch meinen Akustikbass zur Seite. »Wo sind die anderen?«

Nach dem Konzert und dem Duschen waren alle aus dem Bus verschwunden, weshalb ich versucht hatte, ein wenig zu arbeiten.

Keith ging zum Ausgang und blieb vor der Treppe stehen. »Wir sitzen schon seit ein paar Minuten bei Maybe. Kommst du auch?«

»Ich weiß nicht.«

Wenn ich eins verhindern wollte, dann, Asher dabei zuzusehen, wie er seine Groupies anbaggerte und sich von ihnen begrapschen ließ. Ich legte meine Hand dafür ins Feuer, dass er zwei oder drei Frauen nach dem Konzert mitgenommen hatte.

»Komm schon, raff dich auf. Du hast in den letzten Wochen zu oft gefehlt.«

»Nicht grundlos.«

»Hm?«

»Ich überlege es mir.«

»Penny hat damit gedroht, dich zu holen, wenn du dich weigerst.«

»Ist Tyler auch da?« Er nickte. Ich pustete die Wangen auf und ließ die Luft langsam entweichen. »Alles klar, ich bin dabei.« Keith wandte sich ab und verschwand hinter der Wand, die zur Treppe führte. »Hey, warte mal«, rief ich und sprang vom Sofa auf. Er streckte den Kopf um die Ecke.

»Ja?«

Ich ging zu ihm und lehnte mich im Durchgang an die Wand. »Wie geht es dir?«

Er runzelte die Stirn. »Gut?«

Ich zuckte mit einer Schulterseite. »Ich meine, wegen Lion.«

Keith trat neben mich. »Was erwartest du von ihm?«

»Ehrlich gesagt erwarte ich von Lion nicht sehr viel«, murmelte ich. Er rieb mit den Fingern über seine geschlossenen Augen. »Aber vielleicht ... ändert er seine Meinung?«

»Das glaubst du doch selbst nicht. Seit dem Abend ignoriert er mich.«

»Vielleicht braucht er einfach noch ein wenig Zeit, um zu dir ... zu euch zu finden?«

Keith starrte mich ausdruckslos an. »Es ist süß, dass du das sagst, aber ich bin Realist. Er wird nie mehr in mir sehen als den Typen, dem er im Proberaum einen geblasen hat.«

Ich stupste gegen seinen Oberarm. »Ich mag es nicht, wenn du so geknickt aussiehst.«

»Das geht vorbei.« Er versuchte sich an einem Lächeln, das ziemlich traurig aussah. »Jetzt komm schon, damit wir deine Laune ein wenig heben.«

Da war ich weniger optimistisch.

Ich betrat den Bus nach Keith. Er war größer als unserer und auf zwei Etagen aufgeteilt, sodass er unten viel Platz bot. Der Wohnbereich war luxuriös und mit allem ausgestattet, was das Musikerherz begehrte. Exzellentes Soundsystem, gemütliche Sitzecke und auch eine Poledance-Stange.

Daran klammerte eine der vollbusigen Frauen, die die Männer nach der Show in ihr Domizil gelockt hatten. Die Musik spielte laut, ein Song von einer Band, die mir nicht im Ansatz bekannt vorkam. Der Sänger hatte einen starken Londoner Akzent und ich fragte mich, wer diese Musik ausgegraben hatte.

»Kit!«, rief Penny und hob ihr Getränk. Es brannten lediglich ein paar indirekte Beleuchtungen, sodass ich Asher erst bei einem zweiten Rundumblick entdeckte. Er saß mit zwei Frauen in der Essecke am anderen Ende des Raums und hatte um beide einen Arm gelegt.

Die eine drückte ihm Küsse auf den Hals und die andere streichelte seinen Brustbereich. Ich hätte gerne behauptet, dass es mir egal war, doch es tat weh.

Das zu sehen, schnürte meinen Hals zu.

Es drückte auf meine Stimmung.

Und zu allem Überfluss bohrte es tausende kleine Nadeln in mein Herz.

Penny rückte auf der Couch vor. »Komm her, beste Freundin!«

Meine Mutter hatte immer zu mir gesagt, dass ich immer mit gestrafften Schultern durchs Leben gehen sollte. Also tat ich genau das – ich straffte die Schultern und hob das Kinn.

Keith setzte sich in den Sessel und ich mich auf die Lehne neben ihm.

Einen kurzen Blick zu der Dame, die sich nach wie vor lasziv an der Stange räkelte, konnte ich mir nicht verkneifen. Sie warf ihren Kopf in den Nacken und hob ein Bein, während sie sich langsam an der Stange herunterrutschen ließ.

Vermutlich wollte sie dabei kokett aussehen. In meinen Augen war das einfach lächerlich. Aber mich fragte ja niemand.

Lion saß ebenfalls am Tisch bei Asher und starrte die Frau an, als wäre sie ein Stück Fleisch.

Nur Jake war nicht hier.

Jake war ein kluger Mann.

Ich ignorierte Asher. Andernfalls würden die Nadeln sich tiefer in mein Herz bohren.

Penny unterhielt sich angeregt mit Keith. Tyler saß im anderen Sessel und sah durchgehend auf seine Bierflasche. Einen knappen Blick zu Penny konnte er sich nicht verkneifen. Ertappt musterte er wieder das Etikett der Flasche, als er bemerkte, dass es mir aufgefallen war.

Die Stimmung war irgendwie angespannt.

Hier Trübsal zu blasen würde trotzdem nichts an der Tatsache ändern, dass Asher sich vergnügte. Aber ich konnte dafür sorgen, dass ich Spaß hatte.

Immerhin ein wenig.

Also genehmigte ich mir einen Drink.

»Kit ist dabei«, rief Penny und wir stießen über den Couchtisch hinweg an.

»Ich muss doch meinem Ruf als Rockstar gerecht werden.« Ich nahm einen Schluck von meinem Longdrink. »Was ist das für Musik?«, fragte ich in die Runde.

»Sleaford Mods«, erklärte Shawn sichtlich glücklich. »Heute durfte ich mal ein Lied aussuchen.«

»Und genau deswegen erlauben wir es ihm auch nie«, rief Lion. »Das letzte Mal mussten wir eine Stunde lang Die Antwoord hören.«

»Komm mir jetzt nicht wieder damit«, entgegnete Shawn hörbar angepisst.

»Also ich mag die auch«, sagte ich und grinste Lion an. »*Fatty Boom Boom* und *Cookie Thumper!* sind der Knaller.«

»Danke.« Shawn deutete mit einem Nicken auf mich.

»Komm schon, musst du ihm jetzt auch noch zustimmen?«, meckerte Lion.

»Wir sollten auf ein Konzert von ihnen gehen«, schlug ich Shawn vor.

»Unbedingt. Ich möchte die wirklich mal live sehen, aber bis jetzt wollte niemand mit.«

»Kein Wunder!«, rief Lion und schaute wieder zu der Frau an der Stange. Shawn griff sein Handy und Lion stöhne laut und genervt, als wenige Sekunden später *Fatty Boom*

*Boom* durch die Boxen schallte. Shawn sah sich zufrieden um und ich musste lachen, weil Asher und Lion einfach nur genervt aussahen.

Zugegeben, es war nicht gerade eine meiner favorisierten Bands, aber für Shawn würde ich natürlich einen Abend mit ihm auf dem Konzert verbringen.

»Wollte selbst Franny nicht mit?«, fragte Penny, was eindeutig ein Seitenhieb war. Ich hielt in der Bewegung inne und bemerkte, dass auch unsere Kollegen einfroren.

Shawn sah zu Penny, die herausfordernd ihre Brauen hob. »Was soll denn das bedeuten?«

»Es war nur eine Frage.« Sie nahm einen Schluck von ihrem Drink und verschränkte die Arme. »Ich meine, sie ist deine Freundin, dann kann sie dir auch einen Abend schenken und zu einem Konzert gehen, auch wenn ihr die Musik nicht gefällt.«

Shawn verzog das Gesicht angestrengt. »Du magst sie nicht, aber das gibt dir nicht das Recht, sie immer so runterzumachen.«

»Das tue ich gar nicht. Es ist eine Tatsache, dass sie nie Lust hat, sich mit deinen Freunden zu umgeben.«

Sein Gesicht sah mittlerweile so aus, als hätte er in eine Zitrone gebissen. »Vielleicht, weil du dich ihr gegenüber herablassend und wie eine abgehobene Zicke benimmst, wenn sie mit uns weggeht?«

Ich hielt die Luft an.

Es fühlte sich an, als würde jede Sekunde eine Bombe hochgehen. Eine Bombe namens Penny.

Nicht einmal ich traute mich, ihr so etwas an den Kopf zu werfen.

Shawn hatte nicht unrecht, wenn Fran dabei war, ekelte Penny sie regelrecht von sich weg. Trotzdem würde ich ihr das niemals unter die Nase reiben. Das bedeutete nämlich auch für mich, dass ich mich auf Krieg einstellen musste. Sie konnte ein niedliches kleines Kätzchen sein, aber wehe dem, der ihr einen Schleifstein für ihre Krallen reichte.

Sofort wollte ich Shawn in den Arm nehmen, weil er in genau diesem Moment verloren hatte.

»Ja, du hast recht, das tue ich.«

Ich blinzelte, weil ihre Antwort den Rahmen des Möglichen für mich sprengte. Sie setzte damit einfach alle bestehenden physikalischen Gesetze außer Kraft.

»Sie mag mich nicht, das merke ich. Also verhalte ich mich so. Wieso soll ich nett zu ihr sein, wenn sie hinter meinem Rücken schlecht über mich redet?« Sie deutete auf Tyler. Der sah sie vollkommen verwirrt an. »Genau wie bei Bea. Wieso mögen die beiden mich nicht? Ich habe ihnen nie etwas getan?!«

Shawn und Tyler sahen sich an.

In beiden arbeitete es sichtbar.

Und das erste Mal begriff ich, was das hier wirklich zu bedeuten hatte. Was das für die Bands zu bedeuten hatte. Sie mochten Penny beide und bei Tyler bröckelte es bereits im Hintergrund. Shawn und Fran hatten sowieso dauernd wegen irgendetwas Streit.

Wenn ich an die letzten Jahre dachte, hatte sich dieses seltsame Dreiergespann sogar schon früh abgezeichnet.

Keith begriff die Situation zum Glück auch und rutschte zur Sesselkante, machte das Time-Out-Zeichen mit den Händen. »Jeder kehrt jetzt gedanklich zu seiner Frau zurück.« Er sah zu Tyler. »Ty.« Dann zu Shawn. »Shawn.«

Tyler stellte das halbvolle Bier grob ab. »Ich bin eh müde.« Damit verschwand er aus dem Bus. Kluger Mann.

Die Stimmung war danach natürlich abgesackt und irgendwann richtete Penny sich im Sofa auf. »Wahrheit oder Pflicht!«, sagte sie und hob ihr Glas.

Wir stöhnten genervt. »Bitte erspar uns das, wir sind nicht mehr in der achten Klasse.« Mit einem Kopfschütteln trank Keith von seinem Bier.

»Ich bin dabei«, sagte Shawn.

Penny sah sich grinsend zu ihm um, dann wandte sie sich an Lion und Asher. »Seid ihr dabei?«

»Nur, wenn Kit uns von ihrem ersten Mal erzählt«, sagte Asher und ich stierte zu ihm. Die Frauen klammerten nach wie vor an ihm und es wunderte mich, dass sie noch nicht nackt waren, so sehr geierten sie nach ihm.

»Ich erzähle dir gerne von meinem ersten Mal, als ich einem Typen wegen seiner Kommentare eine reingehauen habe«, sagte ich.

Lion lachte. »Tausend Dollar darauf, dass sie Asher vermöbelt.«

Asher verengte die Lider, sagte aber nichts weiter dazu.

Eins zu null für mich.

Lion kam zu uns und setzte sich auf den Fußboden, zog die Frau dabei von der Stange weg. Sie ließ sich neben ihm nieder. Asher quetschte sich mitsamt den Frauen neben Shawn und Penny auf die Couch. Penny sah angewidert zu der Frau, deren Arm gegen ihren gepresst wurde.

»Asher!«, rief sie und sah ihn tadelnd an.

»Wir machen alle mit, oder?«, war seine unbeeindruckte

Antwort. Das bedeutete so viel wie: Find dich damit ab, dass sie dich berührt.

Sie schnaubte. »Na gut.« Penny klatschte in die Hände und sah die Frau zu Ashers Rechten an. »Ich wähle dich.«

»Okay«, flötete sie, wobei sie erneut mit den Fingern über Ashers Brust strich.

*Würg.*

»Wahrheit oder Pflicht.«

»Pflicht«, sagte sie mit fröhlichem Ton.

Unwillkürlich umfasste ich das Glas fester. Sie war so ein verdammt billiges Püppchen – und ich war voreingenommen. Vermutlich sah sie gar nicht so schlimm aus, aber mein Verstand machte aus dieser Frau eine aufgetakelte, dumme Tussi.

Ich wollte ihr an die Gurgel gehen.

Gerade konnte ich für nichts garantieren.

Das war ein verdammtes Problem.

»Du verlässt den Bus und kommst nicht wieder«, sagte Penny. Ich unterdrückte ein Lachen, das allerdings nicht ganz klappte.

Sie starrte Penny mit großen Augen an, wonach ihr Blick einmal durch die Runde wanderte. »Ernsthaft?«

»Du hast Pflicht gewählt, das ist deine Aufgabe. Hau ab.«

Sie sah zu Asher. »Du hast sie gehört«, sagte er ernsthaft und als ihre Mundwinkel herunterwanderten, lachte ich.

»Sorry.« Ich nahm einen Schluck von meinem Drink.

»Na gut.« Sie stand schwungvoll auf und verließ den Wohnbereich, griff ihre Tasche im Flur und verschwand. Wir sahen ihr nach, wonach sich alle Blicke auf Asher richteten.

»Bist du krank?«, fragte Lion.

»Sie hat mich ohnehin genervt.« Asher sank tiefer in das Polster, wobei er seine Beine weiter spreizte.

»Du bist dran«, sagte Penny zu Asher. »Da deine liebreizende, blonde Begleitung weg ist, bist du der Nächste.«

Asher zögerte, während ich das Glas in meinen Händen drehte. Als ich aufschaute, begegnete ich seinem Blick, der schwer und doch vollkommen leicht auf mir lag.

Er würde mich nehmen.

»Kathrin«, sagte er wenig überraschend.

Ich bemerkte, wie alle gebannt zwischen uns hin und her sahen und dachte einen Augenblick nach.

»Pflicht.« Bei Wahrheit war die Chance zu hoch, dass er mich nach meinem ersten Mal fragte.

Das ging hier wirklich keinen etwas an.

Seine vollen Lippen verzogen sich zu diesem verruchten Lächeln, was nie gut war. Durch das indirekte Licht von hinten wurde seine Kinnpartie und der dunkle Drei-Tage-Bart betont.

Mein Puls war bereits gestiegen.

»Ich will einen Tanz.«

»Wie bitte?« Hatte ich mich verhört?

»Einen Tanz, Kathrin. Ich will, dass du für mich tanzt. Hier und jetzt.«

»Okay.« Ich stellte den Drink auf den Tisch und ging an Lion vorbei in den Bereich, wo die Poledance-Stange befestigt war. Asher stand ebenfalls auf, griff einen der Klappstühle, die im Eingangsbereich standen, und stellte ihn vor die Stange.

Ich drehte den Stuhl von dieser weg. »So ist es besser.«

Asher runzelte die Stirn, setzte sich dann aber. Ich sagte Shawn, was ich für einen Track brauchte und ging wieder zu Asher, der neugierig zu mir aufschaute. Als das Lied begann, hoben seine Brauen sich immer weiter an. Es war ein Ska-Song, zu dem ich leider nur verrückt tanzen konnte.

Also ahmte ich die Tanzszenen aus Pulp Fiction nach, ehe ich verschiedene andere gewagte Tanzmanöver aufführte, die vermutlich alles waren, aber nicht sexy.

Auf einmal lachte Asher.

Er klang befreit.

Und glücklich.

Das dunkle Timbre, das dabei entstand, stellte die verrücktesten Dinge mit meinem Körper an. Es brachte jedes Molekül in mir zum Vibrieren.

Er hörte gar nicht mehr auf, während ich ihm einen wahren Affentanz präsentierte und irgendwann ebenfalls zu lachen begann.

Beim letzten Ton stemmte ich eine Hand in meine Hüfte, reckte die andere in die Höhe und sah zu Asher. »Wohooo«, rief ich.

Schwer atmend strich ich die Strähnen von meiner Stirn, die sich auf meinem Zopf gelöst hatten, und schaute ihn mit einem Lächeln an.

Das Lied wechselte und ein Track von Bloodhound Gang begann. Asher stand auf und tanzte. Er tanzte ernsthaft. Gemeinsam bewegten wir uns zu einem Track über Sex und Liebe, während wir lachten und uns mit verschiedenen stumpfen Bewegungen überboten.

Die Welt um uns herum existierte nicht mehr.

Gerade gab es nur Asher und mich.

Es war lang her, dass ich mich dermaßen amüsiert hatte und so befreit gewesen war. Asher griff meine Hand, sodass ich unter unseren Händen eine Pirouette drehte, ehe er mich an sich zog.

Der plötzliche Körperkontakt ließ selbst die Musik um mich herum verstummen und ich schaute zu dem Mann auf, der mir eine vollkommen neue Seite an sich zeigte.

Dieser Mann vor mir war die Antwort auf meine Frage, wer Asher wirklich war.

Wir tanzten dichter aneinander, bis er sich zu mir beugte und sein Gesicht in meiner Halsbeuge vergrub. Sein Bart kratze und kitzelte meine Haut, er umfing mich vollkommen.

Mein Herz begann, den Widerstand aufzugeben, und ich spürte deutlich, wie die Tür sich einen Spalt öffnete.

Ich erwiderte seine Berührungen und seine ebenso ruhigen Tanzbewegungen, bis wir vollkommen stillstanden.

Mit geschlossenen Augen atmete ich den sanften und frischen Duft seiner Haare tief in meine Lungen. Meine Hände ließ ich federleicht über seinen Rücken wandern. Asher führte seine Finger über meine Taille, hinauf zu meinen Schultern.

»Ähm …«, sagte Lion.

Als hätte ich mich an Asher verbrannt, trat ich zurück. Ich erkannte den überforderten Ausdruck in seinem Gesicht, dann schaute ich zu den anderen. Sie starrten uns an. Alle mit offenem Mund.

Asher schüttelte sich aus seiner Starre und warf mir noch einen schnellen Blick zu. Er eilte zur Couch und setzte sich zu der Frau, die ihn schon sehnsüchtig anschaute.

Er legte seinen Arm um ihre Schulter.

Er hätte mir genauso gut ins Gesicht schlagen können.

Wortlos setzte ich mich zurück auf die Sofalehne zu Keith, während Asher sein kleines Betthäschen ansah. »Du bist dran.«

»Ich bin dran«, sagte ich. Asher taxierte sie weiter, während in mir Wut und Frust aufstiegen.

»Asher«, sagte ich mit Nachdruck. Seine Aufmerksamkeit schoss zu mir. Ich musste den Drang unterdrücken, zu schreien, weil er sich gerade wie ein Trottel benahm. »Wahrheit oder Pflicht.«

Er räusperte sich.

Um uns herum war es beängstigend still, selbst die Musik spielte nicht mehr. Zwischen Asher und mir brodelte und knisterte es weiter, die Energie überlagerte alles um uns herum.

»Pflicht.«

»Bis zum Ende der Tour gehst du mit keiner Frau mehr ins Bett.« Asher löste sich von der Tussi und beugte sich vor, stützte seine Ellenbogen auf die Knie. »Das sollte doch kein Problem sein, oder?«

»Eineinhalb Monate ohne Sex also«, sagte er und ich sah das Feuer in seinen Augen aufblitzen. Er hielt mir seine Hand über den Tisch und ich ergriff sie. »Abgemacht.«

»Abgemacht.« Wir ließen uns nicht los, sondern packten beide fester zu.

»Was bekomme ich, wenn ich gewinne?« Sein Griff wurde fordernder.

»Was willst du?«

Sein typisch herablassendes und doch so verruchtes Lächeln erschien. »Ich denke, das weißt du genau. Deine Pussy, Kathrin.« Das überraschte mich nicht. »Wenn ich gewinne, bekomme ich deine süße kleine Pussy, so lange, bis du meinen Namen schreist und kommst.«

Das war gewagt.

Asher war ein mieser Verlierer, aber er war ein noch schlechterer Gewinner, das wussten wir alle und er würde seinen Preis einfordern. Allerdings wollte ich, dass er es tat. Er sollte gewinnen, um mich um den Verstand zu lecken.

»Abgemacht«, sagte ich und ich hörte, wie jemand von unseren Kollegen zischend die Luft einzog. »Was bekomme ich, wenn du verlierst?«

»Meinen Schwanz.«

Ich musste lachen. »Nein, nein, so leicht lasse ich dich nicht davonkommen. Das wäre in beiden Fällen ein Gewinn für dich.«

Er zuckte unbeeindruckt mit einer Schulterseite und die Spannung um uns herum ebbte ab. »Es wäre eine Ehre für dich, ihn in den Mund nehmen zu dürfen.«

»Davon bin ich überzeugt.« Seine Mundwinkel zuckten. »Ich will etwas anderes. Ein Date.«

»Was?«

»Ich will wissen, was du tun würdest, um eine Frau zu erobern, weil ich mir nicht vorstellen kann, dass du das draufhast.« Pure Provokation.

»Du denkst, ich könnte dich nicht erobern?« Erneut schlug die Stimmung um und wieder einmal herrschte dieser angenehme Magnetismus zwischen ihm und mir.

Bevor er und ich miteinander im Bett gewesen waren,

hatte es das nie gegeben. Obwohl es mir Angst machen sollte, gefiel es mir.

Zu gut.

»Dein Versuch im Proberaum war auch recht kläglich«, trieb ich es auf die Spitze.

Asher zog an meiner Hand, sodass ich von der Sessellehne rutschte und mich mit der freien Hand am Tisch abstützte. Er beugte sich ebenfalls vor, um mir ins Ohr zu flüstern. »Ich werde nicht verlieren und ich werde meinen Gewinn einfordern, Kathrin.« Kurz hielt er inne. »Und wenn du denkst, ich wüsste nicht, wieso du mir diese Aufgabe stellst, hast du dich geschnitten.«

Langsam wandte ich ihm mein Gesicht zu, unsere Nasenspitzen berührten sich beinahe und sein Blick wanderte ohne Scham zu meinen Lippen. Asher machte kein Geheimnis daraus, dass er mich attraktiv fand, und es sollte mich freuen.

Aber es war diese Tatsache, die mir Angst machte. Vielleicht war ich für ihn nur eine weitere Frau in seinem Bett. Eine weitere Kerbe in seinem Bettpfosten, wie man so schön sagte.

»Vielleicht will ich ja, dass du das denkst«, antwortete ich ebenso leise.

»Ich bin ein Hauptgewinn und das weißt du genau.« Erneut packte ich fester zu, weil Asher mit dem Daumen träge Kreise auf meinem Handrücken zog. »Und ich spreche nicht nur vom Sex.«

Was für eine anmaßend arrogante Aussage. Wieder einmal. Trotzdem ließ sie mein Herz peinlich in meiner Brust stolpern.

»Okay« rief Keith, wodurch Asher und ich uns losließen. Synchron fielen wir zurück auf unsere Sitzplätze und Asher wandte sich seiner reizenden Begleitung zu, die mit den Wimpern klimperte. »Du wirst hier nicht mehr gebraucht.«

Sie öffnete den Mund, schloss ihn wieder, um ihn wieder zu öffnen. »Was?«

»Du hast mich schon richtig verstanden, ich brauche dich nicht mehr. Zieh ab.«

Sie schaute uns nacheinander an, vermutlich, weil sie Widerspruch erwartete, aber alle blieben still. Dann stand sie auf und verließ den Bus.

Lion brach das unangenehme Schweigen, das sich wie Nebel im Raum ausbreitete. »Dir ist klar, was du gerade abgesegnet hast?«

»Schon klar«, sagte Asher und winkte das fahrig ab. Als wäre es eine Lappalie, dass er nun wochenlang auf Sex verzichten musste. Er griff nach seinem Drink, trank ihn leer und stellte das Glas grob zurück. Soweit ich mich erinnerte, hatte er auf der letzten Tour mindestens einmal in der Woche eine oder mehrere Frauen zu Besuch gehabt.

Allerdings beruhigte mich genau der Gedanke, dass mir das erspart blieb.

Asher hasste es, zu verlieren.

Und ich konnte meinem Herzen ein wenig Ruhe gönnen. Zumindest solang die Tour lief. Was Asher danach trieb, würde ich nicht mehr mitbekommen, weil ich einen Cut schaffen würde. Indem ich den Kontakt abbrach und dafür sorgte, dass meine Band nie mehr mit Maybe Next Time auftrat.

In meiner Koje lag ich wach und wälzte mich unruhig hin und her. Auf einmal zog jemand den Vorhang am Fußende zurück.

»Ich bin's.« Penny krabbelte zu mir und kuschelte sich mit unter meine Bettdecke. Ich sah es zwar nicht, aber hatte ihr Grinsen vor Augen. »Grübelst du?«

»Hm.«

»Was glaubst du, wieso Asher das getan hat?«

»Keine Ahnung …« Dabei rollte ich mich auf den Rücken.

»Denkst du … er will … mehr?«

»Deine Welt besteht auch aus Zuckerwatte und Regenbogen, oder? Alles, was sich Asher davon erhofft, ist irgendein bescheuerter Vorteil.«

»Asher hätte nicht mit jeder Frau so eine Wette abgeschlossen, das ist dir bewusst?«

»Was für ein Schwachsinn auch immer durch seinen Kopf geht, es ist ziemlich sicher nicht die Tatsache, dass er auf mich steht.« Zumindest nicht auf die Art, die ich brauchte.

»Hm …«

»Was ist eigentlich mit Shawn und dir?«

Penny holte Luft, was so erschüttert klang, dass ich lachen musste. Sie boxte gegen meine Schulter. »Was gibt es denn da zu lachen?« Ihre Stimme nahm einen hysterischen Unterton an.

»Na ja du … er? Ihr beide?«

»Nichts. Gar nichts ist zwischen Shawn und mir. Nichts.«

»Das war eindeutig ein Nichts zu viel.« Penny boxte mich erneut und ich kicherte. »Es ist offensichtlich.«

Okay, zugegeben, ich ärgerte sie nur etwas. Immerhin würde Shawn sie nicht anrühren, solange er mit Fran zusammen war. Er war ebenso loyal seiner Freundin gegenüber wie Tyler.

»Ich will dich wirklich nicht enttäuschen, aber denkst du auch an seine liebreizende kleine Fran?«

»Du liebst seine bessere Hälfte wirklich, oder?«

»Niemand kann sie leiden.« Auch wahr.

»Trotzdem geht irgendetwas zwischen euch.« Ich knipste das Licht in meiner kleinen eingelassenen Nische an und drehte mich zu Penny. Ich stützte mich auf den Ellenbogen und sah sie an. »Was läuft da zwischen euch?«

»Nichts. Wie oft muss ich das denn noch sagen?« Auf ihrer Stirn entstand ihre Zornesfalte und ich wusste, ich hatte sie eiskalt erwischt. Da war irgendetwas, das die beiden verband, das hatte ich von Anfang an bemerkt.

Ich drückte einmal gegen ihre Stirn. »Die hier sagt aber etwas anderes.«

Penny schob meine Hand zur Seite. »Kannst du das bitte lassen?« Eindringlich schaute ich sie an und nach wenigen Sekunden stieß sie ein tiefes Seufzen aus. »Ich kenne Shawn ... von früher.«

»Ist das etwa der Grund, wieso Maybe uns damals als Vorband haben wollten?«

An einem Abend vor knapp vier Jahren waren Asher und Shawn in der Kneipe gewesen, in der wir einen Gig gehabt hatten. Sie hatten uns danach angesprochen und wenige Tage später, wir hatten unser Glück nicht fassen können, schrieb mir unser heutiger Manager und bot uns den Vertrag an.

Penny richtete das Kopfkissen. »Ja.«

»Ernsthaft?«

»Er hat sich dafür eingesetzt, dass wir mehr Aufmerksamkeit bekommen. Können wir es bitte dabei belassen?«

»Ich weiß nicht so recht, ob ich es gut finde, dass wir nur durch Vitamin B so weit gekommen sind …«

Penny sah mich wieder an und zog eine Braue hoch. »Du glaubst, wir hätten es ohne Vitamin B jemals geschafft?« Danach lachte sie einmal und raffte sich wieder auf. Sie schob den Vorhang bis zur Hälfte zurück. »Und ich lebe in einer Welt voller Zuckerwatte und Regenbogen?« Damit und mit einem komischen Ziehen in meiner Brust ließ Penny mich in meiner Schlafnische allein.

# Fargo

Seit wenigen Minuten stand Maybe Next Time auf der Bühne. Ich hatte diese Nacht schlecht geschlafen, weil Pennys Worte mir im Kopf herumschwirrten. Waren wir nicht gut genug, um es allein zu schaffen? War es das, was sie damit sagen wollte? Mir war klar, dass Maybe besser waren als wir.

Aber wir hatten Wiedererkennungswert.

Oder nicht?

Das bestärkte meinen Entschluss, etwas Neues in unsere Musik einzubauen. Sobald wir wieder im Proberaum waren, würde ich mit den anderen sprechen.

Nach unserem Auftritt war ich schnell im Backstageraum verschwunden, um mich für den Song gemeinsam mit Asher umzuziehen. Asher hatte sich vor dem Konzert seltsam benommen und niemand von uns konnte sein Verhalten deuten. Selbst Lion hatte nur mit den Schultern gezuckt, als Asher vollkommen ruhig am Bühnenaufgang gestanden hatte.

Heute war er fokussiert gewesen.

Ob es mit der Wette zu tun hatte?

Vielleicht war ihm bewusst, dass er seinen Druck nach dem Konzert nur noch per Hand abbauen konnte.

Asher spielte fantastisch mit dem Publikum. Er sog ihre Aufmerksamkeit auf, niemand hatte eine Chance, ihm zu entkommen. Fans wurden gegen die Wellenbrecher gepresst und streckten ihre Hände nach Asher aus, wenn er am Bühnenrand entlangging.

Schreiend, kreischend und singend lechzten sie nach ihrem Idol und würden es doch nie zu fassen bekommen.

Hautnah und doch tausende Meilen von ihnen entfernt.

»Wir haben für diese Tour etwas ganz Besonderes vorbereitet.« Asher hob den Gitarrengurt seiner Gretsch über seinen Kopf. Er drehte sich um. Wie jedes Mal hielt er mir seine Hand hin, als ich die Bühne betrat. Die Mitarbeiter stellten gerade zwei Hocker vor die Mikrofone.

Als ich ihn erreicht hatte, ließ ich meine Finger durch seine Handfläche gleiten. Sein Blick wurde weicher. Er umschloss meine Finger und lotste mich zu dem Hocker, wobei die Menge vor uns tobte und applaudierte. Er half mir auf den Stuhl, nahm die Akustikgitarre von dem Mitarbeiter an. Er steckte sein Mikrofon in den Ständer vor sich und setzte sich.

»Kathrin und ich haben uns zusammengesetzt …« Pfiffe ertönten und er setzte sein unwiderstehliches Lächeln auf.

Er war hinreißend auf der Bühne.

Er nahm alles für sich ein und er wusste es.

Um uns herum wurde es ruhiger.

»Dieser Song erzählt von verpassten Chancen«, sagte ich.

Asher richtete die Akustikgitarre auf seinem rechten Oberschenkel. »Und er erzählt von neuen Chancen.«

Da war er wieder: Der Mann, der tief blicken ließ.

Abgestreift war seine beinahe undurchdringliche Rüstung, freigelegt war sein ehrlicher Charme und seine faszinierend einnehmende Art.

Asher spielte die ersten Töne an, wobei ich auf dem Stuhl vorrückte und das Mikrofon fester umschloss. Meinen Blick ließ ich über die Menge vor uns gleiten, ehe ich denn Mann neben mir erfasste. Den Mann, der mich mit einer Intensität anschaute, sodass ich in eine Art Trance fiel.

Die ersten Töne verließen meinen Mund, während ich tiefer und tiefer in seinen Augen versank. Asher bewies mir wieder einmal, wieso ich mich in ihn verliebt hatte ...

Er setzte ein und wir sangen gemeinsam.

*What if, we just take it*
*One step at a time*
*One step at a time*
*What if we just take it*
*One step at a time*
*Just one step*

Seine Stimme floss durch den Raum wie eine sanfte Welle, die kühl und doch warm war. Die Fans hielten ihre Smartphones mit eingeschalteten Lampen in die Höhe. Tausende Lichter vor uns erhellten die Halle und doch hatte ich nur Augen für ihn.

Wir sangen gemeinsam über Hoffnung und Liebe.

Und ich begriff, was mit mir passierte.

Mir stiegen die Tränen in die Augen, meine Stimme zitterte und Asher runzelte die Stirn. Ich brachte auch die letzten Zeilen über die Lippen, wonach ich mir auf die untere biss, um meine Fassung zu wahren.

Asher war längst dabei, mir das Herz zu brechen.

Er zupfte die letzten Töne auf seiner Gitarre. Ich hatte

Mühe nicht zusammenzubrechen und ich hasste mich dafür, dass ich mich so schlecht im Griff hatte.

»Danke, Kathrin«, sagte er auf einmal.

Ich hob den Blick, bis ich seine braunen Augen erreichte. Er rutschte vom Stuhl und überwand die wenigen Schritte zu mir, zog mich vom Hocker und verschränkte seine Finger mit meinen. Diese Geste von ihm war unwahrscheinlich liebevoll, doch ich zwang mich, das nicht zu nah an mich heranzulassen.

Für ihn gehörte das zur Show.

Gemeinsam gingen wir an den Rand der Bühne, er hob unsere Hände und das Publikum tobte auf ein Neues. Asher lächelte und ich wollte ihm folgen, aber mich erreichte nichts von dem, was sich vor mir abspielte.

Ich war gefangen von meinen Gedanken.

Davon, dass ich verliebt war.

In Asher.

In einen Mann, der keiner Frau Exklusivität schenkte und der meinen Untergang bedeutete.

Seine Berührung an meinem Kinn rüttelte mich wach, weshalb ich zu ihm aufsah. Mit den Knöcheln hob er mein Gesicht an.

Meine Gedanken verstummten, als er sich zu mir beugte.

Und als er seine weichen Lippen auf meine drückte, war ich verloren.

Das Aufkreischen der Menge schoss durch mein Herz.

Die sanften Bewegungen seiner Lippen ließen die Falle zuschnappen. Er stahl mein Herz, meine Seele, packte beides in eine Kiste und schluckte den Schlüssel.

Vor tausenden Fans küssten wir uns.

Vor tausenden Kameras, die den Moment festhielten und ihn binnen Sekunden durchs Netz schießen lassen würden.

Aber es war egal, denn sein Kuss schickte mich in eine andere Welt.

Dorthin, wo ich richtig und falsch nicht mehr unterscheiden konnte.

Asher umfasste meinen Nacken, zog mich dichter an sich, vertiefte den Kuss und vollkommen gedankenverloren ging ich auf ihn ein.

Zu wenige Augenblicke später ließen wir voneinander ab. Schwer atmend sah ich zu ihm auf. Er strich mit dem Daumen über meinen Nacken, womit er die Zeit um mich herum zum Stillstand brachte. Mein Puls hämmerte in meinem Kopf und nur langsam nahm die Welt um mich herum wieder Fahrt auf.

Asher griff nach meiner Hand und verbeugte sich, was ich ihm hastig gleichtat.

Bevor noch irgendetwas passieren konnte, befreite ich mich von ihm und eilte von der Bühne. Ich wurde von entsetzten Blicken meiner Freunde und der Mitarbeiter empfangen.

»Kit!«, riefen Penny und Keith, aber ich rannte weiter und lief durch den Gang zum Backstageraum, wo ich die Tür hinter mir zuknallte.

Mein Körper zitterte, als wollte er die überschüssige Energie durch den Kuss loswerden.

Ich sah auf meine Finger.

Die Tür flog auf. »Kit?!«, rief Penny und kam zu mir. Keith und Taylor folgten, schlossen die Tür hinter sich, sodass das Konzert nur noch gedämpft zu uns drang.

»Wieso tut er das?!« Ich ging auf und ab. »Okay, ganz ruhig«, sagte ich leise und fächelte mir mit einer Hand Luft zu.

»Was ist in Asher gefahren?«, fragte Tyler.

»Ich würde sagen: Kathrin«, antwortete Keith mit einem verschmitzten Lächeln.

Ich hob meinen Zeigefinger und sah ihn an. »Nicht lustig. Das ist absolut nicht lustig.«

»Was läuft da zwischen euch?«, fragte er weiter. »Erst diese Nummer gestern und jetzt das?«

»Nichts, kapiert?!«, stieß ich aus. Ich musste mich beruhigen, Keith konnte schließlich nichts für mein persönliches Chaos. Er reizte mich trotzdem mit seiner Fragerei. »Ich habe keine Ahnung, was gerade in ihn gefahren ist.«

Penny öffnete den Mund und ich sah sie flehend an, das bitte so stehenzulassen. Sie blieb ruhig, was mich erleichterte.

Während meine Kollegen wieder zurück hinter die Bühne gingen, um das Konzert weiter zu verfolgen, setzte ich mich auf die Couch. Gegenüber lag der Raum von Maybe Next Time, dessen Tür offenstand. So konnte ich bis zu dem Tisch schauen, der voller Klamotten lag.

Immer weiter versank ich in meinen Gedanken, während die Melodien der Tracks wie im Nebel an mir vorbeizogen.

Irgendwann tobte der letzte Applaus, ich nahm am Rande wahr, wie Maybe sich verabschiedete, und dann wurde es ruhig.

Eine Bewegung vor mir zog meine Aufmerksamkeit an. Jake war der Erste, der in den Backstageraum ging. Es folgten Shawn und Lion sowie Asher. Der bemerkte mich und hielt einen Moment im Flur inne, bevor er sich bei uns in den Türrahmen lehnte.

Mit verschränkten Armen musterte er mich.

»Was sollte das?«, fragte ich aufgebracht. Ich stand von der Couch auf. Sein schiefes Grinsen erschien. »Asher, das ist nicht lustig, du weißt ganz genau, was das für uns zu bedeuten hat.« Auffordernd starrte ich zu ihm, doch er grinste nur breiter. »Hast du dazu gar nichts zu sagen? Die Leute werden denken, dass wir eine Beziehung führen.«

War es diese wahnwitzige Hoffnung in mir, die mir einredete, Asher wollte es, weil er ebenso verrückt nach mir war wie ich nach ihm?

»So ist es am einfachsten, die Frauen von mir fernzuhalten, Kathrin.«

Die kleine Burg Namens Hoffnung sackte in sich zusammen, als wäre eine Welle darüber geflossen. Ashers Worte trafen mich härter als erwartet, also fuhr ich die Krallen aus.

Feuer bekämpfte man bekannterweise mit Feuer.

»Bitte?« Ich ballte die Hände. »Da habe ich auch noch ein Wörtchen mitzureden! Wie kannst du so etwas Gravierendes über meinen Kopf hinweg entscheiden? Wir stehen in der Öffentlichkeit, das hat Konsequenzen für unsere weitere Zusammenarbeit.«

»Ist es nicht das, was du wolltest? Dass mich keine Frau mehr anfasst? Du hast dein Ziel erreicht, in den nächsten Wochen bin ich absolut artig.«

Ich öffnete den Mund, um ihm zu widersprechen, aber mir blieben die Worte im Hals stecken.

Erneut umspielte seine Lippen dieses anzügliche und

hochmütige Lächeln. Er benahm sich mir gegenüber wie ein Arschloch.

Asher wandte sich ab und betrat den Raum gegenüber, während alle meine Kollegen ihre Köpfe am Türrahmen vorbeisteckten.

»Du meinst wohl ab-artig!«, rief ich und schnaubte frustriert, weil mir der Konter zu spät eingefallen war.

Ich verfluchte mein Hirn, das in seiner Nähe zu Brei wurde.

# Rapid City

Wir waren bereits an unserem nächsten Stopp angelangt und kaum hatte der Bus gehalten, hatte ich mir eine nahegelegene kleine Wiese gesucht, um Ruhe zu finden.

Es war sternenklarer Himmel und ich hoffte, hier einen ebenso klaren Kopf zu bekommen. Es war ziemlich ruhig, nur unweit des Platzes nahm man zwischendurch wenige Autos wahr.

Mein Akustikbass, sowie ein Notizblock und eine karierte Wolldecke hatten mich begleitet. Gerade allerdings lag mein Equipment lediglich vor mir und ich schaute zu den Sternen.

Hinter mir ertönten Schritte. Jemand setzte sich zu mir, drückte seinen Rücken an meinen und kaum atmete ich ein, wusste ich auch, dass es Asher war.

»Was willst du hier?« Ich klang erschöpft, weil ich ziemlich müde war und auch wenig Lust hatte, mich mit Asher zu streiten.

»Ist es in Ordnung für dich?«

»Was erwartest du für eine Antwort? Du hast mich vor tausenden Fans geküsst, jetzt müssen wir damit leben.« Normalerweise lungerten nur wenige Reporter an den Gittern des Backstagebereichs hinter den Hallen herum, aber kaum waren wir in Rapid City angekommen, wurden wir von dutzenden Paparazzo überrascht. Die Security an den

Eingängen mussten verdoppelt werden.

Ich hörte sein Feuerzeug und wenige Sekunden später umgab mich der Geruch der Zigarette. »Wenn du willst, machen wir es jedes Mal nach dem Track.« Er stieß den Rauch hörbar aus.

»Warum? Damit du dir alle Frauen vom Hals halten kannst?«

»Ist es nicht das, was du willst?«

Ich schloss die Augen und atmete die frische Nachtluft, vermischt mit seinem Aftershave und dem Rauch, ein. »Was für eine Antwort willst du darauf haben?«, flüsterte ich.

»Eine ehrliche.«

Verunsichert winkelte ich die Beine an und legte meine Arme darüber. Den Kopf ließ ich langsam in den Nacken sinken, bis er an seinem Hinterkopf ruhte. »Du willst meine ehrliche Antwort nicht hören, glaub mir.«

Asher atmete auffällig durch.

Dann schwiegen wir eine Weile.

Er brach die Stille, die mich durchaus beruhigt hatte. »Meine leibliche Mutter wurde vergewaltigt, als sie sechzehn war.«

Bitte was?

»Ich bin also das Produkt einer Vergewaltigung.«

Meine Muskeln spannten sich an.

»Hätte sie die Schwangerschaft nicht so spät bemerkt, hätte sie abgetrieben.«

Mein Herz zog sich unangenehm zusammen. »Wieso erzählst du mir das? ... Ich sollte das nicht hören.«

»Ich habe entschieden, es dir zu sagen, also solltest du es hören.« Die Erschöpfung über das Thema war ihm deutlich anzuhören. Asher stieß den Rauch aus. »Sie hat einen Antrag an die Adoptionsagentur gestellt, weil sie mich kennenlernen wollte.«

»Du hast abgelehnt«, wisperte ich.

»Ich habe einen Brief von ihr zu Hause, in dem sie mir alles erklärt. Aber ich konnte ihr einfach nicht gegenübertreten. Dieser Gedanke, dass sie mich nicht wollte … dass ich jetzt vielleicht nicht hier wäre, wenn der Zufall nicht für mein Leben gespielt hätte, macht mich wahnsinnig. Obwohl ich verstehen kann, dass sie mich nicht bekommen wollte.«

Ich wusste nicht, was ich dazu sagen sollte.

»Ich weiß seit der Vorschule, dass ich adoptiert bin. Als ich vierzehn war und meine Eltern mir gesagt haben, dass sie mich kennenlernen möchte … ist irgendetwas passiert. Mit mir. In mir.«

»Was ist passiert?«, fragte ich ruhig.

»Dieser Brief hat sich angefühlt, als würde ich plötzlich den Halt verlieren. Ich habe angefangen zu trinken, bin nachts dauernd durch das Fenster abgehauen und habe mit Älteren rumgehangen. Meine Eltern wussten nicht mehr weiter.« Mit den Fingern klopfte er hörbar auf der Hose herum. »Meine Schwester hat mir in der Zeit geholfen, den Boden nicht vollkommen unter den Füßen zu verlieren.«

»Wieso hast du sie am Telefon so abgewimmelt?«, flüsterte ich.

Asher atmete so tief durch, dass ich es am Rücken spürte. »Auch meine Schwester ist nicht einfach. Sie war immer ein wenig … anders. Während der Geburt sind Komplikationen aufgetreten … Suzie denkt deswegen anders.

Unsere Eltern hatten es mit uns nie einfach. Suzie hat es nie einfach gehabt. Alle, die sie nicht richtig kennen, kommen mit ihrer Art auch nur schwer klar und manchmal geht es mir genauso. Man sieht es ihr nicht an, aber für sie funktioniert die Welt anders als für dich und mich.«

Ich spürte den Frust und auch einen Teil Einsamkeit, die Asher umgaben und drehte mich um, bis ich auf seinen breiten Rücken schaute. Er trug eines seiner schwarzen Shirts zu einer Jogginghose. Sein dunkles Haar war im Mondschein ebenso schwarz. Hinter ihm ragten die Tourbusse und in der Ferne die Gebäudekomplexe der Stadt auf.

Langsam rückte ich an ihn heran. Obwohl ich Angst hatte, dass er mich zur Seite stieß, legte ich meine Arme von hinten um seine Schultern und drückte mich an ihn. Ich senkte mein Gesicht an seine Halsbeuge.

Und in diesem Moment war er nicht der extrovertierte Frauenheld, sondern nur ein Mann, den vermutlich mehr Zweifel plagten als uns alle zusammen.

»Ich liebe meine Schwester … aber ich hasse sie auch. Und ich hasse mich dafür, dass ich so denke.«

Vorsichtig führte ich meine rechte Hand durch sein Haar. Seine Strähnen umfingen meine Finger mit einer Wildheit, die mich dennoch beruhigte. Asher wandte mir sein Gesicht ein wenig zu, bis er seine Stirn an meine Schläfe sinken ließ.

Seine Lippen waren meinen so nah und doch ging es in diesem Augenblick nicht darum.

Hier ging es darum, dass er bei mir war.

Dass wir eins waren.

Dass er mich fühlen ließ, was er fühlte.

»Tust du etwas für mich?«, fragte er leise. Flehend blickte er zwischen meinen Augen hin und her und ich sog diesen Ausdruck auf seinem Gesicht regelrecht auf. Vor mir saß ein Mann, den vermutlich fast niemand kannte. Jemand, der sich nach Nähe und Geborgenheit sehnte. »Es ist viel verlangt, aber ... bitte.«

»Ich höre?« Ich erwiderte seinen intensiven Augenkontakt.

»Dich. In meinem Bett.« Bei dieser Aussage hob ich eine Augenbraue. »Nicht, wie du denkst.«

»Bittest du mich gerade darum, bei dir zu sein?«

Asher drehte sich weg und unser Moment war zerstört. Mit einem Räuspern rückte er von mir ab und wollte aufstehen, doch ich hielt ihn auf. »Ja«, sagte ich ruhig. »Wenn du möchtest, dass ich bei dir bin, tue ich dir den Gefallen.«

Er taxierte den Tourbus von Maybe. Es war unverkennbar, wie schwer es ihm fiel, darüber zu sprechen, denn gerade war er verwundbar.

Und ich hatte die Macht, ihn zu verletzen.

Es war surreal, Asher so angreifbar vor mir zu haben.

»Du sollst es nicht tun, weil ich dich wie ein Welpe anbettle«, sagte er.

»Ich tue es, weil ich es will. Weil ich bei dir sein will, Asher. Weil du ...«

Langsam schaute er sich zu mir um und ich konnte nicht fassen, dass ich ihm das jetzt wirklich sagen würde.

»... mehr bist.«

Ein leichtes Lächeln umspielte seine Mundwinkel. So schnell es gekommen war, verschwand es auch wieder und er streckte mir seine Hand entgegen.

Ich deutete auf die Decke und meinen Bass. »Lass mich meinen Kram wenigstens wegräumen.«

»Niemand würde deinen Bass vermissen.« Für den Spruch knuffte ich seinen Oberarm und er lachte einmal auf und hielt die Stelle danach. Ich faltete die Decke zusammen.

»Du hast einen fiesen Seitenhieb.«

»Und einen noch fieseren Front-Kick, also sieh dich vor.«

»Das wissen wir alle, deswegen bin ich vorsichtig.«

Als ich alles zusammengeräumt hatte, gingen wir gemeinsam zu den Bussen.

Zum Glück war es in meinem Bus schon ruhig, alle schienen zu schlafen oder wenigstens in ihren Kojen zu liegen. Somit legte ich den Bass und die Decke aufs Sofa und beeilte mich, holte meine Schlafsachen und die Zahnbürste. Zurück vor der Tür starrte Asher meine Habseligkeiten an und ich zog die Tür hinter mir zu.

»Es war zwar nicht die Rede von einer Pyjamaparty, aber ich bin gerne gut vorbereitet«, sagte ich.

Asher griff wortlos nach meiner Hand und ich beobachtete ihn, während er vor mir herging und mich mit strammem Schritt zu ihrem Bandbus führte.

Angekommen verharrte er vor der Tür und zögerte. »Das wird uns morgen um die Ohren fliegen, das ist dir bewusst?«

»Schlimmer als der Kuss auf der Bühne kann es nicht werden«, neckte ich ihn.

»Du kennst Lion, er wird uns nie mehr damit in Ruhe lassen.«

»Mit Lion werde ich durchaus fertig«, sagte ich grinsend und hob meinen Arm, um Asher meinen Bizeps zu zeigen.

Er lachte und drückte auf meinem Puddingarm.

Ich folgte ihm, durchquerte nach ihm den Küchen- sowie Wohnbereich und ging nach ihm die Treppe hoch. Es war das erste Mal, dass ich den oberen Bereich zu Gesicht bekam. Interessiert musterte ich die Schlafnischen, vier an der Zahl, wobei ein Vorhang offenstand. Asher öffnete die Tür vor Kopf.

Mit einem Nicken bedeutete er mir, ihm zu folgen. Der Raum fasste ein großzügiges Bett, das mittig vor der breiten Heckscheibe stand. Die Scheiben waren getönt, wie auch im Rest des Aufenthaltsbereichs, trotzdem hingen graue Vorhänge davor.

»Wow, was für ein Luxus«, murmelte ich. Asher schloss die Tür. »Wie habt ihr entschieden, wer das Zimmer bekommt?« Ich legte meine Klamotten auf das Fußende des grau bezogenen Bettes.

»Es stand direkt fest, dass ich es übernehme, weil ...«

»Weil du die meisten Frauen flachlegst«, beendete ich seinen Satz. Er blieb still, weshalb ich über meine Schulter zu ihm schaute. »Du kannst es ruhig laut aussprechen, ich weiß es sowieso.«

»Willst du es denn hören, Kathrin?«

»Wieso nennst du mich seit Neuestem so?«

»Weil es dein Name ist.«

»Nur meine Eltern nennen mich so.«

»Gefällt es dir nicht?«

»Doch ... sehr gut sogar«, gab ich zu.

Asher war bereits so weit zu mir vorgedrungen, dass der noch intakte Teil meines Gehirns scheinbar auch gnadenlos versagte, sonst wäre ich nicht hier.

Langsam drehte ich mich ihm zu und er fasste in dem Moment an sein T-Shirt und zog es über seinen Kopf. Mir war klar, dass er diesen Striptease beabsichtigt hinlegte. Das Shirt ließ er neben sich auf den Stuhl fallen, auf dem ein Berg an schwarzen Hosen und Oberteilen lag.

»Was wird das?«, fragte ich trocken, um mich davon abzulenken, wie attraktiv ich ihn fand.

»Ich ziehe mich aus.« Dazu zuckte er mit seinem rechten Brustmuskel und ich seufzte extra genervt, was ihm ein Lachen entlockte. »So schüchtern, Kathrin.«

»Du bist ein Idiot.« Ich griff meine Klamotten und hielt die Zahnbürste hoch. »Ist das Bad hier oben?«

»Direkt rechts, vor den Kojen.«

Im Bad putzte ich mir die Zähne, wusch mich und zog mich um. Meine Kleidung faltete ich und stapelte sie. Zum Schlafen trug ich ein altes Shirt von meinem Dad. Es war eins von Pink Floyd. Asher saß auf der Bettkante als ich zurück war, die Ellenbogen auf der Matratze abgestützt, lediglich seine enge Boxer Briefs an. Offenbar war er Linksträger. Gottverdammt, wieso musste sein Schwanz sich so deutlich unter dem Stoff abzeichnen?

Ich legte meine Kleidung auf die kleine Kommode auf der rechten Seite und wandte mich ihm wieder zu.

»Ist das dein Ernst?«, fragte er und deutete auf das Shirt.

»Gefällt es dir nicht, Pink Floyd?«, zog ich ihn auf und straffte dabei den Stoff des schwarzen Shirts.

Er kniff sich einmal in die Nasenwurzel.

»So schlafe ich. Find dich damit ab, Mr Adams.«

In dem Moment erinnerte ich mich daran, was Penny zu mir gesagt hatte. Was Asher konnte, konnte ich schon lange. Wieso also sollte ich ihn nicht auch ein wenig reizen?

Langsam kniete ich mich über seinen Schoß, ohne ihn zu berühren. Asher musterte mich still und ich konnte es nicht lassen, mich selbst zu quälen und legte meine Hände an seine Brust.

Er atmete hörbar durch.

Immer weiter fuhr ich meine Finger über seine Haut, nahm das Gefühl seiner Brustmuskeln genau auf, bis ich an seinen Schultern angelangte, da sank ich auf ihn. Sein Schwanz drückte gegen meine Mitte, wodurch mein Unterleib sich automatisch zusammenzog. Auf eine sehr angenehme Art.

»Du spielst mit dem Feuer«, brummte er, legte seine Hände dabei an meine Taille und verbrannte meine Haut damit. Seine Berührung sandte Hitze durch meine Nervenbahnen, in jeden Winkel meines Körpers.

Ich beugte mich zu seinem Ohr. »Gefällt es dir nicht?«

Er packte fest zu und warf mich neben sich. Ehe ich reagieren konnte, lag er zwischen meinen Beinen. Ich zog ihn mit den Waden dichter an mich und er stützte sich links und rechts von meinem Kopf ab. Durch seine dunklen Augen taxierte er mich, wobei er seine Hüfte an meiner bewegte.

Seine Lippen teilten sich, seine Erektion wuchs spürbar und drückte gegen meinen Kitzler. Ich umfasste seine Oberarme mit den Fingern, grub die Nägel in seine Haut.

»Bist du feucht, Kathrin?«

Seine direkte Art würde mich noch in den Wahnsinn treiben, aber ich wollte sein Spiel mitspielen. »Bist du hart?«, fragte ich und er grinste. »Wollen wir vögeln?«

»Ich darf keinen Sex haben. Ich habe eine Wette mit einer Frau laufen, die ihren Gewinn vermutlich mit allem, was ihr heilig ist, einfordern wird.«

»Es wäre nur ein Date.«

Asher taxierte meine Lippen, dann wieder meine Augen. »Es könnte alles kaputtmachen.«

»Wieso das?«

»Du könntest dich in mich verlieben.«

Stumm starrte ich zu ihm auf, denn es war bereits zu spät. »Wäre das schlimm?«, wisperte ich nach ein paar Sekunden.

»Ich werde die Wette nicht verlieren.«

Seine Antwort schnitt wie eine scharfe Klinge mitten in mein Herz.

Ich hasste, dass ich machtlos gegen meine Gefühle war.

Ich hasste, dass es ausgerechnet Asher war.

Ich hasste, dass ich ihn verliebt war.

Asher drückte sich von mir ab und verließ den Raum, schloss die Tür hinter sich.

Heute Nacht würde ich mir mit Asher ein Bett teilen, als wäre er der Mann, der mich jeden Abend in den Schlaf begleitete. Als wäre er der Mann, der die Macht hatte, mich zu komplettieren.

Meine Welt stand kopf.

Kalt wurde heiß.

Freundschaft wurde Liebe.

Ich fürchtete mich davor, sein Verhalten falsch zu interpretieren.

Frustriert legte ich mich unter die Bettdecke und robbte ganz an den Rand der Matratze. Kurz dachte ich sogar darüber nach, zurück in unseren Bus zu gehen, aber irgendetwas hielt mich davon ab.

Vermutlich war es die Verzweiflung, die vorhin auf der Wiese um Asher gekreist war wie ein Geier über Aas.

Als er zurückkam, schaltete er das Licht aus und legte sich ebenso still neben mich. Alles um mich herum duftete nach ihm und ich schloss die Augen. Ich wollte möglichst schnell einschlafen.

Minutenlang war es still und ich dachte, Asher wäre längst eingeschlafen, als die Matratze auf einmal wackelte. Ich spürte eine Berührung an meiner Schulter. Beinahe zärtlich wanderte Ashers Hand über meinen Oberarm, bis ich seine Lippen an meiner Schulter wahrnahm und überrascht die Luft einzog. »Denkst du ernsthaft, ich würde dich wegen einer blöden Wette daten wollen?«

Was sollte denn das bedeuten?

»Kommst du endlich zu mir?«

Perplex wandte ich mich ihm weiter zu, bis ich auf dem Rücken lag und ihn nur mit Mühe in der Dunkelheit erkannte. »Willst du etwa … kuscheln?«

Mit den Fingern strich er sanft durch meine Haare an der Schläfe und beugte sich zu mir. Als seine Lippen meine Stirn berührten, glaubte ich, einen Herzstillstand zu erleiden.

Wer war dieser Mann hier?

»Glaubst du, ich habe dich gebeten bei mir zu sein, um nur neben mir zu liegen und mein Bett warm zu halten?«

»Ich könnte dir eine Heizdecke empfehlen, du Frostbeule.«

»Ehrlich gesagt habe ich Angst, dass ich mir meinen Penis daran verbrenne.«

Ich musste lachen. »Du musst die Decke nicht auf zehntausend Grad stellen.«

»Die Chance, dass ich es falsch einstelle, ist mir zu groß.«

»Dein Penis ist doch versichert, oder?«

Asher grunzte, was ich witzig und niedlich fand. »Noch nicht, aber jetzt wo du es sagst, sollte ich das schleunigst nachholen. Es wäre eine Schande für die Frauenwelt, wenn ihr mein gigantischer Phallus verloren geht.«

»Gigantischer Phallus?« Automatisch rückte ich dichter an ihn heran, weil ich mich gerade unfassbar wohl bei ihm fühlte. Im Gegenzug führte er seine Hand über meinen Bauch, hin zu meiner Taille.

Ohne darüber nachzudenken glitt ich mit meinen Fingern über seine Schultern, nahm das Gefühl seiner Haut genau auf. »Ich wette, du hast ein winziges Würstchen in der Hose.« Asher lachte rau. »Gott musste deine lächerliche Attraktivität schließlich ausgleichen.« Langsam schob ich meine Finger an seinem Hinterkopf durch seine Haare. »Es wäre allen anderen Männern gegenüber unfair, dir schönes Aussehen, unglaublichen Charme, eine brillantes Musikerherz, eine Stimme wie Butter und dazu noch einen großen Penis zu schenken. Was bleibt den anderen dann noch?«

Erst nach einigen Sekunden verstand ich, was ich Asher gerade gesagt hatte. Ich presste die Lippen zusammen.

»Wow«, flüsterte er. »Danke.«

Ich hatte mit einer überheblichen Antwort aber nicht mit einem Danke gerechnet.

Asher legte sich zurück in sein Kissen und ich zögerte nicht und rückte dicht an ihn heran. Sofort schloss er seine Arme um mich, ließ mich in seiner Nähe ankommen.

Es war, als würde ich in diesem Augenblick Wurzeln schlagen.

Und Asher ging es ebenso.

Wir mussten es nicht aussprechen.

Wir fühlten es.

# Rapid City

Wenn man aufwachte und von Ashers Duft umhüllt war, startete der Tag gut. Hielt er einen im Arm, startete der Tag noch besser. Und streichelte er einem den Rücken, wollte man nie mehr aus diesem Bett heraus, das in dem Moment dem Himmel glich.

Jede seiner hauchzarten Berührungen kitzelte alle meine Sinne und ich hatte am gesamten Körper eine Gänsehaut, während er mit den Fingerspitzen an meiner Wirbelsäule entlang streichelte.

Ich schmiegte mein Gesicht dichter an seinen Hals. Meine Hand lag zwischen seinen Brustmuskeln und ich spürte seinen kräftigen Herzschlag an meinen Fingern.

»Guten Morgen«, sagte er in meine Haare.

»Guten Morgen«, gab ich kaum hörbar zurück. »Es sind mindestens fünftausend Grad unter der Decke.«

Asher lachte gedämpft. »Du bist besser als eine Heizdecke.«

»Und du hast dir den Penis nicht verbrannt.«

»Zum Glück haben wir nicht gevögelt.«

Jetzt lachte ich. Vor der Tür ertönten Stimmen, die nach wenigen Minuten aber wieder verschwanden.

»Gib ihnen noch drei Minuten«, murmelte Asher und ich schaute zu ihm auf. Er sah noch ein wenig zerknittert vom Schlafen aus, aber das fand ich unglaublich attraktiv.

Mit dem Zeigefinger strich er mir die Strähne von der Stirn.

Noch immer konnte ich nicht fassen, was ich für einen Mann vor mir hatte. Ich wollte jede Sekunde mit ihm aufsaugen, weil ich nicht wusste, wie lang er mir blieb.

Nach dem gestrigen Gespräch verstand ich ihn sogar ein wenig besser. Ich verstand, wieso er sich manchmal so distanziert verhielt und wieso es ihm schwerfiel, Menschen wirklich an sich heranzulassen.

Vor der Tür ertönten wieder Stimmen. »Drei …«, begann Asher und ich musterte ihn irritiert. »…zwei … eins …«

Die Tür flog auf. »Guten Mooorgen!«, trällerte Shawn, der die Klinke umschlossen hielt, sich mit der anderen Hand am Rahmen abstützte. »Ein neuer Tag im Paradies. Raus aus den Federn, Hoheit.«

»Nette Begrüßung«, flüsterte ich Asher zu.

»Jeden verdammten Morgen«, sagte er und sah danach seinen Bandkollegen an. »Verpiss dich.«

Langsam, dennoch sichtbar, rasteten die Zahnräder in Shawns Kopf ein, bis sein Mund sich öffnete. Immer weiter und ich befürchtete schon, er würde Kieferstarre bekommen.

»Mach den Mund zu!«, schnauzte Asher ihn an, weshalb ich lachte.

»Leute?!«, rief Shawn hinter sich in den Flur.

»Jetzt geht es los.«

Jake erschien hinter ihm, dicht gefolgt von Lion, die beide in den Raum spähten.

»Seht ihr das auch?«, fragte Shawn. Jake verschwand ohne ein Wort.

Lion hingegen musterte uns ganz genau, danach seinen Kollegen neben ihm. »Ist das Kit?«

Ich winkte mit einem Lächeln. »Hey.«

»Ja, das ist Kit« sagte Asher. »Tut ihr uns einen Gefallen und verschwindet endlich wieder?«

»Habt ihr gefickt?«, fragte Lion.

»Das hättet ihr gehört«, sagte ich

Lion lachte und deutete auf mich. »Ich liebe dich.«

»Ich dich auch.« Ich warf ihm eine Kusshand zu, er fing den Kuss mit einem extra theatralischen Seufzen auf und drückte die Faust gegen die Brust.

»Verpisst euch, ihr dreckigen Hurensöhne!« Asher griff hinter sich, nahm das Kissen und warf es in Richtung Tür. Im gleichen Moment zog Shawn die Tür zu, das Kissen schlug mit einem dumpfen Geräusch gegen die Tür. Gelächter ertönte.

Asher ließ den Kopf zurück auf die Matratze fallen, ich setzte mich. »Darauf habe ich keinen Bock«, murmelte er und rutschte aus dem Bett. Hastig zog er sich seine Jogginghose über. »Diese Wichser behandeln mich wie einen Aussätzigen, weil ich nie eine Frau länger als eine Nacht bei mir habe und jetzt kann ich mir stunden-, nein, tagelang anhören, dass du hier warst.« Mit einem Seufzen nahm er ein Shirt aus dem Schrank neben er Tür. »Ich will einfach meine Ruhe, ist das zu viel verlangt?«

»Asher«, sagte ich.

Er führte seine Finger durch die Haare, wonach er mich beinahe frustriert ansah. Er kam zurück zum Bett und setzte sich. »Es ist ätzend.«

Ich krabbelte zu ihm und blieb dicht bei ihm sitzen.

Zwischen seinen Brauen entstand diese steile Falte und ich hob meine Hand und wischte sie mit dem Daumen weg.

Still beobachtete ich ihn und er senkte den Blick. Das erste Mal, seit ich ihn kannte, ließ er seine Mauern vollkommen herunter und es fühlte sich fantastisch an, Asher zu sehen. Seine Trauer, seine Freude, seine Distanz, seine Nähe, seine Angst, aber auch seine Stärke.

»Was denkst du, Kathrin?«

»Was meinst du?«

»Wie siehst du mich?«

»Es sollte nicht wichtig sein, was andere über dich denken«, flüsterte ich und schaute auf die Bettdecke, die nach wie vor um meine Beine gehüllt war.

»Es ist mir aber wichtig, was du von mir hältst.«

»Ich weiß nicht, was ich denken soll«, antwortete ich ehrlich und Asher legte seinen Fingerknöchel unter mein Kinn, hob mein Gesicht an, bis wir uns anschauten. »Noch vor wenigen Monaten warst du ... lediglich Asher und jetzt ...«

»Lass uns noch einen Song schreiben«, sagte er ruhig und sofort schlug mein Herz noch höher. »Bitte.«

»Da musst du mich nicht lang bitten. Ich arbeite sehr gerne mit dir.«

Ein sanftes Lächeln entstand auf seinen Lippen, wobei er mit dem Daumen an meinem Mundwinkel entlangstrich. »Hübsch bist du«, flüsterte er, beugte sich zu mir und küsste meine Wange.

Er stand auf, verließ das Schlafzimmer und ließ mich mit meinen mich überfordernden Gefühlen zurück.

Als ich mich gefangen hatte, zog ich mir meinen langen und kuscheligen Pullover über, den ich mir gestern Abend mitgenommen hatte, und verschwand im Bad. Als ich fertig war, nahm ich die Treppe und hörte es schon.

Nichts.

Im Wohnbereich richteten sich vier Augenpaare auf mich. Asher saß den anderen am Tisch gegenüber und ich entdeckte die Tasse, die neben ihm stand. Obwohl ich unter Beobachtung stand, drückte ich den Rücken durch und setzte mich zu Asher auf die Bank. Jetzt sahen drei Augenpaare zwischen uns hin und her. Mit einem Lächeln umschloss ich die warme Tasse und genehmigte mir einen ersten Schluck.

Nach ein paar Sekunden knallte Asher seine Tasse auf den Tisch. »Leute, was soll das?«

Shawn meldete sich zu Wort. Heute standen seine Locken wild in alle Richtungen ab. »Hattet ihr Sex?«

»Nein«, antwortete Asher.

»Warum siehst du aus, als hättest du in eine Steckdose gefasst?«, fragte ich Shawn. Er tastete seine Haare ab und versuchte, sie zu glätten, was natürlich nichts brachte.

Lion verengte die Lider. »Ihr habt also einfach in einem Bett geschlafen?«

»Ja«, antwortete Asher.

»Ohne miteinander zu schlafen?«, bohrte Lion weiter, während Shawn noch immer mit seinen Haaren beschäftigt war. Jake griff seine Tasse und verschwand in den oberen Bereich.

»Was ist daran nicht zu verstehen? Wir hatten keinen Sex.«

Ich zuckte mit den Schultern. »Du hast ihn gehört«, sagte ich in die Tasse.

Lion sah wieder zu seinem Bandkollegen. »Das bedeutet ihr habt ...«

»Gekuschelt«, fiel Asher ihm verärgert ins Wort und ich grinste in die Tasse.

Lion rückte dicht an den Tisch und kniff ein Lid ein wenig zusammen, was echt gruselig aussah. Er hob einen Zeigefinger. »Fürs Protokoll. Du hast mit Kit in einem Bett geschlafen.« Er deutete auf mich. »Mit Kit. Die mit der großen Klappe und dem knackigen Hintern.«

Erst wollte ich protestieren, doch stattdessen grinste ich. »Danke.«

»Ohne mit ihr zu vögeln?«

Asher sah mich an, wobei neben Verärgerung eindeutig auch Verzweiflung in seinem Ausdruck aufblitzte.

»Genau. Wir haben in einem Bett geschlafen, ohne zu vögeln und wir haben gekuschelt«, sagte ich.

Lion sah zwischen uns hin und her. »Seid ihr jetzt zusammen, oder was?« Er wandte sich wieder an Shawn, der nur die Stirn runzelte. »Ich sag doch, irgendetwas ist da im Busch. Allein, dass Asher die Frauen weggeschickt hat.«

»Ihr könnt euch jetzt wieder beruhigen«, grätschte Asher dazwischen, »wir sind nicht zusammen.«

Es entsprach natürlich der Wahrheit, dennoch versetzte seine Aussage mir einen heftigen Stich mitten in mein verfluchtes Herz.

Hastig nahm ich einen weiteren Schluck und rutschte danach vom Polster.

Die Tasse stellte ich auf den Tisch. »Na ja, ich bin dann

mal wieder drüben. Danke für den Kaffee. Vermutlich werde ich schon vermisst.«

Bevor ich verschwinden konnte, wurde ich am Handgelenk gepackt. Langsam ließ ich meinen Blick seinen Arm hinaufwandern, ehe ich an seinen dunklen Augen angelangte. »Bleibt es dabei?« Fragend schüttelte ich den Kopf. »Der Song.«

»Ja, natürlich.«

Ich machte mich von ihm los und eilte durch den Bus, riss die Tür auf, um über den Platz zu unserem Bus zu stürzen.

Kurz vor der Tür klingelte mein Handy und ich nahm ohne hinzusehen ab.

»Wo bist du?!« Penny schrie mich regelrecht an.

»Vor dem Bus und danke, dass ich jetzt taub bin.«

Ein Klopfen oberhalb der Tür lenkte meine Aufmerksamkeit auf die Fensterscheibe. Natürlich sah ich nichts, weil sie getönt war. Mit einem genervten Seufzen legte ich auf und betrat den Bus, wo Penny noch am Fenster stand.

Keith lungerte neben Tyler auf der Couch, sie schauten The Bone Collector zum Frühstück. Nett. Beide hielten eine Tasse in der Hand.

Sie drehte sich zu mir. »Wo kommst du her?« Sie checkte ihr Smartphone. »Wir haben gerade mal kurz nach neun.«

Fieberhaft dachte ich über eine Ausrede nach, was ohnehin sinnlos war. Lion wusste Bescheid und würde es ihnen in spätestens einer Stunde unter die Nase reiben.

Somit ergab ich mich und setzte mich an den Tisch. Penny eilte zur Küchenzeile gegenüber, zog zwei Tassen heraus und goss uns jeweils etwas Kaffee ein. Damit setzte sie sich zu mir und schob die Tasse über das dunkle Holz zu mir.

Lächelnd und auch dankbar nahm ich ihn an.

Ich schloss die Augen. »Ich war bei Asher.«

Stille.

Als ich die Lider aufschlug, war der Fernseher auf Mute gestellt und Tyler wie auch Keith starrten zu uns.

»Und?«, fragte Penny.

»Nichts, und. Wir haben … gekuschelt.«

»Ernsthaft?«, warf Tyler ein und stand auf, kam zu uns gelaufen. Er setzte sich zu Penny. Auch Keith gesellte sich zu uns, blieb allerdings an der Küchenzeile stehen.

»Ja, er hat mich gefragt, ob ich bei ihm übernachte.«

»Und da ist nichts gelaufen? Gar nichts?« Keith.

Ich nickte. »Gar nichts.«

»Wie war der Kuss gestern?«, fragte Penny.

Verrückt.

Unfassbar.

Grandios.

Gefährlich.

»Bitte verschon mich damit.«

»Das wird schon bald in einigen Portalen stehen.« Keith nahm ein Glas aus dem Schrank und befüllte es mit Wasser.

»Denkst du, das weiß ich nicht?« Ich stöhnte. »Meine Mom wird mich anrufen, sie durchforstet vermutlich jeden Tag die Seiten. Mich graut es bereits jetzt vor dem Gespräch. Sie hatte noch nie eine hohe Meinung von Asher. Wer kann es ihr verübeln?«

»Wieso das denn?« Penny grinste mich mit ihrem Zahnpastalächeln an.

»Ist das eine ernst gemeinte Frage?« Sie nickte und mir war klar, dass sie ein Kompliment hören wollte. »Du bist eine Arschkriecherin und sie liebt dich, deshalb magst du sie. Mom wäre vermutlich überglücklich, wenn ich dich heirate.«

»Willst du mich heiraten?«

Penny brachte mich zum Lachen und ich war ihr dankbar, dass sie mich ein wenig ablenkte und aufmunterte. »Nur, wenn ich unsere Kinder nicht austragen muss.«

»Glaubst du, ich will mir diesen Körper hier verunstalten?« Mit dem Zeigefinger zeigte sie erst auf ihre Hüften und dann auf die Brüste. Tyler brummte irgendetwas, weshalb Penny ihm die Zunge rausstreckte. »Du wärst froh, eine Frau wie mich flachlegen zu dürfen, Blackwell.«

»Eher würde ich mich von Keith in den Arsch ficken lassen.«

Ich spuckte den Kaffee zurück in die Tasse und hustete. Um wieder Luft zu bekommen, schlug ich mir auf die Brust.

»Touché«, sagte ich, noch immer hustend.

»Was wohl Bea dazu sagen würde?«, schoss Penny zurück.

»Da würde sie mir zumindest glauben, dass es ein Ausrutscher war.«

»Und bei mir kann es kein Ausrutscher sein?«, hakte sie irritiert nach.

»Nein«, antwortete er.

Stille.

Man sah die Zahnräder in seinem Kopf nur langsam einrasten und ich wollte irgendetwas sagen, um die Situation zu entschärfen. Leider war mein Hirn von Asher vernebelt.

Von seiner Stimme, seinem Duft, seinen Berührungen …

Keith griff Tylers Oberarm und riss ihn regelrecht vom Polster. Dann zerrte er diesen großen und breiten Mann durch den Eingangsbereich und wenige Sekunden danach fiel die Tür zu.

Penny saß mir mit offenem Mund gegenüber.

Wieder suchte ich fieberhaft nach irgendetwas, das die Situation auflockerte. Was nicht klappte.

»Was sollte denn das bedeuten?«

»Keine Ahnung«, murmelte ich und nahm hastig einen weiteren Schluck Kaffee.

Ich hielt Penny nicht für naiv oder blauäugig und war mir sicher, sie verstand, was das zu bedeuten hatte.

Ihre Frage war sicherlich eine Art Selbstschutz.

Aber vielleicht wollte sie auch einfach nur die Augen davor verschließen. Vielleicht sah sie das so wie ich und hoffte, dass Tyler sich irrte. Vielleicht wusste sie selbst, dass sie einem Mann wie Tyler nicht guttun würde.

# Buffalo

Ich sah Asher den gesamten Tag über nicht. Nicht einmal beim Soundcheck lief ich ihm über den Weg. Ich wusste nicht, ob ich mich darüber freute oder nicht. Tatsache war aber, dass ich beinahe jede Minute an ihn dachte.

Das Gelände des Parks in Buffalo war großzügig für unseren Auftritt abgesperrt und sogar eine Bühne war extra aufgebaut worden. Dennoch hatte es ein wenig Stadtfestatmosphäre.

Gerade als ich die Bühne nach unserem Soundcheck verließ, klingelte mein Telefon in meiner hinteren Hosentasche. Penny ging neben mir und ich zog es heraus.

»Willst du rangehen?«, sagte ich zu ihr.

»Auf keinen Fall.«

»Sie liebt dich«, erinnerte ich sie.

Penny winkte ab. »Vergiss es, das ist dein Senf, da mische ich mich nicht ein.«

Ich hob ab und wir gingen am Bus von Maybe vorbei. »Hey, Mom«, murmelte ich. Im Augenwinkel sah ich Asher, der mit Shawn vor der Tür stand. Er zog sich gerade das Shirt über den Kopf und am liebsten hätte ich mich mit einem Campingstuhl vor ihn gesetzt, um ihn anzustarren. Hastig sah ich wieder nach vorne.

»Kathrin Fort«, rief meine Mutter mit schriller Stimme. Penny warf mir einen Wow-Blick zu.

»Und? Wie geht es euch? Was macht Dr. Mario?«

»Du hast auf der Bühne mit diesem Adams …«

Wir überquerten die Wiese zu unserem Bus, ich drückte die Hand vor die Augen. »Das war nur für die Show.«

Penny lachte leise und ich stieß sie an.

»Dieser Adams war schon immer ein unverschämter Bengel.«

»Bengel? Er ist keine fünf Jahre alt. Du kannst dich wieder abregen, das war nur für unsere Fans.«

Neben mir verdrehte Penny die Augen und wieder stieß ich sie an. Vor dem Bus blieben wir stehen und ich lehnte mich rücklings an das kühle Metall.

»Ich werde ihm nicht meinen Segen geben!«, rief mein Vater im Hintergrund.

»O Gott, spinnt ihr beide? Wir haben uns auf der Bühne geküsst, das bedeutet nicht, dass Asher mich heiraten will!«

Penny formte mit den Fingern ein Herz, weshalb ich ihre Hände wegschlug. Sie grinste immer breiter und ich war kurz davor, das Telefonat einfach zu beenden.

»Hey, Kit«, nahm ich Asher wahr und drehte mich ruckartig um. Er kam auf uns zugelaufen, die Hände in den Taschen seiner schwarzen Jeans.

Ich wandte mich wieder an Mom. »Ich muss Schluss machen, ich melde mich. Bis dann.« Ohne eine Antwort abzuwarten, drückte ich meine Mutter weg und schob das Gerät zurück in die Hosentasche. Dafür würde sie mir den Kopf abreißen.

Asher machte wenige Schritte vor uns Halt und sah Penny einen Moment an. Sie räusperte sich und drückte meinen Oberarm sanft. »Denk an die Torte, die ich sprengen werde.« Damit verschwand sie im Bus und ließ mich mit ihm allein.

Asher sah perplex zur Tür. »Torte?«

Ich winkte ab. »Musst du nicht zum Soundcheck?« Irgendwie wollte ich, dass er mich fragte, ob ich heute wieder bei ihm schlief.

Mir war klar, wie gewagt und bescheuert das war, aber mein Hirn hatte den Verstand ohnehin schon vor Wochen verloren.

Er trat näher an mich heran und als dieses herablassende Lächeln auf seinen Lippen erschien, wollte ich ihm direkt eine verpassen. »Du setzt interessante Prioritäten.«

»Was soll das denn bedeuten?«

Er beugte sich weiter zu mir. »Sonst hast du deine Mutter nie für mich stehenlassen.«

»Bis später, Pink Floyd«, sagte ich und riss die Bustür auf, stampfte die Treppe hoch und füllte mir Wasser in ein Glas, als ich die Küche erreicht hatte.

Dieser Idiot.

Nein, ich war der Idiot.

Mit großen Schlucken trank ich und verschluckte mich. Hustend stützte ich mich auf die Anrichte und wollte heulen.

Die nächsten Wochen würden die reinste Katastrophe werden, denn ich verhielt mich immer schlimmer und Mr Adams Ego wuchs gefühlt jeden Tag weiter. Er war sich darüber im Klaren, dass ich ihn scharf und irgendwie auch toll fand, sonst würde er sich nicht wie ein Neandertaler benehmen.

Nach unserem Konzert stand ich hibbelig am Treppenaufgang. Schließlich musste ich gleich erneut mit Asher den Song singen. Ich hatte keine Ahnung, ob er das ernst gemeint hatte, dass er mich jedes Mal danach küssen wollte. Ich wurde immer nervöser und spielte mit allem in greifbarer Nähe herum.

Als er den Track ansagte, wurden meine Beine immer schwerer und nur mit Mühe nahm ich die drei Stufen auf die Bühne. Der Applaus erreichte mich heute nicht, aber das Licht blendete mich stärker als sonst.

Asher hielt mir seine Hand hin und wie immer trug er dieses herrliche Lächeln im Gesicht, sobald er auf der Bühne stand. Ich ging einfach an ihm vorbei und setzte mich wortlos auf den Hocker. Er lachte und nahm neben mir Platz, richtete die Gitarre auf dem Schoß.

Den Song ratterte ich runter und vermied es, Asher beim folgenden Applaus anzusehen. Er griff nach meiner Hand, schleifte mich wenige Schritte über den Holzboden und beugte sich zu mir. »Verbeug dich wenigstens.«

Langsam ließ er seine Finger zwischen meine gleiten und ehe ich etwas tun konnte, drückte er seine Lippen sanft unter mein Ohr auf den Hals.

Ich atmete scharf ein.

Ein Schrei ging durch die Halle, gefolgt von tosendem Applaus.

Hastig verbeugte ich mich, dann riss ich mich los und eilte wie auch gestern von der Bühne. Ohne auf jemanden zu achten, rannte ich über die Rasenfläche. Ich beschloss, eine Runde mit Chesters Hund Loki zu spazieren, das würde meinem Kopf auf jeden Fall guttun. Weil keine

Reaktion kam, als ich an Ches' Bustür klopfte, seufzte ich und ging zurück zu unserem Bus. Angekommen hielt ich inne, den Türgriff mit der einen Hand umfasst, die andere am Metall liegend.

Was tat er nur?

Was zur Hölle war Ashers verdammter Plan?

Keith kam zu mir gelaufen und griff sanft nach meinem Handgelenk, wodurch ich zu ihm aufsah.

Tränen brannten in meinen Augen.

»Sollen wir eine Runde gehen?« Gott, ich liebte meine Freunde.

»Ja«, presste ich hervor und wir verließen gemeinsam den abgesperrten Platz neben der Bühne.

Die Straßenlaternen spendeten Licht, die letzten Sonnenstrahlen erhellten den dunkler werdenden Abendhimmel. Wenige Autos fuhren an uns vorbei und auf der anderen Straßenseite verließen gerade ein paar Gäste das Kino.

Die ersten Minuten legten wir schweigend zurück, Keith hakte die Daumen in seine Hosentaschen. »Ich glaube, er ist in dich verliebt.«

Ich musste lachen. »Asher?« Keith nickte und sah mich voller Überzeugung an. »Erzähl keinen Schwachsinn.«

Wir blieben an einer roten Ampel an einer Kreuzung stehen. »Du siehst nicht, wie er dich beobachtet, wenn du ihn nicht beachtest.« Keith lächelte leicht und mit einem Kopfschütteln ging ich los, als es grün wurde.

»Das glaubst du doch selbst nicht.«

»Aber bei dir hat sich auch irgendetwas geändert. Bis vor wenigen Wochen habt ihr euch immer wie Kollegen verhalten.« Er grinste schief. »Obwohl ihr euch schon immer gerne gegenseitig beobachtet habt. Aber kurz vor der Tour ist irgendetwas passiert, richtig?«

»Es ist rein gar nichts passiert.« Ich schaute in das Schaufenster eines kleinen Supermarkts.

»Na ja, ich behaupte, du passt gut in sein Beuteschema.« Er zuckte die Schultern.

»Dir ist klar, was Asher für ein Beuteschema hat? Groupies, die man schnell flachlegen kann.«

»Du lässt dir nichts gefallen und bietest ihm Paroli. Da steht er drauf. Außerdem bist du sexy.« Ich konnte nicht verhindern, dass er mich zum Lächeln brachte. »Viele Männer stehen auf dich. Lion würde dich sofort flachlegen.«

»Lion bespringt alles, was nicht bei drei ...« Vorsichtig sah ich zu Keith auf. »Sorry, ich wollte nicht ...«

»Schon gut, denkst du ich wüsste nicht, was in seinem Kopf vorgeht?« Keith deutete auf ein kleines Café. »Ich gebe dir einen aus.«

Wir schlenderten auf die Brasserie zu. Vor dem kleinen Laden machte er halt und ich blieb ebenfalls stehen. »Du bist in ihn verliebt, oder? Sonst hättest du nicht bei ihm übernachtet.«

Es hatte doch keinen Sinn.

Verlegen knetete ich die Fingerknöchel der rechten Hand und schaute auf seine Schuhe. »Bitte sag es niemandem.« Weil er nach meinen Händen griff, zuckte ich.

»Vielleicht solltest du mit ihm darüber reden?«

»Vielleicht solltest du mit Lion reden?«

»Hm.«

Mit einem bestätigten Ausdruck löste ich mich von ihm und wir holten uns einen Kaffee. Damit gingen wir die wenigen Blocks zurück. Kaum bogen wir auf den abgesperrten Platz neben der Bühne im Park ein, begann meine Brust zu spannen. Vor dem Bus von Maybe tummelten sich einige Fans und kreischten herum. Vor unserem standen nur Penny, Tyler und ein paar Roadies.

»Kannst du mich bitte töten?«, sagte ich zu Keith, der seine Hand beruhigend auf meine Schulter legte und einmal sanft zudrückte.

Wir hielten auf unseren Bus zu, aber ich konnte meinen Blick zu den anderen nicht vermeiden. Jake war nicht dabei und auch Shawn entdeckte ich im Getümmel nicht. Da wir weiterfuhren, sobald das Equipment verladen war, hoffte ich, dass Asher Wort hielt und niemand mitnahm.

Da hauptsächlich Frauen um Lion und Asher herumstanden, gab ich die Hoffnung auf. Er würde die dämliche Wette verlieren und ich müsste mich dann auch noch mit diesem Date herumschlagen, das ich ihm ja unbedingt aufschwatzen musste.

So ein Dreck.

Noch bevor wir Tyler und Penny erreichten, schlängelte Asher sich an den Damen vorbei, die ihm sehnsüchtig hinterhersahen. Keith schaute mich ermutigend an und verschwand zu unseren Bandkollegen.

So unbeeindruckt wie möglich nahm ich einen weiteren Schluck Kaffee, als Asher vor mir stand. »Hast du nichts zu tun?«

Er verschränkte die Arme und musterte mich finster. »Kann es sein, dass du mir aus dem Weg gehst?«

»Kann es sein, dass du dich wie ein Vollarsch aufführst?«

»Das ist kein Geheimnis.«

Er brachte mich zum Lächeln, das ich aber schnell unterdrückte.

»Was willst du?« Mit einem Nicken deutete ich auf die Frauen vor dem Maybe-Bus. »Solltest du nicht Frauen abschleppen?«

»Du weißt, dass ich praktisch einen Pakt mit dir habe?«

»Das ist jetzt aber sehr theatralisch«, murmelte ich in den Becher. Asher zögerte und ich wartete neugierig auf seine nächsten Worte. Ihm stand Unsicherheit ins Gesicht geschrieben, genau wie gestern. »Was?«, sagte ich, weil er still blieb. Vorsichtig stupste ich gegen seinen Oberarm.

Und in diesem Moment war es genauso leicht und unbeschwert zwischen uns wie noch vor wenigen Wochen.

Bevor er und ich im Bett gelandet waren und meine Gedanken täglich weiter durch den Mixer gezogen wurden.

»Komm schon, wir sind Freunde«, legte ich lächelnd nach.

»Freunde, hm?«

»Ja.« Ich zuckte mit der rechten Schulterseite.

»So rein unter Freunden … würdest du wieder mit zu mir kommen?«

Am liebsten hätte ich vor Freude aufgeschrien oder wäre ihm um den Hals gefallen. Ich hätte gerne getanzt oder gesungen, wäre gerne wie eine Verrückte über den Platz gehüpft.

Stattdessen drehte ich den Becher langsam zwischen den Fingern und schaute ihm in die dunklen braunen Augen. »Ja, natürlich.«

Asher zog die Brauen weit zusammen und nickte. »Gut. Gut, okay.«

»Dann hole ich meine Sachen und komme rüber? Ich denke wir fahren gleich weiter.«

»Hm-mh ... ich warte im Bus auf dich.« Er ging wieder zurück und ich sah ihm nach, bis er tatsächlich im Bus verschwand und die Tür schloss.

Ich ging zu meinen Bandkollegen und sah Penny und Keith an. »Haltet die Klappe.« Sie lächelten mich beide an.

Tyler hingegen schaute verwirrt zwischen uns Dreien hin und her. Ich öffnete die Tür. »Was ist hier eigentlich los?«

Auf der ersten Stufe beugte ich mich zu ihm, umfasste seinen Hinterkopf und drückte ihm einen fetten Schmatzer auf die Stirn. »Ich hab dich sehr lieb, aber hin und wieder stehst du ganz schön auf dem Schlauch.« Grinsend ließ ich ihn stehen und eilte zu den Kojen, wo ich in das kleine Bad abbog. Bewaffnet mit Zahnbürste und meinem Schlafshirt ging ich an meinen Freunden vorbei.

Die fragten nicht einmal, was ich tat. Tylers Stimme ertönte, als ich fast am Bus von Maybe war, aber ich verstand nicht, was er sagte.

Vor der Tür blieb ich einen Moment stehen.

Jetzt würde ich mir erneut das Bett mit Asher teilen. Bevor ich anfing, das totzudenken und möglicherweise wieder in unseren Bus floh, öffnete ich die Tür und betrat den Aufenthaltsraum.

Lion saß vor dem Sofa im Schneidersitz, ein Energydrink zwischen den Beinen, und spielte Assassins Creed. Auf dem Bildschirm schipperte er mit einem Schiff über den Ozean und die Crew sang ein Seemannslied. Sofort dachte ich wieder an all die Abende, an denen Maybe und wir Millennials zusammen gesungen hatten. Shawn saß mit seinem Akustikbass in der Essecke und zupfte konzentriert vor sich hin. Die Kombination der verschiedenen Songs war seltsam und passte gar nicht zusammen. Beide hoben den Blick, als ich an der Küchenzeile vorbeiging.

»Hey«, sagte ich.

Lion kaute, was ihn aber natürlich nicht vom Sprechen abhielt. »Was willst du hier?« Dann wackelte er vielsagend mit den Brauen. »Willst du ein kleines Stück hiervon?« Er deutete über seinen Körper.

»Bestimmt nicht.«

»Asher ist oben«, sagte Shawn und spielte die Saiten leer an. Oben wurde ich von Jakes fragendem Ausdruck empfangen. Er sagte allerdings nichts, also ging ich durch den schmalen Flur und klopfte zweimal bei Asher an die Tür. Weil keine Reaktion kam, drückte ich die Tür einfach auf und schielte in den Raum. Asher war nicht da, somit setzte ich mich aufs Bett.

Wieder.

Seltsamerweise fühlte es sich nicht falsch an, hier zu sitzen. Ganz im Gegenteil. Der Stuhl, der mit Klamotten vollgeworfen war, brachte mich zum Lächeln. Und die zwei Bücher auf dem Nachttisch brachten mich dazu, meine Stirn zu runzeln. Ich rutschte auf Knien über das kühle Laken. Mein Shirt legte ich auf das linke Kopfkissen, meine Zahnbürste vorsichtig auf den Nachtschrank.

Ich griff nach dem oberen Buch, *Eisfieber* von Ken Follett. Darunter lag eins von Star Wars. In dem Moment ging die Tür auf. »Ich wusste nicht, dass du lesen kannst«, witzelte ich.

Asher drückte die Tür ins Schloss, kam um das Bett

gelaufen und nahm mir das Buch aus der Hand. Er steckte es in die Schublade und das andere gleich mit. Dabei fielen mir natürlich die Kondomverpackungen auf, die darin lagen.

»Immer vorbereitet, hm?« Ich konnte es nicht lassen.

Er knallte die Schublade zu. »Besser so, als mir irgendwelchen Scheiß einzufangen.«

»Du musst ja nicht gleich die Krallen ausfahren, Prinzessin Leia.«

Asher musterte mich einen Moment still.

»Hältst du mich für …«

»Ein Flittchen?«, murmelte ich grinsend und er seufzte tief, wobei er mit den Fingern durch die Haare fuhr. Seine gesamte Haltung strahlte Unsicherheit aus. »Nein, tue ich nicht.« Er nickte knapp und machte nicht den Eindruck, mir das zu glauben, weshalb ich an den Rand der Matratze rutschte. »Ich weiß, dass du bei den Frauen mit offenen Karten spielst und sie nicht verletzt. Es ist dein gutes Recht, dich auszutoben. Du bist niemandem außer dir eine Rechenschaft schuldig, was das betrifft.«

»Vielleicht verurteile ich mich selbst dafür«, sagte er leise und wandte den Blick ab.

»Na ja, du hast immer die Möglichkeit, das zu ändern.« Aufmunternd sah ich zu ihm auf.

Asher schien darüber nachzudenken und gab mein Lächeln schlussendlich zurück. »Hm … vielleicht wird es Zeit.«

»Ich würde dich nicht davon abhalten.«

»Mein Verhalten zu ändern?«, murmelte er und ich nickte. Er trat an mich heran und sofort lud der Raum zwischen uns sich statisch auf. »Gefällt es dir etwa nicht, wenn ich durch die Betten hüpfe?«

»Lies zwischen den Zeilen«, gab ich neckend zurück und Asher lachte einmal.

»Wenn du noch ins Bad willst, solltest du dich beeilen. Ich kann dir nur raten, das vor Jake und Lion zu erledigen.«

»Uhhh«, machte ich. »Bin schon unterwegs.«

# Buffalo

Zurück in Ashers kleinem Schlafbereich, schloss ich die vermutlich viel zu dünne Tür hinter mir. Die würde niemals irgendwelche Geräusche dämpfen … ich sollte aufhören, darüber nachzudenken.

Nur das Licht über seinem Nachttisch brannte. Asher lag auf dem Rücken, die Arme hinterm Kopf verschränkt, die Bettdecke bis zur Hüfte gezogen. Natürlich oberkörperfrei. Zwischen seinen Schlüsselbeinen ruhte der Anhänger der silbernen Kette, die er immer trug. Daran hing ein ebenso silbernes Plektrum. Eine dunkle Spur von Haaren zog sich über seinen Bauchnabel und verschwand in seiner Shorts. Seine Rippenbögen und die Muskeln darüber stachen deutlich heraus, als er einatmete.

Er wollte mich offensichtlich wieder wahnsinnig machen. Allerdings würde ich lügen, wenn ich behauptete, es gefiel mir nicht.

Sein Blick fiel auf meine Beine und sofort begannen die Stellen zu kribbeln, als würde er mich berühren. Ich ging auf die andere Bettseite und setzte mich. Langsam zog ich die Decke bis zu meiner Schulter und sank ins Kissen.

»Das nächste Konzert ist in …«

»Billings«, antwortete ich Asher, der daraufhin leicht nickte. »Ich war noch nie in Montana.«

»Es wird so sein wie jede andere Stadt«, sagte er mit einem

Seufzen. »Die Hallen sehen von innen doch alle gleich aus. Auf der letzten Tour wusste ich hin und wieder gar nicht, wo wir gerade waren.«

Ich sah ihn an und musterte seine dunkelbraunen Augen. »Wusstest du, dass wir hier in Buffalo im Park spielen würden?«

»Ähm ... nein?«

»Hast du dich auch nur einmal mit der Liste der Konzertsäle auseinandergesetzt?« Sein Ausdruck wurde zerknirscht. »Vielleicht schaffen wir es ja, zum Yellowstone River zu fahren, da soll es schön sein.«

»Können wir machen«, murmelte er und runzelte die Stirn. »Erzählst du mir von deinem ersten Mal?«

Vollkommen verwirrt blinzelte ich. »Wie bitte?«

Mit einem Lächeln stützte er sich auf den Ellenbogen. »Bei Pennys dämlichem Wahrheit oder Pflicht-Spiel wolltest du auf keinen Fall Wahrheit nehmen.«

Ich verengte die Lider und er stupste mir auf die Nase. Ich rümpfte sie. »Lass das.« Dann fiel mir auf, dass auf seinem Pick um den Hals tatsächlich eine Schildkröte abgebildet war. Vorsichtig griff ich danach und schaute es genau an. »Wo hast du das her?«

»Habe ich mir irgendwann mal im Internet bestellt.«

Ich ließ die Kette wieder los. »Also keine dramatische Geschichte, wie du sie von irgendeiner Verflossenen geschenkt bekommen hast.« Wir schauten uns wieder an. »Die, die ich bei dir vergessen habe, habe ich auch selbst gekauft.«

»Haben Schildkröten eine besondere Bedeutung für dich?«

Ich schüttelte den Kopf. »Für dich denn?«

»Hm, nicht wirklich.« Sein Blick glitt einige Sekunden über meine Gesichtszüge und ich spürte ihn förmlich auf meiner Haut. »Also? Die Story um dein erstes Mal?«

»Im Austausch gegen dein erstes Mal würde ich es dir sogar erzählen.«

Er starrte mich ausdruckslos an, bis er die Brauen zusammenzog und auffällig schluckte. Ihm gefiel dieser Deal offensichtlich nicht.

»Na gut«, sagte er und überraschte mich damit. Neugierig fixierte ich seine Augen, doch er wich mir aus. »Ich war … sechzehn.«

»Sechzehn?«

Mit einem genervten Ausatmen sah er mich wieder an. »Hast du ein Problem damit?«

Ich hob die Hände abwehrend. »Auf keinen Fall. Irgendwie habe ich damit gerechnet, dass du zwölf warst.«

Hoffentlich nahm er mir meine Offenheit nicht übel. Er lächelte verschmitzt, was mich wieder entspannte. »Es war mit …« Er rieb sich über das Gesicht und ich stützte mich ebenfalls auf meinen Ellenbogen.

»Asher?«, sagte ich vorsichtig.

Er schielte zwischen seinen Fingern zu mir. »Kannst du vielleicht anfangen?«

Bei seinem Welpenblick gab ich mich geschlagen und legte mich wieder auf den Rücken. »Ich war fünfzehn und total verknallt in den großen Bruder meiner damaligen besten Freundin.« Ashers Mundwinkel hoben sich und ich warf ihm einen gespielt genervten Ausdruck zu. »Bei einer Party von ihm habe mit ihm geschlafen.«

»Er hat dich abserviert?« Seine Stimme nahm einen dunklen Ton an.

»Genau, noch bevor er sein Zimmer wieder verlassen hat, hat er mir klargemacht, dass er seinen Freunden beweisen wollte, dass er mir die Jungfräulichkeit rauben kann.«

»Also eine Wette? Was für ein dämliches Klischee.«

Ich zuckte mit den Schultern. »Ich war dumm und verliebt, natürlich konnte er es mit mir machen.«

»Was für ein Wichser«, nuschelte Asher und ich musste lachen.

»Weil du natürlich ein unschuldiger Engel bist. Tu nicht so scheinheilig.«

»Was hat er dir gesagt, um dich ins Bett zu bekommen?«

»Hör auf«, sagte ich.

»Dass er noch nie so eine schöne Frau gesehen hat? Dass er nur noch an dich denken kann und es keine Frau gibt, die ihm so viele schlaflose Nächte beschert hat? So etwas in der Art?« Bestätigt sah er mich an und brachte mich wieder zum Grinsen. »Volltrottel.«

»Soll mich das jetzt in irgendeiner Weise beruhigen?«

»Nein.«

Ich sah ihn ein bisschen giftig an. »Du bist dran.«

»Hm ... jetzt habe ich keine Lust mehr.«

Mit voller Wucht schlug ich ihm gegen die Schulter und er fiel mit einem Stöhnen auf den Rücken und hielt sich die Stelle. Nicht, ohne dabei zu lachen.

»Du bist ein Scheißkerl, weißt du das?«

Nach etwa einer halben Minute hatte er sich endlich beruhigt und hustete einige Male, bevor er mich wieder ansah. »Du bist so leicht zu manipulieren, Kitty.«

»Ich schwöre, ich rasiere dir den Kopf, wenn du noch einmal so einen Mist abziehst.« Das meinte ich todernst. »Manchmal frage ich mich, wieso wir überhaupt befreundet und zusammen auf Tour sind.« Schmollend verschränkte ich die Arme und starrte an die Busdecke.

Asher stützte sich wieder auf den Ellenbogen und schaute mich an. »Weil wir echt in Ordnung sind und du weißt, dass ich nicht der Arsch bin, für den mich alle halten.«

Ich warf ihm einen vernichtenden Blick zu. »Gerade hasse ich dich.«

»Suzie«, sagte er auf einmal.

Ich brauchte einen Augenblick, bis mir einfiel, *wer* Suzie war. »Was?«, flüsterte ich und stützte mich auf beide Ellenbogen.

Asher lächelte mich unsicher an. »Suzie war meine Erste und ich war ihr Erster.«

»Aber sie und du …«

»Es war kompliziert.« Mit dem Zeigefinger tippte er auf den kleinen Buckel auf seinem Nasenrücken. »Mein Vater hat mir eine reingehauen und mir die Nase gebrochen. Er hat uns in flagranti erwischt.«

Vollkommen überfordert lag ich da und bemerkte, wie mein Mund sich öffnete.

»Sag es schon. Ich bin ein Freak, weil ich meine Adoptivschwester gebumst habe.«

»Das würde ich nie sagen«, flüsterte ich und räusperte mich. »Ich weiß nichts über euer Verhältnis, es steht mir nicht zu, das zu beurteilen.«

Sein Ausdruck spiegelte Erleichterung wider, in mir hingegen zog sich irgendetwas unangenehm zusammen. Dass er mit ihr sein erstes Mal hatte, bedeutete mit Sicherheit, er hatte viel für sie übrig gehabt. Natürlich hatte er das. Das hatte er mir gestern erzählt.

Wie sollte ich jemals mit einer Frau mithalten, die mit ihm aufgewachsen war und praktisch alles von ihm kannte, ihn sein Leben lang begleitet hatte?

Was waren die wenigen Jahre, in denen wir uns kannten gegen sein gesamtes Leben?

Er legte seinen Fingerknöchel unter mein Kinn und drehte mein Gesicht in seine Richtung. »Was denkst du?« Eindringlich aber auch verunsichert schaute er zwischen meinen Augen hin und her. »Sag mir, was du denkst, Kathrin.«

»Es ist seltsam, das zu hören.«

Seine Kiefermuskeln traten einmal hervor. »Was war heute auf der Bühne los?«

»Fragst du mich das gerade echt?«

»Wolltest du nicht geküsst werden?«

»Ich wollte vermeiden, dass es noch schlimmer wird. Mir hat heute ernsthaft einer der Reporter etwas total Anzügliches zugerufen. Und das nur, weil wir angeblich zusammen sind. Ist das so ein Fluch, der auf dir lastet?«

Asher rieb über seinen Drei-Tage-Bart, wobei ein Kratzen entstand und mich schon unruhiger machte. Wenn ich mich nur daran erinnerte, wie sich das Kratzen auf meiner Haut angefühlt hatte, fuhr mein Kopf Achterbahn.

»Was ist daran schlimm, dass wir unsere Musik pushen wollen?« Dieses dämliche Grinsen legte sich auf sein Gesicht. »Heute haben mich auch gar nicht mehr so viele Frauen angesprochen.«

»Gar nicht mehr so viele? Theoretisch sollten sie alle die Finger von dir lassen, wenn du angeblich in festen Händen bist.«

Er deutete über seinen Körper. »Die Ladys stehen auf Zucker.«

Ich prustete. Natürlich standen sie auf seinen athletischen Körperbau. Er war unglaublich harmonisch, nicht zu viel und nicht zu wenig.

»Eifersüchtig?«

»Auf die Frauen? Ich bin die, die gerade hier ist.«

Asher lächelte leicht und fing meinen Blick auf. »Ja, bist du.« Seine Stimme hatte diesen rauen Tonfall angenommen, der sofort unter meine Haut kroch und die verrücktesten Dinge mit meinem Körper anstellte.

Er hob seine Hand und berührte meine Wange kaum spürbar mit den Fingerknöcheln.

Die Stimmung um uns herum wurde greifbarer, dieses Summen breitete sich um mich herum aus. Asher beugte sich zu mir und ich sollte das hier abbrechen.

Ich sollte auf der Stelle diesen Bus verlassen und in der Sicherheit meiner Koje die Nacht verbringen.

Er umfasste meine Wange, mit dem Daumen streichelte er darüber. »Asher«, flüsterte ich, weil er sich weiter herunterbeugte.

Er hielt inne, packte dennoch fester zu, ehe er meinen Nacken umfasste. »Sag mir, dass du das nicht willst und ich höre auf.«

Ich sollte es ihm sagen.

Aber ich wollte nicht.

Somit tat ich nichts und ließ zu, dass er sich zu mir

beugte, bis ich seinen Atem auf meinen Lippen spürte.

»Asher«, wisperte ich.

Dieser Kuss wäre anders als der, den er mir auf der Bühne gegeben hatte. Das Summen um uns herum war so laut, dass ich mich nicht zurückhalten könnte.

Gefangen von seinem intensiven Blick, gefangen von meinen Gefühlen für ihn, löschte er die letzten Millimeter zwischen uns aus und drückte seine Lippen sanft auf meine.

Es war wie die Eröffnung ihrer Konzerte.

Intensiv und explosiv.

Wir sahen uns wieder an. In seinen Augen stand die stille Frage, ob er weitergehen durfte.

Das hier war eine schlechte Idee.

Eine unglaublich schlechte Idee.

Ich sollte ihn nicht küssen.

Aber ich wollte.

# Buffalo / Billings

Einen schier ewigen Moment lang ließ ich die Berührung seiner Lippen auf mich wirken, dann presste ich den Mund ungeduldig auf seinen.

Das war mein Todesurteil, aber ich wollte diesen Tanz am Abgrund und schlang meine Arme um seinen Hals. Wir wurden gieriger und er riss die Bettdecke von meinem Körper, drängte sich an mich. Seine Wärme krabbelte über meine Haut und ich bohrte die Fingernägel in seinen Rücken.

Ich unterdrückte ein Stöhnen, weil ich Angst hatte, dass die anderen uns hörten.

Asher sah mich an, schwer atmend, die Lippen geteilt. Seine dunklen Augen erkundeten mein Gesicht.

»Versuchst du, leise zu sein?« Dieses herablassende Grinsen blitzte in seinen Mundwinkeln auf und ich hob den Kopf und küsste es ihm einfach weg.

Er brummte tief, dann nahm er meine Lippen wieder mit seinen ein.

In dem Moment sprang der Motor des Busses an, wir sahen uns ein weiteres Mal an und dann riss er an meinem Shirt. Ich zog es etwas umständlich über meinen Kopf, warf es zu Boden.

Er erkundete meinen Oberkörper, seine Augen leuchteten und schienen regelrecht zu glühen. Ein letztes Mal grinste er mich an, dann drückte er seine Erektion gegen meine Mitte und entlockte mir ein Stöhnen. Ich war auf der Stelle high.

High von seinen Berührungen, seinen Küssen, dem Gefühl seines Schwanzes an meinem Kitzler.

Und ich wollte ihn in mir, so schnell wie möglich.

Ich wollte ihn wieder spüren, weil ich mich nicht mehr daran erinnerte und immer wieder in diesem Gefühl baden wollte. Hektisch zog ich seine Shorts über seine Hüfte und blickte an seinem Körper herab, als er sich zwischen meine Beine kniete. Er zog die Shorts aus und warf sie ebenfalls neben das Bett.

Er umschloss seinen Schaft mit der Hand.

Ich atmete einige Male durch, um bei Verstand zu bleiben.

Asher war in meinen Augen wie gemalt, perfekt von Kopf bis Fuß und ich wollte alles von ihm, während er mich vögelte.

Das hier dauerte zu lang.

Unbeholfen drehte ich mich zu seinem Nachtschrank und streckte die Hand nach der Schublade aus. Ich erreichte sie nicht und Asher kam mir zu Hilfe und holte zwei Kondome heraus, die er neben mich auf die Matratze warf. Ich hob meine Hüfte, damit er meinen String darüber ziehen, konnte, danach meine Beine. Asher warf ihn ebenfalls zu Boden und ich trennte dabei eine der Packungen ab.

Lächelnd nahm er sie mir ab und hob eine Braue, während er sie öffnete. »Du bist ziemlich gierig, Kathrin.«

»Beeil dich, verdammt«, befahl ich, wobei ich auf das Kondom deutete.

Es war verrückt, denn das zwischen uns war aufregend, unfassbar erregend und doch kam es mir vor, als wären wir bereits voll aufeinander eingespielt. Ich beobachtete, wie er das Kondom über seinen Schwanz rollte, was mich noch kribbeliger machte.

Dann sahen wir uns an.

Asher biss die Zähne auffällig zusammen, ich holte immer wieder tief Luft. Und ich fragte mich, ob er mich so sah, wie ich ihn sah.

Ob er mehr in mir sah als nur eine Freundin.

Ob er tiefere Gefühle für mich hatte.

Mit beiden Händen glitt er an den Außenseiten meiner Oberschenkel zu meiner Hüfte, dann über meine Taille und ich bäumte mich ihm entgegen. Die Hände vergrub ich im Kissen über mir, legte den Kopf in den Nacken und schloss die Augen.

Ich wollte jede seiner Berührungen genau wahrnehmen.

Bestimmt umfasste er meine Brüste und dann zwickte er meine Nippel mit den Zähnen.

Ich stöhnte.

»Mehr«, flehte ich.

Seine Erektion berührte mich am Venushügel, als sein Atem sich auf meine Lippen legte. »Sieh mich an«, sagte er, also tat ich es.

Unser Blickkontakt wurde noch intensiver und dann spürte ich ihn an meinem Eingang. Zischend holte ich Luft und Asher drang weiter in mich ein. Er schien jeden Zentimeter auszukosten, bis er mich voll ausfüllte.

Wir verharrten still, nur das Dröhnen des Motors umgab uns. Ich strich mit den Fingern an seinem Nacken entlang, er an meiner Halsbeuge.

Für den Bruchteil einer Sekunde dachte ich daran, das hier abzubrechen, aber dann zog Asher sich zurück und füllte mich wieder aus, wodurch ich in die Stratosphäre katapultiert wurde. Bei jedem weiteren Stoß fiel ich tiefer in Trance und irgendwann zog Asher das Tempo an. Ihn in mir zu haben war intensiver, als das Gefühl meiner Basssaiten an den Fingern zu spüren.

Ich drückte gegen seine Brust und zwang ihn, sich hinzulegen, weil ich ihn reiten wollte. Kurz schaute er mich irritiert an, doch dann legte er sich bereitwillig hin und ich kniete mich über ihn.

Sein Brustkorb hob und senkte sich auffällig. Ich biss ihm sanft in die Brust und entlockte ihm ein tiefes Stöhnen.

Das gefiel mir.

Als ich an seinen Schaft griff, schloss er die Augen, stieß ein Grollen aus und als ich mich langsam auf ihn sinken ließ, zog er zischend die Luft ein. Vorsichtig hob ich das Becken und sank zurück auf ihn.

Wir stöhnten beide.

Asher umfasste meine Hüften und half mir einen entspannten Rhythmus zu finden. Immer ungeduldiger kam er mir mit seinem Becken entgegen. »Du quälst mich«, sagte er abgehackt.

Ich stützte mich neben seinem Kopf ab und küsste ihn, während er noch einige Male in mich eindrang. »Was würdest du lieber tun?«, murmelte ich an seinem Mund.

Er schubste mich von sich, ich landete rücklings auf dem Bett und lachte. So schnell konnte ich gar nicht reagieren, da drehte er mich an der Hüfte um, sodass ich vor ihm kniete, und drang mit einem heftigen Stoß von hinten in mich ein.

Die ersten Male zog er sich ruhig zurück und jeder Zentimeter, den ich ihn wieder in mir aufnahm, steigerte meinen Herzschlag gefühlt um das Doppelte.

Er drückte mich runter in die Matratze. Ich stöhnte bei jedem Stoß laut ins Kissen und krallte mich nach wenigen Minuten in dieses. Immer wieder flehte ich um mehr und er gab mir mehr.

Der Druck in mir steigerte sich unaufhörlich, Asher forderte mich vollkommen ein. Ein weiterer Stoß ließ mich regelrecht explodieren, ich verkrampfte und krallte mich fester in die Kissen, meine Muskeln zogen sich heftig um seinen Schwanz herum zusammen und Asher fluchte hinter mir. Mit einem gedehnten Stöhnen folgte er mir in eine andere Welt und pulsierte spürbar in mir. Er zitterte, drückte sich an meine Hüfte und fluchte ein paar Mal.

Schwer atmend stützte ich mich auf die Ellenbogen.

Ein Schweißfilm hatte sich auf meinem Körper gebildet, obwohl Asher der war, die die Hauptarbeit geleistet hatte.

Verdammt, der Sex mit ihm war wie ein Sturm, dieser Mann war ein Sturm.

Aufwühlend und nicht zu stoppen.

»Wenn du dich nur von hinten sehen könntest«, sagte er leise und ließ seine Finger über meine Wirbelsäule zu meinem Po tanzen. »Dreh dich um.« Ich kniete mich ihm gegenüber, er deutete hinter mich. »Hinlegen.«

»Der Befehlston. Nett«, witzelte ich.

Dennoch sank ich langsam auf den Rücken und Asher setzte dieses unwiderstehliche Grinsen auf, bevor er sein

Gesicht zwischen meinen Beinen vergrub und mich zum Schreien brachte.

Genau, wie er es vorhergesagt hatte.

Fuck.

Fuck. Fuck. Fuck.

Noch bevor ich die Augen am nächsten Morgen öffnete, brannte dieses Wort sich in meinen Kopf und dass ich diesen Gedanken nach der Nacht mit Asher hatte, war ein schlechtes Zeichen.

Es war dieses Bauchgefühl, das mich bis jetzt selten im Stich gelassen hatte. Wenn es sich meldete, dann hatte das auch einen Grund.

Es war nicht so, dass mir in der Vergangenheit ein Mann das Herz gebrochen hatte, aber nach all den Jahren mit meinen Musikerkollegen war ich vorsichtig geworden. Die ein oder andere beschissene Erfahrung hatte ich gesammelt, aber das war nicht ausschlaggebend. Schließlich hatte ich oft mitbekommen, wie sie die Frauen behandelt hatten, und ich hatte keine Ahnung, wo Asher die Grenze zog.

War es anders, weil wir befreundet waren?

Außerdem spukte mir im Kopf herum, was er über Suzie und sich erzählt hatte.

Vorsichtig schielte ich zu Asher, der mit dem Rücken zu mir lag. Die Decke war bis zu seinen Schultern gezogen, er atmete gleichmäßig. Vor der Tür ertönten Stimmen und ich sah mich um. Die dunklen Vorhänge ließen nur wenig Licht in den Raum. Meine Klamotten lagen auf dem Boden, aber gerade traute ich mich nicht, sie aufzuheben. Die Chance, dass Shawn wieder reinplatzte, war gegeben.

Noch mehr befürchtete ich, Lion würde nach uns sehen. Sie hatten uns mit Sicherheit gehört.

So eine Scheiße.

Wieso konnte ich nicht meinen blöden Kopf einschalten? Wieso hatte mein Herz sich gemeldet? Das konnte ich während der Tour gar nicht gebrauchen. Wieso hatten seine süßen Worte, die Art, wie er sich mir gegenüber benahm, nur so eine intensive Wirkung auf mich?

Er verhielt sich wie ein Depp und ich sprang trotzdem darauf an? Was war nur los in meinem Kopf?

Asher drehte sich auf den Rücken und wir schauten uns an. Allerdings erkannte ich keine Regung in seinem Gesicht und er stand auf, zog sich einen Jogger über, wonach er das Zimmer verließ.

Vollkommen erschlagen starrte ich in den Flur.

Ganz ruhig.

Es war Asher. Vermutlich hatte er mich nur ins Bett bekommen wollen. Und ich dumme Kuh war auf sein Theater und den Softie unter der rauen Schale hereingefallen. Er hatte mich damit geködert und ich hatte wie ein dämlicher Fisch angebissen.

»Kit«, sagte Lion, der im Rahmen lehnte. Er grinste und ich wollte nichts hören, aber das konnte ich bei ihm vergessen. »Was für eine Überraschung.«

»Ich schwöre, ich töte dich mit bloßen Händen, wenn du nicht verschwindest.« Mein Tonfall war so finster, dass selbst ich Angst vor mir bekam.

»Wow, okay, schon gut«, sagte er und ging mit erhobenen Händen einige Schritte zurück, ehe er sich umdrehte und nach unten lief.

Ich hörte die Männer miteinander sprechen und sogar lachen. Was fand Asher daran bitte zum Lachen? Dass er mich ins Bett bekommen hatte? Zum wiederholten Mal? Vielleicht hatte er mit den Jungs eine Wette laufen? Wenn ich herausfand, dass es so war, würde er sterben. Ich würde ihn umbringen, das stand fest. Und dann würde ich diese beschissene Tour einfach abbrechen, dann war es mir auch egal, was mein Vertrag sagte.

Ich atmete einige Male durch, weil ich gerade den Verstand verlor, griff meine Klamotten und eilte ins Bad.

Im Spiegel sah ich mich an.

Ich kam mir naiv vor.

Als würde ich Asher nicht schon lange kennen und als wüsste ich nicht, dass er sich nicht für eine Frau entscheiden würde. Und dann erzählte Keith mir gestern Abend auch noch diesen Mist.

Verdammter Keith.

Ich würde ihm den Kopf abreißen.

Ich umfasste das Waschbecken und biss die Zähne zusammen, um nicht zu explodieren. Einige Sekunden später ließ ich es los und trat zurück.

Das war kein Weltuntergang und ich konnte darüberstehen.

Darüber, dass ich genauso dumm wie all die Frauen vor mir war. Na ja, manche wollten nur ihren Spaß mit ihm, ich wollte da bestimmt nicht alle über einen Kamm scheren. Und ich konnte auch so eine Frau sein.

Wenn Asher mich vögeln wollte, sollte er es tun.

Schließlich war ich gut darin, meine Gefühle und Bettgeschichten zu trennen. Das bekäme ich jetzt locker hin.

Es war nur Asher.

Der Mann mit der Stimme wie Butter und dem Blick wie ein Löwe, kurz bevor er die Jagd eröffnete.

Fokussiert, lauernd.

Bevor mein Kopf mich noch verrückter machen konnte, packte ich meine wenigen Habseligkeiten und ging nach unten.

»Guten Morgen«, sagte Shawn fröhlich.

Asher saß auf der Couch, das Handy in der Hand. Er wischte über das Display, ohne auch nur einmal in meine Richtung zu sehen.

»Morgen«, presste ich an Shawn gewandt raus.

Ich sah wieder zu Asher, der mich noch immer ignorierte. »Du hast die Wette verloren«, brachte ich mit zittriger Stimme hervor. Er reagierte noch immer nicht, als würde ich ihn einen Scheißdreck interessieren.

Dann lächelte er. »Trotzdem habe ich bekommen, was ich wollte.«

Ich gab auf, so zu tun, als würde mich sein Verhalten nicht stören. »Du dreckiger Wichser«, schnauzte ich, griff in die Schüssel mit den Picks, die auf dem Sideboard stand, und pfefferte sie in seine Richtung.

Er zuckte, doch tat noch immer nichts und ich eilte aus dem Bus und knallte die Tür hinter mir zu. Auf dem Platz neben der Konzerthalle empfing mich das rege Treiben der Mitarbeiter und zu allem Überfluss kam Ches gerade zum Bus. »Morgen«, grüßte er.

»Fick dich«, maulte ich und stampfte los.

Er packte meinen Oberarm und ich wollte mich losreißen, doch er fasste nach. »Kit«, sagte er bestimmt. »Was habe ich dir gesagt?«

»Vielleicht solltest du mit Asher reden? Ich bin nicht die, die sich wie eine Irre aufführt.« Ich riss erneut an meinem Arm. »Lass mich los!« Ich wurde immer hysterischer und Ches packte auch meinen anderen Arm.

»Beruhig dich.« Eindringlich sah er mich an. »Sag mir, was los ist.« Sein Blick wurde liebevoll und das brach irgendwelche Dämme bei mir ein. Ich wollte das wirklich nicht und kämpfte dagegen an, doch meine Sicht verschleierte. Ich schüttelte lediglich meinen Kopf.

Er ließ mich endlich los und mit einem ersten Schluchzen rannte ich über den Platz und war froh, als ich unseren Bus erreichte.

Penny, Tyler und Keith saßen am Tisch und frühstückten. Ich zeigte auf Keith, der gerade einen Löffel Müsli in den Mund schob. Er verzog das Gesicht.

»Du bist ein toter Mann!« Damit ging ich zu den Kojen, warf meine Sachen auf mein Bett und schloss mich im Bad ein.

Irgendwann klopfte es und ich sah finster zur Tür, als würde ich denjenigen so von mir fernhalten können. Was natürlich nicht klappte.

»Kit-Catty?«, sagte Penny vorsichtig.

Wieso sollte ich mich hier vor ihr verstecken, sie wusste doch, was in mir los war. Also öffnete ich die Tür einen Spalt breit.

Sie zog ihre Brauen zusammen. »Was ist los?«

Ich ließ sie ins Bad und schloss die Tür hinter uns wieder ab. Dann wusch ich mir das Gesicht, ehe ich mich ans Waschbecken lehnte und den Kopf in den Nacken sinken ließ.

»Wir haben gevögelt und er hat mich heute Morgen eiskalt abblitzen lassen.«

Penny sagte nichts, also sah ich sie an. Mit überschlagenen Beinen saß sie auf dem geschlossenen Toilettendeckel.

»Sag, was du denkst«, forderte ich, denn diesen Blick von ihr kannte ich nur zu gut.

»Hast du mal darüber nachgedacht, dass du Asher seit der Nacht vor der Tour ausweichst?«

»Natürlich weiche ich ihm aus«, sagte ich bestimmt und wischte über meine Wangen, als erneute Tränen sich dahin verirrten. »Nimmst du ihn gerade in Schutz? Er hat sich wie ein totaler Vollarsch aufgeführt!« Ich deutete fahrig in die ungefähre Richtung des Maybe-Busses.

»Vielleicht ist er genauso unsicher wie du?«

»Wieso sollte ich unsicher sein?«, sagte ich. Penny verschränkte die Arme und ich atmete laut aus. »Na gut, ich bin überfordert.«

»Hat es noch mit Dorian zu tun?«

»Was? Wie kommst du denn darauf?«

Jetzt fing sie auch noch damit an? Wollte sie mir auch noch einreden, dass ich deswegen keine Beziehungen führen konnte?

»Er hat dich damals auch fallen gelassen.«

»Dorian ist mir doch total egal«, sagte ich, »ich weiß einfach nicht, wie ich damit umgehen soll, dass Asher sich angeblich für mich interessiert. Ich meine, ja, ich finde ihn großartig, obwohl er ein Trottel ist, aber Asher bindet sich nicht.« Ich legte die Hand an die Brust. »Wieso ausgerechnet ich? Wieso ausgerechnet jetzt?«

Penny schaute mich einen langen Moment an.

»Man kann sich nicht aussuchen in wen man sich verliebt«, flüsterte sie, ihr Blick wurde noch eindringlicher.
»Wieso denn nicht, Kitty? Weshalb muss es überhaupt ein Wieso geben? Wenn er sich in dich verliebt hat, ist das Wieso überflüssig.«
Wieso nicht.
Ich ließ den Kopf nach vorne hängen und dachte darüber nach. Wieso nicht.
Wieso nicht?
Als ich Penny wieder ansah, lächelte sie sanft. »Liebe ist unabhängig von Eventualitäten.«
Wow.
»Vielleicht solltest du ihm einfach eine Chance geben, sich zu beweisen.« Sie lächelte schwach und schaute einmal durch das kleine Bad. »Er wird es auf seine dümmlich ungestüme Art tun, aber ich wette, er wird es versuchen.«
Endlich schaffte ich es, zu lächeln. »Danke«, flüsterte ich, ging zu ihr und schloss sie in meine Arme.
»Du weißt doch, Detective Penny ist stets zu Diensten.«
Ich musste lachen und drückte sie noch fester.

# Billings

## Asher

»Das gibt auf jeden Fall Schläge, Ches kommt und er hat gerade mit Kit gesprochen«, sagte Lion, der über die Lehne des Sessels aus dem Fenster stierte. »Oder sagen wir, er hat sich von ihr anschreien lassen.« Lion lachte dumpf. »Verdammt, Kit ist wie ein megascharfer Vulkan. Vor ihren Ausbrüchen muss man sich allerdings in Acht nehmen. Wie war der Sex, hm?«

Abgefahren.

Unglaublich.

Grandios.

Ich sah ihn stumm an.

»Was sollte das gerade überhaupt?«, fragte er weiter. »Das war eine echt miese Nummer.«

Shawn schlug mir gegen den Hinterkopf und ich sah mich zu ihm um. Er saß auf der Couchlehne. »Ich fasse nicht, dass ich das sage, aber ich bin voll bei Lion. Du solltest gerade Kit anders behandeln.«

Im gleichen Moment ging die Tür auf und Ches betrat den Raum. Im Gang blieb er stehen, verschränkte die Arme und starrte mich an. Ich fischte derweil ein weiteres Plektrum von meinem T-Shirt und warf es auf den Holzboden. »Egal, was du zu sagen hast, lass es«, sagte ich und legte das Handy auf den Couchtisch. Ich verschränkte die

Arme hinterm Kopf.

Ches' Nasenflügel blähten sich auf. »Das ist nicht in Ordnung.« Sein Ton war ruhig, aber nach all den Jahren filterte ich die Anspannung raus.

»Genau das ist es nämlich doch«, gab ich zurück und kassierte noch einen Schlag von Shawn. »Hör damit auf.«

»Was auch immer zwischen Kit und dir passiert, geht mich nichts an, aber sie zum Weinen zu bringen, ist nicht in Ordnung.«

Sie hatte geweint?

Sofort ließ ich die Arme sinken.

Natürlich war meine Vorgehensweise gewagt, aber, dass ich sie zum Weinen bringen konnte, wusste ich nicht. Kit war stark und hatte immer einen frechen Spruch auf den Lippen.

»Hast du sie heute Nacht flachgelegt?«, fragte er und machte einen Schritt in meine Richtung. Zugegeben, wenn er mich so ansah, schüchterte mich das schon ein.

»Kannst du dich nicht um deinen Mist kümmern?«

»Also ja«, schlussfolgerte er.

Lion meldete sich zu Wort. »Und dann hat er sie eiskalt ignoriert.«

»Das war meine einzige Möglichkeit«, sagte ich finster zu Lion.

Der lachte und stützte die Ellenbogen auf die Knie. »Wieso zur Hölle? Das ergibt selbst für deine Verhältnisse extrem wenig Sinn.«

»Was geht nur in deinem Kopf vor?«, regte Ches sich auf.

»Könnt ihr jetzt mal alle die Klappe halten? Ich muss nachdenken.«

»Du hättest vielleicht nachdenken sollen, bevor du so eine Nummer mit Kit abziehst«, schnauzte Ches.

Ich stand auf und deutete zwischen meinen Kollegen hin und her. »Ich weiß genau, was ich hier tue.«

Tat ich nicht.

»Tust du nicht«, sagte Ches finster. »Solange sich das nicht auf die Arbeit auswirkt, könnt ihr gerne machen, was ihr wollt. Von mir aus könnt ihr Vier euch auch gegenseitig vögeln. Aber Kit und du, ihr schleicht schon seit Jahren umeinander herum und jetzt legst du sie flach und lässt sie danach hängen. Es ist eindeutig, was sie von dir will.«

Wortlos starrte ich in seine Augen und er hob eine Braue.

Wenn er das tat, wollte ich ihm immer in sein dreckiges Gesicht schlagen.

»Und es ist auch eindeutig, was du von ihr willst.«

»Sicher«, murmelte ich.

Lion lachte und jetzt wollte ich ihm eine verpassen. »Ja, Mann. Er hat recht. Wenn es nicht so wäre, hätte ich sie längst flachgelegt.«

»Fass sie an und ich hack dir jeden Finger einzeln ab«, warnte ich und deutete auf Lion.

Er zog eine Lippenseite hoch, wodurch er ein Auge weiter zukniff. »Und deswegen habe ich sie noch nicht angefasst.«

»Genau, weil jede Frau schwach wird bei dir«, sagte Jake aus der anderen Ecke des Raums.

Lion schnalzte und zeigte auf ihn. »Du hast es erfasst.«

Jake ging an uns vorbei und verließ den Bus, was ich gerade auch gerne getan hätte. Mir war klar, dass ich mich in ihren Augen benahm wie ein typischer Rockstar, der aus diesen ominösen Romance-Büchern direkt in die reale

Welt katapultiert wurde. Der Zweck heiligte für mich in dem Fall aber die Mittel, weil ich der Meinung war, Kit nur so knacken zu können.

Wenn sie das nicht verstanden, konnte ich ihnen nicht helfen.

Ches rieb mit einer Hand durch sein Gesicht. »Manchmal habe ich das Gefühl, ich arbeite mit Vierzehnjährigen zusammen.«

»Jetzt krieg dich wieder ein. Das wird sich nicht auf unsere Zusammen…«

»Das tut es längst. Was war das gestern auf der Bühne?«

Der Punkt ging an ihn.

Der Auftritt war beschissen gelaufen, Kit hatte sich quer gestellt und mir war natürlich klar, dass es an meinem Benehmen lag.

Weil ich nichts sagte, trat er auf mich zu und blieb dicht vor mir stehen. Zwar waren wir in etwa gleichgroß, doch gerade fühlte ich mich vor Ches winzig. Seine Präsenz war enorm, das bewies er wieder einmal. »Rede mit ihr oder ich werde das tun und glaub mir, das wird dir nicht gefallen.«

Ergeben hob ich die Hände. »Schon gut, ich schnapp sie mir nach dem Konzert und kläre das.«

Er bohrte seinen Zeigefinger regelrecht in meine Brust. »Erledige das gefälligst vorher, sonst wird euer Song wieder so ein Desaster.« Ches wandte sich ab und verließ den Bus endlich wieder.

Lion lachte und ich sah ihn finster an. Wortlos verschwand er nach oben und ich setzte mich auf die Couch und griff mein Handy. Ich entsperrte es und öffnete Instagram. Meine Finger kribbelten, weil ich auf die Seite der

Millennials gehen wollte, aber Shawn hielt mich davon ab, da er neben mir auf der Lehne saß.

»Hast du nichts zu tun?«

Er verschränkte die Arme. »Habe ich nicht.«

Genervt legte ich das Handy zurück auf den Tisch und ging ich die Küche, um mir eine Coke aus dem Kühlschrank zu ziehen. Damit setzte ich mich zurück auf die Couch und sofort drifteten meine Gedanken zur letzten Nacht.

Kit hatte mir wieder einmal bewiesen, dass sie in jeder Hinsicht Feuer besaß.

Gerade hatten die Millennials ihren Soundcheck und ich schielte auf die Bühne. Kit hob ihre Hand und kommunizierte so mit dem Tontechniker auf der anderen Hallenseite. Einer der Mitarbeiter sprach per Headset zusätzlich mit dem Techniker und gab ihm durch, was Kit sagte.

Zwischendurch erklangen die langgezogenen Töne ihres schwarzweißen Rickenbackers.

Das gehörte zum typischen Millennial-Sound und hatte Wiedererkennungswert. Kit arbeitete mit dem alten Sound der Tonabnehmer, der einen deutlich helleren Klang besaß als Shawns Bass. Zudem nutzte sie mehr Plucking. Im Vergleich setzten wir auf langsamere Rhythmuspattern, da unsere Tracks durch die Bank härter waren.

Ich starrte einen Moment auf ihren Hintern. Sie trug eine ihrer älteren hellen Jeans. Zwar saß die locker, das änderte aber nichts daran, dass ihr runder Po wunderbar zur Geltung kam. Natürlich dachte ich sofort daran, wie ich sie von hinten genommen hatte.

Hinter mir bemerkte ich eine Bewegung und sah über meine Schulter. Ches schaute über einen großen Verstärker finster zu mir, ich erkannte lediglich alles aufwärts seiner Nase. Mit Zeige- und Mittelfinger machte er eine Bewegung, dass er mich im Auge behielt.

Spinner.

Shawn erschien neben mir, die Arme verschränkt. Als es wieder ruhig war, ergriff er das Wort. »Ich mische mich selten in deine Angelegenheiten ein, aber mach keinen Scheiß.«

Es nervte. Sie alle nervten mich.

Seit Wochen, nein, seit Jahren, konnte ich mich mit ihren dämlichen Ratschlägen herumschlagen.

»Du willst das nicht hören, das ist uns klar, deswegen haben wir auch ausgelost, wer mit dir spricht.«

»Sehr nett«, murmelte ich.

»Wenn du Kit verletzt, bekommst du Probleme und zwar mit allen.« Ich spürte Shawns Blick auf mir, traute mich in dem Moment allerdings nicht, ihn zu erwidern. »Sie ist Familie für uns und die Familie ist heilig.«

Mein Handy vibrierte in der Hosentasche und ich zog es heraus, um aufs Display zu sehen. Wo wir gerade beim Thema Familie waren …

Schon wieder rief Suzie mich an. Es war das dritte Mal heute. Gestern hatte sie es auch zweimal versucht. Außerdem bekam ich dauernd Nachrichten von ihr, aber ich brachte es nicht übers Herz, sie zu blockieren.

Shawn hob eine Braue, als ich das Telefon wieder in die Tasche schob. »Das, mein Freund, wird eindeutig ein Problem für dich.«

»Suzie ist meine Schwester.«

Er schlug mir einmal auf die Schulter. »Sicher.«

Als er wieder verschwunden war, ging ich auf die Bühne. Kit stand mit dem Rücken zu mir und hob gerade den Gurt vom Bass über den Kopf, reichte ihn dann einem der Mitarbeiter.

»Kit«, sagte ich und sie warf mir über ihre Schulter einen giftigen Blick zu, sodass ich stehenblieb.

»Verschwinde, ihr seid noch nicht dran.«

»Ich habe die Wette verloren, also bekommst du dein Date.« Klassische Dates waren nicht mein Ding, ich hatte genaugenommen keine Ahnung davon, aber für Kit würde ich selbstverständlich eine Ausnahme machen.

»Steck dir dein scheiß Date in den Arsch«, zischte sie und ging an mir vorbei.

Ich lief ihr wie ein Trottel hinterher und bemerkte die Blicke der Mitarbeiter und anderen Millennials auf mir. »Komm schon, ich führe dich aus, das wird nett«, sagte ich versöhnlicher. »Oder wir fahren zum Yellowstone River.« Sie ignorierte mich und eilte durch den Gang im Backstagebereich.

Ches kam uns entgegen und ich fragte mich, ob er nichts Besseres zu tun hatte, als mich zu beschatten?

Ich blieb dicht hinter ihr. »Kit.«

Noch immer. Nichts.

Verdammt, gerade ärgerte ich mich über meine eigene Blödheit. Kit war eine harte Nuss, aber das war vielleicht doch die falsche Vorgehensweise gewesen.

»Es tut mir leid.«

Sie blieb stehen.

Dann passierte kurz nichts, bis sie sich zu mir umdrehte. Verwirrung stand in ihrem Ausdruck. »Hast du dich gerade bei mir entschuldigt?«

»Ähm … habe ich.«

Ihre Brauen hoben sich, ihre Augen weiteten sich ein wenig. »Du entschuldigst dich nie«, flüsterte sie.

Wenn es das war, was sie hören wollte …

Ich umfasste ihre Wangen und schaute zwischen ihren Augen hin und her. »Es tut mir leid«, sagte ich leise.

»Was passiert hier gerade?« Ich beugte mich zu ihr, doch sie stemmte ihre Hand gegen meine Schulter. »Küss mich und ich verpass dir eine.«

»Ich steh drauf, wenn du mir mit Schlägen drohst«, witzelte ich mit tiefer Stimme. Kit verpasste mir einen festen Knuff gegen die Schulter und ich ließ sie widerwillig los. »Also, darf ich dich ausführen?«

Sie zögerte.

»Komm schon. Wir putzen uns raus und machen uns einen netten Abend. Als Freunde.«

Kit verschränkte die Arme. »Freunde?«

»Ich schwöre, ich bin ganz brav.« Ihr Blick blieb weiterhin misstrauisch und ich seufzte. »Ich habe mich wie ein Trottel benommen, das kommt nicht mehr vor.«

»Weißt du, Asher«, begann sie, »wenn du ein guter Kerl wärst, würde ich sofort Ja sagen.«

»Ich bin ein guter Kerl.«

War ich nicht. Hin und wieder war ich ein Arschloch und wickelte Frauen um den Finger, um zu bekommen, was ich wollte. Kits Vorteil und mein Nachteil war, dass sie mich längst durchschaut hatte.

Sie wollte es sichtlich unterdrücken, aber ich entdeckte dieses leichte Lächeln auf ihren Lippen. »Du musst mir noch beweisen, dass du ein Hauptgewinn bist.«

»Keine Sorge, das bekomme ich locker hin.«

Bekam ich vermutlich nicht.

»Also gut«, entgegnete sie mit einem verhaltenen Nicken, »dann führ mich aus.« Sie hob einen Finger, weil ich grinste. »Ein Date. Nicht mehr, nicht weniger.«

»Aye«, gab ich zurück.

Na wunderbar, das war ja glatter gelaufen, als ich angenommen hatte.

Bei Kit rechnete ich grundsätzlich mit Widerstand, was ich ziemlich sexy fand. Sie ließ sich selten etwas gefallen, machte den Mund auf und klare Ansagen. Jetzt musste ich nur noch dafür sorgen, dass der Abend sich für uns beide lohnte.

Sie ging einige Schritte rückwärts und drückte dann die Tür zum Platz hinter der Halle auf. Kaum hatte sie die Tür geschlossen, vibrierte mein Handy erneut.

Das konnte doch nicht wahr sein.

In dem Moment begann Tyler damit, die Bass-Drum auszurichten, weshalb selbst im Backstagebereich ein Höllenkrach entstand. Mit dem Telefon in der Hand ging ich aus der Halle, um meine Ruhe zu haben.

Dann hob ich ab.

»Asher«, sagte Suzie und ich erkannte an ihrer Stimme, dass sie eine Schnute zog.

Mit der freien Hand rieb ich über mein Gesicht, ließ mich dann auf der Bank vor dem Zaun nieder. »Was willst du von mir?«

Sie schnalzte, dann atmete sie laut durch. »Was für eine Begrüßung. Freust du dich gar nicht, von mir zu hören?«

»Nein«, gab ich finster zurück.

»Wie immer äußerst galant, großer Bruder.« Diese Worte stellten meine Nackenhaare auf. Sie wusste genau, dass ich es hasste, wenn sie mich so nannte. »Ihr spielt in New Orleans?«

»Erst im Oktober«, entgegnete ich und machte einen weiteren Rundumblick. Einige Mitarbeiter und Roadies hielten sich nahe der Tür auf und unterhielten sich lautstark. An den Bussen standen Lion und Jake.

»Du weißt doch, dass ich einen Bekannten da habe, bei dem ich zurzeit unterkomme.«

Beinahe hätte ich gefragt, ob sie ihn fickte, das konnte ich mir so gerade verkneifen.

»Schön. Was geht mich das an?« Ich wollte sie so schnell wie möglich loswerden, aber einfach auflegen tat ich trotzdem nicht.

Sie lachte einmal und ich schloss bei dem Klang automatisch die Augen. Es erinnerte mich an meine Vergangenheit, an gute und viele schlechte Tage.

Es erinnerte mich an Suzies Lächeln und die vielen Sommersprossen auf ihrem Nasenrücken, der Stirn und den Schultern. Es erinnerte mich an ihren süßen Honigduft und das seidige Gefühl ihrer roten Haare.

»Komm endlich zum Punkt«, forderte ich, drückte eine Hand an die Stirn.

»Ihr spielt im Civic?«

»Tun wir.«

»Würdest du mir einen Backstagepass besorgen?«

»Kauf dir eine Karte«, sagte ich und schaute zu den Bussen. Lion sah sich zu mir um und versuchte, mir per Handzeichen irgendetwas zu erklären. Natürlich hatte ich keine Ahnung, was er von mir wollte, er sah eher aus, als wäre er ein irrer Einweiser für Flugzeuge.

»Komm schon, Lieblingsbruder, bitte, bitte. Ich würde dich so gerne wiedersehen.« Ihre Stimme wurde weicher.

»Suzie«, sagte ich ebenso sanft und fuhr mit gespreizten Fingern durch meine Haare.

»Auf die alten Zeiten …« Sie seufzte. »Ich vermisse dich«, hängte sie ruhig dran und ich knickte ein.

»Na gut, ich spreche mit Ches und lass dir den Pass zuschicken.«

»Du bist der Beste, ich schicke dir die Adresse.«

»Hm«, machte ich nur, während Lion auf mich zugetrabt kam.

»Hab dich lieb, bis Oktober.« Wortlos legte ich auf und schob das Telefon zurück in meine Tasche.

Lion setzte sich neben mich und stieß mich mit dem Ellenbogen an. »Hast du mit Kit gesprochen?«

»Hat Ches dich auf mich angesetzt?«

Lion sah sich auf dem Platz um. »Wer war am Telefon?«

»Das geht dich nichts an.«

Sofort stieß er sich ab und stützte die Ellenbogen auf die Knie. »Ihr habt noch immer Kontakt?«

Ich warf ihm einen warnenden Blick zu, weil er der Letzte war, der sich da einmischen sollte. Er war einer der Gründe, wieso damals alles aus dem Ruder gelaufen war. Das hatte ich ihm nie gesagt, aber nach wie vor war ich wütend auf ihn, weil er diese Nummer abgezogen hatte.

»Wie gesagt, das geht dich einen Scheiß an.«

Er lachte und schüttelte den Kopf. »Ich gebe dir einen gut gemeinten Rat: Blockier sie und lösch verdammt nochmal endlich ihre Nummer.«

Lion hatte recht, das wusste ich. Schon seit Jahren wollte ich Suzie aus meinem Leben streichen. Aber jedes Mal, wenn ich es versuchte, scheiterte ich daran, die Nummer zu löschen. Es wäre innerhalb von Sekunden erledigt.

»Weißt du, Kit ist eine von den Guten«, erklärte er und legte seinen Arm um meine Schulter. »Wenn du das mit Suzie nicht beendest, verscheuchst du Kit und treibst sie womöglich noch in meine Arme.«

Ich stierte zu Lion. »Bist du dann fertig?«

Er lachte leise und klopfte mit der flachen Hand auf meinen Oberarm. »Du bist nur so angepisst, weil du weißt, dass ich recht habe. Und das nervt dich noch mehr als die Tatsache, dass ich ihre Nummer noch in deinem Handy hast.« Damit stand er auf und ging ein paar Schritte, ehe er sich umdrehte. Mit den Händen in den Hosentaschen lief er rückwärts weiter. »Entscheide dich, Asher. Deine verrückte Stiefschwester, die zwar echt scharf ist, dir aber immer nur Probleme gemacht hat, oder eine echt niedliche und starke Frau, die zudem das liebt, was du auch liebst. Musik.«

»Du kannst ein beschissener Klugscheißer sein«, rief ich ihm hinterher und er lachte noch einmal und tippte sich mit dem Zeigefinger auf die Nase.

# Missoula

## Asher

Missoula.

Ich starrte auf die Map meines Handys, wieder aus dem Fenster, zurück auf die Map. Nachdem Kit sich darüber lustig gemacht hatte, dass ich nicht wusste, wo wir auftraten, hatte ich mich schlau gemacht. Leider konnte ich mich nicht daran erinnern, jemals hier gewesen zu sein, und fragte mich, ob wir hier bereits aufgetreten waren. Laut Netz wohnten knapp einhunderttausend Menschen in der Stadt. An uns zogen Wälder und spröde Landabschnitte vorbei, bis die ersten Häuser erschienen.

In meinem Rücken unterhielten sich Jake und Lion über den heutigen Auftritt.

Spielen würden wir im Adams Center. Das lag direkt neben einem kleinen Footballstadium und gehörte zur Uni. Ich sah mich zu ihnen um. »Wusstet ihr, dass das Adams Center nach mir benannt wurde?«

»Wusstest du, dass Lion King nach mir benannt wurde?«, entgegnete Lion und wandte sich wieder Jake zu, während ich leise in mich hineinlachte.

Nachdem wir angekommen waren und ich mich ein wenig auf dem Platz neben der Konzerthalle umgesehen hatte, suchte ich Kit. Sie hielt sich in der Halle auf und half beim Aufbau.

»Kitty, wir haben etwas vor«, sagte ich hinter ihr.

Sie sah sich zu mir um und stellte die Snare ab. Jake griff danach und schob sie an den richtigen Platz.

»Du siehst, dass ich helfe?« Sie lächelte trotz ihres genervten Tonfalls und ich griff ihre Hand.

»Komm schon.«

»Asher, ich möchte wirklich helfen.« Obwohl sie das sagte, lief sie neben mir und schaute neugierig zu mir auf.

»Du sieht unglaublich motiviert aus.«

»Du hast mich erwischt, ich bin heute gerne faul.« Wir verließen die Halle und wurden von dem Stimmengewirr hinter dieser empfangen. »Wo gehen wir hin?«

»Überraschung.«

Wir überquerten einen Teil des Campus' und folgten dem betonierten Weg zwischen verschiedenen Wiesen. Dabei rauchte ich eine Zigarette und Kit lief still neben mir. Nicht, ohne hin und wieder zu mir aufzusehen.

Ich mochte es, wenn sie mir diese verhaltenen Blicke zuwarf, das hatte sie schon immer getan.

Vor einer mannshohen Grizzly-Statue aus Bronze, die auf einem Podest stand, blieben wir stehen und ich deutete mit einer ausladenden Geste darauf. »Das ist das Wahrzeichen der Uni. Er feiert bald seinen dreiundfünfzigsten Geburtstag und wurde von einem ehemaligen Studenten designt. Für die Statue wird sogar jedes Jahr eine kleine Geburtstagsparty mit einer Band, die Happy Birthday spielt, gefeiert.«

Kit schaute mich mit großen Augen an, dann lächelte sie. »Du hast recherchiert, das finde ich süß.«

Einige Studenten liefen an uns vorbei.

Ich zog meine Zigaretten wieder heraus und lehnte mich rücklings an den Sockel, stemmte einen Fuß daran. Die Zigarette steckte ich zwischen die Lippen.

»Hast du mal daran gedacht, aufzuhören?«

Ich hielt inne, als ich das Feuerzeug aus der Tasche holen wollte. Irritiert deutete ich auf die Zigarette und Kit nickte langsam. »Komm mir jetzt nicht damit, dass es ungesund ist«, nuschelte ich und holte das Zippo raus. Während ich die Zigarette anzündete, ließ ich Kit nicht aus den Augen.

Irgendwie fühlte ich mich auf einmal unwohl, vor ihr zu rauchen. Mir war klar, dass das vielen gegen den Strich ging, aber normalerweise war mir das egal.

Ich zog einmal daran und das erste Mal fühlte sich der Rauch, der meine Lungen füllte, schwer und kratzig an. Sofort warf ich die Kippe auf den Boden und trat sie aus.

Kit kommentierte meine Aktion zum Glück nicht, zückte ihr Handy und kam zu mir. »Wir machen ein Foto.« Sie hielt das Gerät vor uns und richtete es so aus, dass der Bär im Hintergrund zu sehen war. Ich legte meinen Arm um ihre Schulter, sie ihren um meine Taille.

»Daran könnte ich mich definitiv gewöhnen.«

Lächelnd schielte sie zu mir auf. »Du Charmeur.«

»Mach dich nur lustig, Kathrin. Ich werde dir bei unserem Super-Date beweisen, was du verpasst.«

»Super-Date? Muss ich Angst haben?«

»Das bedeutet, dass es super wird«, murmelte ich. Natürlich konnte ich es nicht lassen und schob die Finger sanft durch ihre weichen Haare.

»Davon bin ich überzeugt«, sagte sie mit einem Lachen und schoss das Foto von uns. Sie schaute es sich an und ich sah ebenfalls auf den Bildschirm. Wir sahen verdammt gut zusammen aus.

»Wie gemalt.«

»Das würdest du auch von dem Bild sagen, wenn du allein drauf wärst, oder?«

Das brachte mich zum Grinsen. »Vielleicht.« Mir war klar, dass ich für viele Frauen ein optisches Highlight war, aber Kit wertete das Bild natürlich um einiges auf. Ihr hübsches Lächeln wertete grundsätzlich alles für mich auf.

Vor allem die dunkleren Tage.

Ich zog mein Handy aus der hinteren Hosentasche. »Schick es mir«, befahl ich. Ich wollte das Foto von uns unbedingt haben.

Lächelnd verschränkte sie die Arme hinterm Rücken und trat zurück. »Was bekomme ich dafür?«

»Was willst du dafür haben?« Ihr Blick zuckte zu meinen Lippen und mir war klar, dass sie das nicht beabsichtigt hatte. »Du willst einen Kuss?«

»Nein«, sagte sie direkt.

Gerade bereute ich ungemein, was ich abgezogen hatte, und ich schaute einen Augenblick zwischen ihren grüngrauen Augen hin und her. »Es tut mir wirklich leid«, sagte ich leise. »Dass ich dich ignoriert habe, meine ich. Das war unnötig und unangebracht.«

Und weil es Kit war, schenkte sie mir ein Lächeln, anstatt noch länger darauf herumzureiten. »Schon gut.« Sie wischte auf ihrem Handy herum und keine Sekunde später summte es in meiner hinteren Hosentasche. Ich zückte es und schaute mir die Nachricht mit dem Foto an.

»Danke.«

»Nichts zu danken, Pink Floyd.« Ein kurzer Stich machte sich bei dem Bandnamen in meiner Brust bemerkbar, was ich aber gut in den Griff bekam. Wenn sie wüsste, was es für mich bedeutete, würde sie mich vermutlich nicht mehr so nennen. Aber ich konnte mich gerade nicht überwinden, mehr in die Materie einzutauchen.

Wir gingen zurück zur Halle, wo Kit sich in den Bandbus verabschiedete, und ich beschloss, mit Ches zu reden.

Ich klopfte an seine Bustür und wartete mit verschränkten Armen. Weil keine Reaktion kam, trat ich einige Schritte zurück und versuchte, irgendetwas durch die Scheiben zu erkennen. Das scheiterte natürlich, weil sie verdunkelt waren. War bei unserem Bus genauso. Also klopfte ich noch zweimal.

Nachdem ich etwa zehn Minuten gewartete hatte, reichte es mir und ich lud mich selbst ein. Ches' privater Bus war in etwa so groß wie der von den Millennials. Allerdings hatte er im Wohnbereich mehr Platz, weil er natürlich keinen Kojenbereich, sondern nur ein Bett hinten hatte.

Der Großteil der Innenausstattung war in einem dunklen Braunton gehalten und kam klassisch elegant daher. Seine Einrichtung zu Hause war genauso, was ich nach wie vor seltsam fand. Wenn man ihn ansah, erwartete man irgendwie klare und vielleicht auch futuristische Linien.

Er saß mit dem Rücken zu mir am Tisch, der gegenüber der Küchenzeile stand, und hatte Kopfhörer auf den Ohren, den Laptop vor sich auf dem dunklen Holztisch stehen.

Zuerst musste ich aber an seinem Pony Loki vorbei. Das blockierte nämlich den halben Eingangsbereich. Er war natürlich kein Pony, er war ein gigantischer Hund. Der schnarchte und sabberte glücklich vor sich hin. Ches hatte ihn von seiner Tante oder aus dem Tierschutz übernommen, wenn ich das richtig in Erinnerung hatte. Irgendwie so etwas.

Tatsache war, dass der Hund gewaltig nach Hund müffelte.

Sein Gesicht war schwarz, die Ohren ebenfalls, der Rest des Fells eher ockerfarben. Vorsichtig stieg ich durch die Beine, die er im Flur ausgestreckt hatte.

Als ich Ches erreicht hatte, schielte ich über seine Schulter und war überrascht, als ich Bilder einer bekannten Popsängerin auf dem Desktop sah. »Dieser kleine Schlingel«, nuschelte ich.

Ich schlug ihm mit der Hand auf die Schulter und er riss die Kopfhörer von den Ohren und knallte den Laptop zu.

Erwischt.

Ich setzte mich ihm grinsend gegenüber und deutete mit einem Nicken auf den Rechner. Er hatte die Hand darauf liegen. »Suchst du Wichsvorlagen?«

Sein Ausdruck wurde finster. »Nein.«

»Wieso guckst du dir Bilder von ihr an, hm?«

»Was willst du?«

Lachend hob ich die Hände. »Ich sehe schon, ich störe. Dann mache ich es kurz.« Er hob eine Braue. »Ich brauche einen Backstagepass für New Orleans. Kannst du dich darum kümmern?«

Er hob zusätzlich die andere Braue. »Weil?«

»Weil da ein alter Bekannter von mir wohnt, der gerne vorbeikommen würde.«

Ches verschränkte die Finger vor dem Rechner und beugte sich ein wenig vor.

»Wie heißt denn der besagte Freund?«

Mist, er roch den Braten.

»Das ist unwichtig, ich brauche einfach den Pass.«

»Ich benötige einen Namen, Asher. Die Pässe sind personalisiert, damit sie nicht verkauft oder an Dritte weitergegeben werden. Wir haben gerne einen Überblick über die Gäste, die wir in den Backstagebereich lassen.«

Stumm starrte ich ihm in die Augen.

Ches lehnte sich zurück und verschränkte die Arme vor der Brust. »Lion hat etwas angedeutet. Du hast wieder Kontakt mit Suzie?«

»Wieso kann Lion nie seine Schnauze halten?«, murrte ich und verschränkte meine Arme ebenfalls. Ches war wie ein verdammter Bombenspürhund, vor ihm konnte man nie etwas geheim halten. Das nervte gewaltig.

»Weil Lion genau weiß, was das bedeutet.« Mit einem Schnauben wandte ich den Blick ab und sah aus dem Fenster. »Was ist mit Kit und dir?«

»Was soll mit uns sein?«

Ches lachte, weshalb ich ihn wieder ansah. »Wieso kannst du dir nicht eingestehen, dass du mit ihr zusammen sein willst?« Er hob eine Hand, als ich etwas sagen wollte. »Komm mir nicht damit, dass du keine Ahnung davon hast, wie man eine Beziehung führt. Das ist eine lächerliche Ausrede.« Er beugte sich wieder vor. »Ich werde Suzie keinen Backstagepass zukommen lassen.«

»Willst du mich verarschen?«, fragte ich angepisst.

Sofort schoss Lokis Kopf hoch.

»Nur so kann ich dich vor dir selbst beschützen. Sieh es als Freundschaftsdienst an. Du wirst mir noch danken.« Er griff nach den Kopfhörern. »Sonst noch was?«

Ich knallte die Hände beim Aufstehen auf den Tisch, was ihn natürlich nicht beeindruckte. Er schaute nach wie vor ruhig zu mir auf, was mich noch wütender machte. »Als Freund solltest du mir den Gefallen tun«, zischte ich.

Loki setzte sich hin und ich behielt ihn lieber gut im Auge. Ganz geheuer war er mir nämlich noch nicht.

»Als Freund sollte ich dir den Kopf waschen.«

Ich biss die Zähne zusammen und konnte nicht einmal genau sagen, wieso ich so angepisst war.

Ches hatte natürlich recht, es war gut, wenn ich sie nicht wiedersah. Dennoch fraß sich sein Verhalten mir gegenüber unangenehm durch meine Knochen und versetzte mich in Rage. Er behandelte mich wie ein Kind. Das tat er dauernd, als wäre er so viel reifer, weil er drei Jahre älter war als ich. Schon damals in der Highschool hatte ich das Gefühl gehabt, er rieb es mir gerne unter die Nase.

»Mir ist klar, dass du jetzt denkst, ich würde dich bevormunden wollen.« Leider traf er dauernd ins Schwarze. Mit einem Seufzen legte er die Kopfhörer wieder hin und rutschte von der Bank. Automatisch wich ich zurück. »Du willst sie nur um dich haben, um dir selbst die Bestätigung geben zu können, dass es mit Kit keinen Sinn hat. So kannst du dir einreden, noch immer in Suzie verliebt zu sein. Weißt du, wieso?« Er drückte seinen Zeigefinger zweimal gegen mein Brustbein. »Weil du Schiss davor hast. Weil dir das mit Kit eine Heidenangst einjagt.«

Dieser verdammte …

Klugscheißer.

Er war noch schlimmer als Lion, Shawn und Jake zusammen.

»Denn das mit Kit ist anders als mit Suzie. Bei Suzie wusstest du von Anfang an, dass es zum Scheitern verurteilt ist. Aber mit Kit könnte eine Beziehung funktionieren. Allerdings kennst du dich und hast Angst, es zu versauen, also ist es leichter, es erst gar nicht zu versuchen.«

»Komm mir nicht mit deinem Pseudopsychologie-Scheiß«, meckerte ich. Statt etwas zu sagen, sah er mich einfach nur an. Scheiße, wenn er das tat, wusste ich nicht, was ich tun oder sagen sollte.

Kopfschüttelnd lehnte er sich an den Tisch und stützte die Hände rücklings daran. »Du hast die Sache mit deinem Vater noch immer nicht verdaut.«

»Lass es gut sein«, sagte ich schwach.

»Möglicherweise kann Kit dir helfen, darüber hinwegzukommen. Aber dafür müsstest du einmal in deinem Leben Mut beweisen.«

»Das sagst ausgerechnet du mir«, flüsterte ich und stieß ein höhnisches Lachen aus. »Du rennst selbst vor allem weg.«

»Mag sein …« Er schaute zu Loki, der den Kopf schief legte. »Aber im Gegensatz zu dir habe ich keine Frau in meinem Umfeld, für die es sich meiner Meinung nach lohnen würde.«

»Was ist mit der kleinen Popsängerin, von der du so fleißig Fotos sammelst?«, stichelte ich und Ches stierte finster zu mir. »Vielleicht kann sie dein Herz erweichen? In deinen Träumen?«

»Verzieh dich, wenn du nichts Sinnvolles mehr dazu beizutragen hast«, gab er dunkel zurück.

Ein wenig irritierte seine Reaktion mich und ein seltsames Kribbeln machte sich in meinem Nacken breit. Ches verheimlichte mir irgendetwas und dass er diese Bilder von ihr auf dem Rechner hatte, bedeutete nichts Gutes.

»Warum hast du dir die Bilder von ihr angesehen?«

»Hau ab, Asher«, sagte er.

»Ich habe den ganzen Tag Zeit«, sagte ich und ging durch den Raum, um mich auf die dunkelbraune Ledercouch zu setzen.

»Hast du nicht«, gab er zurück und setzte sich wieder auf die Bank. Er wollte den Laptop öffnen, hielt aber inne und sah mich über die Schulter an. »Du musst zum Soundcheck.«

»Ich habe noch Zeit.« Vorsichtshalber zog ich mein Handy aus der Hosentasche und checkte die Uhrzeit, wonach ich aufsprang. »Scheiße, ich muss wirklich rüber.« Ches lachte, ich ging vorsichtig an Loki vorbei, der mich genau im Auge behielt und an der Treppe deutet ich auf Ches. »Das Thema ist noch nicht durch.«

»Verschwinde endlich«, rief er.

# Seattle

## Kit

Den heutigen Tag hatten wir frei und ich lümmelte gerade mit Keith und Penny im Wohnbereich unseres Busses herum. Penny wie auch Keith zupften an den Saiten der Gitarren und besprachen einen neuen Track, den sie ausarbeiteten.

Ich stand auf, ging zu den Kojen und zog die Tür hinter mir zu. Tyler lag auf dem Bett, die Arme verschränkt, Kopfhörer auf den Ohren. Er starrte stur nach oben und ich setzte mich auf die Bettkante.

Die Gitarrenklänge drangen dumpf hierher, nur das schummrige Licht vom Dachfenster bei den Schränken im hinteren Bereich fiel in den schmalen Gang.

Tyler zog die Kopfhörer ab und schaltete die Musik aus. »Was hörst du?«, fragte ich nach.

»Ivory Dice.« Ich nickte. »Das neue Album. Ein paar harte Tracks und ein paar melodische. Die Mischung ist super, finde ich.«

Maybe Next Time war für die drei Männer von Ivory Dice als Vorband aufgetreten. Sie waren eine einflussreiche Band im Bereich Rock und Metal und der Auftritt damals war ein guter Push gewesen.

»Wie geht es dir?«, fragte ich vorsichtig und zupfte einmal am Ärmel seines schwarzen Bandshirts. »Ich vermisse übrigens deine rosa Seite.«

»Gerade habe ich keine Muße, irgendetwas rosafarbenes zu tragen.« Ich legte mich neben ihn und er machte mir ein wenig Platz, sodass wir gemeinsam an die Kojendecke schauten. Über ihm schlief Penny und ich fragte mich, ob er deswegen nachts wach lag.

»Hast du in der letzten Woche Kontakt mit Bea gehabt?« Aus dem Augenwinkel nahm ich wahr, wie er den Kopf schüttelte.

»Sie wird mich irgendwann nach Penny fragen und dann werde ich entweder nichts antworten oder vor lauter Panik auflegen.«

Tyler war ein wahrer Ehrenmann in meinen Augen. Ehrlich und liebevoll. Seinen Zwist mit Bea konnte ich gut verstehen, denn solche Dinge waren nie einfach.

»Vielleicht solltest du nach der Tour mit ihr wegfahren?«, schlug ich vor. Wir sahen uns an und ich studierte seine grauen Augen. »Irgendwohin, wo ihr früher mal wart, um dich an die alten Zeiten zu erinnern?«

»Hm«, machte er und schaute wieder hoch, »vielleicht ist die Idee gar nicht so schlecht.«

»Du weißt doch, ich habe grundsätzlich sehr gute Ideen.« Tyler lachte leise und das steckte mich an. Es war Tage her, dass ich ein Lächeln auf seinen Lippen gesehen hatte, umso mehr freute ich mich, ihn ein wenig aufmuntern zu können.

Die Tür ging auf und Keith erschien im Rahmen. »Asher war gerade hier und hat gesagt, du sollst dich für heute Abend bereithalten.«

Ich stützte mich auf die Ellenbogen. »Hat er nur heute Abend gesagt oder eine Uhrzeit genannt?«

»Du sollst dir etwas Schickes anziehen.«

»Wunderbar, das geht schon gut los.«

Keith zuckte mit den Schultern und ließ Tyler und mich wieder allein. Wenn ich ehrlich war, hatte ich echt Schiss vor dem Date mit Asher. Es war nicht ausgeschlossen, dass er mir mit Absicht das schlimmste Date meines Lebens bot.

Am frühen Nachmittag hielt ich es nicht mehr aus und ging duschen. Ich rasierte mich sogar überall und besonders gründlich. Penny schwor auf Waxing, aber ich hatte keine Lust, mir dabei meinen halben Intimbereich abreißen zu lassen. Wofür ich mich rasierte, wusste ich auch nicht, immerhin hatte ich nicht vor, wieder mit Asher zu schlafen.

Während ich mich durch meinen Schrank im hinteren Kojenbereich wühlte, saß Tyler auf dem Bett und beobachtete mich. Ich zog eine meiner schwarzen Jeans heraus und beschloss, dass das schick genug war. Dazu streifte ich mir ein violettes Top mit Spitzeneinarbeitung am Dekolletee über und zog meine gleichfarbigen Chucks an.

Ich hob meine Arme zu den Seiten und wandte mich Tyler zu. »Bitte sag mir, dass ich so schick genug für ein Essen bin.«

Er lachte, weshalb ich schnaubte. »Ins *Altura* wird man dich so nicht lassen.«

»Dahin wird Asher mich kaum mitnehmen. Als wenn er irgendwelche Tischmanieren beherrscht.« Zumindest hoffte ich es, denn dieses Schickimickigehabe konnte ich noch nie leiden.

»Vielleicht entführt er dich auch zur *Space Needle*.«

»Hoffentlich nicht. Ich halte Asher für einfallsreicher.« Mit beiden Händen strich ich das Top glatt. »Ist es komisch, dass ich mich vor dir umziehe?«

»Du hast nichts, was ich nicht schon an anderen Frauen gesehen hätte.«

Ich stemmte die Hände in die Hüften. »Soll das bedeuten, ich löse rein gar nichts in dir aus?«, fragte ich gespielt empört.

Tyler tat ebenso getroffen und legte die Hand an die Brust. »Tut mir leid, meine Blicke und mein Herz gehören einer anderen.«

Das war wirklich süß.

Allerdings fragte ich mich im gleichen Zug, wen er meinte. Ich wollte ihn darauf ansprechen, entschied mich aber dagegen, weil es vielleicht besser war, das Thema einfach auf sich beruhen zu lassen.

Ich huschte ins Bad und band meine Haare zu einem hohen Zopf, danach legte ich den brombeerfarbenen Lippenstift auf, der dennoch nicht zu aufdringlich war. Auch meine Lieblingsohrringe kamen zum Einsatz, kleine Stecker, die farblich perfekt zum Lippenstift passten.

Penny platzte ins Bad. »Bereit?«, rief sie mit erhobenen Armen. »Asher wartet.«

Auf einmal schlug mein Herz noch höher. Ein letztes Mal kontrollierte ich mein Aussehen im Spiegel, dann verließ ich den Bus.

Asher wartete an ein Taxi gelehnt, die Arme vor der Brust verschränkt. Wie immer sah er unverschämt gut aus. Seine perfekt liegende Schlafzimmerfrisur lud schon von weitem ein, die Finger durchgleiten zu lassen. Es war nicht fair, dass er so lächerlich attraktiv war.

Er entdeckte mich und zog wie vom Blitz getroffen die Zigarette von seinen Lippen und warf sie zu Boden.

Ich ging zu ihm. »Du musst meinetwegen nicht aufhören zu rauchen.«

Hatte er meine Aussage in Missoula so interpretiert? Weil er sie nicht austrat, übernahm ich das.

»Ich wollte die eh nicht rauchen.«

»Okay«, murmelte ich. »Wenn du mir vor wenigen Wochen gesagt hättest, dass du mich auf ein Date einladen wirst, hätte ich laut gelacht.«

»Wettschulden sind Ehrenschulden.«

So schnell war mein Abend gelaufen. Einerseits war seine ehrliche Art gut, so wusste ich, woran ich war. Andererseits hätte er wenigstens so tun können, als würde er sich auf die Zeit mit mir freuen.

»Bringen wir es einfach hinter uns«, gab ich reichlich angespannt zurück.

Wir stiegen ins Taxi und er gab dem Fahrer die Adresse durch. »Downtown also«, sagte der und startete den Motor.

»Sind wir nicht in Downtown?«, fragte ich Asher.

»Sind wir«, war seine knappe Antwort, wobei er leicht am Ärmel seines schwarzen Shirts zog.

Nach wenigen Minuten hielt der Fahrer am Straßenrand, Asher zahlte die kurze Fahrt und wir stiegen aus. Irritiert sah ich mich um. Das rote Neonschild eines Supermarkts leuchtete vor uns, die Straße war gesäumt mit kleinen Läden und einfachen Wohnhäusern.

»Bitte sag mir, dass wir uns kein Sandwich im *Farmers*

holen.« Dabei deutete ich mit dem Daumen hinter mich auf den Laden. Er grinste schief.

Na wunderbar, Asher lud mich zu einem Scheiß-Date ein.

»Komm mit«, sagte er. Ich folgte ihm über die Straße und war überrascht, als er auf eines der kleinen Restaurants zuhielt.

An der Hauswand neben der Tür stand in senkrechten fetten Buchstaben *JarrBar*. Tür und Fensterfront brachten es vielleicht auf knappe vier Meter Breite und ich fragte mich, was mich erwartete.

Ein erster Schwall Essensduft zog an mir vorbei und ich nahm die leise Musik und angeregten Gespräche wahr, als er die Tür öffnete.

»Nach dir«, sagte Asher und grinste wieder so dümmlich.

Ich betrat den Laden und kam aus dem Staunen nicht mehr heraus. Im hinteren Bereich des schlauchförmigen Restaurants war die Theke. Daran standen wenige Barhokker. Die Wände waren einfach und hell verputzt, überall hingen Spiegel in verschiedenen Größen mit weißen und blauen Rahmen. Hinter der Theke waren Regalbretter mit dutzenden Weinflaschen und Schnaps.

Der Duft von Fisch und diversen Kräutern lag in der Luft. Ich konnte sie gerade nicht zuordnen. Die Musik klang lateinamerikanisch.

Das Highlight war ein großer Schinken, der auf dem hinteren Thekenbereich in einem Metallgestell steckte und bereits angeschnitten war.

Asher legte seine Hand an meinen Rücken und ich strahlte ihn an. Das schlimmste Date meines Lebens hatte sich soeben in das beste verwandelt.

»Möchtest du an einen Tisch oder an die Theke?«, fragte er ruhig.

Ich sah zu den zwei Tischen mit jeweils sechs Stühlen. An einem saßen zwei Gäste und unterhielten sich angeregt, der andere war frei. »Ich möchte an die Theke.«

Asher deutete mit einem Nicken auf diese und ich ging vor und setzte mich auf einen der weißblauen Hocker. Eine junge Frau mixte Cocktails und grüßte uns. Asher nahm neben mir Platz und reichte mir die Speisekarte, die vor uns auf der Theke lag.

Die Bedienung wandte sich uns zu. »Hier gibt es spanische und portugiesische Spezialitäten garniert mit dem Besten vom Fisch.«

»Das klingt großartig«, sagte ich und studierte die Karte.

»Ich kann euch den Cider empfehlen, den wir von einem bekannten Hersteller beziehen und die Cocktails sind alle gut.« Sie grinste. »Schließlich bereite ich sie zu.«

Wir bestellten beide ein Getränk und bekamen dazu noch ein Wasser, während ich mich fasziniert umsah.

Ein Plattenspieler stand auf der anderen Thekenseite. Auf dem kleinen Regalboden darüber reihten sich dutzende Vinyls aneinander.

»Ich liebe es hier.« Die Regale wirkten sporadisch angebracht und doch passten sie perfekt ins Ambiente. »Wusstest du, dass mein Grandpa mich früher immer in ein ähnlich kleines Restaurant in Brooklyn mitgenommen hat?«

Asher nahm einen Schluck von seinem Cider. »Das hast du mal erwähnt, ja.«

»Du erinnerst dich daran?«

Er zuckte mit den Schultern. »Ich merke mir so einiges.«

Verlegen rührte ich mit dem Trinkhalm in meinem El Cochino, während ich Ashers Züge genau studierte. Seine beinahe schwarzen Augenbrauen lagen ruhig über seinen ebenso dunklen Augen. Sein Ausdruck war klar und leicht, er strahlte etwas Zufriedenes aus. Das, was er auch ausstrahlte, wenn er komponierte oder mit der Gitarre irgendwelche Akkorde aneinanderreihte.

»Danke«, sagte ich schließlich.

Er schaute mich wieder an, wodurch dieser angenehme Klang in meinem Herzen ausgelöst wurde. »Du weißt hoffentlich, dass ich nicht nur mit dir ausgehe, weil ich die Wette verloren habe.«

»Dann hättest du mich auch ohne deine Wettschuld in dieses süße, kleine Ambiente entführt?«

»Vielleicht hätte ich dich nicht hier in Seattle ausgeführt. Vermutlich erst, wenn wir zurück in New York sind.«

»Ich bin froh, dass wir hier sind. Es ist wirklich toll.«

Das entlockte ihm wieder dieses herrliche Grinsen. Und wenn ich genau hinsah, erkannte ich in diesem Lächeln, das mir sonst immer so herablassend vorgekommen war, Ehrlichkeit.

Etwas Pures und zutiefst Ehrliches.

Etwas, in das ich mich in diesem Moment noch mehr verliebte.

»Ich wollte nicht mit dir schlafen.« Sein Ausdruck wurde schuldbewusst.

»Soll mich das jetzt beruhigen oder aufregen?«

»Also natürlich wollte ich mit dir ins Bett.« Er lachte und ich verdrehte die Augen. »Aber nicht so. Eigentlich wollte ich während der Tour wirklich abstinent bleiben.«

»Was hat deine Meinung geändert?«

»Du.«

Unschlüssig rührte ich wieder in meinem Cocktail.

»Kit, hör zu, ich bin fürchterlich schlecht in diesen Dingen … ich habe keine Ahnung, wie man eine Beziehung führt …« Er fuhr sich mit den Fingern durch die Haare.

»Wieso hast du dich in Billings so benommen?«, fragte ich vorsichtig nach. Zwar hatte er sich entschuldigt, aber das erklärte sein Handeln natürlich nicht.

Er zuckt resigniert mit den Schultern. »Weil ich dachte, es wäre zu leicht, dir einfach zu sagen, wie es aussieht.«

»Das klingt total seltsam, aber ich verstehe dich sogar.«

»Ach, wirklich?«

»Du bist normalerweise nicht der Typ für Dates oder irgendein romantisches Gehabe, ich auch nicht. Und abgekauft hätte ich dir die Tour wohl nicht, wenn du es so versucht hättest.«

»Suzie will in New Orleans aufs Konzert kommen.«

»Das ist ein seltsamer Themenwechsel«, murmelte ich.

Asher wandte sich mir zu. »Sie hat nach einem Backstagepass für das Konzert gefragt, aber Ches hat sich geweigert, ihr einen zu schicken.«

»Immerhin einer mit Verstand«, sagte ich bissig.

»Du willst das nicht hören, aber das zwischen ihr und mir gehört zu meiner Vergangenheit. Sie ist Teil meines Lebens und wird es vielleicht bleiben.«

So ehrlich war Asher noch nie zu mir gewesen. Er schüttete mir regelrecht sein Herz aus, was sich gleichermaßen gut wie schlecht anfühlte.

Denn wieder war da dieses Zwicken wegen Suzie in meiner Brust.

»Was war das zwischen euch?«

»Willst du wirklich über Suzie reden?« Er runzelte die Stirn.

»Du hast mit dem Thema angefangen.«

»Touché«, sagte er mit einem Schmunzeln. »Wie wäre es, wenn wir in Ruhe essen und ich dir danach davon erzähle?«

»Ist das ein versteckter Code für irgendetwas? Oder erwartest du eine Gegenleistung?«

Asher lachte und trank einen weiteren Schluck. »Nein.«

Ich scannte sein Gesicht und versuchte, anhand seiner Mimik abzulesen, ob es einen Haken gab. Genauso wie Asher empfand ich das alles als zu leicht. Ich verstand seine Intentionen, sich so zu benehmen, und hoffte, dass uns das nicht um die Ohren flog.

Wir bestellten uns eine Platte mit Schinken, Oliven und verschiedenem Fisch. Der Geschäftsführer und auch Koch kam zwischendurch aus der Küche und erzählte uns von seiner Reise nach Spanien und wie er dutzende kleine Restaurants aufsuchte, um möglichst viele verschiedene Gerichte mit in die USA nehmen zu können. Nach und nach füllten sich auch die wenigen freien Stühle, bis eine bunte und fröhliche Atmosphäre um uns herum herrschte. Wir machten außerdem mehrere Fotos mit den Angestellten, die Asher tatsächlich erkannt hatten.

Nach dem Essen zahlte Asher und wir verließen das kleine Restaurant. Ein wenig wehmütig schaute ich mich noch einmal zu dem Ambiente um, als wir die Straße überquerten.

»Wie sieht's aus, sollen wir uns noch die Beine vertreten?«

»Unbedingt.« Ich rieb über meinen Bauch. »Nach dem guten Essen habe ich einen Spaziergang dringend nötig.«

# Seattle

## Kit

Wir verließen die Einkaufsstraße und gingen zum Pier, hinter dem das blau beleuchtete Riesenrad stand. Die letzten Sonnenstrahlen tauchten den dunkler werdenden Abendhimmel überm Horizont in ein dunkles Rot. Möwen kreischten und zogen ihre Kreise über dem Wasser.

Die Menschen um uns herum holten sich Gebäck an den wenigen kleinen Ständen. Unweit von uns saß ein Straßenmusiker und spielte einen Song auf der Gitarre.

Asher und ich gingen still nebeneinander her. Zwischendurch schaute ich zu ihm auf. Er hatte die Hände in den Hosentaschen vergraben und den Blick auf das Meer gerichtet.

Ich wusste nicht, was ich von dem Abend halten sollte, aber er hatte sich entgegen meiner Erwartung mächtig ins Zeug gelegt.

Das Date war wirklich ein Super-Date.

Am Geländer zum Riesenrad blieben wir stehen, Asher in Richtung der Attraktion, ich schaute über den Pier.

»Ich gebe es ungern zu, aber der Abend war toll.«

Asher sah mich an. »Erst hatte ich überlegt ein richtiges Kack-Date vorzubereiten.«

Ich sah finster zu ihm und er lachte. »Damit hatte ich tatsächlich auch gerechnet.«

»Aber dann dachte ich, wieso überrasche ich dich nicht, indem ich etwas mache, womit du garantiert nicht rechnest.« Er beugte sich ein wenig zu mir und wackelte mit den Brauen. »Außerdem behalte ich so recht.«

»Das ist ohnehin das Wichtigste für dich«, sagte ich mit einem weiteren Schmunzeln.

»Das kann ich dir jetzt immer unter die Nase reiben.«

Ich konnte nicht fassen, wie locker wir wieder miteinander umgingen. Als hätte es die letzten Wochen zwischen uns gar nicht gegeben. Vielleicht fanden wir zurück zu unserer Freundschaft. Vielleicht fanden wir aber auch zu etwas anderem, auch wenn es nach wie vor seltsam klang, das überhaupt zu denken.

»Also gehörte das alles zu deinem perfiden Plan?« Ich stützte mich ebenfalls mit den Unterarmen auf das Geländer. »Du hast beides bekommen. Deinen Gewinn und meinen.«

»Es gibt einen Grund, wieso ich schwach geworden bin und mit dir geschlafen habe«, sagte er, weshalb ich die Stirn runzelte.

»Dafür brauchst du einen Grund? Ich dachte es reicht: In deiner Nähe?« Ich lachte in mich hinein.

»Weil du nervig bist.«

Schockiert sah ich ihn an.

»Unglaublich nervig, Kathrin, weil du …« Er tippte mit dem Zeigefinger gegen seine Schläfe. »Weil du, seit wir uns kennen, nicht mehr da raus gehst.«

Der Schock wich Überraschung und mein Herz machte Luftsprünge und tanzte vor Euphorie.

»Das Nervigste daran ist, dass ich einfach alles an dir so furchtbar anstrengend finde …«

Ich nickte, damit er weiterredete.

»Wenn du singst, wieso hast du beinahe durchgehend die Augen geschlossen?« Er schüttelte den Kopf. »Es ist so nervig, weil ich nicht aufhören kann, darüber nachzudenken, wie es sich anhört, wenn du lachst ... du lachst so laut und schrill, man hört dich selbst über die lauteste Musik hinweg.«

Erneut nickte ich.

»Du umschließt große Flaschen Coke mit beiden Händen, weil deine Hände zu klein sind. Wie schaffst du es überhaupt, Bass zu spielen?«

»Keine Ahnung«, wisperte ich.

Asher war anbetungswürdig, während er vollkommen überfordert versuchte, mir auf seine schräge Art Komplimente zu machen.

»Wenn du deine Haare neu zusammenbindest, nimmst du dabei immer das Haargummi zwischen die Zähne und dann kann ich nur noch auf deine vollen Lippen sehen.« Er lachte einmal. »Und was du damit alles anstellen kannst.«

Die Luft um uns herum vibrierte.

Mein gesamter Körper tat es.

»Nach jedem Konzert schreibst du irgendjemandem und ich hasse den Gedanken, dass es irgendein Typ ist. Deswegen habe ich es nicht mehr ausgehalten und dich gefragt, ob du bei mir übernachten willst.«

Lächelnd zog ich mein Handy aus der kleinen Tasche, die vor meinen Füßen lag. Dann öffnete ich den Chat mit dem Mann, der mir nach jedem Konzert schrieb und hielt es Asher hin.

Er sah mich mit großen Augen an. »Dein Dad.«

»Ja, ich schreibe mit meinem Dad. Er schickt mir vor jedem Konzert eine Nachricht, dass er uns viel Erfolg wünscht und nach jedem Konzert eine weitere, weil er hofft, dass der Auftritt ein Erfolg war.« Ich schob das Telefon zurück in die Tasche, wonach ich mich seitlich anlehnte und zu ihm aufschaute.

Und ich nahm all meinen Mut zusammen.

»Was ist das zwischen uns?«

»Ich weiß es nicht.« Seine Antwort war ehrlich, aber nicht das, was ich hören wollte.

In dieser Sekunde wurde mir bewusst, dass ich mit Asher zusammen sein wollte. Ich wollte gemeinsam mit ihm schlechte Tage durchstehen und gute erleben.

»Würde ich dich mit einem anderen sehen, würde mich das in den Wahnsinn treiben.«

»Was bedeutet das für uns?«

Wollte er doch mehr? Allein bei der Vorstellung wurde mir schwindelig.

Er ließ den Kopf zwischen den Armen hängen. »Ches hat mir gesagt, ich hätte Schiss, das mit dir zu versauen und er hat recht.« Unsicherheit und Scham standen ihm ins Gesicht geschrieben, als er mich wieder ansah.

»Oh«, machte ich.

Das alles mit ihm überforderte mich trotzdem. Ich konnte mich nicht einfach auf ihn einlassen, obwohl ich es so gerne wollte.

»Wie wäre es, wenn wir es langsam angehen?«, fragte er und mir blieben die Worte im Hals stecken. Ich wollte etwas dazu sagen, aber mehr als ein leises Krächzen bekam ich nicht raus.

Was zur Hölle passierte hier?

Er griff nach meiner Hand und drückte mir einen sanften Kuss auf den Handrücken, was ich ebenso überfordert beobachtete.

Die Berührung seiner Lippen an meiner Haut war wie ein kleines Feuerwerk in meiner Brust. Dabei fixierte er mich mit seinen dunklen Augen, die im Schein des Riesenrads schwarz wirkten.

»Das mit Suzie ist ziemlich beschissen gelaufen, ich habe nie gute Erfahrungen gemacht«, erzählte er und ließ mich wieder los.

Endlich fing ich mich und räusperte mich einmal. »Was genau ist zwischen euch gewesen?«

Ich wollte das Thema so schnell wie möglich auf relativ neutrales Terrain lenken, damit ich darüber nachdenken konnte, was ich davon hielt. Ich wollte mit Asher zusammen sein, aber ich traute dem Braten einfach nicht.

Möglich, dass ich zu vorsichtig war.

Aber es langsam angehen zu lassen, würde mir helfen, klar zu sehen und mich auf ihn einlassen zu können. Vermutlich klang es verrückt, aber ich kannte Asher zu gut und das war ein Problem für meinen Kopf.

»Irgendwie waren wir zusammen, irgendwie aber auch nicht.« Er fuhr mit einer Hand durch die Haare. »Das zwischen uns war immer eine heimliche Kiste. Niemand durfte von uns wissen.«

»Wie lang ging es?«

»Etwas mehr als ein Jahr. Dann hat Dad uns erwischt.« Mit einem Seufzen machte er einen Rundumblick. »Und mir erst eine verpasst und mich dann vor die Tür gesetzt.«

»Das wusste ich gar nicht.«

Er schielte mit einem Grinsen zu mir. »Das binde ich auch nicht jedem auf die Nase.« Dabei tippte er auf meine Nasenspitze und entlockte mir ein Lächeln. Dennoch drückte ich seine Hand weg. »Lions Vater hat mich aufgenommen, also habe ich zwei Jahre bei ihnen gewohnt, bevor ich mir mit Jake eine Wohnung genommen habe.«

»Wieso nicht mit Lion?« Das fragte ich mich, seit ich wusste, dass die beiden das waren, was besten Freunden am nächsten kam.

»Hat sich nicht ergeben.«

Hm. Das kaufte ich ihm irgendwie nicht ab, aber ich fragte nicht weiter nach, weil er offensichtlich nicht darüber reden wollte.

»Und was war mit Suzie?«

»Unser Verhältnis ist seitdem, ich nenne es, angespannt.«

»Hast du gar keinen Kontakt mehr zu deinen Eltern?«

»Seit sieben Jahren nicht mehr.«

»Wie ist Maybe eigentlich entstanden?« Das wusste ich nach all den Jahren noch immer nicht. Dass Jake die Band gegründet hatte, war die einzige Information, die ich bis jetzt bekommen hatte.

»Jake hat uns sozusagen gefunden.«

»Was bedeutet das genau?«

»Lion, Ches und ich kennen uns von der Highschool und Jake haben wir vor sieben Jahren auf einem kleinen Open-Air-Konzert in Jersey kennengelernt.« Ich nickte. »Er hat da gekellnert und wir sind ins Gespräch gekommen. Shawn haben wir ein Jahr darauf auf einer Comic-Convention getroffen.«

»Ich hatte mir das tatsächlich spektakulärer vorgestellt«, witzelte ich.

Asher zuckte mit den Schultern. »Kann ja nicht jeder so spektakulär in eine Band rutschen wie Penny.«

Ich lachte. »Es wäre auch ein Wunder, wenn sie mal etwas nicht spektakulär über die Bühne bringt.«

Keith und ich kannten uns ebenfalls von der Highschool, wir hatten in der Schulband gespielt und er hatte auch die Uni besucht, auf der ich gewesen war. Gemeinsam hatten wir sie abgebrochen und eine Weile mit einem anderen Kollegen gespielt. Der hatte die Band aber überstürzt verlassen und auf einer Studentenparty vor fünf Jahren hatten wir dann Penny getroffen.

Aber nicht einfach so.

Das wäre schließlich nicht die Penny-Art.

Sie war vom Balkon in den Pool gefallen, Keith und ich hatten sie herausgezogen, weil sie beinahe ertrunken wäre. Sie behauptete allerdings bis heute felsenfest, dass sie nicht zu viel getrunken hatte und es locker alleine heraus geschafft hätte.

Mit einem Blick deutete Asher auf das Riesenrad. »Wie sieht's aus? Fahren wir?«

»Auf keinen Fall.«

Lachend legte er einen Arm um meine Schultern und zog mich zu sich. Im ersten Moment war ich überrascht, was aber schnell einem wohligen Kribbeln in meinem Bauch wich.

»Ich passe auch auf, dass du nicht runterfällst.« Er kniff die Lider leicht zusammen und schaute zu mir herunter.

»Ich bleibe bei Nein.«

»Die Gondeln fallen schon nicht ab.«

»Danke, das beruhigt mich wirklich.«

»Komm schon, das wird gut. Wir machen Pärchen-Sachen in der Gondel.«

»Was soll das bitte sein?«

»Schweinereien.«

»So viel zum Thema, wir lassen es langsam angehen.«

Asher lachte rau und dieser Klang und das dunkle Timbre vermischten sich mit der kühler werdenden Abendluft und dem Duft von Ruhe sowie Freiheit.

Vermutlich würde er nicht nachgeben. »Aber vorher hätte ich gerne Churros«, sagte ich und deutete auf den kleinen Stand auf der anderen Pierseite. Asher erfüllte mir meinen Wunsch und so hatte ich einige Minuten später eine Packung mit dem leckeren Gebäck in der Hand. Mit vollem Mund sah ich zu ihm auf. »Ich gehe trotzdem nicht da drauf«, nuschelte ich.

Erst reagierte er gar nicht, dann schnaubte er und zog eine der Churro-Stangen aus dem Behälter. »Dann bleibt mir nichts anderes übrig, als dich über die Schulter zu werfen und dich zu nötigen.«

»Ich beiße dir in den Rücken«, warnte ich und deutete mit dem Churro auf ihn. Er grinste und biss ein Stück davon ab.

Wir schlenderten zurück zur Straße. »Ich habe mir Gedanken gemacht«, sagte Asher.

»Aha?« Ich schob mir den Rest Churro in den Mund.

»Ich fände es gut, wenn der nächste gemeinsame Song in unser Programm passt. Dann kann er mit auf die neue Platte.«

Ich blieb stehen. »Du willst mich mit auf der Platte?« Einen Song auf der Tour zu performen war etwas völlig anderes, als mit auf dem nächsten Album zu sein. Das bedeutete nämlich, es würde Millionen von Maybe Next Time Fans erreichen.

»Na ja, wenn du Lust hast, natürlich nur.« Er schob die Hände in die Hosentaschen und ich schloss zu ihm auf.

»Natürlich, das wäre unglaublich.«

Die wenigen Minuten zum Moore Theater legten wir zu Fuß zurück und vor unserem Bus blieben wir stehen. Asher zog die Zigaretten aus der Hosentasche und schnippte eine einzelne heraus. Er steckte sie zwischen die Lippen, zog sie aber direkt wieder heraus und schob sie in die Hosentasche.

»Danke«, sagte ich und griff nach hinten an die Türklinke. »Wir sehen uns morgen.«

Er nickte und ich wartete auf etwas Bestimmtes.

Beinahe verhalten trat er an mich heran, umfasste meine Wangen und beugte sich langsam zu mir. Und wieder schaffte er es, mein Herz in einen Ausnahmezustand zu versetzen.

Unglaublich sanft drückte er seine Lippen auf meine und ließ wieder von mir ab.

»Schlaf gut, Kathrin.«

»Gute Nacht. Der Abend hat mir gefallen.« Ohne auf eine Reaktion zu warten, verschwand ich im Bus und atmete einige Male durch, als ich im Flur zum Wohnbereich stand.

Meine Hände zitterten, wie ich feststellte.

Dieser Kuss hatte es besiegelt.

Das hier war ein waschechtes Date gewesen und wir würden uns wieder treffen. Vielleicht nicht so, aber definitiv auf andere Art und Weise.

Meine Gedanken rasten und doch konnte ich keinen richtig fassen.

Ich wollte vor lauter Freude aufschreien.

Drei neugierige Blicke waren auf mich gerichtet, als ich zum Sofa schaute. Ich ging zu meinen Freunden und setzte mich gegenüber in den Sessel.

»Und?«, sagte Penny aufgeregt.

Ich rieb mit den Händen über den Jeansstoff an den Oberschenkeln. »Ich bin mir nicht ganz sicher, was passiert ist«, flüsterte ich.

»Was soll das bedeuten?« Penny wieder. »Hat er dir K.o.-Tropfen in den Drink gemixt und du erinnerst dich nicht?«

»Wir haben ein komisches Gespräch geführt.« Wieder rieb ich über die Hose.

»Was für ein Gespräch?«, fragte Penny weiter. »Also war es ein richtiges Date oder hat er dich nur verarscht?«

Ich sah sie an und konnte noch immer nicht fassen, was ich meinen Kollegen sagen würde. »Es war ein Date. Ein richtiges Date. Er hat mich vor dem Bus geküsst.«

Penny sprang auf und eilte zum Kühlschrank. »Ich brauche Wein.« Sie zog einen Weißwein heraus und hielt ihn hoch. »Noch jemand?«

»Ja«, sagten wir alle.

Sie organisierte noch eine zweite Flasche und stellte vier Weißweingläser auf den Tisch. Als sie uns eingeschenkt hatte, stießen wir an. »Auf Kit und Asher«, sagte Penny.

»Darauf werden wir…«

»Auf Kit und Asher«, sagten auch Keith und Tyler und stießen mit Penny an, was ich ihnen gezwungenermaßen gleichtat. Keith wie auch Tyler lehnten sich danach entspannt zurück.

Sie trank einen großzügigen Schluck und stützte sich auf ihre Knie, schaute mich neugierig an. »So, Ms Fort, wir wollen jede kleine Kleinigkeit des Abends wissen.«

Ich schwenkte das Weinglas und beobachtete die helle Flüssigkeit, die das Glas benetzte. Dann hob ich den Blick und sah Penny an. »Wir lassen es langsam angehen.«

Ihr klappte die Kinnlade herunter und sie brauchte einige Sekunden, um ihre Stimme wiederzufinden. »Seid ihr zusammen?«

Ich zuckte mit den Schultern.

»Keine Ahnung? Vielleicht? Irgendwie?«

Jetzt stützte sich auch Keith auf seine Knie und schaute mich unter seinen dunklen Braunen intensiv an. »Was habe ich dir gesagt?«

Penny stieß ihn an. »Was hast du ihr denn gesagt?« Ich musste lachen, weil sie so entsetzt klang.

Er fixierte sie ausdruckslos. »Denkst du, ich darf nicht mit Kit reden?« Sie streckte ihm die Zunge raus. »Und außerdem ist das geheim.« Sie boxte ihn gegen die Schulter.

Vorsichtig schaute ich zu Tyler, der in sein Weinglas starrte und in sich gekehrt wirkte. Ich seufzte und beobachtete Penny, die jetzt in ein Wortgefecht mit Keith vertieft war.

»Hey, Keith«, sagte ich kurzentschlossen. Mit dem Daumen deutete ich in Richtung des Flurs. »Kann ich dich mal kurz unter vier Augen sprechen?«

Auch wenn ich Penny und Tyler ungerne alleine ließ, tat es ihnen vielleicht gut, Zeit allein zu verbringen. Immerhin waren sie Freunde, das bedeutete, sie konnten sicherlich zu ihrer Freundschaft zurückfinden.

Penny verschränkte die Arme und schob die Unterlippe vor. »Noch mehr Geheimnisse also?«

Ich stand auf und verpasste ihr einen freundschaftlichen Knuff gegen den Oberarm, sodass sie lachte. »Wenn wir zurückkommen, jammen wir, was meint ihr?«

Sofort leuchteten Tylers Augen und meine Kollegen stimmten mir hörbar euphorisch zu.

Keith und ich gingen durch den Flur. Er öffnete die Tür und wollte nach draußen gehen, doch ich hielt ihn am Arm fest, als ich Pennys Stimme vernahm. Keith sah mich fragend an, sein Weinglas an den Lippen.

»Warte«, flüsterte ich.

Wir blieben still stehen und natürlich war es nicht in Ordnung, das Gespräch der beiden zu verfolgen.

»Kannst du das mit Asher und Kit glauben?«, fragte Tyler.

»Asher ist doch schon seit dem Tag scharf auf Kit«, sagte Penny. »Dass er es vier Jahre ausgehalten hat, ohne sie flachzulegen …«

Keith grinste und ich sah ihn finster an.

»Na ja, da gehören immerhin zwei zu«, antwortete Tyler und wieder einmal dankte ich ihm innerlich für seine Einstellung. Er war einer der Guten, definitiv.

Einige Minuten war es still, ich vernahm lediglich den Reißverschluss von Pennys Gitarrentasche und dann wenige Male leer angeschlagene Saiten.

»Tut mir leid, dass ich dich an dem einen Abend nach

dem Konzert so angegangen bin«, sagte sie und Keith sah mich mit einem Wow-Blick an. Ich stieß ihn an, damit er ja die Klappe hielt. »Kann Bea mich wirklich nicht leiden?«

»Sie ist ziemlich eifersüchtig auf dich«, antwortete Tyler und mein Herz hämmerte auf einmal unter meinen Rippen.

Ob die Idee so gut war, sie allein zu lassen?

Was, wenn Tyler es sich anders überlegte?

Andererseits ... konnte ich ihn nicht vor sich selbst beschützen.

Penny zupfte an ihrer Akustikgitarre, ehe es wieder ruhig wurde. »Wieso denn?«

»Weil sie dich hübsch findet.«

Penny lachte leise und ich hatte genau vor Augen, wie sie ihren Kopf dabei schüttelte.

Keith stand mittlerweile mit offenem Mund vor mir und ich legte meinen Zeigefinger vor die Lippen.

»Solang nur sie mich hübsch findet, hat sie kaum etwas zu befürchten. Außerdem hast du sie geheiratet. Sie ist deine Frau und ich glaube, dass du ein ehrlicher Kerl bist.« Wow, dass Penny das sagte, war überraschend. Hin und wieder machte sie den Eindruck, sich nur für sich selbst zu interessieren.

Aber diese Momente zeigten, wer sie wirklich war.

»Ja, ich habe sie geheiratet«, sagte Tyler leise. Allerdings klang etwas in seinem Tonfall mit.

»Was?«, sagte Penny sanft und doch auffordernd.

»Nichts. Schon gut. Das willst du sicher nicht hören.«

Keith stieß mich an und beugte sich zu mir. »Was soll das?«, wisperte er bald tonlos und ich bedeutete ihm wieder, die Klappe zu halten. Er trank den Rest des Weins mit einem Mal leer und beinahe hätte ich über seinen erschütterten Ausdruck gelacht.

»Wir sind Freunde, Tyler Blackwell-Wellerman«, sagte Penny und spielte eine kurze und unfassbar traurige Tonabfolge.

»Woher kennst du Shawn?«, fragte er und jetzt war ich kurz davor, den Kopf um die Ecke zu drehen.

»Von früher«, sagte sie ungerührt.

Sie sprach mit ihm, sie vertraute sich ihm an. Selbst ich hatte Jahre dafür gebraucht, diese winzige Information aus ihr herauszukitzeln. Und ich hatte zufällig danach gebohrt, sonst hätte ich es vielleicht nie erfahren.

»Wart ihr mal zusammen oder so?«

»Nein, er kam nur regelmäßig in den Laden, wo ich gejobbt habe«, erklärte sie. »Die Zeit ist mir irgendwie peinlich, können wir das vielleicht so stehen lassen?«

Mit offenem Mund packte ich Keiths Oberarm, der mittlerweile eher genervt als interessiert aussah. Wieso wusste ich das nicht?

Penny hatte gejobbt, das war kein Staatsverbrechen, wieso also wusste ich davon nichts, wenn sie doch meine beste Freundin war?

Natürlich war es ihr gutes Recht, mir davon nichts zu erzählen, dennoch verstand ich es nicht. Erst erfuhr ich, dass wir niemals so weit gekommen wären, wenn Penny Shawn nicht gekannt hätte und jetzt, wieso sie sich überhaupt kannten.

»Natürlich«, sagte Tyler. Penny zupfte wieder diese traurige Melodie und er räusperte sich. »Ich finde dich hübsch … sogar sehr hübsch. Bea hat recht.«

»Oh.« Sie verspielte sich.

Dünnes Eis, extrem dünnes Eis.

Keith deutete mit einem Nicken an, dass wir zurückgehen sollten, aber ich schüttelte den Kopf.

»Ich glaube, ich habe zu früh geheiratet«, sagte Tyler und kurz blieb mir die Luft im Hals stecken, die ich einatmen wollte. Keith sah mich finster an und schubste mich beinahe von der Treppe. So gerade fing ich mich am Geländer ab.

»Das reicht«, zischte er und zog die Bustür wieder zu. Sofort verstummten die beiden. Er deutete auf mich. »Ich halte viel von dir, aber das ist nicht in Ordnung, Kit.« Er ging zurück zu ihnen und ich benötigte noch einen Augenblick.

Nach wenigen Sekunden ging ich Keith hinterher, er schloss gerade die Tür zu den Kojen hinter sich und ich folgte ihm. Als ich die Tür zugezogen hatte, wandte er sich mir zu.

»Was soll das werden?«, fragte er leise.

»Sie sollen sich aussprechen.«

»Indem Tyler sich quasi vor Penny auf die Knie wirft?«

»Tyler wird Bea nicht verlassen«, sagte ich bestimmt.

Keith lachte leise. »Hast du das nicht gehört?« Er deutete zum Wohnbereich »Und was passiert, wenn Penny und Tyler zusammen sind und sich trennen? Was passiert dann mit der Band?«

»Niemand spricht davon, dass sie zusammenkommen. Ty wird das in seinem Kopf regeln. Du glaubst doch nicht, dass er seine Ehe einfach aufgibt?«

Keith seufzte und rieb über sein Gesicht. Dann setzte er

sich auf Tylers Bett. »Natürlich tut er das nicht.«

Ich setzte mich gegenüber. »Vertrau den beiden einfach.« Er kniff ein Lid leicht zu. »Auch, wenn es bei Penny nicht immer so leicht ist. Sie wissen schon, was sie tun.«

»Ja, schon gut. Ich habe nur Angst, dass das die Band auseinanderreißt. Selbst, wenn das zwischen Penny und Tyler abebbt, wird Bea misstrauisch werden, völlig zurecht. Das macht es für uns als Band nicht leichter.«

Ich nickte, weil er natürlich recht hatte. »Und jetzt vertreiben wir die dunklen Wolken über deinen Schultern und jammen den Rest des Abends.«

Ich drückte Keiths Schulter sanft und wir gingen zurück zu Penny und Tyler, die bereits mit Gitarre und Cajon bereitsaßen.

Keith litt unter der Situation mit Lion, ich verstand, dass er gereizt war. Das würde er nie zugeben, aber ich bemerkte es und es tat mir wahnsinnig leid für Keith.

Aber Lion war nun einmal Lion.

Ich wusste, dass Keith recht behalten würde und es für Lion immer nur ein Ausrutscher blieb.

# Portland

## Kit

Die Situation zwischen meinen Kollegen hatte meine Stimmung getrübt. Nach dem wundervollen Date mit Asher sollte ich gut drauf sein, aber irgendwie war ich deprimiert.

Zugegeben, möglicherweise trug meine Unsicherheit Ashers Absichten gegenüber dazu bei. Er hatte sich Mühe gegeben, aber in meinem Kopf manifestierte sich ein unguter Gedanke. Vielleicht tat ich ihm damit Unrecht, vielleicht aber auch nicht.

Für mich war es wichtig, auf der Hut zu sein.

Den Soundcheck im Moda Center übernahmen Mitarbeiter des Technik-Teams für uns. Gemeinsam mit Lion und Penny stand ich vor der Bühne, an die Wellenbrecher gestützt und beobachtete das Treiben und wie diese fremden Menschen unsere Instrumente in den Händen hielten. Das war mir nicht ganz geheuer, aber sie machten ihren Job gut.

Die Bühne war im Halbkreis ausgerichtet und links und rechts gingen Stege ab, die an den Gittern vorbei ins Publikum ragten.

Ich sah mich in der Konzerthalle um, in der dutzende von Arbeitern herumwuselten.

Es herrschte Unruhe, immer wieder riefen sich die Angestellten Dinge zu.

»Weißt du, wie viele Menschen hier rein passen?«, wollte Penny von Lion wissen.

»Ches hat irgendetwas von zwanzigtausend gesagt.«

»Puh«, machte Penny und wir wechselten einen Blick.

»Wir haben Glück, die Halle bekommen zu haben. Hier spielen sonst nur die Großen.« Er machte eine Kunstpause. »Sogar Nickelback.«

Penny prustete. »Wusstest du, dass sie auf einem Festival mal einen Track von Metallica gecovert haben, damit die Fans nicht abhauen?« Lion lachte und nickte.

»Nickelback verkaufen Millionen von Platten. So schlecht können sie also nicht sein«, sagte ich.

Penny und Lion zogen hörbar Luft ein und sahen mich mit großen Augen an. Penny legte außerdem in einer theatralischen Geste ihre Hand an die Brust. »Du Teufel verteidigst sie.«

Nur, um ihre Gesichter zu sehen.

Ich schaute an ihr vorbei zu Lion. »Sind denn alle Tickets verkauft worden?«

»Ich glaube schon.«

Wieder schaute ich auf die große Bühne und das ganze Equipment. Hier bekamen die Fans eine andere Show als in den kleinen Bars oder Theatern. Außerdem hingen zwei gigantische Screens rechts und links neben der Bühne.

Das hier war eine neue Hausnummer für uns als Band und ich hatte wirklich Angst, das zu versauen. Bereits jetzt schlug mein Herz unglaublich intensiv.

»Die nächsten Konzerte werden noch größer«, erklärte Lion. »In Vegas spielen wir vor vierzigtausend Fans.«

»O Mann«, machte Penny und ließ ihre Arme über das

Gitter gleiten, bis sie das Kinn darauf abstützte.

Eine Bewegung ließ mich aufmerksam werden. Asher lehnte sich dicht neben mich ans Gitter und ich schaute schnell wieder zur Bühne.

Ich wusste nicht, wie ich mich ihm gegenüber verhalten sollte. Nach dem Date hatte ich es geschafft, ihm aus dem Weg zu gehen.

»Mir gefallen die kleinen Bars am besten«, erzählte Lion weiter und klopfte einen Takt mit den Fingern aufs Gitter. »Da kann man immerhin mit dem Publikum interagieren.« Er deutete auf den Raum zwischen Bühne und Wellenbrecher. »Hier sind drei Meter dazwischen, ganz zu schweigen von den Security, die nachher aufgestellt werden.«

»Du bist nur angepisst, weil du nicht weit genug springen kannst, um zu crowdsurfen«, sagte Asher.

Seine tiefe Stimme kitzelte meine Sinne.

Nervös umfasste ich das kühle Gitter. Jetzt hämmerte mein Herz eindeutig so heftig, weil er mir so nah war.

Mit seiner Brust berührte er meine Schulter und ich bekam nicht mehr mit, was Lion ihm antwortete. Und als er mit seinen Fingern meine Wirbelsäule entlangfuhr, klammerte ich mich wie verrückt an das Gitter, um nicht zu Boden zu sacken.

Alles um mich herum verblasste.

Asher beugte sich zu meinem Ohr. »Können wir kurz reden?«

War das gut? Oder schlecht?

»Ja, klar.«

Mit einem Nicken deutete er Richtung Backstagebereich und ich folgte ihm. Hinten hielten sich ebenfalls dutzende

Mitarbeiter auf. Sie eilten umher. Asher griff meine Hand und schleifte mich durch den Gang zu den Backstageräumen, zog mich in den von Maybe und schloss die Tür. Nur das Licht über einem der Schminktische brannte, der allerdings zum Kleiderständer umfunktioniert worden war.

Ich sank rücklings gegen die Stahltür, die meiner erhitzten Haut guttat.

»Wieso gehst du mir aus dem Weg?«, fragte Asher geradeheraus. Sein Blick war intensiv und brennend auf mich gerichtet.

Ich öffnete den Mund, aber nicht ein Ton kam über meine Lippen, weil ich nicht wusste, wie ich es ihm erklären sollte.

Er seufzte und kam einen Schritt auf mich zu. »Kathrin.« Der Klang meines Namens aus seinem Mund stellte mir die Nackenhaare auf. »Ich dachte, wir hätten alles zwischen uns geklärt?«

»Ja«, brachte ich hervor, »wir lassen es langsam angehen.« Ich klang abgehetzt.

Mein Blick fiel auf seine von seinem Drei-Tage-Bart umgebenen vollen Lippen.

Diese Lippen, die sich so gut an meinen anfühlten.

Er trat dicht an mich heran, sodass ich seinen Atem auf meiner Schläfe spürte. Automatisch schloss ich die Augen und atmete den Duft seines Aftershaves ein. Es vermischte sich mit dem Geruch seines T-Shirts und dem von kaltem Rauch.

»Ich dachte, du rauchst nicht mehr?«, fragte ich leise und spielte mit dem Bund seines Shirts.

»Nur eine. Vorhin.«

»Du musst für mich nicht aufhören.«

»Vielleicht möchte ich es ja«, flüsterte er und entlockte mir ein Lächeln. Wie von selbst legte ich meine Hände an seinen Bauch, Asher strich mit einem Finger meine Haare von der Stirn.

Ich schaute zu ihm auf.

Er zu mir herunter, die Lippen geteilt, pure Leidenschaft in seinem Ausdruck.

»Ich habe Angst«, sagte ich ehrlich. »Angst vor dem, was zwischen uns ist.«

Er strich durch meine Haare und statt Ärger in seinen Augen zu entdecken, fand ich Verständnis. »Ich weiß.«

»Ich habe viel mit euch erlebt, ich weiß, wie ihr manchmal drauf seid … wie du es sein kannst.« Asher nickte leicht. »Ich will dich nicht vor den Kopf stoßen, aber ich habe Angst, dass ich …«

»Dass du für mich auch nur eine x-beliebige Bettgeschichte bist.«

Ich umfasste seine Taille und er umschloss meine Wangen mit den Händen. Seine Haut war kühl und tat gut, weil mich Hitze umgab. »Wir haben Zeit.«

Es bedeutete mir viel, dass er das sagte. »Danke.«

Asher schloss die Augen und dann drückte er seine Lippen an meine Stirn. »Ich verstehe dich«, flüsterte er mir zu und gab mir Halt.

Er gab mir das erste kleine Stück Sicherheit, das ich von ihm, von der ganzen Musikszene, so dringend benötigte.

Blind tastete ich nach dem Türknauf und Asher verfolgte die Bewegungen meiner Hand, bis ich die Tür abschloss, da schaute er mich wieder an, die Brauen gehoben.

Gerade als ich an sein Shirt fasste, um es ihm über den Kopf zu ziehen, summte es in meiner hinteren Hosentasche. Für einen Moment hielt ich inne, doch ich ignorierte das Handy und zog ihm das T-Shirt über den Kopf.

Es begann erneut zu klingeln.

Asher grinste. »Vielleicht solltest du rangehen?«

Mit einem genervten Seufzen zog ich das Telefon aus der hinteren Hosentasche und schaute auf den Bildschirm. Asher warf mir einen bestätigenden Blick zu und ich hob ab.

»Hey, Mom«, murmelte ich und ging um den kleinen Tisch, setzte mich aufs Sofa.

»Hallo, Schatz«, sagte sie, aber ich filterte den gereizten Unterton natürlich heraus.

Asher setzte sich zu mir und lehnte sich zurück, wobei er mich nicht aus den Augen ließ.

»Um auf das letzte Telefonat zu sprechen zu kommen«, sagte sie, »das war nicht sonderlich nett.«

»Sorry, ich hatte ziemlich Stress.«

»Und wie läuft es mit Asher?« Er hob neben mir eine Braue, weil er sie wohl hörte.

»Was ist denn das für eine Frage?«

»Na ja, ich habe Bilder gesehen, wie ihr euch auf der Bühne küsst. Und Videos wie ihr zusammen im Backstagebereich seid.« Was für ein Staatsverbrechen. Es raschelte in der Leitung. »Kathrin«, grüßte mein Dad, ich schloss die Augen. Asher hatte den Arm hinter mir liegen und automatisch sank ich gegen seine Brust.

»Dad«, murmelte ich. »Kannst du Mom bitte verbieten, online nach mir zu suchen?«

Er lachte. »Du weißt, dass das nicht möglich ist. Wie geht es dir?«

Mit der freien Hand fuhr ich durch meine Haare. »Sehr gut, die Tour läuft super und bis jetzt waren alle Konzerte ein Erfolg.« Mir war klar, dass er das nicht hören wollte, immerhin hielt ich ihn mit täglichen Nachrichten auf dem neuesten Stand.

»Ist Asher jetzt dein Freund?« Obwohl mich die Tatsache nervte, dass er das wissen wollte, fand ich seine Frage süß.

Ich setzte mich wieder gerade hin und schaute Asher über die Schulter an. »Wir … ehhh … nein.«

»Hm-mh«, machte Dad. »Deine Mutter und ich haben uns unterhalten und wenn er doch dein Freund wird, würden wir uns freuen, wenn du ihn zum Essen mitbringst.«

»Ich komme sehr gern«, sagte Asher laut und ich schlug fahrig gegen seinen Bauch, was ihn zum Lachen brachte.

»Ich rufe euch nach dem Konzert noch einmal an, okay? Dann reden wir in Ruhe.«

»Natürlich, Kleines. Viel Erfolg heute.«

»Danke, Dad.«

Ich legte auf und das Telefon auf den Tisch.

Asher begann über meinen Rücken zu streichen und zog meine Wirbelsäule mit den Fingern nach. Sofort kribbelte mein gesamter Rücken angenehm.

»Deine Eltern mögen mich, hm?«

»Vor der Tour haben sie mir noch geraten, mich von dir fernzuhalten.«

Schmunzelnd rappelte er sich auf und drückte mir einen sanften Kuss in die Halsbeuge. »Weil ich so ein böser Junge bin?« Da er mich mit den Lippen und dem Bart kitzelte, zog ich die Schultern hoch und kicherte. Er umfasste meinen Bauch und zog mich an sich.

»Mom hat dich einen Bengel genannt«, murmelte ich und Asher lachte an meiner Haut.

»Eigentlich bin ich ein braver Junge«, flüsterte er und biss sanft in meinen Hals. Ich zuckte, weil diese Berührung wie ein Impuls durch meinen Körper schoss. »Immerhin habe ich nur Augen für eine Frau.«

Daran, dass er mir diese Dinge sagte, musste ich mich noch gewöhnen. Es war wundervoll, sie zu hören, aber ungewohnt, dass es von Asher kam.

An meinem Kinn drehte er mein Gesicht in seine Richtung und presste seine Lippen auf meine. Sofort wurde ich gieriger und zog ihn an den Schultern zu mir. Hastig öffnete ich meine Hose und strampelte die Jeans ab.

Asher drückte mich auf die Couch und kniete sich zwischen meine Beine. Hektisch öffnete er seine Hose und schob sie ein Stück herunter, befreite seine Erektion.

Ich wollte ihn.

Es war besser als jeder Song, wenn er in mir war und er mich spüren ließ, wie sehr er mich wollte.

Aus der Hosentasche zog er ein Kondom, riss die Verpackung auf und streifte es über.

Ungeduldig streckte ich die Hände nach ihm aus, weil ich ihn endlich wieder aufnehmen wollte. Das letzte Mal war eindeutig zu lang her.

Endlich beugte er sich über mich und ohne Vorwarnung drang er in mich ein. Ich stöhnte und zog ihn zu einem intensiven Kuss heran. Mit schnellem Tempo nahm er mich, während ich mit den Nägeln über seinen Rücken kratzte und wieder einmal nicht glauben konnte, dass es Asher war, der mich vögelte.

Er packte meine Hüfte fester. Während er mich nahm, biss er die Zähne zusammen, sein Ausdruck spannt sich weiter an.

Mit den Händen glitt ich über seine Arme, den Bauch und kratzte ihn, wenn er tief in mir war.

Jeder Stoß entlockte mir ein Stöhnen.

»Scheiße, ich komme«, stieß er auf einmal aus, drang noch einmal heftig in mich ein und brach dann über mir zusammen.

Schwer atmend ließ er seinen Körper auf meinen sinken und ich begann, mit den Fingern an seinem unteren Rücken entlangzustreicheln.

»So eine Nummer vor dem Konzert ist perfekt«, nuschelte er in meine Halsbeuge.

»Als Druckausgleich, hm?«

Er lachte. »Nenn es wie du willst, aber ich bin gerade deutlich entspannter als sonst vor den Auftritten.« Asher löste sich von mir und entsorgte das Kondom im Müll, während ich meine Hose wieder anzog.

Gerade, als er die Tür aufgeschlossen hatte, drückte Lion sie auf und marschierte in den Raum. Weil Asher und ich uns nicht rührten, sah er zwischen uns hin und her. »Habt ihr hier gerade gevögelt?«

Asher verschränkte nur die Arme und Lion lachte, griff nach einer Wasserflasche neben dem Tisch. »Ich muss zugeben, jetzt bin ich etwas neidisch.«

»Weil wir Sex haben oder weil er mich gevögelt hat?«, fragte ich breit grinsend.

Er ging kopfschüttelnd durch den Raum. »Wenn du dir diese Frau durch die Lappen gehen lässt, bist du ein dämlicher Trottel.« Damit und mit einem durchaus festen Faustschlag gegen Ashers Oberarm verschwand er wieder. Nicht, ohne im Backstagebereich herumzuposaunen, dass Asher und ich gerade Sex gehabt hatten.

Asher sah mich ausdruckslos an. »Ich überlege, ihn ins Tierheim zu geben.«

Lachend sank ich zurück in das Sofa und schaute mir den großartigen Mann vor mir noch einmal genau an.

Seine dunkelbraunen Haare waren verstrubbelt, weil ich ihm dauernd mit den Fingern durchfuhr, sein Blick noch dezent lustverhangen und sein Ausdruck befriedigt und zufrieden.

Und gerade war ich glücklich, wie es war.

Vielleicht würde die Tour doch ein Erfolg werden.

In jeder Hinsicht.

# Las Vegas

## Asher

Das PH Live, in dem wir heute spielten, und das auf dem Las Vegas Strip lag, war gigantisch. Lion, Shawn, Jake und ich hatten uns nach Ankunft in der großen Konzerthalle umgesehen. Das war für uns das größte Konzert, das wir jemals gespielt hatten, entsprechend nervös waren wir. Vierzigtausend verkaufte Tickets.

Vierzigtausend Fans, die eine grandiose Show erwarteten. Die letzten Tage waren anstrengend und kräftezehrend gewesen, umso wichtiger war es, dass wir uns in den wenigen Stunden, die wir zwischen den Auftritten hatten, ausruhten.

Die ersten Wochen auf jeder Tour waren immer entspannter. Zum Ende hin wurden alle unruhiger und gereizter. Hin und wieder knallte es richtig zwischen uns, weil wir uns durchgehend auf so engem Raum befanden und dazu noch den Druck wegen der Konzerte im Nacken hatten.

Shawn und ich lungerten auf der Couch im Bandbus herum. Der Fernseher lief und spielte ein altes Konzert von Metallica.

Jake und Lion waren unterwegs, sie wollten den Las Vegas Strip mit seinen exklusiven Casino-Hotels und den Spielsälen wie auch Hotelkomplexen erkunden.

Wieder klingelte mein Telefon.

Heute schon zum dritten Mal und wieder war es Suzie. Sie hatte keinen Backstagepass bekommen und ich wusste, dass sie deswegen angefressen war. Immerhin hatte ich ihr einen versprochen.

Ich fühlte mich mies.

Obwohl ich nichts dafür konnte und ihr sogar geschrieben hatte, dass Ches sich querstellte. Ihre Antwort war, nicht anders zu erwarten, schnippisch und gegen Ches gerichtet gewesen. Die beiden hatten sich nie leiden können.

Shawn schaute wissend zu mir und ich warf ihm einen genervten Ausdruck zu und ließ das Telefon auf dem Tisch liegen. Bei jedem Klingeln wanderte es wenige Zentimeter über das Holz.

Shawn lachte.

»Halt die Klappe.«

»Weiß Kit, dass Suzie dich nervt?«

»Sie weiß, was sie wissen muss«, sagte ich. Wieder schaute er mich so nervig an. »Ich habe mit ihr gesprochen, sie weiß von Suzie und mir und sie weiß auch, dass sie auf ein Konzert kommen wollte und Ches mir einen Strich durch die Rechnung gemacht hat.«

»Was sagt Kit dazu?«

»Was soll sie dazu sagen?«

»Sie wird wohl irgendeine Meinung haben.« Shawn lachte in sich hinein und ich warf ihm einen weiteren finsteren Blick zu.

Dass Suzie mich ununterbrochen anrief, nervte mich tierisch, dazu kam das elende Lampenfieber wegen des Auftritts heute.

»Es gefällt ihr nicht, denke ich.«

»Wow, eine tolle Kommunikation habt ihr.«

Das Handy hörte endlich auf zu klingeln. »Fick dich, O'Halloran.« Mit dem Schuh schob ich mein Telefon auf dem Tisch hin und her. »Als wenn du mit deiner ach so geliebten Fran über alles sprichst.«

»Wir reden über alles.«

Was für eine dämliche Lüge.

»Penny?«

Mehr brauchte es nicht und Shawn stieß ein abwertendes Brummen aus und verschränkte die Arme. Immerhin lenkte ich so von Kit, Suzie und mir ab. Ich hatte nämlich wenig Lust, mich dafür zu rechtfertigen.

»Penny hat nichts mit Frans und meiner Beziehung zu tun«, behauptete er felsenfest.

»Dann wäre es dir also egal, wenn Penny was mit Tyler anfängt?« Kit hatte in einem Nebensatz etwas fallen lassen. Das hatte vermutlich nichts zu bedeuten, aber ich wollte einfach sehen, wie Shawn reagierte.

Er rümpfte die Nase und fuhr einmal mit gespreizten Fingern durch seine blonden Locken. »Tyler ist verheiratet.«

»Manche Menschen lassen sich scheiden.«

Jetzt wurde er offensichtlich aufmerksam, denn er blinzelte ein paarmal und legte den Kopf ein wenig auf die Seite. »Will er Bea verlassen?«

»Keine Ahnung?«, sagte ich mit einem Grinsen.

Shawn verengte die Lider. »Verarschst du mich?«

»Vielleicht?«

Er sah immer verwirrter aus. »Außerdem hätte das ohnehin keinen Sinn. Penny mag mich nicht.«

»Wenn sie dich mögen würde, würdest du Fran also doch verlassen?« Shawn presste die Lippen zu einem harten Strich. »Also bist du nur mit ihr zusammen, um die Zeit zu überbrücken, bis Penny einsieht, dass sie es vielleicht doch mit dir versuchen sollte? Ist Fran so gut im Bett?« Sein Ausdruck verfinsterte sich, er stand auf und ging an mir vorbei.

»Kümmere dich um deinen eigenen Kram, Adams.«

»Das sind ja ganz neue Töne, Mr Sunnyboy himself«, rief ich, als er die Treppe hochging. »Komm schon, das war ein Scherz!« Ich musste lachen, weil Shawn so leicht zu durchschauen war.

Wieder begann mein Telefon zu klingeln und mit einem Knurren riss ich es vom Tisch. »Hör auf, mich anzurufen!«, maulte ich Suzie an.

»Asher?!«, rief sie empört. »Kannst du mich wenigstens so auf das Konzert im Civic schleusen?«

»Du kannst da nicht einfach in den Backstagebereich marschieren«, sagte ich dunkel.

»Wenn du mich am Eingang abholst? Dann müsste es doch gehen, oder?«

»Nein, ich habe keine Zeit, um mit dir in alten Zeiten zu schwelgen. Ich bin hier, um ein Konzert zu geben, da kann ich mich nicht um dich kümmern.«

Sie seufzte gedehnt und ich ließ mich zurück an die Lehne sinken. Diese Frau raubte mir noch den letzten Nerv.

»Wer ist sie?«

»Wie bitte?«, hakte ich bissig an.

»Ist es die Kleine aus der Vorband? Ich habe das Video von euch gesehen, der Kuss sah wirklich echt aus.«

Das war der Moment, in dem ich meinen Arm gerne durch das Telefon gesteckt hätte, um Suzie am anderen Ende zu erwürgen.

»Was Kit und ich auf der Bühne machen, geht dich einen Scheiß an.«

»Fickst du die Kleine?«

Ich ballte meine freie Hand. »Fickst du deinen Mitbewohner?«, ging ich sie an.

Suzie lachte rau und ich biss die Zähne zusammen. »Das geht dich einen Scheiß an, großer Bruder.«

Ganz ruhig.

Einige Male durchatmen half mir, nicht irgendetwas hier im Bus zu zerlegen. Das wäre nämlich dann Lions Akustikgitarre auf dem Sessel gegenüber. Dafür würde Lion mich zurecht umbringen.

»Weißt du, Asher, wir hatten so eine schöne Zeit früher und jetzt wirfst du das einfach für eine andere weg.«

»Schöne Zeit?!«, rief ich und richtete mich auf. »Hast du vergessen, dass Dad mich grün und blau geprügelt und vor die Tür gesetzt hat?!« Ich wurde immer lauter und sprang von der Couch auf.

»Ich meine eigentlich die Abende auf der Lichtung. Du ... ich ... die Einsamkeit und Stille um uns herum.«

»Wir hatten nichts«, sagte ich leise und mit bebender Stimme.

Suzie klang ruhig und betroffen. »Das war das für dich zwischen uns also? Nichts?«

Das war nur Show, ihre weiche Seite war Show, um mich dazu zu bringen, nachzugeben. Sie wollte mich weichkochen mit ihrer sanften Stimme und den Erinnerungen an ihre zarte Haut und ihr glockenklares Lachen.

»Genau«, brachte ich mit Mühe hervor.

»Und das mit Kit soll es sein?« Sie lachte abfällig. »Das glaubst du doch selbst nicht.«

»Solltest du es auch nur wagen, Kit zu nah zu kommen, mache ich dir das Leben zur Hölle, *Schwester*«, schnauzte ich und legte auf. Mit zitternden Fingern blockierte ich sie und löschte danach ihre Nummer. Das ging so nicht weiter, ich musste einen Cut schaffen, andernfalls würde sie mich weiter aussaugen.

Dann starrte ich auf das Telefon und wusste, ich hatte etwas Schlimmes in Gang getreten. Das würde für mich nicht ohne Konsequenzen bleiben. Aber vor allem für Kit.

Ich drehte mich um und begegnete Lions und Jakes schockierten Ausdrücken. Sie standen im Eingangsbereich, beide die Brauen gehoben.

Ich eilte in der Halle hin und her, auf der Suche nach Kit. Nach einer gefühlten Ewigkeit fand ich sie auf der Bühne. Sie sprach mit einem der Roadies, der gerade ihren Bass auf den Ständer stellte.

»Kathrin.« Ich war außer Atem.

»Was ist denn mit dir los?« Sanft umschloss ich ihr Handgelenk und zog sie auf den vorderen Bühnenbereich, wo es gerade ruhiger zuging. »Was ist los?«, fragte sie leise und sah sich einmal um.

Ich legte meinen Fingerknöchel unter ihr Kinn und schaute sie eindringlich an. »Egal, was sie zu dir sagt, glaub ihr kein Wort, verstanden?«

»Was? Wovon redest du?« Sie runzelte die Stirn.

»Suzie.«

Kit schnappte nach Luft. »Ist sie hier?« Sie wollte sich losmachen, doch ich umschloss ihr Handgelenk fester, sodass sie wieder zu mir aufsah.

»Nein, ist sie nicht.«

»Wieso sagst du mir das dann?«

»Weil ich nicht sicher bin, ob sie vielleicht kommt.«

»Wie soll sie das machen? Wir haben an allen Eingängen Security und sie keinen Backstagepass.« Ihr Blick wurde intensiver. »Oder?«

»Hat sie nicht. Aber wenn sie will, kommt sie überall rein. Hör zu, falls sie auftauchen sollte, glaub ihr kein Wort. Kein einziges.« Ich umfasste ihre Wangen und schaute zwischen ihren Augen hin und her.

Kit wirkte immer unsicherer. »Du machst mir wirklich Angst, Asher«, flüsterte sie, doch ich hörte sie im Stimmengewirr.

»Sie ist gut und sie weiß ganz genau, wie sie in deinen Kopf gelangt.« Sanft tippte ich gegen ihre Schläfe. »Lass nicht zu, dass sie sich zwischen uns drängt.«

Ein leichtes Lächeln umspielte ihre schönen Lippen. »Es ist süß, dass du dir solche Sorgen machst. Aber das bekomme ich schon hin. Schließlich bin ich nicht so hormongesteuert wie du und will sie flachlegen.«

Ich hielt Kit für eine starke Frau, sie ließ sich nicht so leicht beeinflussen, dennoch bedeutete das bei Suzie nichts. Sie hatte auch meinen Vater um den Finger gewickelt, obwohl alles gegen sie gesprochen hatte.

Sie war eine Meisterin ihres Fachs. Und ich hatte Jahre gebraucht, um das zu verstehen, weil sie mich blind gemacht hatte. Blind für meine Freunde, blind für die Wahrheit und für den Menschen, der sie wirklich war.

»Sieh dich einfach vor.« Ich gab ihr einen Kuss auf die Stirn, wonach sie sich unsicher umschaute. »Ist es dir unangenehm, wenn ich dich vor anderen küsse?« Ich lachte leise.

Kit stupste gegen meinen Bauch. »Nein, nur irgendwie ... ungewohnt. Ich denke, ich muss mich daran gewöhnen, dass du und ich ... na ja ...«

»Wenn es leichter für dich ist, behandle ich dich scheiße.«

Sie lachte und knuffte meinen Oberarm. »Ich glaube heimlich träumst auch du von deinem kleinen Vorstadthaus, einer Frau, Kindern und einem Hund.«

Ich verschränkte die Arme. »Lass mir wenigstens ein Ei.«

»Deswegen verliert Mann seine Eier nicht«, sagte sie und grinste noch breiter. Mit einem Kopfschütteln wandte sie sich ab, schaute mich aber noch einmal über die Schulter an. »Deine Welt ist und bleibt ein wenig verdreht.«

Keine Stunde später beobachtete ich Kit, die ihren Bass gekonnt quälte und dazu ihre Texte sang. Sie hatte es nicht gesagt, aber ich wusste natürlich, wie nervös sie vor dem Auftritt gewesen war.

Das hier war schließlich das größte Konzert, das die Millennials jemals gespielt hatten.

»Du hast es wieder im Backstageraum getrieben?«, rief Lion mir ins Ohr. Ich grinste ihn an und dachte an den Quickie zurück, den Kit mir vorhin geschenkt hatte. »Hey, bei unserem letzten Auftritt, leihst du mir da dein Bett?«

»Wieso denn das?«

»Ich würde wenigstens an dem Abend gerne eine abschleppen.«

»Dafür brauchst du mein Bett sonst auch nicht. Außerdem will ich deine Körpersäfte nicht an meiner Matratze haben.«

»Ich lasse sie danach auch reinigen, Mr Pingelig.«

»Es reicht schon, dass ich dich monatelang im gleichen Badezimmer ertragen muss.«

»Fick dich einfach.« Im ersten Moment dachte ich, ich hätte den Kampf tatsächlich gewonnen. »Bitte.«

Er würde doch keine Ruhe geben und ich stöhnte, was durch die Musik verschluckt wurde. »Von mir aus.«

Er stieß mit dem Ellenbogen leicht gegen meine Rippen. »Danke, Mann.« Danach trug er ein dümmliches Grinsen im Gesicht und mir war klar, dass ich einen Fehler gemacht hatte.

# Phoenix

## Kit

Obwohl die letzten fünf Tage jeden Abend ein Konzert anstanden hatte und wir auch morgen und übermorgen noch spielten, hatte ich mich nach dem Auftritt irgendwie dazu überreden lassen, auszugehen.

Zugegeben, Asher hatte mich gefragt und ich hatte direkt zugesagt.

Einer der Roadies aus Phoenix hatte uns den Tipp gegeben, ins *Hannys* zu gehen, wo wir seit etwa einer halben Stunde saßen. Er sagte, dass man hier leckere Cocktails und diverse Kuriositäten bekam. Das hatten wir nicht verstanden, bis wir das Restaurant dann betreten hatten.

Es herrschte ein angenehmes Gesprächsklima, obwohl jeder Tisch besetzt war. Die Theke befand sich von vier Säulen eingefasst mittig im Raum. Die Decken waren meterhoch. In einem Raum über dem Geschehen standen zwei DJs und sorgten für Musik. Die war nicht übertrieben laut, aber deutlich lauter als üblich in Restaurants.

Der Kellner hatte uns erklärt, dass wir uns gerne umsehen durften, weil es hier wohl einiges zu entdecken gab.

Wir hatten jeder einen Drink. Tyler und Keith teilten sich eine Pizza mit Pilzen und Oliven, Lion schaute sich im Raum um und Asher hatte den Arm hinter mir auf der Lehne abgelegt.

Shawn und Jake waren klugerweise im Bus geblieben.

Auch, wenn ich es bereuen würde, mir die Nacht um die Ohren zu schlagen, so wollte ich unbedingt bei Asher sein. Und das, obwohl ich mir doch geschworen hatte, mich vorerst ein wenig zurückzuziehen. Die Tour war immer eine Ausnahmesituation und ich wollte meinen Gefühlen Zeit geben, wenn wir zurück in New York waren. Zu Hause hätte ich die nötige Ruhe dafür.

Immer wieder kitzelte Asher meine Wirbelsäule mit seinen Fingern. Jedes Mal, wenn er das tat, schaute ich verstohlen zu ihm.

Tyler scrollte seit wenigen Minuten durch die Internetseite des Restaurants. »Während eines Essens im Hannys solltet ihr euch unbedingt die faszinierenden Ausstellungsstücke ansehen«, las er vor. »Wenn man die Lobby betritt, wird man von einer bunten Schaufensterpuppe empfangen.«

Die war uns natürlich aufgefallen.

Er hob einen Zeigefinger. »Angst vor Höhe?« Grinsend warf er mir einen Blick zu und bekam dafür einen Mittelfinger. »Dann schaut beim alten Aufzugschacht vorbei. Der Boden ist mit dickem Plexiglas ausgelegt und erlaubt einen Blick in den Schacht.«

»Auf keinen Fall«, sagte ich trocken.

Er las weiter: »Außerdem gibt es eine Kollektion von alten …«

»Leute«, sagte Penny laut, rückte den Stuhl zurück und setzte sich zwischen Lion und Keith, »ich gehe auf keinen Fall mehr alleine aufs Klo.« Sie trank ihren Longdrink mit zwei großen Schlucken aus und deutete auf mich. »Du bist für den Rest des Abends meine Toilettenbegleitung.«

»Ähm, wieso bitte?« Ich nahm einen ausgiebigen Schluck von meinem Mojito durch den Trinkhalm.

»Jetzt lachst du noch, aber warte ab, bis du unten durch den Gang gehst.«

»Was gibt's denn da?«, hakte Lion nach.

»Alte Puppen.«

Tyler deutete auf das Handy. »Das wollte ich gerade vorlesen.«

Asher lachte gepresst und Penny warf ihm einen giftigen Blick zu. »Puppen?«

»Puppen sind super gruselig.« Penny schüttelte sich und nahm Lions Bier und trank davon.

»Was soll denn das?«, maulte er und riss es aus ihren Fingern.

»Auf dem Gang vor den Toiletten sind sie eingesperrt.« Wir tauschten fragende Blicke aus, weshalb sie mit den Händen wedelte. »Hinter einem Maschendrahtzaun sitzen dutzende Puppen am Tisch. Auf dem Tisch liegen hunderte Centstücke. Ich weiß nicht, was das soll. Kann man sich da was wünschen? Ist das so eine Art super gruseliger Wunschbrunnen?«

Lion deutete auf die lebensgroße, bunte Figur auf der anderen Raumseite. »Viel gruseliger ist die dahinten mit den Puppengesichtern am Hinterteil.« Wir schauten alle herüber und ich musste den Kopf recken, um an den anderen Gästen vorbeisehen zu können. Dieses Restaurant war wirklich kurios.

Mit einem Schnauben schüttelte Penny sich und stand wieder auf. »Ich brauche mehr Drinks.« Damit verschwand sie an die Theke.

Lion sah an Asher und mir vorbei zu der Treppe, die nach unten führte, sprang dann ebenfalls auf. »Das will ich sehen.« Keith und Tyler standen auf und folgten ihm.

Asher beugte sich zu mir. »Jetzt wäre unsere Chance.«

»Abzuhauen?«, hakte ich belustigt nach.

Dieses attraktive und verstohlene Lächeln zuckte über seine Mundwinkel. »Wir könnten uns im Bus austoben.«

»Du willst es wirklich sehr langsam angehen lassen.« Ich lachte.

Asher umfasste mein Kinn locker mit den Fingern und beugte sich zu mir. Sofort geriet mein Verstand ins Stocken, jedes Wort verschwand und machte Platz für ihn. Für diesen frischen und doch holzigen Duft, die federleichten Berührungen und seine Blicke.

»Und das im Backstageraum?«

»Du musst mich verwechseln«, antwortete ich und klaute eine von den Oliven der Pizza. Grinsend schob ich sie mir in den Mund, ließ ihn dabei nicht aus den Augen.

Er rückte noch dichter an mich heran, wodurch die Wärme seines Körpers und der Duft seines Parfums mich stärker umgaben. »Mit wem sollte ich dich bitte verwechseln?«

»Sag du es mir.«

Mir wurde heiß bei unserem Flirt.

Es gefiel mir, ihn ein wenig zu ärgern.

»Ich würde dich nie verwechseln«, sagte er mit gesenkter Stimme. »Glaubst du, diese Nummer mit der ultraheißen Schnecke vergesse ich einfach so?«

Sehnsüchtig sah ich ihn an und er erfüllte mir meinen Wunsch und drückte seine Lippen auf meine. Ich schob meine gespreizten Finger durch sein volles Haar und zog ihn dichter an mich, wobei ich ihm ein dumpfes Stöhnen entlockte.

Ich vergaß alles um mich herum.

Wie immer entfachte Asher in mir eine angenehme Abfolge von Tönen, die mein Herz kitzelten.

Ein Räuspern riss mich aus meiner Trance. Erschrocken und schwer atmend ließ ich Asher los und rückte ein wenig von ihm weg.

Penny setzte sich mit einem neuen Cocktail gegenüber und grinste mich anzüglich an. »Lasst euch nicht stören.«

»Du störst nicht«, sagte ich total dämlich.

»Deswegen läufst du gerade auch rot an.«

Peinlich berührt legte ich meine Hände an die Wangen und stellte fest, dass sie wirklich warm waren. Hastig warf ich Asher einen Seitenblick zu, der amüsiert zu mir schaute. »Das ist der Alkohol.«

»Ach, bitte, mach es nicht noch schlimmer.« Penny giggelte und wedelte mit einer Hand überm Tisch. »Es stört mich nicht, wenn ihr ein bisschen knutscht. Ich verrate es keinem.« Mit großen Augen und einer Schnute beugte sie sich zu ihrem Trinkhalm und nahm einen Schluck.

Ich beschloss, das einfach nicht mehr zu kommentieren. Asher legte seinen Arm wieder hinter mich und machte damit weiter, meinen Rücken zu kitzeln.

Als Lion, Keith und Tyler zurückkamen, drehte Lion eine kleine Geldmünze zwischen den Fingern und lachte leise.

»Die Puppen werden dich heimsuchen.« Tyler stieß ihn mit dem Ellenbogen an. Heute trug er endlich wieder eins von seinen rosafarbenen Shirts. Darauf war irgendein Print einer Skatemarke, damit kannte ich mich nicht aus.

»Hat er den Puppen das Geld gestohlen?«, frage Asher.

»Ich habe mir nur genommen, was mir zusteht.« Lion ließ das Geld in seiner Hosentasche verschwinden, noch immer dümmlich lachend.

»Sie werden dich heimsuchen«, setzte Tyler nach und die erwartete Reaktion kam, indem Lion dreimal mit den Fingerknöcheln auf den Tisch klopfte.

»Werden sie nicht.«

Den Rückweg von vier Blocks gingen wir zu Fuß. Penny hatte sich bei mir eingehakt und erzählte seit ein paar Minuten von ihrem Bruder Daniel, der wohl wieder irgendetwas nicht richtig gemacht hatte.

Die Nachtluft war warm und nur zwischendurch erfasste mich eine sanfte und kühle Brise. Es war ruhiger als in Manhattan, aber trotz der späten Uhrzeit kamen uns noch einige Nachtschwärmer entgegen.

Ich beobachtete Asher, der ein paar Schritte vor uns ging und mit Tyler sprach. Lion lief ganz vorne und Keith folgte uns mit einigen Schritten Abstand.

Irgendwie war der Abend wirklich toll gewesen und ich genoss es immer mehr, Asher um mich zu haben. So richtig. Langsam schaffte ich es, mich fallen zu lassen, und das war ein gutes Gefühl.

»Auf welchem Planeten bist du wieder?«, riss Penny mich zurück auf die Erde.

»Was?«, sagte ich und schaute zu ihr auf.

Wissend deutete sie auf Asher. »Verstehe schon. Ich schaue ihm auch auf den Arsch.«

»Du glaubst, ich starre ihm auf den Hintern?« Weil ich zu laut gesprochen hatte, drehte er sich kurz um. Ich winkte ab und er schmunzelte und widmete sich wieder Tyler.

»Wobei ...«, murmelte Penny und beugte sich zu mir, »Tylers Hintern ist auch nicht zu verachten.«

»Ich werde ihm nicht auf den Arsch gucken«, stellte ich leise klar.

Tat ich natürlich doch.

An ihm war mehr dran als an Asher, also Muskelmasse, was sich auch auf seinen Hintern auswirkte. Der zeichnete sich beim Gehen deutlich unter der grauen Jeans ab und ich sah schnell wieder weg.

Penny umklammerte meinen Arm intensiver und beugte sich zu mir, um mir zuzuflüstern. »Verdammt, sein Arsch ist wirklich knackig. Wieso ist mir das vorher nie aufgefallen?«

»Weil du deine Augen bei Tyler über der Gürtellinie lassen solltest.«

»Ein wenig gucken wird wohl noch erlaubt sein.«

Das sollte sie nicht Bea hören lassen, dann würde sie auf ihrer Unbeliebtheitsskala nur noch weiter nach oben rutschen.

Aus einem Impuls heraus löste ich mich von Penny und eilte zu Tyler, griff an seinen Oberarm. »Auf ein Wort, Teddy«, sagte ich und schaute eindringlich zu ihm auf.

Asher beäugte das skeptisch, ließ sich aber von Penny weiter durch die Straße zerren und so fielen Tyler und ich zurück, als auch Keith an uns vorbei gegangen war.

Als sie außer Hörweite waren, gingen wir weiter.

»Hast du mit Bea gesprochen?« Ich schaute zu ihm auf.

Weil er zu lächeln begann, beruhigte ich mich, denn das war ein gutes Zeichen. »Ich habe deinen Rat befolgt und wir fahren nach der Tour zusammen weg.«

Ich drückte seinen Oberarm sanft. »Das freut mich. Wo geht es hin?«

»Vermutlich lachst du mich jetzt aus … in die Hamptons.« Bei seinem verlegenen Lächeln bekam er immer Grübchen neben den Mundwinkeln.

»Nein gar nicht, ich finde das süß von dir.« Wir bogen in die nächste Straße ein, wo einige Tische den Weg säumten. Gäste saßen daran und unterhielten sich, aßen und tranken. Wenige Autos befuhren die Seitenstraße und Bäume formten eine Allee.

»Als ich um ihre Hand angehalten habe, waren wir auch dort.« Er schob die Hände in die Hosentaschen. »Sie weiß noch nicht, wohin wir fahren, aber ich habe im *Southampton Inn* das gleiche Zimmer gebucht.«

Tyler unser Romantiker.

Erneut drückte ich seinen Arm und war froh, dass er versuchte, das mit Bea in seinem Kopf gerade zu rücken. Eine Frau wie Penny wäre ohnehin nichts für ihn. Sie würde ihn ziemlich sicher verletzen. Natürlich unbeabsichtigt.

»Eure Hochzeitssuite?« Die Hochzeit war ein Traum gewesen. Am Strand war alles für die Trauung hergerichtet worden und danach hatten wir in einem gigantischen Zelt daneben gefeiert. Soweit ich das richtig in Erinnerung hatte, war Beas Dad äußerst spendabel gewesen.

»Die Hochzeit war doch im Bridgehampton Tennisclub.«

Kurz überlegte ich, weil ich da wohl etwas durcheinandergeworfen hatte. »Ihr Dad ist da Mitglied, oder?«

»Genau.«

»Und das mit Penny?« Vorsichtig warf ich einen Blick zu ihm hoch und stellte fest, dass er seinen auf den Gehweg gelenkt hatte.

»Vermutlich hast du recht und es ist einfach nur eine vorübergehende Schwärmerei.« So ganz überzeugend klang das allerdings nicht.

»Also wirst du es Bea nicht sagen?«

Er schüttelte den Kopf. »Sobald ich da etwas fallen lasse, ist unsere Band vermutlich Geschichte.«

»Tu, was du für richtig hältst«, sagte ich sanft und schenkte ihm ein Lächeln. Ich hakte mich bei ihm ein und die letzten Minuten legten wir schweigend zurück. Natürlich machte ich mir Sorgen um Tyler und Bea. Aber egal, was passierte, ich würde hinter ihm stehen und für ihn da sein.

Darauf konnte er sich verlassen.

# New Orleans

## Kit

Dieser dämliche Backstagebereich im Civic Theater würde mich noch in den Wahnsinn treiben. Der Konzertsaal des Gebäudes war wirklich wunderschön, weiße Logen mit Stuck und gigantische Kronleuchter mitten im Saal. Aber der Backstagebereich war die Hölle. Es war schon das zweite Mal, dass ich mich in den Gängen verlief.

»Es ist toll in New Orleans«, äffte ich einen der Roadies nach, der das gestern vor der Abfahrt in Houston gesagt hatte. Ja, vermutlich war es hier toll, wenn man sich in der bunten Stadt und nicht in diesem Labyrinth von einem Konzerthaus aufhielt.

Das Einzige, was ich von der Stadt sehen würde, waren diese Gänge und die Straße vor der Halle, weil dort die Busse standen.

Mit einem Stöhnen machte ich kehrt, als ich wieder bei den Toiletten ankam. Vielleicht war das hier auch das Letzte, was ich sah.

Als ich zurückging und um die Ecke bog, stieß ich gegen jemanden.

»Woah«, machte Lion und umschloss meine Schultern. »Nicht so gierig, Kit. Oder reicht Asher dir nicht aus?« Er wackelte mit den Brauen. Ich drückte seine Arme weg und er lachte und ging mit einem Kopfschütteln an mir vorbei.

Er blieb stehen. »Scheiße, ich hasse dieses Labyrinth.« Er klang dabei so entsetzt süß, dass meine Laune sich hob. Ich hielt ihm meine Hand hin. »Sollen wir zusammen den Ausgang suchen?«

»Wieso sind die Toiletten eigentlich hier?!« Er deutete in den Gang. »Die findet doch kein normaler Mensch.«

Jake kam uns entgegen und ging mit einem Stirnrunzeln zielsicher zu den Toiletten.

Lion und ich sahen uns an. »Kann es sein, dass wir die Einzigen sind, die hier Probleme haben?«

»Ich schwöre, Jake ist in Wahrheit ein Alien«, sagte Lion und griff meine Hand. »Das würde einiges erklären.« Er schob seine Finger zwischen meine und während wir den Gang zurückliefen, schauten wir beide darauf.

Ich zog die Hand zurück. »Das fühlt sich nicht richtig an.«

Er rieb über seine bunt tätowierten Finger. »Ganz und gar nicht.«

»Ich dachte, das wäre irgendwie süß oder so. Ich liebe dich, aber du bist eher wie eine Schwester für mich.«

»Schwester?«, sagte er empört, grinste dann aber dümmlich.

»Bitte sag jetzt nichts über die Größe deines Penis'.« Lion lachte und wir bogen nach rechts ab, wo die Geräuschkulisse bereits lauter wurde.

Er hielt mich sanft am Oberarm auf und ich schaute ihn an, wobei wir stehenblieben. »Ist bei Asher und dir alles klar?«

»Ja, ich denke schon.«

»Asher kann idiotisch sein … aber er hat das Herz am rechten Fleck.«

Ich fand es süß, dass er sich für ihn einsetzte. »Das ist mir klar, Don Corleone.«

»Seid ihr offiziell zusammen?« Während er auf den Fußballen wippte, schob er die Hände in die Taschen seiner abgetragenen Jeans. Ich wusste es nach wie vor nicht. Lion nickte, als würde mein Schweigen ihm die Antwort geben. »Asher redet gerade nicht viel mit mir, er sitzt an ein paar neuen Songs, dann komme ich ihm nicht quer. Also redet er auch nicht mit dir?«

»Doch schon … aber irgendwie auch nicht.« Na wunderbar, ich stammelte wie ein dummes, verknalltes Huhn, das weder vor noch zurück wusste. »Die letzten Tage waren anstrengend, wir haben uns nicht viel gesehen.«

Lion kniff die Lider leicht zu. »Ihr seid beide ziemlich verkorkst.«

Ein wenig beleidigt knuffte ich seinen Oberarm. »Als wärst du anders.«

»Glaub mir, wenn ich eine Frau finde, für die es sich lohnt, tue ich alles für sie.« Das war irgendwie auch süß. Jake lief an uns vorbei und nickte uns beiden zu, wonach Lion mich wieder scannte. »Dieses Unnahbare führt nur dazu, dass du nicht weißt, woran du bist. Aber Asher ist eben vollkommen unfähig. Rede mit ihm, wenn du wissen willst, was er in euch beiden sieht.« Lion atmete auffällig ein und wieder aus. »Er ist zu stolz, über seinen Schatten zu springen und zuzugeben, dass er ziemlich in dich verschossen ist. Sei klüger als er und mach den ersten Schritt.«

Mit einem letzten Lächeln ließ Lion mich im Gang stehen und ich starrte einen Moment auf den Fliesenboden.

Vielleicht hatte ich Angst, dass er es sich nach der Tour

wieder anders überlegte. Ob Lion recht hatte und ich Asher einfach sagen musste, was ich für ihn empfand?

Es fühlte sich die ganze Zeit so an, als würde ich irgendetwas übersehen.

Als ich den Backstageraum gefunden hatte, wurde ich von jemandem zur Seite gerissen. Mit einem Stöhnen knallte ich gegen Ashers Brust. Finster stierte ich zu ihm auf, aber er grinste nur und legte den Zeigefinger an die Lippen.

»Was soll das?«, flüsterte ich.

»Das wird ein Fest«, gab er leise zurück und kicherte regelrecht. Keine Ahnung, was hier wieder los war, aber es interessierte mich doch. Also blieb ich still.

Erst jetzt fiel mir auf, dass ich niemanden sah oder hörte, was eher ungewöhnlich war in einer Konzerthalle.

Er schielte um die Ecke und sah mich danach wieder breit grinsend an. Dann hob er einen Zeigefinger. »Drei, zwei, eins.«

Das Licht in den Gängen ging nach und nach aus und ich ahnte, was jetzt passierte. Mit einem lautlosen Lachen schlug ich ihm gegen den Oberarm. »Das ist so gemein.«

»Er hat es verdient«, flüsterte Asher. Irgendwie schon, irgendwie tat er mir trotzdem ein wenig leid.

»Ja, sehr lustig!«, schnauzte Lion aus dem Gang und schnaubte laut. »Asher, ich weiß, dass du hier irgendwo bist.« Er öffnete die Tür zum Backstageraum geräuschvoll und Asher schielte wieder um die Ecke. Ich tat es ihm gleich.

Im selben Augenblick schrie Lion auf, sodass Asher sofort lachend zu Boden ging und sich den Bauch hielt. Es folgte eine Aneinanderreihung von allen möglichen und unmöglichen Schimpfwörtern von Lion, dann knallte die Tür erneut. »Verfickte Scheiße! Ihr dreckigen Hurensöhne! Ich bring euch alle um!«

Asher krümmte sich an der Wand vor Lachen, das Licht ging wieder an und Lion rannte durch den Gang zu uns. »Ich bring dich um!«

»Scheiße«. Asher sprang auf und verschwand in Richtung Bühne, Lion hinterher.

Ich sah mir das Schauspiel mit einem Schmunzeln an und ging danach in unseren Backstageraum. Langsam nahm die Geräuschkulisse wieder zu. Jake kam mit mehreren alten Puppen aus dem Raum gegenüber und jetzt musste ich lachen. Natürlich hatten sie es ausgenutzt, dass Lion den Puppen in dem Restaurant das Geld geklaut hatte.

Kopfschüttelnd widmete ich mich meinem Akustikbass, setzte mich damit einen Moment aufs Sofa und trank während ich spielte eine Coke.

Meine Gedanken wanderten zurück zu dem Gespräch mit Lion. Ich beschloss, mit Asher zu reden und ein für alle Mal zu klären, was das zwischen uns war.

Als ich den Raum verließ, blieb ich wie vom Blitz getroffen stehen.

Durch grüne Augen sah sie mich neugierig an. Auf ihrer blassen Haut reihten sich kleine und große Sommersprossen aneinander. Ihre Nase war klein und schmal, ihre Lippen geschwungen und von angenehmer Fülle. Ihr herzförmiges Gesicht war unglaublich harmonisch. Die kupferfarbenen Locken fielen fluffig und leicht über ihre von Sommersprossen übersäten Schultern.

Wow.

Mehr ging mir nicht durch den Kopf.

Ein wenig überfordert blieb ich stehen und starrte Suzie an. Sie war nicht, wie ich sie mir vorgestellt hatte – mit einschüchternder Aura und irgendwie biestig. Vor mir stand eine zierliche, junge Frau, die so fragil und zart wirkte, dass ich Angst hatte, sie mit meinem Blick zu zerbrechen.

»Ähm …«, machte ich.

Sehr galant.

Sie lächelte und ich wollte vor ihr niederknien. Das war wirklich nicht normal. »Du bist Kit, oder?«

Ich schaute mich einmal um, als gäbe es noch jemanden, der so hieß. »Ja, bin ich.«

Mit langsamen Schritten kam sie auf mich zu, als könnte sie mich mit hektischen Bewegungen verscheuchen. »Es war furchtbar nett von Asher mir doch noch einen Pass zu besorgen.« Ihr Tonfall war weicher als Butter. Sie tippte gegen den Backstagepass, der an dem Bändchen um ihren Hals baumelte.

Einige Male blinzelte ich, schielte auf den Pass, dann sah ich zurück in ihr engelsgleiches Gesicht. »Ich dachte …« Meine Stimme versagte.

Ich versuchte, mich an Ashers Worte zu erinnern. Gerade aber wurde das alles von Enttäuschung und Wut überlagert.

Sie hatte einen Backstagepass.

Wie war sie daran gekommen?

Hatte Asher mich belogen?

Sie winkte ab. »Ach, diese Kabbeleien zwischen ihm und mir sind normal. Er hat Ches doch noch überreden können.« Mit beiden Händen strich sie die bronzefarbenen

Wellen hinter ihre Ohren. »Asher und ich haben uns so lang nicht gesehen … weißt du, wo ich ihn finde?« Sie sah an mir vorbei in unseren Backstageraum.

»Keine Ahnung.«

»Hm okay … weißt du, ob ich hier irgendwo Kaffee bekomme? Ich bin ziemlich geschafft von der Nachtschicht im Club.«

»Im Bus«, sagte ich und räusperte mich. »Wir haben eine Maschine im Bus, soll ich dir einen machen?«

»Das wäre wirklich nett.«

Suzie folgte mir durch den breiten Gang. Ich fragte mich, wieso ich das tat.

Vermutlich sollte ich sie ignorieren und auf das hören, was Asher mir gesagt hatte.

Aber sie hatte nur um einen Kaffee gebeten, wieso sollte ich ihr keinen machen?

Ich drückte die Tür zum Gehweg vor der Halle auf und wir wurden von Unruhe empfangen. Hinter der Absperrung standen Fans, in der Hoffnung Blicke auf Maybe zu erhaschen.

Wir gingen zu unserem Bus und ich öffnete die Tür. Mit einem Lächeln ging sie hinein und ich folgte ihr, ließ die Tür allerdings offen.

Wenn sie wirklich wahnsinnig war, war es gut, wenn mich jemand um Hilfe schreien hörte.

Suzie schaute sich in unserem Reich um, ich blieb an der Küchenzeile stehen. »Setz dich ruhig.«

Ich bereitete die Maschine vor und fragte mich, wieso ich sie mit in den Bus genommen hatte. Kaffee bekam man schließlich auch in den Konzerthallen. Ich hätte nur einen der Mitarbeiter ansprechen müssen.

»Nett habt ihr es hier.« Sie setzte sich und inspizierte die Akustikgitarre von Keith, die neben ihr auf dem Sofa stand.

»Fass die lieber nicht an, Keith merkt das sofort«, witzelte ich. Hastig zog sie die Hand zurück. »Das war ein Scherz. Spiel ruhig drauf, wenn du magst.«

Suzie schenkte mir ein erneutes Lächeln. »Ich bin leider total unbegabt. Asher war von uns beiden immer der Musikalische. Ich habe ihn ganz schön beneidet um sein Talent«, sagte sie. »Aber was erzähle ich dir, du arbeitest seit Jahren mit ihm zusammen.«

Ich zog zwei Tassen aus dem Schrank. »Hat Asher dir von mir erzählt?«

»Ein wenig. Ich weiß, dass du Bass spielst und ebenfalls singst. Er hat mir erzählt, dass ihr einen gemeinsamen Song geschrieben habt.«

Ich versuchte, krampfhaft irgendetwas an ihr zu finden, das ich nicht leiden konnte, aber sie war einfach nur perfekt. Ihre Ausstrahlung sympathisch, ihre Stimmlage ebenfalls angenehm, ohne jeglichen Zorn oder Spott.

»Habt ihr noch viel Kontakt?«, hakte ich weiter nach.

Suzie legte den Kopf fragend auf die Seite. »Spricht Asher nicht mit euch darüber?«

Nicht wirklich.

Dass er mir so wenig darüber erzählt hatte, nagte gerade gewaltig an mir. Und dass Suzie es mir unterschwellig unter die Nase rieb, machte es noch schlimmer.

Sie senkte den Blick auf ihre Finger, die auf ihren Oberschenkeln lagen. »Wir haben noch oft Kontakt ... schade, dass Asher es für zu unwichtig hält, uns voneinander zu erzählen.« Sie sah mich wieder an. »Hat er gar nichts von ihm und mir erzählt?«

Gott sei Dank war der Kaffee durchgelaufen und so konnte ich meine Hände für den Moment beschäftigen. »Nicht wirklich viel. Zumindest weiß ich kaum etwas über seine Familie.« Ich schüttete den Kaffee in die beiden Tassen. »Milch und Zucker?«, fragte ich mit einem Seitenblick.

»Nur Milch, bitte.« Ich holte die Milch aus dem Kühlschrank und drehte den Deckel langsam ab.

Ich fragte mich, was sie und Asher wohl alles gemeinsam erlebt hatten. Ob sie viele gute Zeiten oder mehr schlechte gehabt hatten und ob er noch oft an sie dachte.

Sie war ausgesprochen hübsch.

»Ich weiß, dass ihr ein Verhältnis hattet.« Ich stellte die Milch zurück und ging mit beiden Tassen rüber, setzte mich auf einen der Sessel. Den Kaffee schob ich ihr über den Couchtisch rüber.

Suzie schaute mich still und abwartend an. Was auch immer in ihrem Ausdruck lag, ich befürchtete, dass die Geschichte tiefer ging.

»Erzähl mir, was zwischen euch wirklich passiert ist«, sagte ich ruhig, dennoch nachdrücklich.

»Ich denke, das sollte Asher dir sagen.« Lächelnd nahm sie die Tasse, umschloss sie mit beiden Händen. »Immerhin ist er dein Freund.«

»Genaugenommen nicht.« Lion hatte recht, ich sollte ein klärendes Gespräch mit ihm führen, das täte meinen wirren Gedanken sicherlich gut.

»Oh, ich dachte…«

»Wir lassen es langsam angehen.«

»Verstehe«, murmelte sie mit einem Nicken und nahm einen Schluck. »Er hält sich seine Optionen gerne offen.«

Still starrte ich auf den Tisch und knabberte auf meiner Unterlippe herum.

»Ich wollte dich nicht verunsichern.«

»Schon gut«, sagte ich barsch, »mir ist bewusst, was es bedeutet, wenn ich mich auf Asher einlasse.«

Durch ihre großen, unschuldigen Augen schaute sie mich an. »Ich will nicht, dass du verletzt wirst.«

»Wieso sollte dich das etwas angehen?«

»Weil ich weiß, was es bedeutet, wenn Asher einem das Herz bricht.«

Mein Kopf begann zu surren.

Das war nicht gut.

Sie senkte den Blick auf den Tisch. »Irgendwann hat er damit angefangen, sich die Realität so hinzubiegen, wie es ihm gefällt.«

Vollkommen starr schaute ich Suzie an.

»An einem Tag ist er der liebste Mensch der Welt und am nächsten schubst er alle herum.«

Sofort dachte ich an die Nacht, wonach er mich so eiskalt abserviert hatte.

Seine Erklärung war plausibel gewesen.

Aber was, wenn er sich dieses Stück nur herausgepickt hatte, um mich ruhig zu stellen?

Der Gedanke kam mir an dem Tag ebenfalls, aber ich hatte ihn einfach ignoriert.

Die Wände des Busses schienen näher zu kommen, meine Hände begannen leicht zu zittern.

»Das geht mich rein gar nichts an, aber ich möchte wissen, was früher passiert ist«, hörte ich mich wie durch dumpfen Nebel sagen. »Er hat mir gesagt, euer Vater hat ihn rausgeworfen, weil er euch erwischt hat.«

Suzie kniff die Brauen weit zusammen und schüttelte den Kopf langsam. »Das sollte er dir wirklich selbst erzählen.«

Irgendetwas stimmte hier nicht.

Das Surren in meinem Kopf wurde stärker.

»Suzie, was ist passiert?«

Sie umfasste die Tasse fester und kniff auch die Augen zu.

Dieser schrille Alarm in mir begann alles zu übertönen. Irgendetwas war zwischen den beiden passiert.

»Ich nehme es ihm nicht übel, weißt du?«, begann sie und fummelte an ihren ebenso blassen Fingerknöcheln herum. »Er hat zu der Zeit so viel getrunken, er ist regelrecht abgestürzt ...« Eine Träne lief über ihre Wange und sie wischte sie hastig weg. »Er kam in mein Zimmer und ...« Sie schniefte und ich stand auf und setzte mich zu ihr auf das Sofa. Als ich sie allerdings berühren wollte, wich sie zurück. »Bitte, nicht«, wisperte sie.

»Ich wollte das nicht«, hauchte ich und schämte mich gleichzeitig, weil ich sie zum Weinen gebracht hatte.

»Ich hatte eine Abtreibung.«

Wie ein Hammerschlag trafen mich diese Worte und sie stand auf und eilte aus dem Bus.

Immer wieder versuchte ich, das Gehörte zu verarbeiten, aber es gelang mir nicht wirklich.

Das konnte einfach nicht sein.

Das hätte Asher niemals getan.

Im Geiste versuchte ich, alle Fakten durchzugehen, aber gerade ergab nichts davon mehr Sinn.

Was, wenn Suzie mir die Wahrheit sagte und mich wirklich nur vor ihm schützen wollte? Wenn nicht, hatte sie hier eine wirklich filmreife Leistung abgeliefert.

Ich drückte die Handballen gegen meine geschlossenen Augen und wollte schreien.

Okay, ganz ruhig.

Einatmen.

Ausatmen.

Das wiederholte ich ein paarmal, bis ich mich immerhin halbwegs im Griff hatte. Die Tour war anstrengend gewesen und forderte seinen Tribut, das spürte ich.

Gerade deswegen musste ich einen klaren Kopf bewahren.

Eine Weile schaute ich zum Flur, der zur Tür führte, doch sie kam nicht zurück.

Ich war überfordert mit dem, was in der letzten halben Stunde passiert war.

Vollkommen aus dem Leben getreten blieb ich auf der Couch sitzen, bis irgendwann Ashers Gelächter ertönte. Er stolperte vor Lion in den Bus und warf sich neben mich auf die Couch, noch immer lachend. Asher klammerte sich an meinen Oberarm, das Gesicht gegen diesen gepresst und flehte um Gnade, weil Lion ihm immer wieder mit der Faust gegen den Arm schlug.

Irgendwann trat Lion zurück. »Ihr beschissenen Penner bekommt alles, was ihr mir antut, zurück.« Er ging rückwärts. »Wartet es nur ab.«

Asher rappelte sich ein wenig auf. »Willst du uns etwa heimsuchen?«

»Mein Geist wird in eine Puppe fahren und dann schlitze ich euch einen nach dem anderen auf.«

»Spacki, die Mörderpuppe.« Asher lachte wieder los und Lion verschwand fluchend aus dem Bus.

Langsam beruhigte er sich und setzte sich neben mich. Ich spürte seinen Blick auf mir, doch konnte nur daran denken, was Suzie mir gesagt hatte. Traute ich Asher das wirklich zu? Würde er so etwas tun? Je länger ich darüber nachdachte, desto unsicherer wurde ich.

Vielleicht hatte er uns bewusst von seiner Vergangenheit ferngehalten, weil er wusste, was das für ihn bedeutete.

Vielleicht aber hatte er versucht, seine Vergangenheit von uns fernzuhalten.

»Alles in Ordnung?«

Ich sah ihn an und lächelte. »Ja, ging mir nie besser.«

Seine Stirn legte sich in tiefe Falten. »Sicher?«

»Wieso tut ihr das immer?«, hakte ich bissig nach. Seine Stirnfurchen wurden noch tiefer, weshalb ich Richtung Ausgang deutete. »Na, Lion. Wieso verarscht ihr ihn so oft?« In den letzten Wochen war mir das verstärkt aufgefallen und es gefiel mir nicht, dass sie Lion so behandelten.

»Bitte?« Asher stieß ein ungläubiges Lachen aus. »Seit wann interessiert dich das?«

»Natürlich interessiert mich das, Lion ist ein Freund. Und ihr solltet ihm mehr Respekt entgegenbringen.«

»Als wenn ihn das interessiert.« Lachend sank Asher ins Polster und legte die Fußknöchel auf dem Tisch übereinander.

»Glaubst du, er hat keine Gefühle?« Normalerweise störte es mich nicht, wenn die Männer sich übereinander lustig machten. Ich war selbst so, dass ich meinen Freunden gerne einen Spruch drückte oder sie aus Spaß beleidigte. Aber das mit Lion war zu einem komischen Trend geworden und langsam hatte ich das Gefühl, eingreifen zu müssen.

Na gut, vielleicht trug das Suzie-Dilemma auch ein wenig zu meiner Stimmung bei. Tat es, ziemlich sicher.

Mit einem Kopfschütteln sah er mich wieder an. »Du weißt doch wie er ist, morgen hat er das vergessen.«

»Er ist kein Goldfisch.«

Asher prustete. »Sicher?« Für die Aussage verpasste ich ihm einen heftigen Schlag mit der Faust gegen den Oberarm. Schockiert sah er mich an und hielt die Stelle.

»Was soll denn das?«

»Du solltest dich bei ihm entschuldigen.«

»Entspann dich, er nimmt mir das nicht übel.« Ich sah ihn finster an, sodass er von der Couch rutschte und die Hände entwaffnend hob. »Schon gut, ich rede mit ihm.«

Während das Konzert von Maybe lief, stellte ich mich an die Ecke, die zur Bühne führte. Asher saß mit einer Halbakustikgitarre auf einem Hocker und sang gemeinsam mit Lion. In dem gehobenen Ambiente spielten die Männer ihr Akustikkonzert, gerade einmal fünfhundert Plätze hatte man ergattern können. Den Song mit Asher hatte ich bereits gesungen.

Ich war verwirrt und gestresst.

Die Tour zerrte an meinen Nerven und raubte mir anscheinend mein Urteilsvermögen.

Meine Haut kribbelte, seit Suzie bei mir gewesen war.

Ich wusste nicht, was ich noch glauben sollte und natürlich wollte ich Asher nichts unterstellen.

Ich rieb über meine Stirn und begegnete Pennys irritiertem Blick, als ich mich umdrehte. Mit einem falschen Lächeln verschwand ich aus der Konzerthalle und ging zum Bus. Shawn und Tyler saßen auf der Couch und zockten irgendetwas. Wortlos ging ich zu den Kojen, legte mich in mein Bett und starrte an die Decke.

Ich hatte keine Ahnung, was ich machen sollte.

Hoffentlich schaffte ich es, die wenigen Tage auf der Tour noch zu überbrücken, dann hätte ich zu Hause Zeit, mir darüber Gedanken zu machen.

# Miami

## Asher

Irgendetwas stimmte nicht.

Seit gestern benahm Kit sich vollkommen undurchsichtig und wich mir aus. Sie war mir auch in der Zeit davor oft aus dem Weg gegangen, aber ich kannte sie gut genug, um zu wissen, dass sie unsicher war, was uns betraf. Das nahm ich ihr nicht einmal übel. Wenn man sich meine Frauenbilanz der letzten Jahre ansah, wäre wohl jede Frau skeptisch und vorsichtig.

Aber das jetzt war anders.

Sie hatte vorhin nicht einmal vernünftig mit mir gesprochen und mir schwante Böses. Wie es der Zufall wollte, verhielt sie sich seit der Zeit im Civic so seltsam. Das bedeutete, dass vielleicht Suzie ihre Finger im Spiel gehabt hatte.

Seit heute Morgen waren wir in Miami. Die Sonne brannte und ich saß auf einem Campingstuhl neben Jake und beobachtete die Bühnenbauer dabei, wie sie herumwerkelten. Das Areal war für unser Konzert großzügig abgesperrt worden und glich auf den ersten Blick einem kleinen Festivalgelände.

Unweit des Konzerts war derzeit ein Rummelplatz auf Zeit, deshalb war hier einiges los. Die Gäste des Rummels blieben teilweise hinter den Absperrungen stehen und machten Fotos. Vermutlich kannte uns davon fast niemand, aber allein unsere Tourbusse wiesen natürlich darauf hin, dass hier ein Konzert stattfand.

Ich wollte mit Kit auf den Rummel gehen, aber da sie mich offensichtlich mied, musste ich erst einmal mit ihr reden. Was auch immer nicht stimmte, wir mussten das wieder geradebiegen.

»Was ist los?«, fragte Jake, als ich zum wiederholten Mal brummte.

»Nichts Wichtiges«, murmelte ich und beobachtete Lion, der in Richtung der Bühne unterwegs war. Er hatte Tyler im Schlepptau, die beiden hielten jeweils ein Bier in der Hand. »Hast du Kit heute schon gesehen?«

Jake lachte leise. »Wieso bekommt ihr das eigentlich nicht auf die Reihe?«

»Wie bitte?«, fragte ich gereizt und richtete mich etwas im Stuhl auf. Seit wann mischte Jake sich in solche Dinge ein?

»Ihr mögt euch, wieso seid ihr nicht schon seit Jahren zusammen?«

»Und du glaubst, du bist der richtige Ansprechpartner für meine Beziehungsprobleme? Du hast nicht einmal Sex.«

Jake verschränkte die Arme. »Ich behalte mein Privatleben für mich, und?«

»Du hast kein Recht, darüber zu urteilen. Immerhin redest du über nichts.«

»Das eine hat für mich nichts mit dem anderen zu tun. Nur, weil ich nicht mit euch darüber rede, mit wem und wie oft ich Sex habe, bedeutet das nicht, dass ich keine Meinung dazu haben darf.«

»Deine Meinung interessiert mich nicht.« Er sah mich

ausdruckslos an und wandte sich dann ab. Die nächsten Minuten schwiegen wir uns an und irgendwann stöhnte ich ergeben. »Sorry, das war so nicht gemeint, ich bin einfach angespannt.«

»Vielleicht solltest du mit Kit reden?«

»Sollte ich. Dafür müsste ich aber wissen, wo sie ist.«

Mit einem Nicken deutete er über den Platz. »Dahinten. Auf der anderen Seite.«

Ich schielte über die Rasenfläche, vorbei an der Bühne und entdeckte Kit tatsächlich nahe der Trucks, die die Bühne geladen hatten. »Danke«, sagte ich und klopfte Jake freundschaftlich auf die Schulter, als ich aufstand.

Schon als ich die Hälfte der Fläche überquert hatte, bemerkte ich, dass Kit ernsthaft vor mir davonlief. Sie verschwand hinter einem der Trucks und ich rannte los.

Sie verhielt sich wie ein bockiges Kleinkind. Und das sollte etwas heißen, wenn ich das sagte.

»Kit!«, rief ich, als ich den Truck umrundete. Sie war nicht mehr da. »Das ist doch ein Witz«, nuschelte ich. Atemlos sah ich mich um und bemerkte natürlich, dass die Roadies mich anstarrten.

Frustriert und irgendwie wütend ging ich zurück. Lion und Tyler saßen am Bühnenrand und natürlich hielt Lion seine Klappe nicht. »Was hast du jetzt wieder angestellt?«, rief er.

Ich zeigte ihm den Mittelfinger und die beiden lachten. Was mich in dem Moment richtig auf die Palme brachte. Ich ging zum Absperrgitter, das einige Schritte vor der Bühne stand. »Anstatt da so dämlich rumzusitzen, könntet ihr mir lieber helfen!«

Sie tauschten einen Blick aus, Lion rutschte von der Kante und kam zu mir. »Was ist denn los?«

Tyler kam ebenfalls zu uns.

»Ich weiß es nicht. Kit rennt regelrecht vor mir weg.« Ich sah Tyler an, der seine Stirn runzelte. »Hat sie irgendetwas gesagt? Irgendwas fallen lassen? Habe ich etwas falsch gemacht?«

Langsam fragte ich mich, ob ich nicht irgendetwas getan oder auch nicht getan hatte. Ich wusste es nicht. Vielleicht. Vielleicht nicht.

Tyler kratzte sich am Hinterkopf. »Sie hat mir gegenüber nichts fallen lassen. Das ist normalerweise auch nicht ihre Art, aber das muss ich dir ja nicht erklären.«

Natürlich musste er das nicht. Kit war in meinen Augen reifer als Lion, Shawn und ich zusammen und das schätzte ich an ihr. Obwohl das zwischen uns in den letzten Wochen ein wenig aus dem Ruder gelaufen war, hatte sie dabei in den meisten Fällen einen klaren Kopf behalten.

Ob sie es sich doch wieder anders überlegt hatte?

Hielt sie das zwischen uns möglicherweise für eine schlechte Idee?

Irgendwie war ich überfordert.

Das Tourleben setzte mir zu, ich hatte ohnehin dauernd Kopfschmerzen oder Nackenschmerzen. Meine Kollegen nervten mich und ausgeschlafen hätte ich auch ganz gerne mal wieder.

Es war nicht ausgeschlossen, dass ich wirklich wieder irgendeinen Mist verzapft hatte. Das fand ich aber nur heraus, wenn Kit sich endlich dazu bereit erklärte, mit mir zu sprechen.

»Wir suchen mit dir«, sagte Lion.

»Danke.«

Tyler deutete auf die Busse. »Ich schaue, ob ich sie da irgendwo finde.«

»Dann suche ich hinter der Bühne«, sagte Lion.

»Gut, ich klappere noch einmal alles bei den Trucks ab.«

Wir teilten uns auf und ich fühlte mich bescheuert, Kit auf die Art zur Rede zu stellen, aber vor dem heutigen Konzert hätte ich diesen Quatsch gerne geregelt.

Als ich nach etwa zehn Minuten an den Bussen ankam, deutete Tyler mit einem Nicken nur Tür des Millennial-Busses. Die Tür war geöffnet und ich vermutete, er hatte Kit versprochen, mir zu sagen, sie wäre nicht da.

Ich drückte seine Schulter. »Du hast was gut, weil ich weiß, dass du Kit gerade in den Rücken fällst.«

»Geh schon rein.« Ein aufmunterndes Lächeln bekam ich noch, dann ging ich in den Bus und atmete noch einmal durch, bevor ich in den Flur trat.

Kit schaute von einem Block auf, der auf dem Tisch lag, ein Bleistift zwischen den Zähnen. Der fiel ihr aus dem Mund, als sie mich entdeckte.

»Wieso rennst du vor mir davon?«, fragte ich ruhig und setzte mich gegenüber in den Sessel. Kit führte ihre Finger einmal am unteren Rand des Griffbretts entlang, blieb jedoch still. »Was ist los?«, flüsterte ich und suchte ihren Blick.

Nach wenigen Sekunden hob sie ihre grüngrauen Augen und erwiderte ihn endlich. Aber ich hatte das Gefühl, ausgeschlossen zu werden.

»Hältst du das zwischen uns für eine dumme Idee?«

Sie kniff ihre Brauen zusammen und umfasste den Hals des Basses.

Doch sie antwortete nicht.

Das, was hier passierte, war nicht gut.

Meine Brust zog sich unangenehm zusammen, bis es mir beinahe die Luft abschnürte.

»Aber die letzten Tage … du und ich …« Ich schloss die Augen kurz und sammelte mich, um nicht mehr so einen zusammenhangslosen Schwachsinn von mir zu geben. »Wieso hast du es dir anders überlegt?«

Mit den Fingern strich sie über die Rundung des Instruments und ich vermisste es, wenn sie mich so berührte.

So ehrfürchtig.

Liebevoll.

Und vorsichtig.

»Bitte sprich mit mir«, flehte ich förmlich, weil ich es nicht verstand.

Als sie mich endlich wieder ansah, war es, als würde sie einen Teil von mir einfach mit bloßer Hand herausreißen.

»Vielleicht sollten wir uns Zeit nehmen, wenn wir zurück in New York sind«, sagte sie schwach.

»Zeit? Was soll das bedeuten?«

»Na ja, Zeit um uns darüber klar zu werden, was wir wollen.« Ich rümpfte die Nase und Kit stellte den Bass neben sich auf die Couch und stand auf. »Wir passen vielleicht doch nicht zusammen.«

Mir gefror das Blut in den Adern.

Sie verließ den Bus und ich eilte ihr hinterher. »Kit«, sagte ich mit Nachdruck, doch sie ging einfach weiter in Richtung der Bühne.

Dieses Kindergartengetue zog langsam aber sicher an jedem Einzelnen meiner Nervenstränge.

»Kit!«, schnauzte ich.

Noch immer. Nichts.

Ich wurde schneller, meine Muskeln spannten sich spürbar an und sollte mir jetzt irgendjemand quer kommen, konnte ich für rein gar nichts mehr garantieren.

## Kit

»Bleib stehen!«, schleuderte Asher mir zum wiederholten Mal entgegen, während ich über die Wiese eilte.

Ich war einfach nur verwirrt.

Ich brauchte Zeit.

Und Asher setzte mich gerade tierisch unter Druck.

»Kathrin!«, brüllte er, was durch meinen Körper schoss wie ein Giftpfeil. Der sonst so sanfte Klang war einem harten gewichen. Asher ließ mich deutlich spüren, wie wütend er war.

Ich stampfte die Treppe zur Bühne hoch, wo mich reges Treiben der Mitarbeiter und Roadies empfing. Die Sonne stand hoch und brannte auf die dunkle Holzfläche.

»Zeit?!«, brüllte er. »Wie viel Zeit soll denn noch vergehen, bis wir das zwischen uns endlich auf die Reihe bekommen?!«

Unfähig etwas zu tun, starrte ich einen Typen vor mir an. Der rührte sich ebenso wenig wie ich und umklammerte das eingerollte Kabel, als hinge sein Leben davon ab.

Ashers Präsenz erfasst mich.

Er stand hinter mir.

Ich ballte die Hände und musste mich zwingen, Asher nicht seinen verfluchten Kopf abzureißen oder ihm eine reinzuhauen.

»Dein Verhalten kränkt mich!«

»Es kränkt dich?« Meine Stimme zitterte und ich drehte mich langsam zu ihm um. Auf seiner Stirn entstanden tiefe Furchen. »Dich kränkt es also?«

»Das tut es.«

Das reichte.

»Wie kannst du es wagen?!«, schleuderte ich ihm entgegen. Er hob die Hände und wich einen Schritt zurück. »Hör auf, mich so unter Druck zu setzen!« Tränen schossen in meine Augen und ich wusste, dass ich gerade knallrot anlief, weil ich so verflucht wütend war.

Wütend darüber, dass ich noch immer nicht verstand, was hier los war. Darüber, dass ich es nicht schaffte, Asher einfach zu sagen, wie verrückt ich nach ihm war. Wütend darüber, dass mein Kopf mich wahnsinnig machte.

Seine Gesichtszüge veränderten sich innerhalb von Millisekunden gefühlt einhundert Mal. Von verwirrt, zu wütend, zu verängstigt, zurück zu verwirrt.

»Du setzt mich unter Druck, indem du jetzt eine Entscheidung von mir verlangst! Indem du während der Tour, auf der wir sowieso Stress haben, verlangst, dass wir ein glückliches Paar werden! Wieso kannst du mir nicht die Zeit geben, die ich brauche, um zu verstehen, was ich will?!«

Er schüttelte den Kopf, als wüsste er nicht, was hier los war. »Kit, ich verstehe nicht …«

»Natürlich verstehst du das nicht!«, rief ich und stieß mit beiden Händen gegen seine Schultern, sodass er einen Schritt zurückmachte.

»Was soll das, verdammt?!«

»Weil es dich noch nie interessiert hat, was in anderen vor sich geht, weil du immer an erster Stelle kommst und dir immer nimmst was du willst!«

»Wie bitte?«, presste er hörbar angespannt zwischen zusammengebissenen Zähnen hervor.

»Ich hatte Besuch, Asher.« Er wurde leichenblass und trat noch einen Schritt zurück. »Hast du damals viel getrunken?«, fragte ich ruhiger. Asher zögerte einen Moment, dann wich er mir aus. »Ist das wahr, Asher?«, wurde ich deutlicher, weil ich wollte, dass er das verneinte. Ich wollte, dass er mir sagte, dass Suzie mich belogen hatte.

Ich brauchte das gerade.

Flehend sah ich in seine Augen.

Aber er antwortete mir nicht.

Wieso nicht?

»Ist das wahr mit Suzies Abtreibung?«, flüsterte ich. »Ist es, weil du und sie … bitte, ich brauche eine Antwort.«

Auf einmal änderte sich seine Haltung, Wut schlug mir aus seinem Ausdruck entgegen. Es erfasste mich mit einer solchen Wucht, dass ich diejenige war, die ein paar Schritte zurücktrat.

Ich verstand nicht, was plötzlich los war.

Aber ich spürte, dass das hier der berühmte Moment war, der die Weichen neu stellte.

Asher baute sich vor mir auf, legte mich mit seiner Präsenz in Ketten, sodass ich nur dastehen konnte.

»Du hast genau eine Chance, Kit«, sagte er warnend. Er klang so ruhig, dass mir eine Gänsehaut über den Rücken lief. »Eine einzige Chance, das geradezubiegen.«

Es war so still, dass ich hörte, wie er mit den Zähnen knirschte.

Ich hatte keine Ahnung, was ich tun sollte.

Er starrte mich an.

Kontrolliert und doch ohne jegliche Kontrolle.

»Ich warte«, flüsterte er. »Solltest du hier und jetzt nichts tun, war's das.«

»Was?«, flüsterte ich und blinzelte einige Male.

»Hast du noch irgendetwas zu sagen?«, knurrte er.

Ich blieb stumm.

Die nächste Sekunde zog sich wie Stunden, als würden die Uhren vollkommen stillstehen und die Zeit ewig ausdehnen.

Mit einem Knurren wandte er sich ab, deutete mit einer fahrigen Bewegung auf mich. »Wir werden heute nicht zusammen singen!«, maulte er und sah mich wieder an. Wie ein Donnerschlag erfasste mich sein Blick. »Wir werden uns nach dieser Tour nicht wiedersehen! Wir werden nie wieder zusammen spielen oder auftreten, verstanden?!«

# Miami

## Asher

Ich rempelte Jake an, der gerade auf die Bühne kam. »Hey?!«, rief er, aber ich ging weiter.

Wie konnte sie es wagen.

Wie, verdammt, konnte sie es wagen?!

Ich lief zu unserem Bus, zog die Tür so schwungvoll auf, dass sie gegen das Metall knallte und Lion sprang von der Couch, als ich oben war. Ich griff den erstbesten Gegenstand und schlug ihn gegen die Wand.

»Scheiße!«, hörte ich ihn. Ich griff den nächsten Hocker und zerschlug ihn ebenfalls an der Wand. Das Holz splitterte und jemand packte meinen Oberarm. Ich holte aus und schlug nach hinten, verfehlte denjenigen aber.

So eine verdammte Scheiße!

Jemand rief nach mir, aber ich hatte verfickt nochmal keine Zeit dazu. Ich eilte aus dem Bus und rannte über den Platz zu Ches' Bus. Ich riss die Tür auf und sprang die Treppe zwei Stufen nehmend nach oben. Ches stand schwungvoll auf und riss das Headset vom Kopf, knallte den Laptop zu. »Ich bring sie um!«, brüllte ich.

»Hey, ganz ruhig«, rief er, während ich vor ihm auf und ab ging.

»Besorg mir ein Auto! Ich bring sie um!«, brüllte ich weiter. Der Hund bellte und ich deutete auf ihn. »Schnauze!«

»Hey?!«, donnerte Ches, weshalb ich ihn ansah. »Lass Loki da raus!« Er suchte meinen Blick. »Was ist los?«, sagte er ruhiger.

»Besorg mir einfach ein verfluchtes Auto!«, forderte ich und ballte meine Hände immer wieder.

Ich unterdrückte den Drang, seinen Laptop auf den Boden zu schleudern.

Ches wollte meine Schulter umfassen, aber ich trat mit erhobenem Zeigefinger von ihm weg. »Fass mich an und ich breche dir die Finger.«

»Schon gut«, lenkte er ein. »Was ist los?« Eindringlich sah er mich an.

Ich fasste in meine Haare und zog daran, um den Verstand nicht vollkommen zu verlieren. »Sie war hier. Ich weiß nicht wie, aber sie war bei Kit.«

Ganz ruhig.

Sofort erfasste mich wieder dieser elende Hass Suzie gegenüber. Gottverdammt, sie war gut, niemand hatte mitbekommen, dass sie hier gewesen war.

»Sag mir, was passiert ist.«

»Kit und ich werden heute nicht zusammen singen«, maulte ich.

»Willst du einen Whiskey?«

»Ist das dein scheiß Ernst?« Ich wollte ihm den Kopf abreißen. Er bot mir einen dreckigen Drink an?! »Es wäre doch scheißegal, wenn sie lediglich hier gewesen wäre!«

»Ich komme nicht mit, Asher«, sagte er ruhig.

»Hast du ihr doch einen Pass gegeben?«

»Was? Meinst du Suzie? Wieso sollte ich das tun und wieso in Gottes Namen regst du dich so darüber auf? Du warst der, der mich regelrecht angebettelt hat, ihr einen zu schicken.«

Ich deutete auf den Ausgang.

»Das war, bevor ich sie wütend gemacht habe! Und Kit glaubt ihr! Suzie hat Kit die gleichen scheiß Lügen aufgetischt, die sie jedem verdammten Menschen in meinem näheren Umfeld erzählt hat! Und Kit glaubt ihr!«, brüllte ich. »Als wäre es nicht schlimm genug, dass sie mein ganzes verficktes Leben ruiniert hat, taucht sie Jahre später wieder auf und tut es wieder! Und Kit kommt nicht einmal auf die Idee, mit mir zu reden.«

»Gut, du setzt dich und ich kläre das mit Kit.«

Ich lachte humorlos und all die Wut schien aus meinen Muskeln zu fließen. Auf einmal fühlte ich mich schlapp und machtlos, aber vor allem … missverstanden.

So wie mein gesamtes Leben lang.

Ich hatte versucht, Kit zu erklären, was in mir vorging, was bei mir passiert war und wieso ich hin und wieder so war wie ich war. Gerade aber fühlte es sich an, als wäre es vergebens gewesen.

Denn egal, was ich nach dem ganzen Scheiß mit Suzie getan hatte, sie hatte immer einen Weg gefunden, mich zu verletzen oder meine Freunde gegen mich aufzuhetzen.

Ches war der Einzige, der immer und ohne Wenn und Aber hinter mir gestanden hatte, weil er sie nie gemocht hatte.

Selbst Lion und ich hatten wegen Suzie unsere Differenzen gehabt.

Ich torkelte zurück und fiel auf die Couch, stützte meine Ellenbogen auf die Knie und ließ den Kopf hängen. »Sie hat mir nicht einmal die Chance gegeben, mich zu erklären. Wenn sie einen Dritten braucht, um mir zu glauben … was hat es dann für einen Sinn?«

Stille.

Wenn nicht einmal Ches wusste, was er noch sagen konnte, war der Fall abgeschlossen.

»Kit sollte die Frau sein, die mir glaubt. Wenigstens sie. Wenn schon meine Familie früher gegen mich war, dann sollte wenigstens sie jetzt hinter mir stehen. Wenigstens die Frau, die ich …«

Liebte.

Ich schaute zu Ches auf, der sich langsam auf den Sessel setzte. »Ich habe es versucht«, gab ich zu, »ich habe es wirklich versucht und ich weiß, dass ich das nicht gut kann. Ich weiß, dass ich mich zwischendurch wie ein Trottel benommen habe … aber verdammt, ich habe mich in den letzten Wochen echt bemüht. Um sie. Um uns.«

»Du hast recht, sie hätte ein ruhiges und klärendes Gespräch suchen sollen«, sagte Ches.

Ich sank zurück gegen die Lehne und kniff die Augen zu, führte die Finger durch meine Haare. »Weißt du, was das Schlimmste ist? Ich dachte, sie und ich könnten funktionieren.«

Gottverdammt, ich war verrückt nach Kit.

Und dass sie das getan hatte, war das Schlimmste, was hätte passieren können. Sie hatte mir nicht nur ein, sondern hunderte Messer in den Rücken gerammt.

Sie hatte mich verraten, indem sie mich verteufelt hatte, ohne mir eine Chance zu lassen.

»Willst du nicht noch einmal mit ihr sprechen? Vielleicht

habt ihr aneinander vorbeigeredet. Vielleicht hast du sie auch falsch verstanden.«

Ich sah Ches wieder an. »Sie hat mir unterstellt, ich hätte Suzie gegen ihren Willen angefasst. Sie hat mich ernsthaft gefragt, ob Suzie deswegen eine Abtreibung hatte. Worüber soll ich mit einem Menschen reden, der so über mich denkt? Der mir so etwas wirklich zutraut?«

»Vielleicht reagierst du über?« Ich warf ihm einen finsteren Blick zu. »Du weißt selbst, dass du das gerne tust.«

»Das ist nicht das, was ich gerade von dir hören will«, meckerte ich.

»Ich bin dein Freund, ich sage dir selten, was du hören willst, ich sage dir, was du hören musst.«

»Verdammter Klugscheißer«, murmelte ich.

»Du hast als Mann immer die schlechtere Position.«

»Danke, das baut mich wirklich auf.«

»Es geht darum, was vielleicht in Kit vor sich geht. Ich denke, sie ist verwirrt uns weiß nicht, wie sie damit umgehen soll. Du weißt, dass zwei dazugehören und vielleicht solltest du deinen Stolz zu Seite schieben, wenn sie es nicht schafft oder verunsichert ist.«

»Lass es einfach«, sagte ich resigniert. Ich ließ den Hinterkopf auf die Lehne sinken und starrte an die Busdecke.

Genau wie damals hatte ich keine Chance.

Deshalb hatte ich gar nicht in Betracht gezogen, irgendwann überhaupt zurück zu meiner Familie zu ziehen, nachdem mein Vater mich rausgeworfen hatte.

Einige Minuten hüllte uns Schweigen ein und irgendwann begann Ches mit dem rechten Bein zu wackeln, weshalb ich mich aufrichtete. »Sagst du mir endlich, was das alles zu bedeuten hat?« Ein Themenwechsel tat mir definitiv gut. Als hätte ich ein Reh aufgescheucht, sah er mich an. »Du hast diese Bilder von dieser Popsängerin nicht ohne Grund auf deinem Laptop, richtig?«

Er senkte den Blick und wackelte noch intensiver mit dem Bein.

»Komm schon«, forderte ich, langsam unruhig. »Bitte, Ches, wir sind Freunde und wenn irgendetwas bei dir nicht stimmt … du weißt, wir sind da.«

»Vor einigen Monaten …« Ein knapper Blick. »Habe ich von GR ein Angebot bekommen.«

»Das bedeutet?«, fragte ich.

»GR möchte, dass ich sie manage.«

Irritiert schüttelte ich den Kopf. »Was? Wie bitte? Aber du arbeitest mit uns.«

»Sie benötigt meine Hilfe und … ich werde nach der Tour gehen.«

Erschlagen starrte ich ihn an und ich spürte, wie mein Mund sich öffnete.

Hatte ich mich womöglich verhört?

»Aber … du … wir … wir sind Freunde«, flüsterte ich und legte meine Hand an die Brust. »Ches, wir kennen uns elf Jahre, du arbeitest seit neun Jahren mit uns.«

Vollkommen überfordert rutschte ich zur Couchkante und klammerte mich an die Armlehne.

»Und wir bleiben Freunde. Das ändert nichts zwischen uns.«

»Das ändert alles. Du wirst vermutlich nicht in New York bleiben, oder?«

»Ich werde nach L.A. gehen.«

Konnte dieser Tag noch schlimmer werden?

»Distanz definiert keine Freundschaft«, sagte er.

»Was für ein Bullshit. Du weißt genau, wie viel wir immer zu tun haben. Wann haben wir schon Zeit, dich zu besuchen? Der gesamte Kontinent liegt dazwischen.«

»Der Vertrag ist bereits unterschrieben.«

Was zur Hölle stimmte nicht mit ihm? Wir würden uns nie wiedersehen. Wenn Ches ging, würde er nicht zurückkommen, das sagte mir mein Instinkt.

»Danke, dass wir in diese Entscheidung einbezogen wurden«, zischte ich und lachte. »Willst du die Kleine ficken oder wieso verschwindest du?«

»Wenn du unfair wirst, kannst du gehen«, sagte er dunkel und deutete auf den Ausgang.

»Bist du scharf auf die Kleine?«

»Nein«, sagte er, wich meinem Blick dabei allerdings aus. Das war Antwort genug.

»Du lässt uns also für eine Frau hängen.«

Er kniff die Augen zu und ich konnte nicht fassen, dass er seinen Schwanz entscheiden ließ, mit wem er weiter arbeitete.

Ich stand auf und verließ den Bus.

Davor blieb ich planlos stehen. Die Mitarbeiter um mich herum machten mich nervös, in meinem Kopf begann es unangenehm zu hämmern. Ich rieb mit Zeigefinger und Daumen über die geschlossenen Augen und kniff in meine Nasenwurzel.

Innerhalb einer Stunde hatte ich zwei Menschen in meinem Leben verloren, die mir Halt gegeben hatten und von denen ich dachte, dass ich mich auf sie verlassen konnte.

Ich hatte keine Ahnung, wie ich das Konzert nachher überleben sollte. Meine Gedanken waren fahrig und überall aber nicht bei der Musik.

»Scheiße«, sagte ich und ging zurück in den Bus, weil ich auf keinen Fall so mit Ches auseinandergehen wollte. Er hatte sich noch nicht bewegt, schaute aber zu mir auf, als ich zurückkam. Ich setzte mich ihm wieder gegenüber. »Wieso gehst du wirklich?«

»Weil sie meine Hilfe braucht.«

»Wieso ausgerechnet du? Es gibt dutzende gute Manager.« Er lächelte leicht, wobei er stolz wirkte, wenn mich nicht alles täuschte.

»Es hat sich wohl rumgesprochen, dass ich meine Arbeit gut mache und verlässlich bin.«

»Das kaufe ich dir nicht ab. Gib es zu, dass du sie scharf findest.«

»Muss das sein, Asher?«, fragte er und verschränkte die Arme vor der Brust.

»Wenn du uns einfach zurücklässt, will ich wenigstens eine ehrliche Antwort.« Er schaute mich mit diesem flehenden Blick an, ihn bitte zu verstehen, ohne dass er es laut aussprechen musste. Was ich tat.

Ich verstand, wieso er ging.

Weil er noch Hoffnung hatte.

Ich nickte ihm zu. »Okay«, sagte ich leise. »Ich hoffe, dass du findest, wonach du suchst.«

# New York

## Kit

Nach dem Auftritt in Miami hatte ich die Zeit im Bus verbracht und nach dem Gig in der Mercury Lounge, waren wir alle unserer Wege gegangen. Asher hatte Wort gehalten, wir hatten den gemeinsamen Song nicht mehr performt und danach hatte er mich eiskalt ignoriert.

Ich hatte mit Ches sprechen wollen, aber aus irgendeinem Grund war er nicht da gewesen. Irgendwie fühlte sich das alles falsch und seltsam an. Das, was Suzie mir gesagt hatte, nagte unaufhörlich an mir.

Mein Verhalten Asher gegenüber war definitiv nicht richtig gewesen, ich hätte mit ihm sprechen sollen.

Das war mir klar – einen Tag nach dem letzten Auftritt.

Aber so nah am Geschehen zu sein und den Stress wegen der Tour ertragen zu müssen, war anstrengend gewesen. Wir waren durchgehend zusammen gewesen und das hatte mich blind für meine Entscheidungen gemacht.

Bewaffnet mit einem Eisbecher in der Hand saß ich auf meiner Couch und scrollte durch die Fotos der letzten Wochen. Asher und ich hatten einige Bilder zusammen geschossen.

Irgendein Footballspiel lief auf meinem Fernseher, aber ich hatte keine Ahnung, wer spielte.

Es war, wie ich es prophezeit hatte.

Die Tour war eine Katastrophe gewesen.

Und mein Herz wurde von Minute zu Minute schwerer, weil ich Asher verloren hatte. Ich kannte ihn gut genug, um zu wissen, wann er sich von Menschen abwandte. Es war sein gutes Recht, mich nicht wiedersehen zu wollen und zwischendurch taten sich sogar Gedanken auf, die mir weismachten, dass es vielleicht so sein sollte.

Obwohl ich seine Blicke, sein unverschämtes Verhalten und seine Küsse wahnsinnig vermisste.

Es klopfte und ich hob erschrocken den Blick, als stünde ein Bankräuber vor der Tür. Ich reagierte nicht und es klopfte erneut.

»Kit, ich weiß, dass du da bist«, erklang Lions Stimme dumpf hinter dem Holz.

Ich warf die Decke zur Seite, stellte den Becher ab und eilte zur Tür. Er lehnte lässig an der Zarge und fuhr mit der anderen Hand durch seine ungemachten Haare. »Na, Süße, heute schon was vor?« Sofort hob er meine Laune und ich legte meine Arme um seinen Hals und zog ihn danach in mein Reich. Lion setze sich aufs Sofa und beugte sich vor, schaute in den Eisbecher. »Sieht nach einem wilden Abend aus.«

Ich zog die Decke wieder über meine Beine. »Geht es dir gut?«, hakte ich nach und aß mein Eis weiter.

»Asher und du, ihr solltet reden«, sagte Lion.

»Direkt mit der Tür ins Haus? Wo ist eigentlich Ches? Ich wollte mit ihm reden, aber er war nicht mehr da.« Er zögerte, weshalb ich den Becher wieder auf den Tisch stellte und mich ihm zuwandte. »Alles in Ordnung bei ihm?« Seine Reaktion verunsicherte mich.

Lion senkte den Blick. »Ches geht nach L.A.«

»Wie bitte? Wieso denn das?«

»Da ist diese kleine Säng…«

»Warte. Stopp«, sagte ich und hob eine Hand, weshalb Lion mich wieder ansah. »Hat er eine Freundin?«

Er grunzte. »Er streitet ab, dass er sie süß findet, aber ich denke, er ist schon jetzt in sie verknallt.«

»Also arbeitet er mit ihr? Das ergibt doch keinen Sinn, er arbeitet mit euch.«

»Das haben wir ihm auch gesagt.« Er zuckte mit den Schultern. »Du kennst Ches, er ist wie ein Bulle, wenn er sich etwas in den Kopf setzt.«

»Wow«, murmelte ich nachdenklich, weil das eine heftige Information war. Das erklärte aber, wieso er mit uns auf der Tour gewesen war. Normalerweise blieb er im Label und wir hatten einen anderen Tourmanager. Er wollte die Zeit mit Asher und Lion vermutlich ausnutzen.

»Zurück zu dir«, sagte Lion, wobei sein Blick eindringlich wurde. »Was ist passiert? Ich weiß nur, dass es ziemlich gekracht hat. Asher stellt sich quer, ich bekomme keine Infos.«

»Bist du etwa scharf auf Gossip?«

»Sehe ich so aus, als würde mich das interessieren?«

»Ich weiß, dass du eine Tratschtante bist«, sagte ich und knuffte seinen Oberarm sanft.

»Ich möchte nur, dass ihr das regelt. Ihr seid meine Freunde und ich mag es nicht, wenn es euch schlecht geht.« Wieder schaute er zwischen meinen Augen hin und her, wobei ich mich daran erinnerte, was er für ein guter Freund war. Wenn etwas im Argen lag, konnte man sich auf seine Loyalität verlassen. Vielleicht konnte er mir wirklich helfen.

»Suzie war da.«

Er nickte bedächtig. »Daher weht der Wind.« Das folgende Schweigen wurde nur durch die Kommentare des Sprechers beim Footballspiel unterbrochen. »Was hat sie dir erzählt?«

»Sie hat mir gesagt, sie hätte eine Abtreibung gehabt.«

»Hat sie behauptet, dass er ein notorischer Lügner wäre?«

»Hm-mh … und dass Asher sie …« Irgendwie konnte ich es gar nicht aussprechen.

»Dass er der Grund für ihre Abtreibung war?«

»Ja«, wisperte ich und ein unangenehmer Druck entstand auf meinem Hals. Sofort machte sich wieder dieses Wissen in mir breit, dass ich Asher Unrecht getan hatte. Gleichzeitig fühlte ich mich dumm und naiv, ihr überhaupt in irgendeiner Art und Weise geglaubt zu haben.

Er beugte sich weiter zu mir und suchte meinen Blick. »Dann hat er dir von dem Brief seiner Mutter erzählt?«

»Ja«, flüsterte ich.

»Kit, er hat ihn mir gezeigt, ich habe den Brief gelesen.«

Gott, ich war so dumm. Aber das alles, die Tour, dann dieses Hin und Her mit Asher, die Probleme zwischen den anderen … es war an meine Substanz gegangen, sodass ich nachher nicht einmal mehr meinem Bauchgefühl getraut hatte.

Lion lachte hämisch. »Ich erinnere mich noch sehr gut an den Tag, als Asher vor unserer Tür stand. Das war ein Tag vor Thanksgiving. Dad war gerade mit dem Truthahn vom Einkaufen zurück, als es klingelte.«

Ich zog die Decke bis zu meiner Hüfte.

»Als ich die Tür aufgemacht habe, saß er daneben an die Wand gelehnt, den Kopf zwischen den Armen. Erst dachte ich, er will mich irgendwie auf den Arm nehmen, aber dann hat er mich angesehen. Das getrocknete Blut klebte unter seiner Nase und an seinem Kinn. Sein Shirt war ebenfalls voll davon. Unter seinen Augen hatte er dunkle Schatten. Dad hat ihn sofort ins Krankenhaus gebracht. Nach der Behandlung wollte er nicht nach Hause, also hat mein Vater ihm gesagt, er könnte erst einmal im Gästezimmer unterkommen.«

Beschämt senkte ich den Blick und schloss die Augen.

»Zwei Wochen ist er kaum aus seinem Zimmer gekommen und ich habe kein Wort aus ihm herausbekommen. Dann hat er mir erzählt, was passiert ist.«

Ich sah Lion wieder an. »Sein Vater ist ausgeflippt, weil er die beiden erwischt hat«, sagte ich.

»Nein, deswegen allein ist er nicht ausgerastet«, gab er ruhig, jedoch dunkel zurück.

»Was bedeutet das?«

»Als er ins Zimmer geplatzt ist, hat Suzie sofort angefangen, zu weinen und versucht, Asher von sich zu stoßen.«

»Er dachte, er hat ihn dabei erwischt, wie er …« Lion nickte. »O mein Gott.«

»Deswegen hat er Asher vor die Tür gesetzt. Weil er davon ausging, dass sein Sohn seine Tochter vergewaltigt hat.« Dieses Wort war wie eine Erschütterung, die durch meinen Körper zog.

»Und er glaubt es nach wie vor. Er hat Asher nie eine Chance gegeben, sich zu erklären. Er hat nicht versucht, ihn zurück nach Hause zu holen oder sonst irgendetwas. Für ihn war sein Sohn gestorben.«

»Wieso hat Asher es mir nie erklärt?« Das hätte einiges leichter gemacht.

»Weil er nicht gerne daran erinnert wird, wo er herkommt.«

»Und doch hat er sich nie wirklich von Suzie trennen können.«

»Sie war die erste Frau, die ihm etwas bedeutet hat.« Lion seufzte und schaute auf seine Hände. »Ich glaube, es gibt einfach Menschen im Leben, die irgendwie immer Teil von einem bleiben, ob man es will oder nicht. Vielleicht wollte er aber auch nicht alles aufgeben, was ihn an seine Familie erinnert, wer weiß.« Lion stupste mich sanft am Oberarm an. »Das wirst du aber nur herausfinden, wenn du mit ihm sprichst.«

»Du kennst Asher, er wird mich nicht sehen wollen.«

Schmunzelnd lehnte er sich zurück und verschränkte die Finger am Bauch. »Ich denke, es gibt einen Menschen, dem er nicht lang böse sein kann.«

»Danke«, flüsterte ich. »Danke, dass du mir Mut machst. Das habe ich gebraucht.«

»Und sorg dafür, dass er endlich dieses dämliche T-Shirt wegwirft.« Er hob eine Braue.

»Pink Floyd?« Irgendwie hatte ich von Anfang an vermutet, dass es eine Story zu dem Oberteil gab. Lion nickte. »Es ist von ihr, richtig?«

»Sie hat es ihm zum Achtzehnten geschenkt.«

Ich rieb mit beiden Händen über mein Gesicht und ließ meinen Oberkörper auf die Oberschenkel sinken.

»Ich fühle mich so dumm, Lion.«

Er streichelte mir beruhigend über den Rücken, wobei ich mich aufrichtete. »Nimm es dir nicht so übel. Es war Suzie.«

»Asher hat mir noch gesagt, ich soll ihr kein Wort glauben und dann kam sie und war so …«

»Fragil? Freundlich? Unverdorben? Perfekt?«

»Ja.« Seufzend ließ ich meinen Kopf an seine Schulter sinken. »Wieso wohnt Asher eigentlich mit Jake zusammen und nicht mit dir?«, hakte ich nach, während ich zu ihm aufschaute.

»Das hat er dir nicht gesagt?« Lion legte seinen Arm hinter mich auf die Lehne und gab mir einen sanften Kuss auf den Scheitel. »Das sollte er dir selbst erzählen«, nuschelte er in meine Haare.

Vermutlich hatte er recht. Sanft klopfte ich auf seinen Bauch und raffte mich dann auf, straffte die Schultern. »Na dann hoffen wir, dass Asher mir zuhört und nicht direkt seine Ohrstöpsel zückt.«

Nach Lions Besuch war ich in Brooklyn zu einem kleinen Klamottenladen gefahren, um Asher etwas mitzubringen. Damit bewaffnet fuhr ich zu seiner und Jakes Wohnung und nahm dem Aufzug bis in den zweiten Stock.

Ich klingelte, dann wartete ich und Jake öffnete die Tür. Er zog die Brauen weit zusammen. »Ich glaube, er will dich nicht…« Wortlos schob ich mich unter seinem Arm in die Wohnung.

»Er hat leider keine Wahl.«

»Kit, er hat mir gesagt, er möchte seine Ruhe haben.«

»Lion hat mir erlaubt, mit ihm zu sprechen«, gab ich mit einem Zwinkern zurück und Jake seufzte.

»Na, wenn Lion es sagt …« Im Augenwinkel nahm ich wahr, wie er die Tür schloss und in die Küche ging. Ich durchquerte das Wohnzimmer sowie den schmalen Flur und blieb vor Ashers Zimmertür stehen.

Ich hob die Hand, um zu klopfen, doch hielt inne. Um mich herum herrschte Stille, nur ein dumpfer Sirenenklang ertönte in der Ferne durch das geschlossene Fenster.

Innerlich bereitete ich mich darauf vor, dass Asher mich anging, mich eiskalt aus dem Zimmer oder der Wohnung warf. Dann klopfte ich und wartete ein paar Sekunden. Als keine Reaktion kam, klopfte ich erneut. »Nein«, drang seine hörbar genervte Stimme zu mir.

Ich drückte die Tür einfach auf und betrat sein Reich. Asher lag auf dem ungemachten Bett, einen Arm über den Augen, eine Jogginghose und ein Bandshirt an. Alles um mich herum duftete nach ihm.

Sofort überkam mich Erleichterung, als ich ihn sah. Auch wenn wir uns nur einen Tag nicht gesehen hatten, war dieser eine Tag definitiv zu viel gewesen.

»Stimmt, nein bedeutet eigentlich komm rein, nimm dir einen Keks und mach es dir bequem«, brummte er.

»Hey«, sagte ich.

Asher atmete hörbar aus, während ich die Tür schloss. »Verpiss dich.« Okay, auf mich war er natürlich noch weniger gut zu sprechen.

Ich setzte mich einfach neben ihn, in umgekehrte Richtung, und winkelte die Beine an. Mein kleines Geschenk legte ich hinter mich auf die Bettdecke.

»Wir haben uns nichts mehr zu sagen«, murmelte er.

»Wir haben uns ziemlich viel zu sagen, glaube ich.« Vorsichtig beugte ich mich vor und umschloss sein Handgelenk mit meinen Fingern. Ohne Widerstand ließ er sich den Arm von seinem Gesicht ziehen. Er legte die Hand neben der anderen auf seinem Oberkörper ab.

Seine intensiven braunen Augen jedoch fixierten einen Punkt an der Zimmerdecke.

Ich erinnerte mich an das Gefühl, das mich umgeben hatte, als ich nach der ersten Nacht hier neben ihm aufgewacht war. An dem Morgen war Asher mir noch so unwirklich, so weit weg vorgekommen. Ich hatte das Gefühl gehabt, ihn nie erreichen zu können.

Aber jetzt umgab mich ein kitzelndes und angenehmes Heimatgefühl, während ich neben ihm saß und seine Züge studierte.

»Lion war bei mir und hat mir mehr über Suzie erzählt.«

»Und mir glaubst du nicht?«, sagte er bissig.

»Du bist sauer, ich weiß, aber bitte werd' nicht unfair. Ich möchte in Ruhe mit dir reden.«

Er machte eine fahrige Handbewegung, dass ich weiterreden sollte.

»Was in New Orleans passiert ist, hätte ich dir sagen sollen«, flüsterte ich. Asher schloss die Augen und ich spürte seinen Schmerz und die Wut, die ihn nach wie vor wegen Suzie umgaben.

Vielleicht lag es an mir, ihm zu helfen und irgendwie damit klarzukommen. Vielleicht schaffte ich es, ihm einen Weg zu zeigen, wodurch er schlussendlich damit abschließen konnte.

»Ich wollte dir nie unterstellen, was Suzie mir gesagt hat. Aber ich wusste einfach nicht, was ich glauben soll, ich war verwirrt … und unsicher.«

Asher atmete laut aus.

»Sie saß vor mir und hat geweint.«

Er lachte abwertend. »Klingt nach Suzie.«

»Es tut mir wirklich leid.«

Langsam ließ er seine Aufmerksamkeit durch sein Zimmer wandern, bis er mich schließlich mit dem dunklen Blick einfing.

Mein Puls nahm schlagartig Fahrt auf.

Er legte seine Hand an mein Bein und erdete mich mit den leichten kreisenden Bewegungen seines Daumens. Es erleichterte mich, dass er mich berührte und scheinbar zu einer Aussprache bereit war.

»Ich würde es nicht ertragen, dich nie wiederzusehen«, wisperte ich und senkte den Blick. Es war das erste Mal, dass ich offen vor ihm aussprach, was er mir bedeutete. »Und ich möchte mit dir zusammen sein.«

Asher setzte sich ebenfalls hin und legte seinen Fingerknöchel unter mein Kinn, um mein Gesicht anzuheben. Als ich wieder in seine Augen sah, verlor ich mich augenblicklich in ihm. Er beugte sich zu mir und legte seine Stirn an meine.

Mit hämmerndem Herzen wartete ich auf eine Reaktion, auf irgendetwas.

Nach wenigen Sekunden zog er mich in seinen Arm, ich vergrub mein Gesicht an seinem Shirt.

Er küsste meinen Scheitel, wodurch ich ihn noch fester drückte, was er mir gleichtat. »Weißt du eigentlich, wie glücklich ich war, als wir uns das erste Mal nähergekommen sind? Es hat mir das Herz gebrochen, dass du morgens gegangen bist.«

O Gott.

Er küsste meinen Scheitel erneut und ich bemerkte, dass er den Kopf leicht schüttelte. Ich drückte ihn noch fester, weil ich das Gefühl hatte, ihn so bei mir halten zu können.

»Ich liebe dich, Kathrin«, flüsterte er.

Ich schnappte nach Luft.

»Als ich dich damals in der kleinen Bar mit deinem Bass auf der Bühne gesehen habe, wusste ich, dass ich dich will.«

Ich musste lächeln.

»Ich wusste es, als ich dich singen gehört habe und je besser wir uns kennengelernt haben, desto klarer wurde mir, dass ich dich irgendwann heirate.«

Zu behaupten, mein Herz würde nur heftig klopfen, wäre gerade untertrieben. Bei seinen Worten war es einfach explodiert.

»Du machst mir jetzt aber keinen Antrag, oder?«, nuschelte ich in sein Shirt und er lachte rau.

»Nein, keine Sorge. Lassen wir erst einmal etwas Zeit ins Land gehen.«

Langsam sickerten seine Worte zu mir durch und ich rappelte mich auf, um ihn anzusehen. Mit den Händen umfasste ich seine Wangen und beugte mich zu ihm. Ein letztes Mal schaute ich ihm tief in die Augen, dann legte ich meine Lippen sanft auf seine.

Um zu besiegeln, was zwischen uns existierte.

Um ihn um Verzeihung zu bitten.

Um ihm zu zeigen, dass es mir ebenso ging.

Lächelnd griff ich hinter mich und reichte Asher mein kleines Mitbringsel. Ich war gespannt, was er dazu sagte und hoffte, dass es ihm gefiel. Lion hatte mich möglicherweise ein wenig dazu inspiriert. Deutlich irritiert griff er danach und warf mir immer wieder knappe Blicke zu, während er es öffnete.

Er lachte, als er das Shirt aus dem Geschenkpapier zog. »Kannst du Gedanken lesen?«

»Weißt du das noch nicht?« Natürlich hatte ich keine Ahnung, was er damit meinte.

»Ich brauchte ein neues.« Mit dem Blick deutete er auf die Kommode, neben der sein Mülleimer stand. Ich stand auf und ging herüber. Das Pink Floyd Shirt lag darin und auch der Bilderrahmen mit dem Foto von ihm und Suzie. Vorsichtig nahm ich diesen auf. »Warum wirfst du das Foto weg?«

Er zog sein Shirt über den Kopf und probierte das von mir an. Es war ein schwarzes von Black Sabbath. Danach winkelte er die Beine an und legte die Arme locker darüber. »Ich möchte das Kapitel abhaken. Voll und ganz.«

Irgendwie erleichtert legte ich den Rahmen zurück in den Mülleimer und setzte mich zu Asher. »Passt das Shirt?«

»Wie angegossen. Du weißt, dass ich Black Sabbath nicht höre?«

»Ich wollte dir erst eins von Nickelback schenken.« Er kniff die Augen zu Schlitzen zusammen und ich musste lachen. Danach schauten wir uns einen Moment still an. »Wieso hast du das Shirt all die Jahre behalten?«

Er überlegte ein paar Sekunden. »Vermutlich, weil ich nicht damit abschließen wollte.«

»Wollte Suzie uns auseinanderbringen oder wieso hat sie das getan?«

»Das hatte nichts mit dir zu tun«, erklärte er. »Sie hat mir nie verziehen, dass ich gegangen bin und sie zurückgelassen habe. Sobald sie die Möglichkeit hat, zieht sie irgendeine neue Nummer ab, um mir wehzutun.«

»Wow«, murmelte ich. »Und ich war dumm genug, darauf hereinzufallen.«

Asher lachte einmal. »Sie wird an die Decke gehen, wenn sie mitbekommt, dass sie dich so endgültig in meine Arme getrieben hat.« Dann wurde sein Ausdruck ernst. »Ich habe Suzie nicht vergewaltigt und sie hatte auch nie eine Abtreibung. Sie verwendet die Geschichte meiner Mutter gerne gegen mich.«

»Ich weiß«, gab ich zurück und auf einmal rutschte Asher vom Bett. Ich beobachtete, wie er in der obersten Schublade der Kommode herumkramte. Mit einem Kuvert zwischen den Fingern kam er zurück und setzte sich wieder zu mir.

Er drückte mir den Umschlag in die Hand. »Das ist der Brief von meiner Mutter.«

Ich wollte ihm den Umschlag zurückgeben, aber er schob meine Hände gegen meine Brust. »Asher, ich glaube dir.«

»Lies ihn«, forderte er eindringlich. »Du musst ihn nicht jetzt lesen, tue es, wenn du Zeit und einen freien Kopf hast.«

Ich wollte den Brief auf keinen Fall mitnehmen, er gehörte nicht mir.

Erst zögerte ich, doch schlussendlich öffnete ich den leicht vergilbten Umschlag und zog das Papier heraus.

Es war Regenbogenfarben und brachte mich sofort zum Lächeln.

Dennoch wurde mein Herz schwer, als ich ihn auseinanderfaltete.

Ich warf Asher noch einen Blick zu und er legte sich zurück ins Kissen, verschränkte die Arme hinterm Kopf. Er sah an die Zimmerdecke und wirkte mit einem Mal in sich gekehrt.

Vorsichtig legte ich das Kuvert neben mich und begann zu lesen.

*Lieber John,*

*ich weiß nicht, ob du diesen Brief jemals lesen wirst, aber ich wünsche es mir. Ich hoffe so sehr, dass du dich bei mir meldest und wir eine zweite Chance bekommen.*

*Mir ist klar, dass wir niemals eine Familie werden, aber darum geht es mir auch gar nicht. Ich möchte dich einfach kennenlernen.*

*Es ist in den vierzehn Jahren kein Tag vergangen, an dem ich mich nicht gefragt habe, wie es dir geht und was wohl aus dir geworden ist.*

*Vielleicht können wir noch einmal von vorne beginnen.*

*Und es tut mir unendlich leid, was geschehen ist, aber ich wusste es nicht besser. Ich war jung und dumm, ich war gerade einmal sechzehn, als ich dich bekam.*

*Ich konnte dich zu dem Zeitpunkt nicht behalten, ich war doch selbst noch ein Kind. Glaub mir, ich habe es wirklich versucht, aber jedes Mal, wenn ich dich ansah, sah ich ihn. Die Geschichte, wie du entstanden bist, ist leider keine schöne,*

*denn ein Mitschüler von mir hat mich missbraucht.*
　*Ich weiß, es ist hart, dass ich so direkt zu dir bin.*
　*Aber leider ist es die Realität.*
　*Mittlerweile bereue ich, dass ich dich weggegeben habe, aber nun ist es längst zu spät. Jetzt muss ich mit meiner Entscheidung leben.*
　*Ich wünsche mir so sehr, dass es dir gutgeht und dass du glücklich bist.*

*Es tut mir leid*

*In Liebe,*
　*Kathrin*

Ich schaute zu Asher, der die Augen geschlossen hatte. »Sie heißt wie ich«, wisperte ich erstickt.
Er nickte.
»Du hattest einen anderen Namen«, flüsterte ich.
»Hm-mh.«
Seine Mutter tat mir unfassbar leid. Ich verstand nicht wirklich, wieso er sie nicht hatte kennenlernen wollen. Sie bereute ihren Entschluss und ich an seiner Stelle hätte Kontakt zu ihr aufgenommen. Aber ich wollte Asher nicht in seine Entscheidungen hineinreden.
»Danke, dass du mir den Brief gezeigt hast.«
Er rappelte sich auf und nahm das Buch von Ken Follett vom Nachttisch, das er auch mit auf Tour gehabt hatte. Zwischen den Seiten steckte ein Lesezeichen, aber als er das Buch aufschlug, kam ein Foto zum Vorschein.
Ich hielt die Luft an, als er mir das Bild reichte.

Darauf war ein junges Mädchen abgebildet, das ein Baby hielt. Es waren Asher und seine Mutter. Sie hatte ebenso dunkles Haar und genauso braune Augen. Ihre Züge waren ein wenig weicher, dennoch waren Augenpartie, Nase und Lippen beinahe identisch.

»Sie sieht aus wie du«, sagte ich leise und strich am Rand der Aufnahme entlang. Ich schenkte Asher ein Lächeln, als er das Bild zurück in die Seiten schob. »Wieso hast du das Bild immer dabei?«

Er seufzte. »Das hilft mir irgendwie, auf dem Boden zu bleiben. Ich verstehe es selbst nicht so ganz.«

Gott, Asher ...

Es tat mir leid, dass er keinen Kontakt mehr zu seiner Familie hatte. Es tat mir leid, dass er keinen Kontakt zu seiner leiblichen Mutter wollte.

Vielleicht täte es ihm gut, sie kennenzulernen, aber das lag nicht an mir.

Asher griff nach dem anderen Buch, das er ebenfalls auf dem Nachttisch im Bus liegen gehabt hatte. Er reichte es mir. »Blätter durch«, forderte er.

Ein wenig skeptisch tat ich es und blieb zwischen zwei Seiten hängen, weil ebenfalls ein Foto dazwischen steckte. Langsam zog ich es heraus und mein Brustkorb zog sich auf schmerzvolle und wunderbare Weise zusammen.

Es war eine Aufnahme von Maybe, mit einer Besonderheit. Ich saß zwischen Asher und Lion, die beide einen Arm um mich gelegt hatten. Jake und Shawn standen hinter den Stühlen.

Ich erinnerte mich an den Tag, als es im Beaver's an unserem Stammtisch entstanden war.

»Ich habe eine Familie«, sagte Asher leise und deutete auf das Foto. »Und obwohl ich mich manchmal haltlos fühle, weil ich nicht genau weiß, wo ich herkomme, weiß ich, wo ich hingehöre und bleiben will.«

Er wärmte mein Herz mit seinen Worten.

Ich reichte ihm das Buch und er legte es zurück auf den kleinen Tisch.

»Kann ich dir irgendwie helfen? Ich meine, wegen Suzie«, fragte ich vorsichtig und spielte mit meinen Fingern.

Er griff danach und führte meine Hände zu seinen Lippen, küsste meine Knöchel sanft, wobei er mich ansah. »Du hast mir bereits geholfen. Denn du hast mich nie aufgegeben. Du hast mir meine Dummheiten verziehen und meine Eigenarten angenommen.«

»Ich muss mich noch daran gewöhnen, dass du mir solche Dinge sagst.«

Er griff meinen Arm, zog daran und beförderte mich so auf die Matratze. Ich schrie auf und lachte, als er sich über mich beugte und meine Halsbeuge mit seinem Bart und Küssen kitzelte.

Das hier war es.

Genau das.

# Epilog

## Asher

Die oberste Etage bei GreyRound-Records war über eine Seite beinahe vollständig in Glas eingefasst, sodass man einen fantastischen Ausblick über Manhattan hatte.

Heute war Ches' Abschiedsparty und Kit und ich betraten gerade den Empfangsraum, als wir aus dem Fahrstuhl stiegen. Hier und da verteilten sich Stehtische, der Empfang war zu einer Getränkebar umfunktioniert worden und in Harolds Büro, einem Vorstand von GR, waren ebenfalls Tische aufgestellt.

Ein paar Mitarbeiter hielten sich hier auf, tranken, aßen und unterhielten sich angeregt. Im Hintergrund spielte leise Musik.

Ich packte Kits Hand fester, als die ersten neugierigen Blicke uns erreichten. Das hier war unser erster offizieller Auftritt als Paar.

Sie hatte sich rausgeputzt und trug ein schwarzes Cocktailkleid, dazu ebenso schwarze High Heels. Die hatte sie mir zuliebe angezogen, weil ihr Hintern dann noch schärfer aussah.

»Wo ist sie?«, fragte Kit mich, während sie sich zu mir beugte. Wir blieben nahe der Theke stehen.

Ich machte einen Rundumblick. »Bei Harolds im Büro, die mit dem roten Kleid.«

»Ach du meine Güte«, spuckte Kit regelrecht aus, wonach sie mit aufgerissenen Augen zu mir sah. »Sei mir nicht böse, aber ich verbiete dir, weiter zu den Proben zu gehen.«

Ich lachte und zog sie zu mir, um ihr einen Kuss auf die Stirn zu drücken.

»Und Lion hat sie so richtig angebaggert?«, fragte sie.

»Du machst dir kein Bild«, murmelte ich verschwörerisch. »Danach fand er Ches' plötzlichen Abgang auch nur noch halb so schlimm.«

»Armer Lion.«

»Wieso denn das?«, sagte ich mit einem Glucksen. Wäre Kit dabei gewesen, als Cunningham sich uns als neue Managerin vorgestellt hatte, würde sie das sicher nicht sagen.

Sie schloss ihre Arme um meinen Brustkorb und sorgte so für ein angenehmes Kribbeln in meinem Bauch. »Irgendwie tut er mir einfach leid, weil er sich ausgerechnet in so eine Frau verguckt.«

»Ich weiß nicht, was du meinst«, sagte ich möglichst locker, obwohl ich es natürlich doch tat.

»Sie ist der Inbegriff von Sexyness«, flüsterte Kit beinahe hysterisch. »Tu nicht so, Asher.« Kit ließ mich los und deutete weibliche Rundungen an. »Sie ist wie eine ultrascharfe Violine.« Ich warf unserer neuen Managerin einen knappen Blick zu und musste Kit zustimmen. »Sexy und schwer zu spielen«, sinnierte sie und ich griff ihre Hand und schleifte sie zur Theke.

»Wir holen uns einen Drink, gerade mache ich mir nämlich Sorgen, dass du mich für Cunningham verlässt.« Darüber lachte Kit natürlich und ich griff in ihren Nacken und zog sie zu einem Kuss heran. Sie schmeckte wie mein persönlicher Himmel.

Süß und frech.

Und so küsste sie auch.

Der Kerl hinter der Theke starrte uns an, als ich mich ihm zuwandte, schaute dann aber schnell weg. Ich schnipste und er sah mich wieder an. »Zwei Bier.«

Kit lehnte sich an mich, meinen Oberarm umklammert und schaute durch den Raum. »Es wird komisch ohne Ches.«

Ja, das würde es …

»Er ist nicht aus der Welt«, murmelte ich, obwohl mir klar war, dass wir ihn länger nicht sehen würden. Kurzentschlossen griff ich mir Kit und wir gingen zu Ches, der mit Shawn und Fran in Harolds Büro nahe der Fensterfront stand.

Vor ihnen erstreckte sich der Central Park, es dämmerte bereits und langsam wurde es kühler. Über New York hatten sich einige dunkle Wolken zusammengezogen, die die letzten Sonnenstrahlen des Tages verschluckten.

Fran stand neben Shawn und umschlang seinen Oberarm regelrecht, als ich mit Kit bei ihnen stand. Sie benahm sich, als würde Kit Shawn bespringen wollen.

»Hey, wie geht's?«, richtete ich mich an Shawns Freundin.

»Sehr gut, danke«, antwortete sie mit ihrem leichten französischen Akzent.

Sie scannte Kit, die sich allerdings nichts anmerken ließ. Ich liebte Kit, weil sie so etwas generell ignorierte. Es war nicht zu übersehen, wie wenig Fran Kits Anwesenheit gefiel.

Dann sah Fran Ches an. »Und du arbeitest wirklich für Nicopeia?«

Shawn mischte sich ein und zeigte auf Fran. »Sie ist ein Fan.«

Sie drückte gegen seinen Bauch. »Hör doch auf, ich höre ihre Musik hin und wieder gerne.«

Wieso war Shawn mit der zusammen?

Ich warf ihm einen extra genervten Blick zu und er sagte mir im Gegenzug mit seinem Ausdruck, dass ich bloß die Kappe halten sollte.

»Genau, in zwei Wochen ist mein erster Tag mit Nico«, antwortete Ches.

»Fran hätte gerne ein Autogramm«, witzelte Shawn.

»Das stimmt doch gar nicht«, zischte sie regelrecht in seine Richtung. Hatte sie nicht verstanden, dass er einen Witz gemacht hatte?

Ich sah Kit an, die sich auf jeden Fall auch einen Kommentar verkniff. Ich beugte mich zu ihr. »Penny kommt«, flüsterte ich. Kit sah sich um und im gleichen Moment ging Frans Albtraum an Harolds vorbei and hielt auf uns zu.

Kit griff meine Hand und hielt mich fest.

»Hallo, zusammen«, grüßte Penny und es dauerte nicht eine Sekunde, da warfen sie und Fran sich giftige Blicke zu.

»Du bist so am Arsch«, sagte ich zu Shawn.

»Was soll das denn heißen?«, spuckte Fran regelrecht aus.

»Danke«, schnauzte Shawn mich an und ich musste lachen, auch, wenn er echt arm dran war.

»Danke?«, sagte sie empört und verschränkte die Arme. »Was soll das bedeuten?«

Shawn umfasste ihren Oberarm sanft und beugte sich zu ihr. »Kommst du bitte mit?«

»Du solltest deine Freundin wirklich beruhigen«, sagte Penny. Shawn spießte Penny regelrecht mit seinem Blick auf, dann zog er Fran aus dem Raum und durchquerte den Flur zu einem der Besprechungsräume.

Wir sahen den beiden nach und Ches seufzte. »Immer das Gleiche.«

»Was will er nur mit ihr?«, fragte Kit und schüttelte den Kopf.

»Sie war seine erste Liebe«, erklärte Penny.

»Die beiden sind erst seit einem Jahr zusammen, er hatte doch diese Jugendliebe aus der Highschool«, entgegnete Kit und legte den Kopf schief.

»Das ist sie, du Dummerchen«, gab Penny zurück.

Das hatte auch ich nicht gewusst.

Ich zog Kit an mich heran und drückte ihr ein paar Küsse auf den Kopf.

»Ihr seid süß zusammen.« Penny hob ihr Glas mit Wasser. »Auf euch beide und darauf, dass Ches die Nerven behält, wenn er bei Nicopeia ist.«

»Wieso sollte ich die Nerven verlieren?«

»Weil diese Frau scharf ist und vermutlich jeder zweite Mann auf dem Planeten von ihr fantasiert. Deswegen.« Sie grinste ihn breit an und er wandte sich ab und verließ den Raum. »Er ist so sensibel«, murmelte sie und eilte ihm mit einem Kichern hinterher.

Kit schaute zu mir auf. »Was machen wir heute Abend noch?«

Ich lotste sie in Richtung des Fensters und wir stellten

uns vor die Scheibe. »Ich weiß nicht, vögeln?«

Vorsichtig ließ ich die Finger durch ihre Haare gleiten und schaute auf die Straße, die zwanzig Stockwerke unter uns lag.

»Wir haben einiges nachzuholen«, witzelte sie.

»Vier Jahre, um genau zu sein.«

»Erzählst du mir von deiner ersten Nacht mit der ultraheißen Schnecke?«

Sie brachte mich zum Lachen und ich zog sie noch dichter an mich heran. »Es war einmal eine kleine Gruppe von Freunden, die den Abend in einer Bar namens Biber verbrachten.«

Kit kicherte und ich konnte nicht verhindern, in diesem Lächeln unterzugehen.

»Nachdem die Freunde viel gelacht und getrunken haben, verabschiedeten sich alle voneinander, nur der attraktive Adonis und die ultraheiße Schnecke blieben zurück.«

Sie lachte laut und klopfte mir dabei auf die Brust. »Du spinnst.«

Ich liebte es, sie zum Lachen zu bringen.

»Der attraktive Adonis war das erste Mal mit der ultraheißen Schecke so spät abends allein. Gemeinsam tranken sie weiter, während er nicht aufhören konnte in ihre grüngrauen Augen zu sehen …«

Mit diesem Ausdruck, mit dem sie mich regelrecht anhimmelte, schaute sie zu mir auf. Ich nahm das Bier in die andere Hand und legte meine Fingerknöchel an ihr Kinn. Mit dem Daumen strich ich sanft über ihre Haut.

»So kam es, dass der attraktive Adonis sich fragte, ob die ultraheiße Schnecke länger geblieben war, um mit ihm allein zu sein. Aber er traute sich nicht, sie zu fragen, was das zu bedeuten hatte und sie verließen die Bar. Doch vor der Tür blieben sie stehen. Weder er noch sie waren bereit, zu gehen.«

Ich beugte mich zu Kit und küsste sie sanft.

»Und er wollte sie küssen … so gerne … aber auch das hat er sich nicht getraut.«

Kit schloss ihre Augen und ich tat es ihr gleich, wonach ich meine Stirn an ihre legte.

»Was ist passiert?«, flüsterte sie.

»Du hast mich geküsst.« Wir sahen uns wieder an.

»Dann hast du mir in Chicago die Wahrheit gesagt.«

Ich nickte. »Du bist auf mich zugekommen.« Wieder strich ich über ihr Kinn und zeichnete die untere Linie ihrer Lippen nach. »Weil du mutiger warst als ich.«

Vielleicht wären wir nie zusammengekommen, wenn es der Zufall nicht gewollt hätte. Denn ich war immer zu feige gewesen, mich Kit zu nähern und Kit war immer unsicher gewesen, was meine Absichten betraf.

Kit bedeutete mir mit einer Geste, mich zu ihr zu beugen. Ihre Lippen an meinem Ohr erzeugten sofort ein Kribbeln in meinem Nacken.

»Ich liebe dich, Asher Adams«, flüsterte sie mir zu.

Mein Herz.

Es setzte bei diesen drei Worten spürbar aus.

»Ich habe mir Gedanken gemacht«, sagte Kit und küsste mich kurz, aber liebevoll.

»Gedanken?«

»Ich habe eine Idee für einen neuen Song.«

»Hm. Das interessiert mich.«

Wir wandten uns einander zu und mit ihren Fingern fuhr sie meinen Hemdkragen nach. »Wie wäre es, wenn wir noch etwas Zeit mit Ches verbringen und dann zu mir fahren? Dann kann ich es dir zeigen.«

»Ist das ein versteckter Code für irgendetwas?«

Sie küsste meinen Hals, danach mein Kinn. »Find's heraus.«

»Hmmm …« Ich griff ihre Hand und zog sie hinter mir her, während sie lachte. »Dann bringen wir das mit Ches schnell hinter uns.« Sie lachte lauter, ich musste ebenfalls grinsen und vielleicht behielt Kit recht.

Vielleicht wollte ich ein Vorstadthaus, Kinder und einen Hund. Vielleicht wollte ich Beständigkeit und Ruhe.

Als ich mich zu ihr umsah, wurde ich mit einem herrlichen Strahlen auf ihren Zügen belohnt.

Das hier war es.

Genau das.

# Nachwort / Dank

Dieses Buch widme ich dem Mann, der leider viel zu früh von uns gegangen ist. Ich bin selbst adoptiert und habe das Thema deswegen auch aufgegriffen.

Danke Frankie für zehn wundervolle Jahre. Zehn Jahre, die rückblickend viel zu wenige waren.

Im Gegensatz zu Asher habe ich auf den Brief meines leiblichen Vaters reagiert und ihn so kennengelernt. Und das war eine der besten Entscheidungen meines Lebens.

Es war verrückt zu sehen, wie viele Dinge ich mit ihm gemeinsam habe und es war wundervoll herauszufinden, wo ich eigentlich herkomme.

Die Arbeit mit Kit und Asher war eine vollkommen neue Erfahrung für mich. Erstens, weil Asher mir gerade am Anfang jeden Nerv geraubt hat und zweitens, weil es mein erstes Buch ohne tieferes Thema ist.

Aber ich wollte Asher und Kit und entspannte Atmosphäre schaffen, ohne dass sie noch mit inneren Dämonen zu kämpfen haben. Schließlich ist die Tour stressig genug für alle Bandmitglieder.

Ich liebe Kit, weil sie absolut loyal ist und für alle ihre Freunde einsteht. Sie ist eine richtige Band-Mama, wie ich finde.

Und ich hoffe, dass Dir mein erstes lockerleichtes Buch

ebenso gut gefallen hat. Wenn ja, würde ich mich sehr freuen, wenn Du eine Bewertung abgibst. Denn das ist wahnsinnig wichtig für uns Autoren.

Der erste Dank gebührt heute mal nicht meinem Männe oder meiner Familie, sondern meinen wundervollen Bloggern. Ich danke jeder fleißigen Bloggerin für die Unterstützung und ich bin noch immer geflasht, wie viele wunderbare Leserinnen ich an meiner Seite habe.
Danke. Danke. Danke.
Ohne euch wäre das alles nicht möglich.

Der zweite Dank gebührt wieder meinem Männe. Danke, dass du mich unterstützt auch wenn ich zwischendurch wirklich viel Arbeite. Danke, dass du mir Wasser und Kaffee bringst, wenn ich mal wieder an meinen Protagonisten verzweifle. Danke, dass du immer für mich da bist.
#Liebe

Danke an meine Eltern, die mir wieder einmal bewiesen haben, dass sie mich in jeder Situation auffangen können.

Danke, danke liebe Kim für den letzten Blick auf Maybe Next Time und auch für deine Unterstützung in jeder Hinsicht. Ich arbeite super gerne mit dir zusammen und hoffe natürlich auf viele weitere gute Jahre.

Danke an meine anderen wundervollen Testleser und den objektiven Blick auf mein Geschreibsel. Danke Larissa,

Claudia, Dunja und Theresa.

Danke an den kleinen Autoren-Chat. Danke Dunja, Theresa, Katlynn und Kim für tausende lustige und sinnfreie Nachrichten. Ich liebe das.

Danke an alle meine anderen Leser*innen. Danke, dass ihr mich unterstützt, mich neu entdeckt oder mir treu bleibt.

Ich hoffe, auf bald
  Emilia

# Teil eins der Adagio-Reihe

22. Oktober 2021

*Er ist die Musik in meinem Herzen,
der Song zu meinem Tanz,
die Melodie in meiner Stimme.*

Sie sagten mir, ich müsse zu Verstand kommen. Zwei gescheiterte Ehen und dutzende Skandale täten einem Popsternchen nicht gut.
Ich hatte nie an ein Happy End geglaubt.

Doch dann war da Church.
Er wurde der Song, der durch meine Venen floss und die Melodie, die in meinem Herzen pulsierte.
Er wurde meine Serenade.

# Teil zwei der Maybe-Reihe

22. Oktober 2021

*Sie ist die neue Managerin.
Sie ist acht Jahre älter.
Und sie ist verheiratet.*

Lion Morris lebt für die Musik und lässt keine Chance aus, in den Medien negativ aufzufallen. Ein Wechsel im Management soll dem Gitarristen der Band Maybe Next Time Manieren lehren. Denn niemand Geringeres als die attraktive und taffe Maira Cunningham wird sie auf ihrem weiteren Weg begleiten.

Lion ist hin und weg von ihr.
Doch ihm ist klar:
Sie ist vergeben und somit tabu.

Allerdings verliert Maira ihr Herz nicht an den Mann,
den sie vor wenigen Jahren geheiratet hat.

ISBN 978-3-7541-5025-2

www.epubli.de

Printed in Poland
by Amazon Fulfillment
Poland Sp. z o.o., Wrocław